# Možda nerešeno

**By Jovana Iv**

© 2022

# AUTORSKO PRAVO

**Možda nerešeno**

By Jovana Iv

**AUTORSKO PRAVO @2022 By Jovana Iv**

# SADRŽAJ

# 1

Mrzela sam Pariz. Još uvek ga ne podnosim. Taj prokleti grad nosi sve najgore uspomene koje sam za života stvorila. I dan danas odbijam bilo kakvu saradnju koja podrazumeva snimanje tamo. U Madridu je bilo bolje, bar sam se bolje snašla jer govorim jezik. Naravno, mogla sam naučiti i francuski, ali Pariz mi je bio toliko odbojan da nisam htela da mu pružim ni najmanju šansu. Za sve sam ga krivila, pa i za karijeru koja mi je sasvim propala po završetku Svetskog prvenstva u Nemačkoj.

Strah i zbunjenost koji su me pritiskali i gušili tokom leta iz Berlina za Pariz, kad smo Aleks i ja u mučnoj tišini sedeli jedno do drugog, ne dodirujući se, produžili su svoj boravak između nas i po sletanju. I po napuštanju aerodroma. I tokom naredne dve godine.

Aleks me nije ni takao od te užasne noći u hotelu u Berlinu kad sam dušu isplakala klečeći u svojim slinama, krvi i neredu polupanog nameštaja koji je on napravio zbog svega što sam ja uradila. Nije me takao iako sam još bezbroj noći plakala jednakom boli. Samo jednom je pokušao – nakon prvog dočeka Nove godine po preseljenju u Francusku. Toliko sam se obradovala da se nisam usudila da pisnem, srce je htelo da mi prepukne od sreće i dragosti. Međutim, iako je bio uzbuđen i očigledno me želeo, povukao se u trenutku kad je trebalo da se spojimo. „Ne mogu. Ne mogu se naterati da zaboravim", rekao je.

Za sve to vreme ja sam trunula, kako iznutra, tako i spolja. Gotovo da nisam jela. Uglavnom sam na silu žvakala i gurala niz jednjak samo da preživim dan, jedan za drugim, mada me je svaki zalogaj boleo kao da gutam žilete. Često bih pregurala i čitavu nedelju samo na smutijima koje je Agnes, naša jedina pomoćnica, spremala maštovito mešajući razno sezonsko voće i povrće kako mi jedan te isti miris ne bi izazvao nagon za povraćanjem.

Imala sam sreće sa njom. Pričala je engleski tečno bez francuskog naglaska jer je gotovo celu mladost radila u Londonu i Batu. Nas dve smo zapravo i najviše vremena provodile zajedno. Nisam napuštala vilu koju smo iznajmljivali ni za živu glavu. Nismo mnogo razgovarale, ali nema sumnje da je shvatila da nešto ozbiljno nije u redu između savršenog para Aleksa Janova i Džejn Anderson. Jasno joj je bilo da devojka koju vidi svaki dan u kući nije ni nalik osobi koja se smeška za novine i za klupska dešavanja na koja me je Aleks vodio. I nikome o tome nije ništa rekla. Ne znam da li ju je on zamolio da ćuti, ali u svakom slučaju bila sam joj zahvalna. Verovatno sam i preživela Pariz zahvaljujući njoj.

Apsolutno nikome nije bilo jasno kako i zašto novine i dalje pišu o meni. Ništa nisam uradila. Bukvalno ništa. Nisam počela, a kamoli završila, ni jedan jedini projekat na koji sam pristala pre Prvenstva. Nisu dolazili u obzir. Nisam bila sposobna ni za šta, kako mentalno, tako ni fizički. Osećala sam se kao da su sav moj talenat i energija isisani i istrošeni tokom tih mesec dana u Nemačkoj. Ono u čemu sam najbolja – gluma – sad nije moglo da mi pomogne, da me vrati na pravi put. Sve ono po čemu sam poznata sad mi je nemilosrdno crpelo energiju. Nisam se više osećala kao snažna i nezaustavljiva žena koja može sve, već kao skupina kože, kostiju i komadića duše koji nekako žive i kreću se.

Sa druge strane, Aleksova karijera napredovala je nezaustavljivo. Nisam se nigde pojavljivala u javnosti osim na proslavama i dešavanjima koja je organizovao njegov klub. I dalje je hteo da idem sa njim, a meni nije padalo na pamet da odbijem. To su bile prilike da bar na veče, na par sati osetim, ponadam se da živimo normalno, da je sve u redu. Kad bi me pitali šta se dešava sa mnom, odgovorila bih, ponavljajući kao papagaj, da se Aleks i ja navikavamo na zajednički život, u mestu novom za oboje, kako to nije nimalo lako, te sam odlučila da sve slobodno vreme i pažnju posvetim njemu, čak i ako to znači da moja karijera treba neko vreme da pričeka.

Uprkos tome što bih na tračak ponovo imala svog divnog dečka, te žurke i izlasci svaki put bi mi isisali svu energiju toliko da bi mi se vrtelo u glavi. Sve te napamet naučene fraze, isfolirani osmesi, lažna radovanja, besmisleni odgovori na pitanja, sve me je ispijalo. Čudila sam se kako je to moguće kad sam čitavih mesec dana tako spretno lagala kako Aleksu, tako i ocu koji me poznaje gotovo bolje od ikoga. Sad bih se iscrpela samo od par sati glume.

Nije bilo loše, ipak. Niko ništa nije sumnjao. Ako se izuzmu moj užasan fizički izgled koji je došao kao posledica gubitka više od petnaest kilograma i povremeno zamuckivanje, Aleks i ja smo uistinu na slikama izgledali srećno. Najbolji golman na svetu i njegova savršena devojka koja ga čeka u domu vodeći računa o svemu, u potpunosti posvećena njemu.

Činila sam to zbog njega. Htela sam, bila sam spremna na sve i svašta samo da mi se vrati muškarac u kog sam se zaljubila. Težina svega što sam uradila u Nemačkoj zverski me je pritiskala, mučila i gušila, neprestano, svakog dana, sata i minuta. Molila sam se da prestane, bila

2

voljna da uradim bilo šta, samo da već jednom odslužim svoju kaznu. Mada, vrlo dobro sam znala da za sve ono što sam ja uradila nema ni adekvatne kazne, ni oproštaja.

U skladu s tim, uprkos svim mojim naporima, moj Aleks nije se vraćao. Nije čak bio ni na vidiku.

Nisam smela da putujem, niti se viđam sa devojkama. Ni u jednom trenutku mi nije zabranio, naravno, ali kad sam prvi put izrazila želju da posetim Beu, Endži i Lanu u Londonu, odgovorio mi je da to nije dobra ideja i ja sam sama odložila put i odlučila da ne idem, niti ikada išta slično predložim. Takođe sam naglasila devojkama da ne dolaze kod nas. Naravno, to ih je neprijatno iznenadilo i iznad svega zabrinulo, ali šta su mogle da urade? Održavale smo redovan kontakt, uglavnom porukama jer nisam htela da na video pozivima vide koliko sam propala ili, daleko bilo, da se pred njima sasvim raspadnem i sve im priznam. Da se to desilo, sigurno bi digle uzbunu i obavestile moje roditelje koji bi istog trenutka doleteli da me spasu.

Nisam htela ništa od toga. Nisam htela da me iko sažaljeva jer nisam zaslužila. Više od toga, strah me je bilo da bilo gde idem. Prestravljena sam bila da u tom slučaju možda neću imati gde da se vratim – da ako Aleks provede par dana sam, shvatiće da može i da nastavi da živi bez mene.

Stoga sam birala da ostanem. Dan za danom, jednu noć za drugom, svaki apsolutno isti, sa sve manje nade da će se išta promeniti nabolje.

Kakav užasan paradoks – pre Svetskog prvenstva viđali smo se tri, najviše četiri puta mesečno, i bili smo najsrećniji par. Sad smo živeli zajedno, a fizički i emotivno nismo mogli biti udaljeniji, čitavi svetovi bili su između nas. Nikad do tad nisam osetila toliki bol. Valjda zato što sam ranije uvek imala sve i nekako su se okolnosti nameštale u moju korist. Sad sam bila u nezavidnoj i neizbežnoj situaciji iz koje nisam videla izlaz. Praktično – naravno da sam mogla da se spakujem i odem, ali odlučivala sam da ostanem. Nakon svake besane noći, svakog usamljenog, tužnog jutra. Suočavala sam se sa svakim novim, sumornim danom čvrsto rešena da ne idem nigde.

Nismo imali mnogo posetilaca. Aleks je imao nekoliko prijatelja iz kluba, ali nije ih dovodio kući, uvek su se viđali napolju. Te noći kada bi izašao i vratio se u sitne sate upoznale su me sa novim vidom agonije. U krevetu se ništa ne bi promenilo, s njim prisutnim ili ne, nismo se doticali nikako, ali nisam mogla da zaspim. Prvi put u životu zabrinula sam se da možda vreme provodi sa nekom drugom. Nikada nisam bila ljubomorna, niti brinula da mi ga neko može preoteti. Svaki put kad bi izašao u tih prvih nekoliko nedelja uverenje da ko zna gde dobija ono što nema kod kuće bilo je sve snažnije i izjedalo me do kostiju.

Prvi put kad se ušunjao u sobu iza četiri ujutru, nisam ništa rekla. Samo sam se pravila da spavam, nakon što sam sve vreme dok nisam začula ulazna vrata, ležala u krevetu, ne trepćući tražila nepravilnosti na plafonu i gutala suze i jecaje. Još dva puta odigralo se isto.

Onda više nisam mogla da izdržim.

Jedne kasne januarske noći spustila sam se pored kamina i skupila u fotelji umotana u dva ćebeta – uvek mi je bilo hladno. Tiho je ušao, kao i u prethodnih par navrata – da li da me ne probudi ili da se ne oda, nisam bila sigurna. Ne mogavši da se suzdržim, skočila sam iz fotelje kako bih se suočila s njim. Nije se ni makao dok sam mu prilazila.

Na prvi pogled ništa nije izazivalo sumnju, ali brzo sam osetila miris izmešanih cigareta, različitih parfema, kluba, i ko zna čega još. Svašta mi je proletelo pred očima, ali najupečatljivije su bile scene njega sa nekom pariskom kurveštijom kojoj pripada taj užasan parfem, ili možda više njih.

Htela sam da vrisnem, da se proderem, ali vrlo dobro sam znala gde mi je mesto i da nemam ama baš nikakvo pravo, ne nakon svega što sam uradila u Nemačkoj. Iako mi se zavrtelo u glavi od besa na pomisao njega sa nekom mršavicom plavušom, nisam mogla ni da pisnem. Lice mi se izobličilo pod naletom emocija i svega što mi se uskuvalo u grudima, i uspela sam samo da kriknem poput ranjene životinje pre nego što sam otrčala na sprat i zavukla se u biblioteku.

„Džejn", zvao me je. „Džejn, stani."

Zalupila sam vrata i sela na široki prozorski sims s kog sam gledala na baštu koja na proleće izgleda kao šarenolik vrt, ali je sad bila odvratna i blatnjava, prekrivena starim snegom i bljuzgavicom. Jedva sam udahnula od suza koje su navrle.

Začula sam otvaranje vrata i znala da je ušao.

„Kasno je. Nije trebalo da čekaš", rekao je, možda brižno, nisam bila sigurna.

Nisam ništa odgovorila.

„Hajdemo u krevet", dodao je.

„Ti idi, ja ću spavati ovde", odgovorila sam dečje inadžijski.

Po koracima na drvenom podu znala sam da mi je prišao. Nisam se usuđivala da ga pogledam, ne kad mi je tako blizu. Plašila sam se šta ću videti – možda neku plavu dlaku, ili trag karmina na košulji, kao u filmovima.

Udahnuo je duboko, pre nego što će reći: „Džejn, nije bilo nikakve žene večeras."

Jeza me je protresla, svaki nerv, i tek tad sam se okrenula. Na licu preda mnom kao da je na trenutak bljesnuo *moj* Aleks. Srce mi je poskočilo.

„Ni večeras, niti ijednu noć pre."

Sve one užasne, odvratne scene rasprišile su se pred toplinom koja je isijavala iz njegovih očiju. Upijala sam to divno lice koje mi nedostaje, koje želim da dodirnem, a ne usuđujem se, i olakšanje mi se rastopilo celim telom grejući ga. Naravno da nije bilo drugih žena. On nije kao ja.

Vratili smo se zajedno u spavaću sobu, gde se opet ništa nije desilo. Jedan naivni komadić duše nadao se da će ove noći biti drugačije – da ćemo voditi ljubav, ili bar da će me zagrliti, ili možda da iako zaspimo razdvojeni, kao i inače, ujutru ćemo se probuditi isprepletanih ruku.

Ništa od toga nije se desilo.

*****

Umesto da bar malo poprave atmosferu u kući, posete roditelja bile su za oboje izuzetno mučne i naporne. Tokom obroka terala sam se da gutam i svim snagama gurala zalogaje niz stomak, jedva se suzdržavajući od povraćanja jer sam se od konkretne hrane davno odvikla.

Prvi put kad me je tata video, raskipteo se od besa, a mama zaplakala.

„Ako si počela da podržavaš neki od onih idiotskih trendova koji idealizuju kost i kožu, karijera će ti se nastaviti u mojoj kancelariji", vikao je dok me je mama grlila pažljivo da me ne prelomi, tako sam se osetila.

Nikada nisu posumnjali na Aleksa. Nas dvoje zajedno uspeli smo sve da ih ubedimo da je ovo samo prolazna faza. Nebrojeno puta smo ponovili kako je sve prirodno jer sam ja devojka iz Londona, da mi Pariz ne leži, da će sve biti u savršenom redu kad se oboje naviknemo. Sumnjali su, naravno, što mi toliko vremena treba da pronađem tempo života koji mi odgovara, meni kojoj preseljenje sa četrnaest godina iz Teksasa u Englesku nije ni malo teško palo, ali Aleks i ja smo se uporno držali svoje predstave da su nam svi verovali. A zašto bismo pa lagali?

*****

Evropsko prvenstvo u fudbalu u Italiji došlo je i prošlo. Nisam mu prisustvovala. Aleks nije hteo. Na neki očajan način, proživela sam ga kroz Beu i njene priče. Ona i Harold Der, golman engleske reprezentacije, i dalje su bili zajedno te je išla s njim. Odlično su se proveli. Putovala je s njim svuda, a njeni i njegovi roditelji, kao i Endži i Lana, uglavnom su im se pridruživali. Samo sam ja nedostajala, i svaki dan sam želela da sam s njima. Uživali su u Italiji u svakom pogledu. Redovno su mi pisale. Kad bi Harold bio zauzet treninzima, Bea je obilazila rodbinu svoje majke koju zbog daljine dugo nisu imali priliku da posete. Neke od njih je tom prilikom po prvi put videla i upoznala. Izgarala sam od bola i želje da sve to prođem sa njima, ali sam vrlo dobro znala da samo i jedino svojom krivicom ne mogu. Neprestano su mi slale snimke i slike, ali naravno da nije isto, i koliko god bi me svaka poruka obradovala, toliko isto me je probadala u stomaku.

Osetila sam u vazduhu sumnjivo prećutnu zbunjenost zašto sam ja odsutna sa ovog takmičenja. Isprva me je čudilo da ama baš niko ne komentariše kako to da se „najpopularnija devojka fudbalera" nije pojavila ni na jednoj utakmici svog dečka, ali ubrzo sam shvatila da je tata povukao sve moguće konce da do toga ne dođe i ponovo sam mu bila neizmerno zahvalna na zaštiti iako bi u svojim godinama već trebalo da se umem zaštititi sama.

Od kuće, naravno, pratila sam utakmice – Aleksove u dnevnom boravku, Matijasove skrivena u jednoj od gostinskih soba u koju bih se ušunjala pazeći da Agnes ne primeti, mada sam osećala da možda i ako nešto posumnja, neće mu reći. Žali me, toliko sam osetila.

Jednom prilikom Bea, Endži i Lana srele su Nemačku četvorku, kako su mediji i dalje zvali četiri najpopularnija fudbalera njihove reprezentacije – Mihaela Krima, Bena Švimera, Lensa Petrova i Matijasa Belera. Tvrdoglavo su insistirali i izvukli devojke na piće pobrinuvši se da hotelski bar bude prazan. Matijas je zahtevao da zna šta se dešava sa mnom i ako je sve „u redu", zašto ne pratim takmičenje uživo. Žao mi je bilo njih tri jer nisu mogle ništa konkretno da kažu iz prostog razloga što ni one nisu znale koliko je situacija s Aleksom loša.

Ono što me je do srži potreslo, međutim, bile su Beine reči: „Ne bi trebalo ovo da ti kažem jer neće ništa olakšati, ali ne mogu da te lažem ili prećutim… taj muškarac je i dalje bezumno, neodustajuće zaljubljen u tebe. To je bilo jasno svakome od nas šestoro prisutnih. Na pragu je da se razboli od brige."

U pravu je bila – to saznanje nije nimalo pomoglo, samo sam se osećala gore. *Bravo, Džejn, lepo si uništila živote dva divna muškarca.*

Takmičenje se završilo dobro po Ukrajinu, mada ne kako su hteli – odneli su bronzu nakon što su izgubili od Španije u polufinalu. Aleks je i na ovom turniru osvojio nagradu za najboljeg golmana, što se sad već više nije ni dovodilo u pitanje.

Što se tiče zlatne medalje, one je ponovo pripala Nemcima.

Ni njihovi mediji, a ni Matijas nisu me nikako ostavili na miru. U tih prvih nekoliko nedelja po finalu Svetskog prvenstva kad su igrali protiv Brazila – kada sam strčala na teren pravo Matijasu u zagrljaj, kad me je pokrio zastavom i poljubio dok su milioni gledali – novine iz svakog kraja zemlje sipali su članke i priče o nama kako smo sve vreme krišom bili zajedno. Morala sam da dovedem jedan francuski magazin o uređenju domova poznatih, da slika i intervjuiše Aleksa i mene u vili u Parizu tri nedelje po završetku turnira kako bismo pokazali da smo i dalje zajedno i da su priče o meni i Matijasu samo tračevi i loše pretpostavke.

Uprkos tome Matijas se nije zaustavio. Par meseci kasnije stao mi je slati pisma koja bi Agnes, srećom, spazila pre Aleksa, a potom mi ih diskretno prosledila.

*Šta se dešava? Gde si? Daj mi novi broj telefona.*

*Izgledaš veoma loše. Šta ti on to radi? Maltretira li te, kunem se ubiću ga.*

*Nemoj više da me mučiš, Džejn. Reci mi gde si i dolazim po tebe.*

Naravno da ni na jedno nisam odgovorila. Ta telenovela „Matijas i Džejn" za mene je gotova i bolje bi bilo da se završi i za njega. Ponavljala sam to kad god bi stiglo novo pismo. Međutim, jedan moj maleni, sramotni deo bio je zadivljen zbog svega što čini. Održao je reč – ono što je obećao pre nego što smo se rastali na Olimpijskom stadionu u Berlinu: da nikada neće poželeti ili voleti drugu ženu. Nijedne novine ga od tad nisu uhvatile ni sa jednom jedinom devojkom. Nisam znala da li zbog toga da mi bude drago ili još više da patim.

Osećala sam nešto, koliko god to bilo ludo i nemalo smisla. Na neki neobjašnjiv način stalo mi je. Znala sam da gajim nešto posebno i drugačije prema njemu nakon onih pet minuta, veče uoči polufinala između Ukrajine i Nemačke, kad smo se bolno grlili, dok je Aleks mirno spavao par soba dalje. Pošla sam da mu kažem da je sve među nama gotovo, a umesto toga strčala sam mu u zagrljaj kao najluđe zaljubljena tinejdžerka.

Nadala sam se da će sve što osećam prema njemu ugasti kad vidim da je nastavio, bez mene, da ponovo ima svoj nezavisan život i uživa sa devojkama. Međutim, i dalje me voli, što je samo održalo u životu i moja osećanja prema njemu, istovremeno produbivši bol i patnju, iako sam znala da bi najbolje bilo da se sve među nama završi iz prostog i jednostavnog razloga što ni u jednom svetu, galaksiji, univerzumu ne možemo biti zajedno.

U više navrata padalo mi je na pamet da jednostavno pobegnem od Aleksa, iz te proklete kuće, iz Pariza, da se dokopam Minhena i prospem Matijasu na prag. Znala sam da bi me primio, ali ono što nisam bila sigurna je da li bih zaista tamo bila srećna. One noći nakon finala Svetskog prvenstva, kad sam se sa svojim lažima suočila sa Aleksom, kad je izdrao one užasne istine o meni, znala sam da sa Matijasom apsolutno nikada neću moći biti iskreno, javno, istinski srećna. Ta fantazija našeg u svakom smislu ispunjenog zajedničkog života bila je samo to – fantazija, koju bismo sigurno pokvarili ako bismo je učinili stvarnom. Tako da, ako Matijas nije moguć za mene, to mora biti Aleks. Ako nisam sa jednim, moram biti sa drugim, jer ne mogu, ne smem da ih dodatno povredim ne odabravši nijednog, što bi možda za obojicu bilo najbolje.

Naravno, to je samo pola surove istine. Druga polovina je očigledna – volim Aleksa. Volim ga više od ikoga i ičega. Volim ga više od tate, od sebe same, od života. Nije moglo biti drugačije, ne nakon što je odlučio da ostane sa mnom nakon svih odvratnosti koje sam mu priredila, ne nakon što je odabrao nas naspram sebe. Ako mi već ranije nije bio broj jedan, najvažniji muškarac u životu, sada svakako jeste.

Znala sam da i on mene voli i u potpunosti sam razumela njegovo ponašanje iako me je peklo i bolelo. Znala sam da me ne kažnjava iako sam zaslužila najsuroviju kaznu. Jednostavno, nije znao kako da me voli pod datim okolnostima. Zbog svega toga sam ostala, duže od dve godine, uprkos fizičkom propadanju, kao i duši koja je neprirodnom brzinom venula, sve u nedostatku njegove ljubavi. Što je bilo i za očekivati. Nisam imala pravo da se žalim ni na šta. Ostaćemo zajedno dokle god postoji i mrvica nade da će jednog dana moj Aleks ponovo biti onaj muškarac koji me je voleo i obožavao. Sve muke i patnje će se isplatiti u trenutku kad ponovo osetim njegovu ljubav.

Nisam mislila da će ikada doći trenutak kad neću više moći da izdržim njegovu hladnoću.

Kasnog novembra, dve godine od Svetskog prvenstva, Aleksovi roditelji su nas posetili za vikend. Ni oni ne znaju celu istinu, već kao i svi nama bliski, samo da nešto nije u redu. Prvi dan tokom večere, Tanja je pokrenula temu mog narušenog zdravlja. Brinula je gotovo jednako kao moji roditelji. Po milioniti put, ponovila sam poput papagaja – *teško mi je da* se naviknem na Francusku, grad mi se ne dopada. Pritiskala me je pitanjima, nudeći rešenja, predlažući sve moguće načine na koje bi trebalo da dam šansu Parizu. Poznata mučnina i zebnja uspele su mi se uz grlo i kičmu i grudi su me zabolele.

„Već dve godine je prošlo, a ti ni jednom nisi otšila u kupovinu na Jelisejska polja?" Tanja se zaprepastila. „Možda bismo mogli sve četvoro da odemo sutra-prekosutra, da izađeš malo na svež vaduh i poješ nešto lepo. Bojim se…"

„Ne moraš da brineš, mama", Aleks ju je prekinuo. Presekao me je ledeno hladan ton koji sam čula samo one daleke noći u Berlinu. „Zaslužuje sve što joj se dešava."

Poprimila sam boju kreča, kao i lica njegovih roditelja.

„Kako to misliš, mili?" nije bila sigurna da je lepo čula, da smo svi lepo čuli. Košmar je počeo.

„Zna ona na šta mislim", odgovorio je, a sav bes godinama skupljan ocrtavao mu se na crvenom licu.

„Aleks!" vrisnula sam prestravljena, ne znajući otkud mi snaga.

Izbezumila sam se od pomisli da njegovi roditelji mogu saznati istinu. Oči su mi se uprkos svim branama napunile suzama. Pogledao me je i razumeo šta mi prolazi glavom, kao što smo se uvek razumeli bez ijedne izgovorene reči – preklinjala sam ga da im ne kaže. Sam nagoveštaj da Janovi saznaju šta sam uradila njihovom sinu, bratu, skoro me je onesvestilo. To bi bila trauma od koje se nikada ne bih oporavila, ne bi mi bilo spasa. Sve bi bilo gotovo. Preklinjali bi ga da me ostavi, a možda i ne bi morali, možda bi sam to uradio, ohrabren njihovom ljubavi i brigom. Čak i ako bi probao da im objasni ovaj gotovo bolestan način na koji se volimo i zbog kog sve ovo vreme biramo da ostanemo zajedno, oni bi me mrzeli za ceo svet koji nema ni najmanjeg pojma šta se sve u Nemačkoj dogodilo, a ja ne bih mogla dugo da poživim s tom mržnjom. *Molim te, učini mi ovo poslednje, Aleks, ljubavi*, preklinjala sam u sebi gledajući ga u oči. *Molim te, ne reci im ništa.*

Nisam izdržala duže za stolom. Suze su krenule navirati, a po staroj navici skrivanja nisam smela da dozvolim da me njegovi roditelji vide kako plačem. To može samo Aleks. Otrčala sam u spavaću sobu i smestila se kraj prozora. Naslonila sam znojavo čelo na hladno staklo. Večernja svetlost napolju bila je odvratna, kao i svaka u tom bljutavom gradu. Bol u grudima naveo me je da pomislim da mora da mi se duša uvija u grčevima i teži da se izvuče iz tela usput cepajući pluća i grudni koš. Boreći se sa svakim probadajućim uzdahom, konačno sam shvatila – biće samo gore.

Ove dve godine ostajala sam nadajući, moleći da se moj muškarac, moj Aleks vrati. Večeras mi je postalo sasvim jasno da od toga nema ništa. To saznanje promenilo mi je definiciju patnje. Grčilo me je, savijalo i lomilo, fizički i emotivno. Plašila sam se da neću izdržati, a kad sam uvidela da se i dalje pomeram, shvatila sam da sam kukavica koji novi sličan nalet neće izdržati. Moram da odem. Nema druge.

Oduvek sam preslaba čak i da pomislim na samoubistvo. Koliko god patila, to ne dolazi u obzir. Ne bih mogla da tako nešto uradim tati i etiketiram mu prezime. Njegova ćerka jedinica se predozirala, ili presekla sebi vene, skočila sa balkona… Ne, ne dolazi u obzir. Odvratno. Nikada mu to neću uraditi. Ujedno sam se plašila i fizičkog bola koji bi usledio ako ne bih uspela. Šta ako uradim nešto pogrešno, ne umrem odmah, i umesto toga zauvek budem vezana za kolica ili krevet? Ne, samoubistvo ne dolazi u obzir.

Isto tako, ovaj bol koji me lomi i seče, koji mi je u prethodne dve godine oslabio telo do neprepoznatljivosti, sad me je zaplašio da neću izdržati sledeći put kad se javi.

Uradiću ono što je trebalo još u Berlinu.

Nisam sigurna koliko dugo sam stajala tako ukočena na prozoru, zureći poput aveti i plašeći noćne ptice. Čula sam viku odozdo. Čudno. Janovi nikad ne podižu glas jedno na drugo. Nakon nekog vremena, glasovi su utihnuli, a par minuta kasnije Aleks je ušao u sobu.

Nisam se okrenula. Plašila sam se da će me njegov ledeni pogled pun mržnje ili dokrajčiti ili isterati svu odlučnost i naterati da promenim mišljenje.

„Džejn…" zaustio je. Glas mu je bio tup, ne više obojen besom.

„Ovo je kraj, Aleks", prekinula sam ga. „Žao mi je. Ne mogu više da izdržim. Volela bih da je drugačije, ali nemam snage. Idem prvim avionom za Dalas."

Ništa nije rekao, verovatno iznenađen onim što je čuo, kao što sam i ja bila. Nisam znala šta čekam ili očekujem. Da li da me pita da ostanem, u kom slučaju sigurno bih. Ne bi morao da me moli, jedna rečenica bila bi dovoljna. Ili da me pusti, što bi me oslobodilo patnje i groze u kojima dve godine živim.

Konačno je isprekidano rekao: „Tako je možda najbolje za oboje."

Bolelo je. Kako nakon svega nisam bila očekivala da će boleti. Seklo je i pržilo. Sve do tad, najgora patnja koju sam osetila bila je onog trenutka kad sam se suočila sa njegovim razočarenjem i besom nakon što je saznao šta sam sve radila tokom Prvenstva, kad je rekao da sam nešto najgore što mu se u životu dogodilo. Ovo je, međutim, bilo sasvim drugačije, podiglo je razdiranje na viši nivo, desetine lestvica iznad. Ovo razdiranje bio je težak poraz, onaj bol napuštanja osobe koju voliš više od života, kada si napušten, ostavljen od strane osobe kojoj si značio više od života. Bol saznanja da sva ta beskonačna, nesamerljiva ljubav uprkos svim ulaganjima, žrtvama i naporima nije dovoljna. Mislila sam da će me atomska jačina svega toga zdrobiti. Srce mi se kidalo, pluća se grčila, stomak uvijao. I dalje nisam imala snage da se okrenem i pogledam ga u oči plašeći se šta će me sačekati. Stoga sam nastavila da zurim kroz prozor, u tu prokletu, sivu, odvratnu bljuzgavicu sve dok nisam čula vrata kako se zatvaraju.

Kad sam konačno skupila hrabrost da se pomerim, okrenula sam se ka mučki praznoj sobi. Kosti i zglobovi su mi kliktali kao pod velikom težinom. Celo telo kretalo se s poteškoćama, kao da je težak, vodom natopljen balvan.

Nisam ništa pakovala. Pretpostavila sam da je najbolje da uradim kao u Berlinu – da odem samo ja, sa pasošem, da sve ostavim za sobom. Ako vidim Aleksa na putu ka vratima, pa… moraću da se pravim da je samo još jedna od uspomena koje ostavljam, po drugi put sekući deo svog života i smeštajući ga u zaborav.

*****

Kad sam se u pet ujutru spustila u dnevni boravak, zatekla sam ga kako sedi u fotelji, budan i širom otvorenih, natečenih očiju. Ustao je kad sam stala na poslednji stepenik. Razmišljala sam šta da mu kažem. Da li je uopšte pametno da pričamo? Možda se predomislim, što nije dobro. Uostalom, ima li išta više da se kaže? Odlučila sam da je najbolje da samo prođem pored njega, kao da nije tu. Tako najmanje rizikujem da me zaustavi. Ili kaže nešto ružno. Nisam znala šta da očekujem.

„Nemaš kofere?" pitao je.

Uragan misli uskovitlao mi se u glavi dok sam smišljala šta da odgovorim, kao da pitanje nije dovoljno jednostavno.

„Ne", tiho sam izustila, „ne treba mi ništa."

Ponovo je nastupila tišina tokom koje smo se upijali pogledima.

„Hoćeš li da te odvezem na aerodrom?" prekinuo ju je.

„Ne, hvala, taksi me čeka ispred."

Džentlmen, i u ovom trenutku. Ubijalo me je. Nema suza, nema preklinjanja, kao ni ružnih reči zbog kojih bismo se kajali. Da li nam se ovo uistinu dešava? Dvoje beskrajno zaljubljenih kao što smo mi bili? Savršen par Džejn Anderson i Aleks Janov raskidaju? Zauvek? Nemoguće. Sve ono što smo stvorili zajedno u prvih devet meseci bajkovite veze blještalo mi je pred očima. Sve one šetnje Londonom kad smo se po kafićima skrivali od kiše. Utakmice u Kijevu kojima sam prisustvovala. Višesatni razgovori telefonom uprkos napornom danu iza nas. Kako mi je srce lupalo svaki put trenutke pre nego što ćemo se ponovo sastati. Njegova silueta koja se pojavila u Teksasu na moj rođendan, kad sam ga najmanje očekivala. Ukrajinska himna kad se prolomila stadionom na njegovoj prvoj utakmici na Svetskom prvenstvu, kad sam je pevala iz sveg glasa, a on se ponosno osmehivao voleći me više nego ikad. Sve one noći koje smo beležili zagrljajima i vođenjem najčistije ljubavi. Devet meseci sreće, a potom dve godine lišeni svega.

Mojom krivicom.

Svemu je kraj.

„Idi da spavaš. Uskoro ti je trening", rekla sam iako mi je u grlu stajao kamen.

„Erm, da… Hoću." Nije skrenuo pogled.

Nisam mogla da zaključim šta se iza tih morsko plavih očiju krije. Da li se priseća kao ja ili konačno oseća olakšanje, oslobođenje od svega?

Moram da idem.

Sa ono malo snage što mi je ostalo i držalo me na nogama, rekla sam: „Zbogom, Aleks."

Dugo me je gledao, a ja i dalje nisam mogla da procenim o čemu razmišlja.

Konačno je izustio: „Zbogom, Džejn."

Trebalo je da se osetim puštenom u tom trenutku. Trebalo je da mi ogroman teret spadne sa srca, da punim plućima izađem napolje i udahnem svež vazduh.

Nisam.

Kad sam se nespretno smestila u taksi i slučajno pogledala u retrovizor, uzvratio mi je duh, gotovo me uplašivši. Kako su se točkovi zakotrljali, pripala mi je muka. Izdržala sam nekoliko kilometara, ali je taksista morao da se zaustavi kako bih ispovraćala svu hranu od sinoć, kad sam se pred Janovima još uvek pravila da je sve u redu. Sabrala sam se dovoljno da prođem pasošku kontrolu i ukrcam na avion. Imala sam sreće da kupim poslednje sedište u prvoj klasi. Nisam bila sigurna kako bih izašla na kraj sa svim radoznalim pogledima prolaznika i ostalih putnika u avionu. Čak i sa petnaest kilograma manje, lako me je bilo prepoznati.

Čim sam se pronašla svoje sedište, dogovorila sam se sa stjuardesom da mi da maksimum privatnosti, ali da povremeno proveri da nisam dehidrirala. Rekla sam joj da sam se nečim otrovala i ne mogu da prestanem da povraćam, ali da je ovo putovanje neodloživo. Pomagala je koliko je mogla. Terala me je da pijem vodu i čak držala kosu tokom jednog od naleta mučnine. Obe smo bile svesne da ništa nije kako treba i da nema veze sa pokvarenom hranom od prethodne noći.

***** 

U Dalasu je bilo užasno hladno pa sam se i pored glomaznog kaputa zaogrnula velikim vunenim šalom i kapom nadajući se da me niko neće primetiti. Kad sam stigla na Ranč „Anderson", niko nije bio srećan što me vidi, već zgranut u kakvom stanju sam se pojavila prvi put posle dve godine. Sofi, koja me nije videla od dvadesetog rođendana kad sam bila najsrećnija žena na svetu jer je moj dečko uzeo nedelju dana slobodno kako bi bio sa mnom na taj važan datum, vrisnula je i zaplakala se privlačeći pažnju svih u kući. Arnold, upravnik ranča, izašao je prvi i spazivši me i sam počeo da glasno kune i viče.

„Drago dete, šta ti se desilo?" hteo je da me zagrli, ali mogla sam da vidim da se plaši da će me slomiti tako da je samo prelazio očima preko mene nesiguran šta sledeće da uradi.

Tata je izašao sledeći. Iako je bio upoznat sa tim da sam poprilično oslabila, višesatno povraćanje i let od deset sati doprineli su da izgledam još bolesnije te je i on pobeleo od besa i stao psovati. Nikada ga nisam videla zabrinutijeg. Kad me je zagrlio, nisam više mogla izdržati i brane su propustile. Gušila sam se u suzama i slinama. Počela sam pucati po šavovima još par sati ranije kad je pilot na razglasu objavio da uskoro slećemo u Dalas. Nekako sam izdržala da se ne sramotim na javnom mestu iako je bilo prokleto teže od ijedne uloge koju sam do tad igrala. Sad sam isprva mislila da će tata ustuknuti, zgađen, jer od pete godine nisam pred njim suzu pustila. Međutim, razuverio me je. Grlio me je, sve jače, a ja sam sve glasnije ridala.

Odveo me je u radnu sobu dok sam mu obešena o rame plakala. Čvrsto sam žmurila kako nikoga ne bih srela s onim blesavim dečjim uverenjem da ako su meni zatvorene oči, niko ne može da me vidi. Seli smo na udobnu kožnu sofu u koju sam i kao dete volela da se bacim i gledam ga dok radi. Nije me ispuštao iz zagrljaja što me je ohrabrilo da plačem još više. Njegove ruke preko ramena i leđa bile su kao umirujući melem na najteže rane.

Kad je reka suza malo kasnije naizgled presušila i disanje mi se uravnotežilo, zahtevao je da mu ispričam šta se dogodilo. Cenila sam strpljenje i što me nije odmah još u dvorištu krenuo ispitivati. Prva rečenica koju sam uspela da sastavim bila je „Nisam više mogla izdržati" što niti je bilo pametno, ni fer prema Aleksu.

„Trebalo je da znam da ima neke veze s Janovim. Kako sam mogao biti tako glup?" prorežao je. „Ali s njim je gotovo. Kroz par dana biće samo ime u istoriji fudbala. Ništa više. Prokletnik. Kako se samo usudio da moju lepoticu ubije svojom bolesnom ljubomorom!"

„Ne, tata, nije on kriv", zaustila sam, ali bio je previše besan da bi me čuo.

Na moje olakšanje, vrata su se otvorila.

„Sofi", tata joj se obratio, „donesi Džejn pilule za spavanje i čaj za smirenje. Treba joj odmor."

Vratila se u roku od par minuta, mucajući više za sebe nego naglas reči brige i tuge i noseći tacnu sa šoljom iz koje se dizala para i dve tablete na tanjiriću pored. Tako primamljivo.

„Tata, molim te", rekla sam čim je izašla, „obećaj mi da ništa nećeš uraditi Aleksu pre nego što se probudim."

„Džejn, draga, predugo sam ćutao i pogledaj dokle nas je to dovelo."

„Ne, tata", zavapila sam, „molim te, kao nikad te molim, sačekaj da ti prvo sve ispričam. Pre nego što išta preduzmeš, moraš da znaš šta se desilo. Molim te, sačekaj da se probudim."

Još malo je oklevao, ali na kraju se složio. To me je smirilo, zajedno sa čajem uz koji sam popila one tablete i utonula u devetnaestočasovni san.

*****

Nisam mu rekla sve, naravno. Neću nikada. Kad sam otvorila oči naredno popodne ošamućena od toliko spavanja, trebalo mi je nekoliko minuta da shvatim gde sam i šta se sve odigralo u prethodnih dan – dan i po. Kad sam upila sobu oko sebe i shvatila da sam na ranču u Dalasu, gde kad sam bila prethodni put, pre dve i po godine, Aleks je bio sa mnom i bili smo srećno zaljubljeni, bacila sam se u histeričan plač u trajanju od sigurno pola sata.

Potrošivši suze bar za neko vreme umila sam se ledenom vodom spremajući se na suočavanje s roditeljima, kao i pažljivo razvijajući priču koju ću im izložiti. Cela istina ne dolazi u obzir. Previše me je sramota, a ne bih mogla da nakon svega u tom ranjivom stanju izađem na megdan tatinom besu kad bi saznao da mu je jedina ćerka drolja svetskog kalibra, u bukvalnom značenju tih reči. Istovremeno osećala sam da mi je dužnost da zaštitim Aleksa. Znajući tatu, neće se smiriti dok ne poravna račune s *tim mamlazom koji je povredio njegovu miljenicu.* Morala sam da kako znam i umem sprečim bilo kakav okršaj između njih dvojice.

Stoga sam uradila ono što sam toliko puta učinila tokom sudbonosnog Svetskog prvenstva – odlučila sam se za polulaži.

„Gluposti!" tata je povikao kad sam mu rekla da Aleks nema ništa s tim što sam bolesno smršala i izgledam ispijeno.

Nas troje sedeli smo u radnoj sobi. Mama je ceo jučerašnji dan bila na poslu i propustila moj dramatičan dolazak, ali sa očiju joj videla sam da je i ona plakala. Kad sam sela na udobnu kožnu sofu, prebacila mi je preko leđa debelo, mekano ćebe, sela pored i stegla mi hladne prste svojim toplim i umirujućim šakama. Značila mi je ta njena potpora dok sam pričala, podsećajući na odbeglog pacijenta.

„Pusti je da sve kaže, Brede", rekla je.

„Sve je moja krivica", nastavila sam. „Povredila sam ga tad, u Nemačkoj. Povukla sam neke... neoprostive poteze, učinila nešto veoma nepristojno i ponižavajuće. Ima pravo što je prestao pokazivati emocije prema meni."

„Zašto onda niste raskinuli tad?" bes mu nije jenjavao.

„Nije rekla da je prestao da je voli", mama je odgovorila. „Da jeste, Džejn ne bi ostala sa njim."

Klimnula sam. Bar ona razume.

„Ali, pile", pomazila me je po leđima oprezno kao da se brine da će mi od dodira nastati modrice, „šta si uradila tokom Prvenstva da Aleksa tako razbesni? Sećam se da ste se devojke i ti sprijateljile s onom grupom duhovitih Nemaca, da je Matijas bio zaljubljen u tebe – da, sudeći po svemu, još uvek jeste. Naravno, da si se držala podalje od njega, bilo bi bolje za sve, ali..." stegla je usne birajući reči, „mislila sam da znaš šta radiš, da Matijasu nije teško padalo dok si ti u blizini, da je znao na čemu je s tobom, da mu nisi davala lažnu nadu."

Skoro sam se zaplakala setivši se da sam Matijasu pružila daleko više od nade.

Udahnula sam potiskujući suze dok su mi grudi podrhtavale. Očekivala sam slično pitanje i imala spreman odgovor. „Onda znate najveći deo priče." Pažljivo sam birala reči. „Sećate se da sam prisustvovala gotovo svakoj nemačkoj utakmici uprkos svemu što su njihovi igrači izjavili o devojkama i meni pre Prvenstva. To je bila prva u nizu mojih odluka koje se nisu dopale Aleksu. Tata, ti znaš da smo ih upoznali na samom početku i da se nisu činili tako lošima. Osim toga, kad je Gotfrid popričao s njima, prestali su da komentarišu budalaštine o nama, tako da smo devojke i ja zaista uživale na tim utakmicama i družeći se s njima. Htele smo da se provodimo tokom celog takmičenja, a Aleks je većinu vremena bio na treninzima i sastancima s timom."

Nisu me prekidali, već pažljivo slušali. Duboko sam udahnula, kao na sesiji, i nastavila. „Ono sa čim niste upoznati je da smo Bea, Lana, Endži i ja išle na neke privatne žurke koje su igrači organizovali i lagala bih kad bih rekla da nam nije bilo zanimljivo. Aleks je znao za to i nije odobravao, naravno, te mu nisam svaki put govorila celu istinu. Rekla bih da idem samo na utakmicu, a onda bih se odande javila da ćemo devojke i ja ostati malo duže, a potom ignorišući njegovo negodovanje, zaputile bismo se kod njih na sobne žurke…"

„Džejn, pobogu!"

Znala sam da se tati ovo neće nimalo dopasti, ali radije bih da besni na mene zbog par divljih zabava kojima nije trebalo da prisustvujem, nego da sazna šta sam stvarno radila pre i posle njih. „Sad znam koliko je sve to bilo pogrešno", nastavila sam, „ali tad sam mislila da dokle god javnost ne sazna, nema ničeg lošeg u malo provoda. Igrači su uvek bili prijatni prema nama, džentlmeni. Što nije bio slučaj kad se radilo o Aleksu. Neprestano su flertovali sa svakom od nas, ismevajući Ukrajince dok ih mi i… hm, pa… dok ih mi i Beler ne bismo prekinuli."

„Tom dečku je zaista stalo do tebe", mama reče saosećajno zbog čega je mojim srcem protrčao grč. Setila sam se koliko je tih par nedelja bilo teško za njega.

Nastavila sam sa svojom proračunatom pričom. „Matijas je zapravo sve to vreme gajio nadu da će se nešto između nas dogoditi, najviše zato što nisam propuštala nijednu njihovu utakmicu. Ni u jednom trenutku nisam nijednom od njih dala bilo kakav nagoveštaj da nečega može biti, ali", sramota je pretila da ispliva u vidu crvenila, ali sam je potisnula, „ali ne mogu da kažem da sam bila sasvim hladna i nezainteresovana. Nekad sam i ja uzvraćala flertovanje iako sam znala da nije primereno. Sve sam to videla kao bezopasnu šalu i igrariju."

Tata je ponovo zaustio, videla sam kako ključa, ali mama je pružila ruku do ramena mu zaustavivši ga. Nikad joj nisam bila zahvalna kao tog dana.

„Znam da sam pogrešila, i te kako pogrešila i izigrala Aleksovo poverenje. Zato me savest ubija sve ovo vreme." Teško sam progutala spremajući se na još jednu laž. „Matijas je uvek bio ljubazan i prijatan i zaustavio bi svoje prijatelje kad god bi preterali sa ruganjem i podsmehom, ali sasvim je razumljivo što Aleksu to nije bilo dovoljno. Znao je vrlo dobro da Nemci nemaju reči hvale ni za njega, niti za ikoga iz ukrajinskog tima, a ja to nisam mogla poreći. To nepoštovanje, od strane njih, mene pogotovu, duboko ga je zaseklo, povredilo i napravilo ožiljak. Nije uopšte trebalo da idem ni na kakva okupljanja s Nemcima, nije trebalo nijednoj njihovoj utakmici da prisustvujem bez tebe, tata. Scena koju je Gotfrid napravio to samo potvrđuje."

Neko vreme oćutao je pre nego što će progovoriti. „Razumem Aleksandrov bes. Definitivno si pogrešila druživši se s onim balavcima po njihovim sobama. Da sam znao za to, ozbiljno bismo razgovarali." Posramljeno sam spustila pogled razmišljajući koliko bi mi život bio drugačiji i lepši da sam se još tad svađala s tatom i postupila po njegovom, kako je i bilo ispravno. „Međutim, ništa od toga nije opravdanje za njegovo ponašanje i tretman koji ti je priredio, koji te je doveo do stanja u kom si. Pošto mu se nije sviđalo ono što si radila, trebalo je da uradi nešto po tom pitanju na licu mesta."

„Šta na primer?" mama ga je prkosno pitala. „Šta bi ti uradio?"

„Ne bih dozvolio svojoj devojci da ide gde joj padne na pamet tek tako."

„Ma nemoj? Suprotstavio bi se Bredu Andersonu?" Nije odgovorio. „Osim toga, oboje znamo kako Džejn ume biti ubedljiva i naporna kad nešto odluči."

Srce me je zapeklo. Uprkos distanci koja godinama postoji između nas dve, i dalje me vrlo dobro poznaje.

„Osim toga", nastavila sam, „znate i sami šta se desilo po završetku finala i sećate se predstave koju smo Matijas i ja priredili svima. Toliko sam bila naivna, sumanuta i nepromišljena. Donela sam odluku pod naletom uzbuđenja i adrenalina. Samo sam htela da mu čestitam, a izgledalo je sasvim drugačije, i Aleksu, i samom Matijasu. Čitavom svetu. Svi su mislili da sam šutnula svog dečka kako bih bila sa zlatnim momkom. Tek kad je Matijas krenuo da me poljubi pod onom zastavom, shvatila sam ozbiljnost i razmere onoga što radim. Ali bilo je kasno."

„Upravo tako. To je možda nešto najgore što si ikad napravila."

„Brede!"

„U pravu je, mama."

„Lično sam morao da se bavim posledicama tvog bezumnog hira. Nedelje su mi trebale da nam ime izbacim iz žute štampe i uprkos svem uloženom trudu, lešinari i dalje ne odustaju od tog nemačkog klinca i tebe."

„Znam, tata, i nema reči kojima mogu da iskažem koliko mi je žao zbog nereda koji sam napravila. Izuzetno se stidim i kajem zbog svega."

„I treba, ali kajanje ne znači ništa." Glas mu je bio ujednačen, ali sam znala da kipti. „To što ti je žao nikada neće moći da nadomesti sramotu koju sam pretrpeo i neprijatnosti i pitanja sa kojima sam morao da izlazim na kraj tokom svakog sastanka i poslovne večere. Isto je bilo i Džozefini u njenoj firmi."

Stala sam se tresti. Možda sam se preračunala. Možda moje polulaži nisu dovoljne da me ovaj put spasu. Možda ipak izgubim osim Aleksa i porodicu i prezime. Mama je probala da ga prekine, ali nije uspela. „Imaš li predstavu koliko sam ugovora raskinuo pre kraja tog leta zato što nisam hteo da tolerišem neprofesionalne majmune od kojih sam mogao imati i te kakve koristi?" Nije vikao, ali nije ni trebalo. Ton kojim mi se obraćao, miran i uravnotežen, sam po sebi me je zastrašivao. Više nisam znala šta da očekujem. „Hvala Bogu pa su se smirili do kraja septembra, ali preterala si. To leto si baš prekardašila."

Jedva sam pokrenula poslednje atome snage da ga pogledam u oči. „Ne znam šta da kažem sem da sam svesna ozbiljnosti i opsega svojih grešaka, gluposti i suludih postupaka koje sam napravila, ali spremna sam da učinim sve da povratim tvoje poverenje."

Konačno, videla sam toplotu u tim tamnim očima koje, znala sam oduvek, vole me više od ičega.

Spustio mi je ruku na rame. „Sve je u redu, draga, iza nas je." Udahnuo je. „Nastavi. Zašto te Aleksandar nije ostavio nakon scene u Berlinu? Zašto ste se zajedno preselili u Francusku?"

„Zato što… ja ga nisam prevarila. Samo je izgledalo tako. Da smo tad raskinuli, da me je ostavio, to bi bilo kao da priznajemo, oboje… A on… Znao je… I dalje zna… Da ga volim…" bol zbog ponovnog saznanja kakvo je stanje između nas dvoje i što to treba naglas da izgovorim obuzeo me je i nagnao suze na oči, ponovo. „I ja… I ja znam da on voli mene, ali… ali…" nisam uspela da završim od grcanja.

„Nekad ljubav nije dovoljna", mama je rekla i privukla me u snažan zagrljaj.

Raspala sam se u milion komadića, kao staklo pogođeno kamenom. Aleks i ja, nekada slika i primer savršenog para koji zajedno može sve, sad smo ništa, ne postojimo više kao jedno. Rasečeni smo, a hiljade i hiljade bezosećajnih hladnih kilometara između nas.

*****

Nekoliko izuzetno iscrpljujućih i napornih dana trebalo mi je da ubedim tatu da ne uradi ništa Aleksu. Razumeo je zašto ga molim, razumeo je i Aleksa i njegove postuple, ali više puta mi je rekao da zamislim da sam na njegovom mestu. Šta bih ja uradila da mi jedino dete dve godine provede u groznim uslovima, lišeno ljubavi, nege i pažnje, da se vrati fizički i mentalno propalo i oštećeno? Prva reakcija svakog roditelja bila bi natera nekoga da plati, iako krivca možda nije tako lako utvrditi.

Na kraju smo se dogovorili da neće ništa preduzeti, a da me prethodno ne konsultuje. Mama je bila u pravu kad je rekla da mogu biti poprilično naporna dok ne isteram svoje. „Žene porodice Anderson uvek dobiju ono što žele" čula sam više puta, a to žene odnosilo bi se i na one koje su poput mame prezime dobile udajom. Ličimo kad se radi o tvrdoglavosti.

Tatino obećanje, međutim, nije me smirilo koliko sam očekivala. Prestala sam da pijem pilule za spavanje kako ne bih postala zavisna. Uspela bih da zaspim bez njih, ali prečesto u suzama. Plakala bih dok se ne bih izmorila i utonula u san.

Bea, Lana i Endži došle su mi u posetu čim su saznale da sam napustila Pariz. Sve četiri plakale smo danima. Krivile su sebe jer mi nisu pomogle i šta god im ja rekla da to opovrgnem, nisu popuštale s krivicom. I one su razumele Aleksa – pogotovu znajući istinu i celu priču – ali baš kao i moji roditelji, smatrale su da mučenje kom me je izložio nije bio pravi izlaz iz naše situacije. Uprkos svemu što mi je tih dana rečeno i svem sažaljenju, ja sama sam vrlo dobro znala da sve što mi se dešava zaslužujem, baš kao što je Aleks i rekao naše poslednje zajedničko veče. Pokušavala sam iznova i iznova da ih ubedim, da im objasnim da on nije apsolutno ni za šta kriv, da mi zapravo nije ništa uradio. Nikada me nije zatvorio u kuću, niti mi zabranio da išta radim. Samo se ponašao kako je normalno i prirodno posle svega što sam napravila.

Još kad smo se preselili u Pariz, zamolila sam Beu da ništa ne kaže Haroldu. Ne zbog mene, već iz poštovanja prema Aleksu. Nisam htela da previše osoba zna da ga je devojka prevarila više puta, pogotovu nakon što on sam nije rekao nijednom od svojih prijatelja, čak ni Luki Fereiri s kojim je najbliži. Štaviše, otkako sam otišla iz Francuske, nisam čak ništa o nama pročitala u novinama. Svaki dan sam se budila s jezom očekujući da kad pogledam u telefon, pred mene bljesne naslov *Džejn i Aleks raskinuli*. On, međutim, nije dao nijedan intervju koji nema veze sa sportom, niti me je ijednom igde spomenuo. Što se tiče javnosti, između nas je sve i dalje u savršenom redu.

Harold je, doduše, znao da sam uradila nešto jako loše. Bea mu nije rekla, ali samo slepac ne bi video koliko sam uživala i provodila se na nemačkim utakmicama tokom Prvenstva.

Devojke su ostale sa mnom koliko god su mogle. Nakon deset dana Bea je morala da se vrati zbog snimanja. Lana i Endži ostale su još sedmicu, a onda sam ih ubedila da ne zapostavljaju posao i idu kući, a ja ću već biti dobro. Dogovorile su se da me posećuju u smenama, što me je obradovalo. Imala sam bar nečemu da se radujem.

Oskar, moj najduži i najbolji prijatelj kog imam u Teksasu, tih dana bio je od neprocenjive vrednosti. U početku sam ga izbegavala, od sramote i svog izgleda, a i on me uprkos svoj daljini i godinama provedenim razdvojeni poznaje dovoljno da zna da se radi o nečemu ozbiljnom. Nisam mogla da ga lažem, međutim, nakon prvog susreta, osetila sam i da mogu da mu verujem.

Čekala sam neko vreme. Nisam smela da mu kažem ni i od istine dok smo u kući iz straha da bi neko mogao da nas čuje. Dok su devojke bile tu, apetit mi se malo popravio te sam u par navrata izašla da prošetam. Dve i po nedelje kasnije, nakon što su otišle, povratila sam snagu dovoljno da mogu nakratko da jašem.

Postojao je još jedan razlog iz kog sam morala da kažem sve Oskaru – pukla bih da na ranču nisam imala nekoga ko zna sve. Trebao mi je neko upućen, ko bi me razumeo.

Kad me je Oskar prvi put izveo na jahanje, odmakli smo podalje i zapalili vatru. Ušuškala mu sam se ispod ruke i prosula celu dušu u žar. Pričala sam, činilo mi se, satima, a on nije prekidao. Decembar se već primicao kraju i postajalo je hladno. Ogrnuli smo se ćebetom, a ja sam i dalje pričala. Slušao je pažljivo, strpljivo, bez upadanja ili uzdaha osude. Kad sam završila, u suzama, snažno me je grlio.

„Dušo moja draga, pa, ti oduvek privlačiš svu moguću pažnju muškaraca. Niko ti ne odoleva. Zar nisi znala? Nije bilo potrebe da deliš telo ni sa jednim od njih da bi išta sebi dokazala. Prokletstvo, taj Janov je stvarno veliki čovek."

Jecala sam i vlažila mu rame nezaustavljivim suzama. Toliko je lakše sad kad on zna. Razume i svestan je mojih osećanja i zašto još uvek volim Aleksa celim srcem i dušom, iako su oboje surovo, nemilosrdno, i možda bespovratno, rasparčani na deliće.

# 2.

Ništa se značajno nije promenilo tokom Božićnih i novogodišnjih praznika osim što sam uspela da vratim četiri kilograma i počela da idem s tatom u kancelariju kako bih bar na kratko skrenula misli s Aleksa. Nadala sam se da ću vremenom biti manje okupirana njime, da neću svaki minut dok sam budna misliti na njega, međutim, svaki dan činio se gorim od prethodnog.

Odlazak s tatom na posao pomogao je donekle. Sretala sam ljude koji nisu postavljali previše pitanja, koji su mi pomagali kad god mi je nešto nejasno i trudili da se osećam prijatno. Prevela sam par ugovora sa italijanskog i španskog. To su bili trenuci kad bih se najviše udubila i najmanje mislila na Aleksa.

Oskar je bio neprocenjiv. Sve slobodno vreme provodio je sa mnom, a i držao je na odstojanju Vanesu i braću Stivenson. Nisam još bila spremna da izađem pred stare prijatelje, da se suočim sa zabrinutim pogledima i smišljam nove laži kao odgovore na njihova pitanja. Trenutno najbolje po mene je bilo da idem s tatom na posao, budem na ranču i sa Oskarom.

Početkom januara i roditelji i prijatelji radovali su se mom malom, ali značajnom boljitku, ali prve radne nedelje u novinama su izašle vesti koje su me nanovo izbacile iz koloseka: Ben Švimer je prešao u Pariz da igra za Aleksov klub. Znala sam koliko će mu to biti neprijatno, prosto da bude u blizini bilo koga iz nemačke reprezentacije, pogotovu Matijasovog najboljeg druga. Uprkos tome zahvaljivala sam svim svecima što nije baš Matijas taj koji je promenio tim.

Srećom, samo nedelju dana kasnije novi naslov zatresao je svet sporta: Aleks prelazi u Madrid. Igraće za najbolji tim u Španiji. Znala sam da njegov ugovor u Parizu ističe tek nakon narednog Svetskog prvenstva (u Brazilu) do čega ima još godinu i po dana što jedino može da znači da je do ove odluke došao iznenada i naprasno. Niko me nije mogao ubediti da Ben Švimer nije ključni razlog za to. Da li mu je možda nešto rekao i šta? Razbijala sam glavu tim pitanjem navukavši ponovo stres i brigu koji su s lakoćom oterali ono malo težine što sam dobila i vratila sam se na početnu tačku na kojoj sam bila kad sam krajem novembra kročila na ranč.

Naravno da nisam gledala Aleksove utakmice. Znala sam da bi to samo pogoršalo moje ionako loše stanje, a htela sam da ipak budem malo bolje, zarad roditelja jer sam im na licima videla koliko brinu i pate zbog mene.

Još nešto što nas je sve iznenađivalo i zbunjivalo bila je činjenica da izgleda niko nije znao da smo Aleks i ja raskinuli. Novinari nisu imali nijednu mogućnost da dopru do mene, a ja sama nisam htela da izlazim u javnost ni na kratko. Kad bi pitali Aleksa o meni, jednostavno ništa nije odgovarao. Zbog toga sam ga još više volela umesto da mi osećanja slabe. Čak iako smo razdvojeni, nije hteo da mi kalja reputaciju. Mama i tata su to takođe primetili i nisam mogla da ne vidim koliko je i njima žao zbog svega što nam se desilo. Nisu više bili ljuti na njega. Videli su da mu je stalo kako običnom muškarcu ne bi do žene koja ga je povredila i izdala kao ja. Nanovo su verovali da je on najbolji, pravi muškarac za mene i bilo im je žao što smo razdvojeni.

U februaru mama je predložila da negde otputujemo, da li nas dve ili ja sa devojkama. Odbila sam. Stravila me je sama pomisao da se nađem okružena strancima, na aerodromu, po restoranima, bilo gde van granica ranča. Umesto toga odlučili smo da kampujemo sa Alehandrom i Maribel, Oskarovim roditeljima. Prijao mi je taj vikend. Nisu ništa zapitkivali i trudili su se da se osećam kao da je sve u redu, ali čim smo se vratili kući, nanovo sam potonula u depresiju. Roditelji i prijatelji nisu više znali šta da rade sa mnom.

Jedino što mi je malčice pomagalo bile su večeri s tatom. Kad bismo se vratili s posla, večerali bismo zajedno s mamom, a potom bismo se nas dvoje zaputili u biblioteku gde mi je strpljivo pojašnjavao sve sa čime sam se susrela tokom dana, a nije mi bilo najjasnije. Postidela sam se koliko zapravo pojma nemam o poslu koji mi je obezbedio život princeze. Uprkos svim naporima, međutim, i dalje nisam nalazila radost i uzbuđenje u brojevima, ciframa, statistikama, graficima i akcijama. Daleko više su me ispunjavale moda i gluma, ali kad god bih pomislila na svoju karijeru, ponovo bih se rasplakala svesna da je ne mogu povratiti. Prvi i osnovni razlog bio je što ličim na leš. Drugi – pa, nisam sposobna suze da zadržim ni kad sam sama, a gde tek da izazovno poziram i reklamiram neki kozmetički proizvod.

U svakom slučaju, bila sam svesna da moram nešto uraditi sa životom. Primicao nam se i kraj maja – gotovo čitave tri godine ništa nisam uradila. *Kao da tvoja karijera i dalje postoji*, često sam se rugala sama sebi. I dalje apsolutno ni za šta nisam bila sposobna. Jedino što volim da radim nisam mogla, a većinu vremena koje sam budna i dalje sam mislila na Aleksa i o zajedničkom životu kakav smo mogli imati, graditi, voditi, samo da ja nisam sve upropastila. Hoću li ikad oprostiti sebi, oporaviti se i krenuti dalje?

***** 

Polako, usporeno, i proleće se probilo do ranča rasteravši mrazavicu. Otišla sam sama na jahanje. Tata je počeo da mi dozvoljava, pod uslovom da pre nego što krenem, imam pristojan obrok. Uspela sam. Tih dana sve što pred mene stave progutala bih samo da dobijem malo vremena nasamo sa Medenom, lepom, mirnom kobilom. Činilo mi se da razume sve što osećam. Kad god bih pred njom krenula plakati, spustila bi mi glavu na grudi i grejala me.

Otišla sam do jezera koje čuva toliko uspomena na lude provode sa mojim prijateljima odavde. Htela sam i Aleksa da dovedem, ali nikad nisam dobila priliku. Sigurna sam da bi mu se dopalo. Plutanje u tim prisećanjima i sanjarenjima nekad bi me smirilo.

Setila sam se kako me je pre skoro tri godine iznenadio kad se pojavio na ranču dan pred moj dvadeseti rođendan, učinivši me najsrećnijom ženom na svetu. Sad, evo, uskoro punim dvadeset tri i jadnija ne mogu biti. Ja, čuvena Džejn Anderson. Ko bi rekao?

Ponovo sam plakala. Možda satima. Nekad mi se činilo da sve suze koje sam godinama, celo detinjstvo i odrastanje gutala i potiskivala, sad nezadrživo isplivavaju na površinu. Kako bi se dan priveo kraju, ponadala bih se da je to to, da sam presušila, da nemam više šta da isplačem, međutim, naredni dan krenula bih ispočetka, od ranog jutra. I svaki put bolelo je jače. Šta da radim više! Bila sam uz Endži, Beu i Lanu kad su prolazile kroz raskide. Sećam se koliko su se izgladnjivale, jecale, noći provedenih u dnevnom boravku uz akcione filmove sa zgodnim glumcima. Njihova patnja povukla bi se uskoro, posle par nedelja. Najduže je patila Endži jednom prilikom, kad je svog dečka slučajno videla u klubu kako se ponaša kao da je singl. Čitavih mesec dana bila je depresivna, ali i to je prošlo. Vreme joj je pomoglo da krene dalje i vrlo brzo se šalila na njegov i svoj račun.

U mom slučaju nije bilo ni približno tako. Jesam li možda slabija? U par navrata molila sam Boga da me već jednom oslobodi probadajućeg bola, da ga odnese, da mi da snage da već jednom nastavim. Roditelji su se prema meni ophodili sa strahom i zabrinutošću. Nisam više bila ona snažna, stabilna, samostalna ćerka koja može sve. Sad su neprestano bili na oprezu, kao da svakog trenutka mogu da se sapletem o nešto, padnem i razbijem u paramparčad, kao da sam od najtanjeg stakla, onaj slabić koji mi je tata govorio da ne smem da postanem.

U najmračnijim trenucima padalo mi je na pamet da potražim Matijasa. Možda bi mi njegova ljubav pomogla. Možda bih se osetila voljenom, željenom, vrednom života i pažnje. Možda bismo i funkcionisali zajedno. Mogla bih da dok me grli, zamišljam da je Aleks, da čvrsto zatvorim oči i neprestanim ponavljanjem ubedim sebe da je Aleks preda mnom, a kad mi bude malo bolje, prestala bih s tim i svoja osećanja usmerila na njega. Ipak je to moj Mati. Zar ne bi sve uradio za mene? Osim toga, sigurno se i on sad pita gde sam i šta radim. Nadam se da Agnes skuplja sva njegova pisma i baca ih pre nego što ih Aleks nađe i pomisli da smo sve vreme u kontaktu. Ovde, na ranču, nisam imala mobilni telefon. Sa devojkama sam pričala preko fiksnog. Matijas nije mogao nikako da stupi sa mnom u kontakt.

Niti ja mogu i smem stupiti u kontakt s njim! Kako sad tu sramotu tati da navalim na leđa? Odem li kod Matijasa, time bih samo priznala da su svi oni godinama uporno štampani članci istina, da smo od prvog dana Prvenstva u Nemačkoj beznadežno, bezglavo zaljubljeni jedno u drugo, da je Aleks sve vreme samo prepreka. Svi bi bili na našoj strani, a Aleksa bi predstavili kao osvetoljubivo čudovište koje sve ove godine stoji između nas. Tata mi ovakav skandal već ne bi oprostio. Osim toga, ni ja nisam zaboravila kako je Aleks pogazio svoj ponos te poslednje večeri u Berlinu kako bi sebe, mene, svoju i moju porodicu poštedeo sramote koja bi nas pratila do kraja života. Odlaskom kod Matijasa sve bih pogazila. Ne mogu to da mu uradim. Ne dok me čak i sad, izdaleka, štiti od novinara neprestano ponavljajući da je među nama sve u redu. Ne mogu da ga izdam i krenem u suprotnom smeru.

Ridala sam, a Medena se nije micala i svojim dahom mi slala talase topline oko srca. Kad sam presušila za taj dan, sunce je bacilo zlatnu boju po nepreglednoj prirodi. Siluete drveća u daljini su se kao mrdale dajući utisak da sve gori pod blagim povetarcem. Ptice u blizini su veselo cvrkutale, samo naglašavajući razliku između njihove sreće i ponora u kom sam ja, nemi posmatrač. I voda kao da se stresala od jeze pod vetrom. Medena je podigla glavu da se i ona divi prizoru i tako smo zurile obe, upijajući. Tako je lepo. Dopalo bi se i Aleksu. Toliko mi prokleto nedostaje. Hoće li ikad prestati. Surova gvozdena šaka ponovo mi je stegla srce i uvrnula se cepajući pluća. Pokušala sam da udahnem da se smirim, zaustavim novi nalet plača, ali probadajući bol me je presekao. Zašto sve mora tako istovetno da podseća… ne da podseća, da bude isto kao te večeri kad me je iznenadio?

„Kao prošli put."

Uprkos bolu udahnula sam kao davljenik koji je izbacio glavu na površinu i skočila na noge. Krv mi je jurnula u glavu i sve je poljubičastilo.

*Ne, nemoguće.*

Okrenula sam se kad mi se razbistrio vid.

Da Medena nije gledala u njega, bila bih sigurna da mi se priviđa. Stajao je svega par metara dalje čkiljeći ka suncu.

„Mogu li da ti se pridružim?" pitao je.

Klimnula sam.

Kako mi je prišao, tako je oko mene zaplutao poznat miris. Progutala sam glasno zahvalna suzama što su presušile malo ranije.

„Da sednemo?" predloži.

Dobra ideja jer su mi noge klecale i bile teške. Spustila sam se na hladnu stenu pored vode, a on odmah do mene, blizu mene. Prijalo mi je, ali… Sreća koja me je isprva obuzela brzo se preobratila u strah, stravu da će nestati. Šta radi on uopšte ovde? *Sanjam, sigurno sanjam.*

Međutim, ledena stena na kojoj sam sedela bila je stvarna.

„Nestvarno je lepo i neverovatno kako sve gori pred suncem, a onda ugasne čim ono zađe", rekao je.

Nisam odgovorila. Šta uopšte da kažem? I dalje sam bila izbezumljena da je tu preda mnom, a milijarda ideja o razlogu kovitlala mi je glavom. Otkud on? Zašto? Jesu li ga moji roditelji primorali? Da mi nisu možda stavili neke droge u hranu kako bih se opustila i zaspala i sad sanjam najluđi san? Je li došao da me ponovo, ovaj put još više povredi, dokrajči?

Zurila sam u njega, ne više u prirodu, raširenih zenica i vilice skoro do poda.

Ljubav mog života, muškarac za kojm mi telo i duša nezadrživo venu sve ovo vreme razdvojenosti, najdivnija, najčistija osoba u ovom ludom svetu, moj nekadašnji dečko…

Aleksandar Janov sedeo je do mene.

Kad se okrenuo i uzvratio mi pogled, konačno sam raščistila sa sobom da ne haluciniram. Kao i da nije silom doveden ovde. Sve se ogledalo u tim morsko plavim očima za kojima sam patila. I one su se sijale od potiskivanih suza i sam susret sa njima podsetio me je koliko ga bezgranično volim. Prvobitni nagon bio je da skočim na njega i izgrlim ga, ali strah me je paralizovao. Šta ako se vratio da me ponovo povredi? Ili… stomak mi se uskovitlao. Ili možda da mi kaže nešto drugo.

„Od trenutka kad si otišla ceo život mi je obavijen mrakom. Nisam se osetio normalnim i živim niti za jednu sekundu u prethodnih nekoliko meseci", rekao je.

Trebalo mi je vremena da razumem ono što je izgovorio. Oči su mi šetale po njegovom licu, telu, željne tih krivina i obrisa, peskovito plave kose, velikih i snažnih šaka, grubih prstiju, širokih ramena koja su mi pružala miran san, ruku koje bi me podigle s lakoćom, kao da sam list papira, mladeža na vratu koji sam često ljubila u prolazu, pa i linije ušne školjke koju sam znala napamet. Čak je sedeo na isti način koji pamtim. Sve, ceo on, sad je tu preda mnom.

„Ne mogu više da živim u tom mraku, Džejn", rekao je, a glas mu je gotovo pukao pod težinom emocija. Progutao je teško, sabrao se i nastavio. „Voleo bih da kažem da mi je žao zbog svega, ali ne mogu. Nikada te nisam mrzeo, to svakako, ali bio sam prožet besom, razočaranjem, izdajom i bolom. Sve to pritislo me je one noći u Berlinu i uzelo pod svoje, otupevši i oteravši sve lepo što sam gajio prema tebi. Mislio sam da će ljutnja utihnuti i pustiti iz zatvorske ćelije ljubav prema tebi jer nakon što sam te video u hotelu, tad, koliko si se kajala, znao sam da si iskrena. Ponavljao sam sebi da će sve doći na svoje par nedelja nakon Prvenstva, kad stvarno budemo živeli zajedno, kao par, samo nas dvoje, daleko od svih onih skotova, ali… Uprkos mesecima nisam mogao da te pogledam, a da mi pred očima ne krene film sećanja svega što se desilo. Svaki put kad bi mi oči pale na tebe, video bih lepu, privlačnu ženu koju svi žele, i koju je toliko njih imalo."

Skrenula sam pogled i niz grlo mi se spustilo klupko od bodljikave žice.

„Međutim, kad god sam pomislio da te ostavim, bol je bio hiljadu puta gori", nastavio je. „Ne zato što sam se plašio suočavanja sa svima ili jer biste Beler i ti možda odmah bili zajedno, već što nisam mogao da se izborim sa stravom od pomisli da se vraćam u kuću gde tebe nema. One dve godine, iako užasne, bar si bila tu. Sebično je, znam, ali nisam video nijedan drugi način da se nosim sa situacijom, bio sam u ćorsokaku."

Znala sam na šta misli. Isto je bilo u mom slučaju. Uprkos svoj patnji, odsustvu dodira i nežnosti saznanje da se svako veče vraća, meni, bilo je dovoljno.

„Pokušao sam da te mrzim. Sam Bog zna da sam dao sve od sebe. Ponavljao sam iznova i iznova da bi svaki drugi muškarac prekinuo farsu i nastavio jer će neka druga doći pre ili kasnije i ispuniti prazninu." U grlo su mi navrli mučnina i bes od pomisli na drugu ženu s njim, „Ali ni to nije dolazilo u obzir. Kad su neke devojke, poznanice momaka iz tima pokušale nešto sa mnom, istog trenutka bi mi se zgadile, našao bih im milion mana – prekratka kosa, bleda koža, preozbiljan pogled, lažan osmeh... Nijedna se nije dala uporediti s tobom, ni izgledom, niti ičim drugim."

Na zvuk lepih reči upućenih meni toplina me je dotakla i ponovo sam se okrenula ka njemu.

„Nema šanse da te mrzim", nastavio je gledajući niz jezero gotovo na ivici suza, ali hteo je da završi, da mi kaže sve što je danima spremao, osećala sam. „Ali isto tako nisam mogao samo da izbrišem sećanja i ponovo ti se približim. Bojao sam se, mislio sam da ako te dotaknem ponovo, da neću znati šta da radim, da neće biti dovoljno. Već si to tražila od drugih muškaraca tako da mora da ja negde grešim. Plašio sam se da ako samo probam, to će postati očigledno i ti ćeš se pokupiti i otići nekom od njih."

Ovako nešto nisam očekivala. Iznenađenje me je pecnulo kao električni šok i poskočila sam sa stene, a potom čučnula ispred njega i spustila mu prst na usne.

„Da nikada nešto tako nisi pomislio, Aleksandre, ni pomislio, a pogotovu izgovorio naglas." Zažmurio je, a jedna suza mu se skotrljala niz obraz do mog prsta. Jedva sam se suzdržala da i ja ne krenem da plačem. „Ono što sam uradila – slušaj me pažljivo – ono što sam ja napravila nema ama baš nikakve veze sa tobom. Ti si uvek bio, i dalje jesi, savršen prijatelj, partner, muškarac. Kako si me dodirivao od samog početka, uključujući naš prvi susret na Vembliju kad si mi dao svoj dres, svaki kratki poljubac kad smo se rastajali na aerodromu, a još nismo bili zajedno, ono romantično popodne u hotelu kad smo odlučili da zvanično budemo par i svaki sledeći put uvek si bio savršen muškarac koji zna da pruži ljubav, dečko za poželeti." Sela sam na kamenje i povukla ruku s njegovog lica. „Problem je u meni."

Taj dodir bio je naš prvi fizički kontakt u prethodnih previše meseci. Moji vrhovi prstiju na njegovim usnama. Kako samo prija. U mislima sam se trudila da zapamtim svaku njegovu crtu i posebnost, za svaki slučaj jer, ko zna kad i da li će opet do ovakve blizine doći. Od tuge ponovo mi je pripala muka.

„Sreli smo se u pogrešno vreme", rekao je.

Ponovo su nam se srele oči. „Kako misliš?"

„Čitavog života kontrolisao te je otac, a ti si ga u strahu slušala i starala se da sve što radiš bude u skladu s njegovim očekivanjima, da ga ne razočaraš. Niko ti nije prilazio jer se plašio njega. Oboje jasno vidimo razliku između Breda i Oleksija. Marija nikad nije bila pod pritiskom kao ti. Odlazak u Nemačku bila ti je prilika da se oslobodiš, što je ironično jer je on sve vreme bio u blizini, ali i oni gadovi su sve detaljno isplanirali u početku, kasnije nije ni trebalo jer si sama birala da igraš njihovu igru. Prijala ti je pažnja u tolikim količinama jer joj nikada ranije nisi bila izložena."

Izgleda da je ozbiljno i dugo razmišljao o ovome. Zurila sam u njega dok sam se sećala onoga što mi je Gotfrid rekao pred kraj turnira: *a ti ćeš nastaviti da u drugim, raznim muškarcima tražiš ljubav koju ti on nije pružio dok si bila dete.*

„Grešim li?" pitao je.

„Ne, samo…" birala sam reči. Kako je moguće da nikada nismo vodili ovakav razgovor? „Volim svog oca i želim da bude srećan i ponosan. Ja sam mu jedino dete. Dužna sam mu toliko. Sve mi je pružio. Ja sam ja zahvaljujući njemu."

„Istina, ali u nekim situacijama trebalo je drugačije da postupa. Zar je potrebno da ga se većinu života plašiš?"

„Jeste. Da se nisam konstantno brinula, razočarala bih još…"

„Da li smo Marija i ja razočarali svoje roditelje?" Nisam odgovorila. „A, veruj mi, nikad ih se nismo toliko bojali. Imali smo rasprave i svađe, diskusije, ali uvek su nam pružali ljubav i podršku. Znali smo u svakom trenutku da im naše odluke neće ni na jedan način nauditi. Roditeljska ljubav ne treba da zavisi od tvojih uspeha u školi i karijeri." Protresla me je jeza. „Trebalo je da ima više poverenja u tebe, Džejn. Ne bi došlo ni do čega u Nemačkoj da jeste."

Grlo mi se osušilo kao posuto peskom. „Ne možemo njega kriviti za sve ono…" izgovorila sam bolno.

„Znam, ali je svakakao imao udela. Ti najviše jer pored svega sama si birala i odlučivala šta da radiš."

„Žao mi je, Aleks", glas mi se tresao. „Kad bih mogla da premotam traku i promenim nešto, učinila bih to, davno. Od trenutka kad smo otišli iz Berlina svaki minut svakog bogovetnog dana kajem se za ono što sam učinila, a otkako sam napustila Pariz, još je gore. Mislila sam da će popustiti i proći, molila sam se da do toga dođe, ali ništa. Svaki dan od trenutka kad smo zvanično počeli da živimo zajedno želim da pronađem način da ti se iskupim, da ispravim šta sam napravila i surovo i zverski me polako ubija što ne mogu. Ovde, na ranču, u momentima ludila, čak mi je padalo na pamet da otrčim kod Matijasa, samo da već jednom bol i tuga prestanu, da roditelji prestanu da me gledaju kao da ću se svakog trenutka prelomiti, ali znala sam da to nikad ne bi uspelo da zaustavi patnju, niti bi funkcionisalo, čak ni privremeno. Kunem se, svako jutro, dan, veče, noć, molim se da nam se vrati život koji smo imali pre odlaska u Nemačku, naš zajednički život."

Ponovo sam se raspala, bol me je rasporio, pojačan novom mišlju da zapravo i ne znam šta mu sve ovo znači. Šta radi ovde? Zašto mi priča sve ovo? Je li možda došao da se jednom za svagda obračunamo, kažemo jedno drugom sve prećutano i završimo?

„Znam", reče nakon duže pauze. „Sve znam."

Naterala sam se da ga ponovo pogledam.

„Znam da si mogla da odeš Beleru, da si mogla tu odluku da doneseš svako novo jutro od preseljenja u Pariz i svaki dan sam se pitao zašto nisi." Okrenuo se i ozbiljnog izraza lica me gledao u oči. „Nakon što si rekla zbogom onaj dan i sela u taksi, nije prošla ni milisekunda, a shvatio sam šta sam uradio. U trenutku kad je ta kuća prestala da bude tvoja, u nju su uplivale depresija i tama. Kunem se, mogao sam da vidim senke po ćoškovima, posebno u spavaćoj sobi. Znam da te nijednom nisam dotakao, ali, nekako, saznanje da si tu činilo je sve lakšim. Sâmo tvoje disanje bilo je dovoljno. Iako nisam smeo da te dodirnem, znao sam da dokle god si tu, moja si i s tim sam preguravao svaki novi dan." Videla sam mu grč frustracije ispod oka. „Mislio sam da će mi novi grad pomoći, da ću konačno pronaći snagu da zaboravim na tebe i krenem dalje, ali u trenutku kad sam ušao u novi stan u Madridu, znao sam da je sve uzalud. Jasno sam te zamišljao u svakom kutku novog okruženja iako nikad tamo nisi kročila, a nije mi ni malo pomogla činjenica da posle svih ovih nedelja ti i dalje nisi bila s Matijasom. To kao da mi je svaki dan surovo, rugajući se ponavljalo da sam pogrešio što sam te pustio. Nadao sam se da ćeš se jednom samo pojaviti, reći da si se predomislila, ali znao sam da je to nemoguće sad kad tvoji roditelji znaju sve."

„Ne znaju", rekla sam progutavši bolno.

Zbunio se na trenutak: „Kako misliš?"

„Rekla sam im samo da sam uradila nešto jako loše na šta je zahlađenje s tvoje strane prirodna reakcija. Nisam išla u detalje. Tata je kipteo od besa, naravno, ali pobrinula sam se da te ne napada ni na koji način. Glavni razlog što ništa nije uradio ipak leži u tome što si me sve ovo vreme štitio od novinara i javnosti uprkos svemu."

„To sam uradio više jer sam sebičan, nego plemenit", uzdahnuo je. „Nisam mogao da se nateram i javno kažem da si me ostavila. Znao sam kakav bi pakao nastao, za sve, i hteo sam da ga izbegnem, ali najviše zbog toga što nisam hteo da priznam da više nismo zajedno."

„Sebičluk ili plemenitost, ipak se računa."

„Pretpostavljam da je tako, čim me tvoj otac nije ubio na licu mesta kad me je video."

„Tako je, to je znak."

Konačno, oboma su se usne istovremeno iskrivile u pokret koji je ličio na osmeh, a ja sam videla da je ovo preda mnom moj Aleks i poželela da ga najsnažnijezagrlim.

„Džejn, ne mogu više da živim u tom mraku", reče udahnuvši. „Guši me iako sam pobegao u manji stan, pritiska sa svih strana, nemilosrdno. Jedino mesto na kom se malo opustim i skrenem misli je teren, ali čim se utakmica završi, vraćam se istovetnoj noćnoj mori. Nebo zna da sam sve moguće probao i ne ide. Od tvog odlaska svaki dan je nepodnošljiviji." Klimnula sam za sebe sasvim razumevši šta opisuje. „Nikada neću moći da te prebolim, a saznanje da si ostala sa mnom iako si mogla da odeš njemu, sećanja na sve divno što smo izgradili pre tih prokletih mesec dana u Nemačkoj, sve to ne da mi da te mrzim. Ne mogu da se ubedim da Džejn koju volim ne postoji."

Grudi su mi bolno zaigrale. *Volim*, rekao je *volim*, ne *koju sam voleo*.

„Nikad nisam lagala kad se o tebi radi", rekla sam. „Nikada nisam glumila osećanja prema tebi. Ono što sam ti uradila iza leđa bio je neki ledeni deo mene koji ni sad ne prepoznajem. Ali sve što smo stvorili zajedno, svaki zajednički trenutak, bila sam iskrena. Ti si prvi i jedini muškarac koji me je oborio s nogu bez i jedne jedine reči. Ni zbog koga se nisam osećala uzbuđeno i prijatno unezvereno kao to veče pred tobom na Vembliju. Sve što smo potom zajedno radili i kreirali bilo je čisto, iskreno i stvarno. Kad sam te zavolela, osećala sam kao da sam te volela i pre nego što smo se upoznali jer si oličenje savršenog, dobroćudnog, posvećenog bića o kom sam maštala. Znam, znam da sam pogrešila gore nego što najgora žena može da uprska, stoga znaj da sad, iz ove pozicije nemam razloga da te bilo šta lažem. Kad sam otišla iz Pariza, sve sam izgubila. Očajnički sam pokušavala da započnem život iznova, ali nisam mogla, ali ono što mogu je da se zakunem, u roditelje, prijatelje, sve i svakoga da te volim celim bićem i da ne mogu da te zaboravim i nastavim život čiji ti nisi deo."

Nisam očekivala da će iz mene pokuljati ovako teške reči, toliko teške da su me pritisnule i prikovale za zemlju. Zajecala sam i ponovo zaridala. Oči su mi se zamaglile i više ga nisam jasno videla.

I ponovo sam se pitala šta se to dešava. Zašto je ovde? Zašto mučimo jedno drugo? Zar nisu dve godine dosta? Nakon ovog susreta ponovo biću leš u pokretu, možda još gore. Zašto…

„Došao sam po tebe, Džejn."

Nisam sigurna koliko dugo mi je trebalo da pojmim šta je rekao, ujednačim disanje, obrišem oči kako bih ga ponovo jasno videla – par sekundi, možda minuta.

Te morsko plave oči bile su pune ljubavi, tuge i topline. „Znam da smo već dosta propatili, ali ovaj odvojen život ni jednom ni drugom ne čini dobro. Ako misliš da ima nade, da zajedno možemo da pređemo preko svega što je bilo i krenemo dalje, da budemo veza kakva smo nekad bili, vrati se, Džejn. Pođi sa mnom u Madrid."

Kako je svaku od reči izgovarao, one su mi kapale kao eliksir života na rane. Kad je izrekao moje ime, onako, s ljubavlju, kao pre, novi nalet suza me je obuzeo, ali ovaj put bile su ponukane radošću i konačnim, višemesečno gušenim olakšanjem. Toliko emocija me je zbunilo te nisam znala šta da radim i kako da odreagujem, ali sam kroz maglu suza i trepavica videla njegovu ruku koja se pruža ka meni. Trenutak kasnije sedela sam mu u krilu, plačući, grleći ga, stežući i gužvajući košulju, prelazeći prstima po leđima i kroz kosu dok su me snažne ruke obavijale. Njegov miris me je celu prekrio i osećala sam se gotovo kao u kolevci, zaštićena od svega, konačno smirena. Toliko dugo mi je njegov dodir nedostajao, a sad kad je svuda, osećala sam se kao da život i energija ponovo puze u mene. Spustio je glavu na moj vrat i taj topli dah mi je prijao i poterao prijatnu jezu niz kožu.

„Aleks, je l' se ovo stvarno dešava? Ne sanjam?"

„Da, ljubavi, dešava se." I on je plakao. „Ovde sam i nikada te više ne puštam."

Uzela sam mu lice među šake i pogledala ga u oči kako bih bila sigurna da je to stvarno rekao, da nisam umislila. Jeste, to je on, od krvi i mesa, tu, sa mnom, u Teksasu, ponovo, i opet me voli. Moj Aleks.

Stezala sam ga grčevito i tako smo sedeli, isprepletani jedno u drugom sve dok se sunce nije sasvim ugaslo i zamenio ga mesec. Kad sam se i ovaj put isplakala, osetila sam umor od sveg tog bola. Prispavalo mi se i oči su se sklapale, ali plašila sam se da ako zaspim, on će nestati, bilo zbog toga što je sve ovo isuviše lep san, ili jer se predomislio, ili jer ga je tata izbacio sa ranča. Treptala sam silovito da rasteram umor i iscrpljenost.

Kad je postalo toliko mračno da smo jedva videli gde su konji, još više smo se otvorili jedno drugom. Trebalo nam je, kako bismo stvarno, uistinu stavili sve grozno što se desilo po strani i nastavili dalje bez ikada vraćanja na prošlost. Kad par prođe kroz traumatično iskustvo kao nas dvoje, da bi ponovo bili čisto srećni, moraju znati sve jedno o drugom i ponovo graditi poverenje na zdravim temeljima.

Aleks je već dosta toga bio svestan. Pre Prvenstva u Nemačkoj zaista sam bila mlada i dvadeset godina pod punom tatinom prismotrom i zaštitom, lišena bilo kakve pažnje od strane muškaraca. Nisam imala pojma o životu niti kakvu sve lavinu događaja moji postupci mogu da pokrenu. Ubeđena sam bila da mogu sve, a da mi niko ništa ne može.

Kad mi je Aleks rekao o čemu je tih meseci razmišljao, volela sam ga još više, koliko je to uopšte moguće. Ja sam bila sve što je želeo od žene. Čak i kad ne bih izgledala kako izgledam, jednako bi me voleo. Dopadalo mu se kako se izražavam, kako razumem njegove šale i anegdote o odrastanju u zemlji u ne uvek idealnim okolnostima, razumela sam uprkos tome što sam odrasla pod staklenim zvonom. Priznao mi je da je još sigurniji bio u mene nakon što sam upoznala i osvojila njegove roditelje i sestru ne samo zato što sam izgledala pristojno, već su me pomno svakom prilikom posmatrali i zapazili s koliko prijemčivosti i ljubavi se ophodim prema njemu, privatno i javno, kako ga pomno slušam dok priča, kako se ponašam na njegovim utakmicama, kao i kad nismo zajedno. Oni i dalje nisu ni sumnjali šta se sve desilo. Znali su da među nama postoji problem, ali verovali su da je rešiv. Sve ovo vreme bili su ubeđeni da šta god je u pitanju, mi ćemo izaći na kraj s tim. Zahvalna sam bila svim silama što su nakon svega sačuvali takvo mišljenje o meni.

Istovremeno govorili smo jedno drugom da treba da odustanemo i pođe svako svojim putem, ali nijedno se nije usuđivalo na prvi korak. Život pod lupom odluku nije činio lakšom, mada, čak i bez svih reportera i bliceva, bilo bi isto. Mesece smo proveli razdvojeni, a bol nije jenjavao. Nasuprot, rastao je i razvijao se kao tumor, harajući celim telom.

„U nekim trenucima bio sam toliko očajan da sam razmišljao o svemu i kreirao raznorazne scenarije sa nama dvoma”, reče Aleks. „U jednom od njih, upoznajemo se nakon Prvenstva. Sve što se desilo, desilo se, Beler i ti bi otpočeli nešto, međutim, u toj polufinalnoj utakmici, nakon što bismo mi pobedili – jer smo, naravno, bolji tim – primetila bi me, a ja bih uradio isto što sam i na Vembliju i to bi bilo to, zaboravila bi na Matijasa. Ja bih osvojio i prvo mesto i tebe i bili bismo autori nezaboravne letnje bajke. U jednoj verziji možda biste vas dvoje i bili zajedno, ali kratko. Svaki put kada sam razmišljao o takvom sledu događaja, nešto, neki glasić mi je govorio da nema govora da ti ja na kraju ne budemo jedno kraj drugog.” Pogledao me je i nasmejao se: „Nije li to sasvim ludo?”

Nisam mu uzvratila osmeh od dragosti koja mi se razasula grudima i telom i vrlo brzo dotakla oči. Smestila sam mu se u krilu i njegovu veliku šaku spustila sebi na srce, a svoju grejala na obrazu mu. „Volim te, Aleks Janov, zauvek. Ako mi samo pružiš još jednu, poslednju šansu, okrenuću nebo i zemlju, ići ću glavom kroza zid, preko i protiv mora i planina, sve da bih te usrećila. Celu sebe posvetiću samo i jedino tebi. Nikome drugom, ne čak ni tati više. Samo tebi. Sve ću učiniti da kreiram sreću u kojoj zaslužuješ da živimo."

„Džejn, ne moraš da…"

Zaustavila sam ga prstom na usnama. „Neću u potpunosti svim dragim ljudima okrenuti leđa. I dalje ću da volim i poštujem roditelje, ali ti ćeš za mene biti broj jedan. Ako tata u bilo kom trenutku kaže *Džejn, ideš sa mnom*, a tebi se to ne dopada, ne idem. Neću zapostaviti karijeru i čekati te kod kuće, ne bih bila baš neka domaćica." Nasmejao se na zamisao mene sa keceljom u kuhinji, koja nam se oboma istovremeno stvorila pred očima. „Ti mi trebaš, da živim. Uz tebe bolja sam osoba. Rastem kao žena i ličnost."

Osmehnuo se i rukama mi uhvatio lice. Uprkos mraku sa svih strana oči su mu sijale svežim mesecom. Osetila sam svu toplinu koje je bio pun da mi pruži.

„Trebaš i ti meni, da mogu da ustanem ujutru i nadam se nečemu lepom, da ostvarim sve što sam sanjao, da budem kompletno srećan", šapnuo je i privukao me u poljubac.

Svaki nerv zaigrao je na njegov dodir, isprva zbunjeno i iznenađeno, jer godinama ništa slično nisam primila, a potom tela su nam se setila koliko su se nekad volela, kao ono mišićno pamćenje koje se uključi kad godinama kasnije sednete na bicikl i za divno čudo znate da vozite. Žmarci ljubavi, uzbuđenja i nevinih leptirića strčali su mi s usana do peta i nazad, nateravši me da se osetim lagano kao pero, behar koji povetarac lagano razbaca i raznosi u talasima. Zagrlila sam ga iz sve snage.

Konačno se vratio. Moj Aleks.

*****

Tri dana razgovora i ubeđivanja bila su neophodna da nateramo tatu da nam dozvoli da se pomirimo. Mama je isprva oklevala, ali brzo je stala na našu stranu videvši kako mi se stanje popravilo nakon samo par sati s Aleksom. Ona je ta koja je sprečila tatu da ga napadne. Sjurio se iz radne sobe poput zveri, ali, na svu sreću, Sofi je najavila Aleksa i mami koja je istog trenutka pozvala Arnolda, upravnika ranča. Sprečio je incident većih razmera razdvojivši tatu od poželjno-nepoželjng pridošlice. Znala sam da je Aleks jači od obojice zajedno tako da mogu samo da zamislim kako mu je bilo dok nije hteo da se brani pod pretnjama, napadima i uvredama tog „najmoćnijeg i najopasnijeg čoveka na svetu".

Sve četvoro prešli smo u tatinu radnu sobu. Sedela sam na istoj onoj sofi, ovaj put sa Aleksom, čvrsto ga držeći znojavom rukom, strahujući da ako popustim stisak i na sekund, tata će pozvati obezbeđenje da ga izbace. Razgovor je počeo vikom i nastavkom uvreda i milion retoričkih pitanja koja su počela sa *kako si samo mogao*, a Aleks je sve vreme stoički ćutao i trpeo, samo sam ja par puta pokušala da progovorim slabašnim glasićem: „Tata, rekla sam ti, nije on kriv…"

„Džejn, jesi li se ijednom pogledala u ogledalo prethodnih pet meseci? Izgledaš kao mrtvac, leš, zombi, a ja, tvoj otac, gledam te svaki dan otkako si došla. Ne ovaj ljubomorni klinac!"

Ni dan danas mi nije jasno gde je Aleks pronašao samokontrolu tog dana kad je oćutao na sve teške reči. Nizale su se jedna za drugom dok ih, hvala Bogu, mama nije prekinula: „Brede, tvoja ćerka nije anđeo", rekla je iznenadivši nas sve troje. Pogledali smo u njenom pravcu ćutke. „Svesna sam koliko je voliš. Ako neko zna kako pričaš o njoj, to sam ja. *Moja jedinica, moja savršena ćerka, moj dragulj.* Majka sam joj, i ja je volim, ali ne možeš da zažmuriš na ono što je uradila. Ceo svet je svedočio njenim glupostima gotovo celih mesec dana, pobogu. Ne možeš se praviti da ništa u svemu ovome nije skrivila."

Premda su me njene reči i podsećanje boleli, zahvalna sam bila na ovoj upadici. Iako me je podsetila na one godine kad me je svako malo kritikovala što se ne bavim *nečim ozbiljnim*, što ne studiram biznis ili menadžment ili šta god kako bih mogla da propisno nasledim i nastavim njihove firme, da sam razočarenje od deteta. Ako ove reči spasu Aleksa od tate, ipak sam na njima zahvalna.

„Džozefina, zaboga, kako možeš tako da pričaš?" tatin bes nije jenjavao. „Ne vidiš u kakvom je stanju?"

„Vidim da je znatno bolje otkako je Aleksandar došao."

Začudo, ništa nije odgovorio. Duboko je udahnula – znala sam da se sprema da kaže nešto ne tako tipično za nju. Oduvek je snažna i postojana žena, Bred je ne bi voleo drugačiju, i sigurno je ne bi oženio, a i da nije takva, ne bi mogla izlaziti na kraj s njim sve ove godine. Retki su momenti kad bi dopustila da je ta snaga obuzme i priča umesto razuma, posebno ne u društvu. Ovaj put prišla je Aleksu i meni, gledajući ga u oči. „Slušaj me, Janov, znam da mi je ćerka teška kao crna zemlja, da je tvrdoglava i komplikovana. Svega mi, kad sam te upoznala, pomislila sam *Blago njemu s njom, trebaće mu živci od čelika da izađe na kraj s tim temperamentom*, ali činilo mi se da ti fino ide. Međutim, i ja sam bila na tom

Prvenstvu i videla šta se dešava i šta je sve napravila. Ne opravdavam je, ali majka sam joj, a ovaj eksplozivni, impulsivni muškarac ovde joj je otac. Želimo najbolje za nju uprkos svemu što radi. Već sad vidim koliko joj prija tvoje prisustvo tako da sam mišljenja da treba da nastavite kako ste zamislili. *Ali*", očima joj je zaigrala ledena oluja, „vidim li da joj se zdravstveno stanje ne popravlja kroz par nedelja i da i dalje pati, svega mi lično ću prekinuti svaku vezu između vas dvoje."

Aleks i ja glasno smo progutali, prstiju i dalje isprepletanih i hladno znojavih.

„Razumem, gospođo Anderson", reče. U bilo kojoj drugoj situaciji, ovako nešto bi me nasmejalo, ali ne sad.

U trenutku kad sam pomislila kako ipak nije fer da svu krivicu snosi Aleks, mama se okrenula ka meni. „Što se tebe tiče, verujem da si poprilično sazrela u prethodnih nekoliko meseci i da sad znaš koliku težinu nose tvoji postupci. Uvek si vodila računa o njima, ali to leto, kao da je neki đavo ušao u tebe i načisto si poblesavila. Ranije si se iz svakog problema izvlačila jer te ovaj čovek štitio", pokazala je na tatu koji je sve posmatrao s notom zabave i zapanjenosti, „ali tome je kraj. Nisi više dete, već žena. I tad si bila. Trebalo je da znaš šta je ispravno. Kako god, ne možemo sad plakati nad prosutim brašnom i treba da krenemo dalje. Nadam se da si svesna svega što je tvoje ponašanje donelo i da ćeš u budućnosti voditi više računa i zrelo preuzimati odgovornost za svoje odluke i postupke." Zaustila sam da se odbranim, kao životinja saterana u ćorsokak, ali nije mi dozvolila: „Znam da si već preuzela odgovornost kad si pristala da se preseliš u Pariz i dve godine neprestano patila, ali ovo vam je poslednja šansa. Ako ne uspete da do kraja izgladite odnos i nastavite kao srećan par, nemate treću priliku, kraj. Neću da te gledam kako prolaziš kroz bulimiju, depresiju i nervne slomove, ponovo."

Sve je rekla, te nisam imala šta da dodam. Zadivila me je svojom objektivnošću i opširnošću. Stegla sam Aleksovu ruku još više.

„Važi, mama", promucala sam.

Uspravila se i okrenula ka tati koji ju je posmatrao sa divljenjem.

„Imaš li šta da dodaš?" pitala ga je.

Pročistio je grlo: „Ne, sam se ne bih bolje izrazio."

Aleks i ja odahnuli smo s olakšanjem. Težak razgovor priveden je kraju sa zaključkom da ili ćemo Aleks i ja biti srećni zajedno, ili će nam naredni raskid biti poslednji.

Konačno sam bila gladna i po prvi put u toliko meseci pomisao na hranu nije mi izazvala mučninu. Malo me je bilo sramota da to pomenem te kad se Sofi pojavila na vratima da kaže da je večera postavljena, gotovo sam skočila sa sofe.

Kasnije kad sam počistila ceo tanjir ribe i povrća, bila sam srećna kao petogodišnjakinja videvši koliko je mami i tati zbog toga drago – moj prvi pristojan obrok posle toliko vremena. Isprva tata nije hteo da pusti da Aleks spava na ranču, ali videvši kako sam pobelela na pomisao da ne provede noć sa mnom, predomislio se. Brinula sam da ako se razdvojimo na samo pet minuta, on ili se neće vratiti, ili će se ispostaviti da je sve ovo bio jedan lud san.

Naša prva zajednička noć posle toliko vremena bila je na neki čudan način bolna i magična. Srećna što sam konačno lepo jela, Sofi nam je spremila toplu čokoladu i kekse i donela ih u moju sobu dok smo ležali čvrsto zagrljeni pod ćebetom. „Nemoj da sutra jedan nađem na tacni", šaljivo je dobacila izlazeći.

Kad smo ostali sami, sela sam mu u krilo, a on me je obuhvatio rukama. Trebalo mi je da budem među njima, neko vreme, da ubedim misli i razum da se sve dešava, da je patnji uistinu došao kraj, da je među nama sve kao što je bilo pre Pariza. Moje telo kao da je punilo baterije vukući energiju iz njegovog, koje je, usput rečeno, bilo čvršće, veće, snažnije i mišićavije nego prethodni put kad sam ga videla. Uzbuđivalo me je, ali istovremeno rastuživalo jer nije iz lepih razloga više vremena provodio u teretani.

„Pričaj mi o Madridu", zamolila sam ga, i otpočeo je, polako, tiho, glasom umirujućim kao da čita za audio knjigu. Govorio mi je o svemu što mu je palo na pamet, spominjući najsitnije detalje, o prijatnoj klimi, elegantnoj arhitekturi grada, kako ga je uprava novog kluba lepo dočekala, kako su ga saigrači prihvatili, o prostranom, punom svetlosti stanu u predgrađu Madrida zvanom Salamanka, o automobilu koji mu je dodeljen novim ugovorom, popularnim pešačkim zonama sa mnogo butika, tradicionalnim restoranima na Glavnom trgu, antikvarnicama gde je kupio nekoliko komada nameštaja i ukrasa za dnevni boravak, parkovima kojima redovno trči, reci Mansanares pored koje voli da šeta. Posetila sam Madrid više puta te sam mogla sve da zamislim što mi je pojačalo uzbuđenje zbog činjenice da će baš taj lepi grad biti mesto sa kog ćemo otpočeti novo poglavlje, zajedno.

Negde daleko iza ponoći bila sam sasvim iscrpljena. Činilo se da mi je ovo najduži dan u životu. Toliko toga se desilo. Odlučili smo da uronimo u kupku pre spavanja, zajedno, jer ni jedno ni drugo nije htelo da se razdvajamo. Punio je kadu i dodavao razne mirisne soli usput skidajući jedan po jedan komad odeće. Iza leđa mu radila sam isto, ali nekako stidljivo, kao da treba da spavamo po prvi put. Nakon dve godine emotivnog ledenog doba i ovaj mali korak ka intimnosti bio je nešto novo.

Ogrnula sam se bade mantilom dok kupka nije bila spremna. Kad se okrenuo, sporo sam ga sklonila sa ramena vibrirajući od uzbuđenja što ću uskoro ponovo biti u njegovom zagrljaju, kože pripijene na njegovu.

Međutim, kad me je ugledao nagu, izraz lica mu se drastično promenio i poznat strah me je istog trenutka paralizovao. *O, ne*, pomislila sam, a on je ispustio prestrašen uzdah: „Zaboga…"

Setila sam se – ne gadim mu se, ne prolazi mu ponovo glavom s koliko muškaraca sam ga prevarila. Toliko sam bila srećna što mi se vratio da sam sasvim zaboravila da imam jedva četrdeset dva kilograma, da sam leš.

„Šta sam uradio…" sišlo mu je s usana.

Pustila sam da bade mantil padne na pločice i prišavši mu zagrlila ga oko vrata. „Aleks, u redu je."

„Nije. Jesi li se videla?" zaplakao se. „Ne znam samo kako ja nisam primetio." Zagrlio me je, oprezno, plašeći se da me ne slomi. Glomazne suze kotrljale su mu se niz sveže obrijane obraze.

Sad je bio red na mene da budem jaka. Povela sam ga u kadu gde smo seli, a ja sam mu se smestila u krilo. Ruke i noge su nam se isprepele i češkala sam ga  po kosi dok mu je jecajuće lice bilo skriveno u mojoj: „Kunem se da nisam primetio", plakao je, „nisam video sve do sad."

„Naravno da nisi. Nismo bili bliski", tešila sam ga.

„Tako mi je žao…"

Uhvatila sam mu lice dlanovima. „Slušaj me, Aleksandre – apsolutno ni za šta nisi kriv. Ja sam. Samo i jedino ja. Ali sad je sve u redu, iza nas. Vratio si se po mene. Košmar je gotov."

Kupka je prijala dvama telima, iscrpljenima od nesamerljive količine bola, stresa, izvinjenja, suza i radosti. Žurno smo se obrisali peškirima i nagi zavukli pod ćebad utonuvši u dvanaestočasovni san. Kad sam prvi put posle toliko vremena spustila obraz na njegove grudi, a on prebacio ruku preko mojih leđa, konačno sam ponovo osetila kako mi telom i bićem pliva potpuna, savršena, lepršava sreća koju nisam osetila od onog jula pre tri godine.

*****

Nedelju dana kasnije leteli smo za Madrid. Tata je isprva hteo da duže ostanemo da bi sam video kako me Aleks tretira, ali pred njim su bile dve važne utakmice i morao je da se vrati. Najbolji golman na svetu ne sme toliko da zapostavi karijeru iz privatnih razloga, *čak ni kad oni uključuju tvoju dragu ćerku*, kako ga je mama zadirkivala.

Sijala sam od sreće i širila je oko sebe tokom tog putovanja. Nosila sam novu haljinu koja je lepo pokrivala sve upadljive kosti kolena, ramena i kukova. Već sam zakazala pregled kod lekara u Madridu s kojim ću da vidim da li i koliko je sve sa mnom loše nakon toliko zapostavljenosti i fizičkih i emotivnih trauma za telo, a odmah potom i sastanak sa nutricionistom i personalnim trenerom. Toliko sam bila uzbuđena da što pre uđem u formu, duhom i telom. Sad kad mi se Aleks vratio, sve je moguće.

Kad sam video pozivom saopštila devojkama lepe vesti, vrištale su i skakale od sreće, a Endži je čak na par sekundi nestala i vratila se iz kuhinje prskajući šampanjac svuda unaokolo.

„Lana, misliš li da već sad mogu odraditi nešto?" pitala sam. Iako moja karijera tehnički ne postoji, u praksi se i dalje neprestano o meni priča i interesovanje ne jenjava, pogotovu nakon što sam u novembru misteriozno nestala. Lana je sve vreme bila moj menadžer koji je strpljivo prihvatao ponude, odlagao ih i odgovarao na razna prijatna i neprijatna pitanja.

„Konačno čujem ovo", odgovorila je uz osmeh. „Toliko projekata je na čekanju da ako samo par prihvatiš, imaćeš pune ruke posla narednih deset godina."

Uskliknula sam radosno. „U redu. Odaberi tri najzanimljivija i krećemo, jedan po jedan između mojih treninga i Aleksovih utakmica."

Dolazak u Madrid, srećom, bio je tih i neprimetan, na čemu sam bila zahvalna kome god da je za to odgovoran. Mirno smo se odvezli u Aleksov stan u blizini terena za treninge. Još dva njegova saigrača sa porodicama žive u istoj zgradi te sam odlučila da se sprijateljim čim stignem.

Pošto su njegovi treninzi bili naporni i trajali dobar deo gotovo svakog dana, za početak nam se činilo najbolje da devojke budu sa mnom kad je on odsutan. I dalje sam se plašila da haluciniram ili sanjam. Bea, Endži i Lana bile su moja garancija da ništa ne umišljam. Uživale smo u Madridu punom parom, išle u šetnju, šoping, kupovale još nameštaja za moj novi dom, obilazile kafee i restorane, slikale se s fanovima koji bi nas prepoznali i stidljivo prišli. Sve se vraćalo u normalu.

Devojke nisu spavale u stanu iako je bilo više nego dovoljno mesta. Dale su nam privatnost i slobodu da nastavimo tamo gde smo davno stali. Par puta su otišle pre nego što se Aleks vratio sa treninga i u tim trenucima samoće strava da se možda neće vratiti ponovo bi me stala daviti. Prolazilo mi je mislima da se možda ovaj put, danas, predomislio. Međutim, kad bih čula otvaranje ulaznih vrata, skočila bih sa kreveta i potrčala mu u zagrljaj kao kuče koje je ranije toga dana ostavio.

Sedmicu po useljenju u Madrid, konačno sam se uverila da više ne treba ničega da se plašim ili da brinem, da se moj muškarac uistinu vratio i ne ide nigde. Bila je nedelja i igrao je važnu utakmicu Španske lige kojoj sam odlučila da prisustvujem, što je bila moja prva utakmica od Prvenstva u Nemačkoj. Suvišno je reći koliki haos i uzbuđenje je moja pojava prouzrokovala na stadionu posle toliko vremena. Bea i Endži morale su se vratiti u London zbog posla, ali Lana je bila sve vreme tu, čvrsti zid podrške. Postarala sam se da izgledam savršeno. Nosila sam narandžastu haljinu koja je ponovo pokrivala sve nedostatke i otišla na profesionalno šminkanje i pravljenje frizure. Kasnije, listajući novine i gledajući fotografije videla sam da sam izgledala sjajno, ne samo zbog odeće i šminke, već jer sam bila istinski, svim srcem i dušom srećna.

Aleksov tim je pobedio 2:0 svog velikog rivala. Pred kraj meča nebo se otvorilo i prolećna kiša je ljusnula potopivši i teren, i mene i sav uloženi trud u besprekoran izgled. Mogla sam se skloniti, ali to nije dolazilo u obzir – moj muškarac kisne, i ja ću.

Kad se stadionom prolomio poslednji sudijin zvižduk, nisam mogla skrenuti pogled s golmana koji je izgledao magnetno privlačno, dresa mokrog i pripijenog uz to veliko, snažno telo i kose koja sad podseća na mokar pesak. Popričao je sa igračima i krenuo ka tunelu, ali onda me je potražio pogledom. Znala sam da se u trenutku setio da sam sad tu, da više ne propuštam njegove utakmice. Kad su nam se pogledi sreli, skinuo je dres i pošao ka meni. Sve u stomaku i grudima mi se uskomešalo. Znala sam o čemu razmišlja. Biće ovo još jedan pasus u našem novom poglavlju. Uradiće isto što i na Vembliju.

Preskočio je ogradu, prišao mi i pružio dres. Sijala sam od sreće, usana razvučenih u osmeh. Nisam bila zabezeknuta kao prvi put.

Sakrio mi je lice šakama. „Nedostajala si mi, Džejn", rekao je tiho da samo ja mogu da čujem.

Srce samo što mi nije probilo grudni koš. Toliko smo se voleli u tom trenutku i bili uzbuđeni što smo ponovo zajedno da niko i ništa drugo nije postojalo. Tek kasnije, u novinama, videli smo kakvu smo predstavu pružili, celom stadionu i svetu. Taj opasno savršeni par, naizgled kliše – fudbaler i manekenka – ponovo su u centru pažnje, svoje i tuđe.

Lana je ostala sa mnom u stanu dok se Aleks nije vratio sa konferencije za štampu. Prolazile smo kroz sveže članke i slike, obema drago što se drugi, nepoznati ljudi raduju zbog nas. Kad su se ulazna vrata oglasila, brzinski je pokupila svoje laptop i torbu, čestitala Aleksu na pobedi čim se pojavio u dnevnom boravku i nestala pre nego što smo stigli da je pozovemo na večeru.

Ponovo sami, stajali smo nasred prostorije. Bosa i u pidžami, osetila sam se nekako kao otvorena knjiga, kao da može da vidi koliko me uzbuđuje njegovo prisustvo, koliko ga želim. U klupskoj trenerci, kose i dalje mokre, gutao me je pogledom, usana blago nameštenih u osmeh, očiju koje isijavaju želju. Želju za mnom.

„Jesi li gladan?" bio je to napola šapat, napola pitanje. Protresla sam se na pomisao da će ovaj visoki, nestvarno zgodni muškarac i ovo veče ponovo spavati sa mnom. Ovaj put drugačije.

„Nisam, hvala ti", odgovori.

Prepoznala sam sjaj u tim morsko plavim očima koji me uvek uzbuđivao do srži, sam po sebi dovoljan da me natera na sve. Skoro sam pocrvenela. „Da napunim kadu i spremim kupku?"

„Ne, ljubavi. Možeš da ideš u krevet." Spustio je torbu na pod i prišao mi ćutke. Vatra u grudima umalo me pretvorila u pepeo. Provukao mi je ruku na leđa ne skrećući oči iz mojih i privukao me u poljubac.

„Važi", prošaputala sam, „čekaću te."

„Molim te, nemoj da zaspiš."

Noge i kolena su mi se preobrazili u žele. Toliko sam se osećala nestabilno. Samo što se nisam saplela o tepih.

Kad sam ušla u sobu, zatvorila sam vrata i čučnula naslonivši se na njih leđima, a potom duboko udahnula i izdahnula deset puta. Toliko dugo nismo vodili ljubav. Da li uopšte znam kako se to radi? Kako da se ponašam? Želim ga. Celo telo mi vapi za njegovim, ali da li da to pokažem? Da li da radimo sve, da mu pružim sve o čemu sam mesecima maštala, ili da budem mirna i njemu prepustim vodeću ulogu? Da li da nosim izazovan veš ili običan? Možda seksi čipka nije prikladna u ovoj situaciji, ali ako navučem nešto obično, možda će pomisliti da neću da se potrudim zarad njega?

Vrtelo mi se u glavi od paradoksalnih misli te sam otišla u kupatilo i nakvasila lice ledenom vodom, a potom pogledala svoj odraz u ogledalu: „Uradi onako kako osećaš da je ispravno. Nema više laži, pretvaranja i glume."

Skinula sam pidžamu i ostala u jednostavnom belom pamučnom vešu. Ugasila sam sva svetla sem lampe na noćnom stočiću, koja je bila dovoljno prigušena da mi se na licu ne vide strah i uzbuđenje. Legla sam u krevet i pokrila se cela ćebetom iako nije bilo toliko hladno.

Kad je ušao, nisam ništa rekla, samo sam očima ispratila kako skida odeću. Ostao je samo u boksericama. Od pogleda na to savršeno telo glasno sam uzdahnula, prožeta nervozom, uzbuđenjem, požudom, narastajućom strasti koja mi se podiže iz dna stomaka. Smestio se ispod pokrivača i disanje mi se ubrzalo. Čak sam u ušima osetila kako mi krv lupa venama. Kad me je uhvatio za rame i okrenuo ka sebi tako da nam se lica susretnu, gotovo sam se protresla pod naletom elektriciteta. Moje oči bile su centrimetre naspram para plavih koje me vole i obožavaju. Njegova kosa, grudi, miris, sve je bilo savršeno, i tako mi potrebno. Dotakla sam mu snažnu nadlakticu, a on stavio prst kraj ugla mog oka potom ga sporo spuštajući preko obraza, usana, brade, vrata, preko dojke, bradavice, rebara, zaustavivši se na struku. Nisam mogla mirovati, te sam se propela i sela mu u krilo. Naslonjen na krevet i ruku koje su mi maze leđa privlačio me je u dug, vatren poljubac.

Svi udovi tresli su mi se od želje za njim da nisam znala šta da radim jer sam htela sve. Sa druge strane, njemu se nije žurilo, mada sam u dnu stomaka osećala koliko je uzbuđen, zbog mene. Nismo reč progovorili, sve smo jedno drugom iskazali kroz pogled i pokrete. Otkopčao mi je grudnjak i spretno ga svukao, a potom nizao dodire usana niz vrat i između grudi sve do bradavica. Sve je radio savršeno, davao mi užitak u talasima koji mi prijaju, koji izazivaju svaki nervni završetak, iritiraju ga i tretiraju tačno onako kako želi. Nisam mogla da izdržim i ne zajecam glasno. Toliko je bilo lepo da mi se u očima nakupilo par suza i spustilo niz vrat. Dok sam u nekoliko naleta svršavala, nisam mogla da zamislim da ovo prestane, pogotovu ne da ga nisam imala toliko dugo.

Htela sam da mu uzvratim, da mu pružim sve što on meni, da mu pokažem koliko mi je nedostajao, ali nije mi dopustio. Hteo je da vodi, a ja se nisam bunila. U svemu sam apsolutno uživala, kao i svaki put kad bismo vodili ljubav.

Spustio me je na leđa i legao preko mene, a opkružile su me njegove velike ruke zaklonivši sobu i svetlost. Naježila sam se i protresla, istovremeno osetivši onaj poznati strah – šta ako ponovo stane, zaustavi se i odmakne. Ne bi bilo sasvim neočekivano. Šta onda da radim?

Poljubio me je u čelo, pa u nos, obraze, uglove usana, bradu, a potom iščekujuće usne. Krenuo je niz vrat, preko grudi i do sredine stomaka. Moje telo trpelo je temperaturu sunca, a um se pitao kako se sve ne istopi. Jezikom mi je crtao po koži spuštajući se niže. Osetila sam mu prste na kukovima i kako šetaju do butina. Namerno sporo svukao mi je i poslednji komad odeće, a onda i svoj.

Disanje mi je bilo isprekidano jecajima uživanja i uzdasima, ali um se i dalje jednim delom plašio. Zažmurila sam moleći se da ne prestane, da se ne uplaši, da mu moje telo ne bude odbojno ponovo, jer nakon svega od večeras ne znam da li bih još jedno odbijanje podnela.

Osetila sam kako se uspeo i ponovo prekrio moje telo svojim. Pomazio me je po kosi.

„Džejn…"

Naterala sam se da otvorim oči. Tu je, sa tim morsko plavim očima posvećenim mojim. Svi strahovi i brige rasplinuli su se i isparili. Moj je, isto kao što je bio nekad, kao što će zauvek biti. Uprkos svemu i svakome.

Pod naletom povraćenog samopouzdanja, tračak stare Džejn Anderson je oživeo, pomerila sam se pod njim i prihvatila ga u sebe.

Za trenutak je zabolelo, kao da sam nevina, valjda jer me toliko vremena nije takao, a i jer je sam bio uzbuđen kako nije skoro tri godine. Istovremeno sam htela da se osmehnem, da prasnem u histeričan smeh, da plačem pod naletom užitka lepšeg od svih sanjanja. Napeta sam bila kao struna, cela koža i telo reagovali su burno na njegove pokrete, gurajući me ka jednom vrhuncu sa lakoćom, a potom novom, i još jednom… Ušla sam u stanje bezumlja da nisam bila sigurna koliko ću izdržati. Mada, jedan glasić, sećanje davno zakopano, bodrilo me je da hoću, jer je bilo vreme kad jesam.

Ohrabrena i pršteći od požude, pomerila sam se pod njim menjajući brzinu vožnje i bacivši nas na novu putanju ka zajedničkom cilju. Skoro da smo plesali, savršeno sinhronizovano. Sva paleta osećaja u meni ogledala se u tim očima koje nisu prestale da me gutaju. U narednom trenutku, zajedno, dotakli smo vrhunac kom smo tako željno stremili. Poznato blaženstvo razlilo mi se stomakom prelazeći preko celog tela, i zaplakala sam se pod njegovom jačinom.

Kad se Aleksovo telo opustilo preko mog, a njegovo disanje završavalo u mojoj kosi, zagrlila sam ga svom snagom koju je moje telo od kostiju i kože posedovalo. Vratio se, stvarno se vratio, moj Aleks. I ja sam ponovo njegova, u potpunosti i samo njegova.

# 3.

Neophodno je bilo tri meseca pravilne ishrane i redovnih odlazaka u teretanu da se dovedem na težinu i izgled kojima sam bila zadovoljna. Išlo bi brže da nisam imala zdravstvenih problema. Kao što se moglo očekivati, svi nalazi su mi bili loši, ali nije me bilo strah. Preuzela sam svu odgovornost za svoje postupke – kao što je mama naglasila – i sad činila sve moguće što je do mene kako bih ponovo bila Džejn Anderson kakvu svi znaju.

Lana je ugovorila nekoliko intervjua i manje zahtevnih projekata kako bih se malo po malo vratila na scenu, u čemu sam uživala više nego što sam mislila da ću. Kako bismo izbegle neprijatnosti, Lana se postarala da me niko ne pritiska pitanjima o tome gde sam bila tokom prethodne dve godine i zašto sam se gotovo u potpunosti osušila. Samo sam par puta ponovila isto što i ranije – Pariz mi nije najbolje legao, osećala sam se sasvim izgubljeno van Londona i daleko od najboljih prijateljica, francuski jezik se ispostavio kao veoma težak za savladati, strašno su me pogađala sva pisanja o Matijasu i meni, koja su usledila nakon finala Svetskog prvenstva kad sam mu samo prišla čestitati na osvojenoj medalji, a to pogrešno protumačeno. Sve je smrvilo moje kako mentalno, tako i fizičko zdravlje. Pošto mi je postalo jasno koliko je moja previše prijateljska nastrojenost prema Nemcima pogrešno shvaćena, predstavljena i opisana na sasvim drugačiji, neprikladan način – što nikako nije korektno prema mom divnom dečku – morala sam se primiriti i pritajiti na neko vreme. Toliko od mene.

U ovom novom poglavlju u Španiji jedno je bilo zasigurno drugačije nego pre — svi moji planovi i dnevni raspored, poslovi, intervjui, sve je organizovano tako da se uklopi u vreme s Aleksom i njegove utakmice. One su mi bile glavni prioritet, gde god i kad god bi igrao, u zemlji ili negde sa reprezentacijom. Takav stav kosio se sa nezavisnom i samostalnom, tvrdoglavom ženom kakva sam bila ranije, ali onih nekoliko užasnih meseci u Teksasu pokazali su mi ko sam i šta bez njega. Dok sa njim ponovo mogu da budem na vrhu.

Lana je pažljivo birala projekte i odrađivala sam ih jedan po jedan, bez previše napora jer sam mesecima bila osetljiva i morala u gram paziti na ishranu. Vratila sam se i na naslovnice, u izloge, čak i na modne piste, a Aleks je sijao od ponosa. Takođe sam se pojavila u par spotova jednog ukrajinskog pop benda kako bih im pomogla da se probiju van granica zemlje. Kao i pre, učila sam ukrajinski, malo po malo, kako bih mogla da vodim bar jednostavan razgovor s Aleksovim prijateljima i njihovim partnerkama koji su pričali engleski, ali jednostavno nisam htela da se svi oni prilagođavaju meni, već ja njima koliko mogu. Svakom svojom ćelijom želela sam da ga usrećim. Cela njegova porodica bila je neizmerno srećna što se šta god to bilo između nas sredilo i da smo sad ponovo srećan par. Nikada mu neću dovoljno zahvaliti što im ništa nije rekao, prave razloge mog odlaska u Ameriku. Sve je uspešno prikrivao tih meseci razdvojenosti. Zbog čega sam ga volela sve više.

Dve nedelje tokom leta proveli smo u Teksasu, na tatin zahtev – hteo je svojim očima da vidi da sam dobro. Nakon što se uverio da mi se izgled popravlja, kao i da sam istinski srećna i lepo raspoložena, „dozvolio" nam je da odmor produžimo u Ukrajini sa Janovima. Ubrzo potom počela je i nova fudbalska sezona. Na moje ogromno olakšanje nijedan igrač s kojim sam imala nešto nije prešao u Aleksov tim, ne čak ni u jedan klub iz Španije. Samo je Paulo Reiš, s kojim sam provela samo jednu, ali izuzetno razuzdanu noć raspirenu portugalskim vinom, igrao za Valensiju. U par navrata, Aleksove utakmice Lige šampiona bile su protiv timova Fridriha Larsona i Robina Brama, ali sve je proteklo bez ikakvih incidenata.

Što se tiče situacije u Nemačkoj, Rolf Gotfrid je i dalje bio trener reprezentacije i odlično mu je išlo. Nikada nije snosio posledice za ono što je rekao – ili bolje reći izurlao – o meni tokom polufinalne utakmice između njegovog i Aleksovog tima. Čak su lokalni mediji većinski bili na njegovoj strani. Tata je pokušao da ga tuži i natera da se javno izvini i povuče reči, ali najviše što je postigao je da Gotfrid bude novčano kažnjen za klevetu što mu nije bio cilj. Da bude još gore, ti lokalni mediji su takođe držali stranu Matijasu. Neprestano su pisali o nama dvoma kao tragičnim ljubavnicima koji su čitavih tih mesec dana takmičenja u tajnosti bili zajedno i da je Aleks zlikovac koji stoji na putu našoj sreći. To je dobrim delom proisticalo iz činjenice da mu nisu mogli oprostiti što je odneo titulu najboljeg golmana iako sa bronzanom medaljom u džepu dok je Diter Larman, kome je to bilo poslednje takmičenje i pojavljivanje za reprezentaciju, ostao bez Zlatne rukavice iako sa trofejem Prvenstva. Aleks tad, naravno, nije uopšte razmišljao o tome da bude džentlmen ili iz poštovanja učini bilo kakvu uslugu starijem kolegi i svoj performans namerno pokvari, već je osvajao samopouzdano jednu golmansku nagradu za drugom.

Ono što me najviše od svega mučilo u svakom slučaju bio je Matijas. I dalje nije odustajao. Sudeći po Aleksovom ponašanju, nikada nije naleteo ni na jedno njegovo pismo u Parizu – do neba hvala Agnes. Dok sam bila u Teksasu, nije imao nikakve šanse da stupi u kontakt sa mnom najviše jer kao i svi nije imao predstavu gde sam. Međutim, par nedelja po preseljenju u Španiju, ponovo su mi stali pristizati buketi i poruke. Srećom, svaki sam uspela presresti, pročitati i baciti pre nego što bi ih Aleks video. Ni na šta nisam mogla nikako da odreagujem. Ne više. Pogotovu ne sad kad sam verna devojka koja je odana svom dečku. Ne ulazim ponovo u tu priču. Matijas je nekako pronašao i moj mejl i broj telefona i iako bih ga svaki put blokirala, javljao mi se sa novih kartica i naloga.

Ta nezajažljiva upornost brinula me je više od samog saznanja da preti da uništi moju još uvek krhku vezu. Očigledno je bilo iz svega što radi da mu je još uvek stalo. Od pomirenja sa Aleksom neprestano sam ponavljala sebi da je priča sa Matijasom gotova, da je svemu među nama istekao rok i da moram nastaviti da ga se klonim. Prestaće u jednom trenutku. Međutim, nedelje su se protegle u mesece, a on ne da nije popuštao, već je bivao sve uporniji, naporniji i učestaliji. Bar jednom nedeljno stiglo bi nešto. Lana je davala sve od sebe da krije moje lične kontakt podatke, ali on bi uvek nekako došao do njih. „Uh, te nemačke usredsređenost i detaljnost!" uzviknula je jednom iznervirano na šta sam se umalo nasmejala.

Aleks i ja bismo ga pomenuli s vremena na vreme što me je isprva čudilo. On je bio taj koji bi započeo, ne ja svakako. Ja bih samo odgovorila. Nisam htela da izbegavam tu temu da ne bih postala sumnjiva, mada mi je bilo prilično neprijatno. Ipak bila sam svesna da Aleks zaslužuje iskrenost i nju sam mu i dala.

„Džejn, hteo bih nešto da te pitam", rekao je jedno veče dok smo sedeli na terasi iznad živih ulica grada. „Želim da budem siguran po pitanju nečega da bih te bolje razumeo."

„Naravno, ljubavi. Pitaj me šta god želiš", tad nisam ni sumnjala šta će uslediti.

„Šta sad osećaš prema Beleru?"

Teško sam progutala i promeškoljila se ispod ćebeta. „Žao mi ga je", odgovorila sam bez pauze.

„Misliš li da mu je i dalje stalo do tebe?"

„Nisam sigurna, ali čini se tako. Zašto si o tome razmišljao?"

Udahnuo je. „Pretpostavljam da si zaključila da su se moj prekid ugovora sa Parizom i preseljenje u Madrid odigrali popriično naglo i neočekivano, kao i razlog tome?"

„Jesam." Naravno da nije hteo da radi i bude prinuđen da se sprijatelji sa Matijasovim najboljim drugom.

„Kad je Švimer došao da upozna igrače, bio je u potpunosti prijateljski nastrojen i uljudan. Međutim, sačekao je da ostanemo nasamo, a onda me pitao o tebi, zabrinuto, kao prijatelj, ali znao sam da istovremeno ispituje kako bi preneo Beleru. Rekao mi je da nema ništa loše u prekidu veze koja ne funkcioniše i da ako nastavim da tvrdoglavo ne popuštam, samo ću uništiti i tvoj i svoj život."

U trenutku sam se razbesnela. Kako se Ben samo usudio da tako priča sa Aleksom? Sigurno brine, zbog Matijasa uglavnom, ali nije trebalo da napada i krivi Aleksa.

„Šta si mu rekao?"

„Da ne gura nos gde mu nije mesto."

„Odličan odgovor."

Razvukao je usne u slabašan osmeh. „Ipak, bio sam iznenađen. Jedno je kad muškarac samo hoće seks. Sasvim drugo je kad godinama kasnije brine za devojku. Izgleda da mu je istinski stalo." Nije bio ljut dok je pričao.

Suzdržala sam se da ga ne ispravim da Matijas i ja nismo spavali, najviše zato jer je ono što smo razvili daleko gore. „Samo mora da me preboli", rekla sam, „a to će mu poći za rukom kad upozna devojku koja mu je suđena."

Aleks je mi je uzeo ruku u svoju. „Sumnjam da će se to desiti uskoro. Evo nas, tri godine kasnije, a on ne popušta."

„Hm, to je onda njegov problem, zar ne? Trenutno može samo da mi ga bude žao. Nije loša osoba, zaslužuje da bude srećan." Srce mi se grčilo to govoreći.

„Je l' to sve što prema njemu osećaš?" pogledao me je u oči.

Znala sam da ne smem izreći ni jednu jedinu reč koja nije istina. „Užasno se kajem što sam mu tad dala nadu." Ponovo sam teško progutala, kao lopticu od bodljikave žice dok su mi pred očima bljesnule scene Matijasa i mene kako onih par nedelja uživamo jedno u drugom. Nisam se pretvarala, bila sam istinski srećna, bilo mi je stalo. „Poslednji put kad sam ga videla, rekao mi je da nikada nikog posle mene neće voleti. Mislila sam da to kažu svi kad očajnički žele nekog da zadrže. Ako je istina da mu je i dalje stalo, onda sam ja jedna užasna osoba", završila sam drhtećim glasom.

Nežno mi je stegao prste. „Divna si baš zbog toga što se trudiš da ispraviš sve što si pogrešila."

„Nikada neće biti dovoljno."

„Draga, veruj mi kad ti kažem da je dovoljno", kratko se nasmejao.

Mora da je u pravu. Ako on može da me voli nakon svega, onda sigurno plaćam i ispaštam za sve što sam napravila.

Međutim, bilo je samo pitanje vremena kad će Aleks naleteti na jedno od Matijasovih pisama. Osećala sam to negde u grudima iako sam zvanično odbijala da prihvatim da do toga može doći. Krajem novembra, nekih sedam meseci od našeg pomirenja, Matijas je i dalje bio nezajažljiv.

„Ljubavi, stigla su ti neka pisma", Aleks je doviknuo sa ulaznih vrata.

Nisam se odmah setila Matijasa. Redovno su stizale brošure, magazini, razglednice od devojaka i njegovih roditelja i sestre. Mešala sam voće i povrće kako bih napravila pravu vitaminsku bombu koju mi je nutricionista prepisao.

„Šta je u pitanju?" otišla sam u hodnik da ga dočekam.

„Čudno je napisano. Osim ulice i broja, samo tvoje ime je tu, i to ne čak u celosti", pružio mi je kovertu.

Kad sam videla rukopis i skraćeno *Džejn A.n*, kako je uvek adresirao sve što mi je nakon Prvenstva poslao, pobelela sam kao kreč.

„Ljubavi, šta nije u redu?"

„Matijas. Izvini." Ruke su mi se tresle, a potom i celo telo. Spustila sam sok kako mi ne bi ispao iz ruke. Videvši Aleksov izraz lica svaki krvni sud mi se zaledio.

Uzdahnuo je, razočaran i ljut, od čega me je zabolelo u grudima. „Vas dvoje se dopisujete?"

„Ne, Aleks. Ovo nije prvi put da mi piše, ovako ili porukama na telefon, mejlovima, ili šalje cveće. Radio je to i u Parizu. Samo što ja nikad ni na šta nisam odgovorila, niti ikako odreagovala." Glas mi se tresao jer sam bila svesna koliki je problem sad pred nama, ali toliko sam bila uplašena da ponovo mogu da ga izgubim da je bilo očigledno da ne lažem i to je on i znao.

Ponovo je udahno sabirajući misli. „Zašto mi nisi rekla? Već smo pričali o njemu."

„Znam, ali nakon ovoliko vremena stvarno više ne znam da li mu je stvarno stalo, ili nas ismejava, ili samo želi da te provocira."

„Nakon ovoliko vremena izgleda da mu je stvarno stalo, i da želi da me provocira", rekao je uz kiseo osmeh.

„Žao mi je, Aleks. U Parizu naš odnos je bio nikakav, bilo me je strah da išta pomenem jer sam mislila da će naša tanka veza biti zauvek pokidana. Otkako smo se preselili, nadala sam se da će prestati i da pošto ti ranije nisam ništa pomenula, mislila sam da je bolje da ćutim dok ne odustane. Pogrešila sam, ali ono u šta sam sigurna je da poznajem Matijasa dovoljno da znam da ako mu na bilo koji način odgovorim ili kažem da me ne zanima, on neće stati, već nastaviti, još gore."

Predložio je da pređemo u dnevni boravak na čemu sam bila zahvalna jer mi se osećaj u nogama i kolenima sve više gubio.

„Hoćeš li ga pročitati?" pitao je.

„Uvek ih otvorim, da vidim u kakvom je stanju, ali najviše za slučaj da pripreti da će uraditi nešto neračunljivo."

„Pronicljivo."

„Bolje sprečiti nego lečiti."

Oboje smo se kratko, stegnuto nasmejali.

„Mogu li ja da ga pročitam?"

Jeza je protrčala mnome, ali, nemam šta da krijem, ništa nisam slagala.

„Naravno", odgovorila sam pruživši mu kovertu.

*„U ovom trenutku možeš me učiniti najsrećnijim čovekom na svetu i skinuti mi ovaj ogroman teret sa srca ako mi samo kažeš da si uistinu zadovoljna, ispunjena, da je ovo ono što želiš."* Aleks je čitao naglas. *„Gotovo da me je više briga da li si tu sreću pronašla baš sa njim, jer je očigledno da ti se zdravlje popravilo u prethodnih nekoliko meseci. Jedino što želim je da budeš srećna, ali želim da mi to lično, sama kažeš, ne da se kroz novine smeškaš i pretvaraš da je oduvek sve u redu. Znam da čitaš sve što ti pošaljem. Molim te, odgovori mi. Na stranu to što mi nedostaješ, što se uprkos svem proteklom vremenu noćima budim pitajući se gde si i šta radiš, da li si sama, sa prijateljima, roditeljima, ili s njim. Na stranu i moja osećanja prema tebi koja se nisu promenila od onog 11. jula. Umirem od brige. Moram da čujem, od tebe, sa tvojih usana, da si dobro i da si srećna tu gde si i s kim si. Zauvek tvoj, M.B."*

Oči su mi se nadule od suza koje sam zadržala divovskim naporom. Matijas je uvek ovako emotivan i rečit u svojim pismima – pravi kontrast tvrdoglavom, iritantnom napadaču kakav je na terenu – ali ove reči sad su dobile na jačini izgovorene, pogotovu od strane Aleksa. Osećala sam se trulo i užasno razmišljajući koliko je obojici sad teško i kroz šta prolaze, zbog mene. Prethodna pisma bih pročitala, pustila lepezu emocija da protrči kroz mene, a potom ih gurnula duboko u kantu za smeće. Sad, pred Aleksom, međutim, nisam bila sigurna kako da odreagujem.

„Stvarno je romantičan", Aleks je prekinuo tišinu. „Nema sumnje, stalo mu je."

„Misliš?" protresla sam se i pocrvenela.

„Iz ugla muškarca, ne igra se. Zabrinut je."

„Možda pokušava da izmanipuliše", iznenadila sam i sebe rekavši to, ali morala sam. Morala sam bar na trenutak da napravim Matijasa lošim, bar u svojim očima, kako se ne bih raspala od suza pred Aleksom koji je toliko puta već imao razumevanja za mene i moje ispade, možda čak i previše. Ne smem sad ništa pogrešno da uradim da ga stvarno ne izgubim.

Upitno me je pogledao.

„Pominje moje zdravlje i insistira na tome kako bi izazvao bilo kakvu reakciju", objasnila sam, „što je u ovom slučaju odgovor na njegove poruke."

„Zvučiš forenzički hladno."

„Nisam, ovakvi postupci koriste se u knjigama, filmovima, serijama, reklamama. Verovatno ni sam nije svestan da im je pribegao."

„A šta ti misliš o svemu?"

Drhtavo sam udahnula obuzdavajući suze i gurajući ih odakle su doše. „Žao mi je. Krivo mi je zbog svega i strah me je. Bojim se da ne uradi nešto tebi ili sebi. Kajem se što sam mu ikada dala i tračak nade."

Ostavio je pismo po strani i uhvatio me za ruku. „Dođi." Privukao me je da mu sednem u krilo. „Ne plaši se. Šta god da uradi, ne može nam nauditi. Tebe sigurno neće povrediti, a ako proba nešto sa mnom, umem da se branim. Što se njega samog tiče, ne možemo ništa uraditi. Mora da nastavi sa svojim životom, da nađe novu svrhu i cilj. Ti sama najbolje znaš koliko se kaješ i teško ti je, i bilo šta što ja ili neko drugi kaže ne može da obriše učinjeno. Moraćeš da se nosiš sa tim dok ne prestane, ili nestane, a do tad, ja sam uz tebe." Ruka mu je bila na mojim leđima blago me masirajući i opuštajući.

„Hoćeš li ikada prestati da me iznenađuješ?" šapnula sam dok mi se olakšanje raspirivalo celim telom.

Umesto odgovora poljubio me je od čega su mi zaigrali svi nervi u koži.

„Još nešto, Džejn", rekao je pun ozbiljnosti, „nemoj da kriješ od mene više ništa u vezi sa njim. Ne mogu drugačije u potpunosti da ti verujem."

Oči su nam se ponovo susrele. Krivo mi je bilo, i stid me, ali nije bio ljubomoran. Ne, bio je zreo, razuman i siguran u sebe. Ne smem više ništa od njega da sakrijem ako ne želim da ga izgubim.

Bei i Haroldu Deru cvetale su ruže otkako su se upoznali u Nemačkoj. Počeli su kao još jedna bajka o manekenki i fudbaleru, a onda je

Bea dobila ponudu da glumi u TV seriji, isprva godinu dana, ali pošto je naišla na dobar prijem kod publike, nastavila je na neodređeno. Uživala je, sad u ulozi bistre starije sestre, što je uostalom oduvek bila meni. Snimanje je bilo u Londonu gde je Harold igrao te su se uselili zajedno par meseci po završetku Prvenstva. Stan koji mi je godinama bio dom i nosio divne devojačke, tinejdžerske uspomene sad je bio prazan, ali u njemu smo se okupljale kad bih svratila u London.

Gledajući sa strane, smešno je i gotovo neverovatno da smo Bea i ja, najbolje prijateljice, obe pronašle svoje savršene muškarce u fudbalerima, i to golmanima. Harold nekim osobinama liči na Aleksa, ali je daleko impulsivniji i eksplozivniji tokom igre. Aleks je hladne glave i koncentrisan u najstresnijim trenucima, a od neprijatnog incidenta sa polufinala u Nemačkoj, postao je još bolji. Takav miran stav doneo je njegovim timovima mnogo titula. Sa druge strane, Harold bi svako malo gubio živce i ulazio u fizičke obračune na terenu. Sa Beom je pak poput plišanog mede. Zadirkivala sam ga često da me neće iznenaditi ako jednog dana budem morala da ga prijavim za nasilje u porodici jer takav bes u nekom trenutku mora da se sa terena prenese u kuću.

„Ni govora", odgovorio bi svaki put privlačeći Beu u zagrljaj, „iz prostog razloga što je ova žena veštica koja me je opčinila i radim sve što želi."

Srce mi je bilo puno dragosti zbog njih dvoje.

„Uskoro će je zaprositi", Aleks je rekao jedno veče nakon što smo ih ispratili na aerodrom.

Poskočila sam. „Rekao ti je?"

„Ne, ali imam osećaj da će se desiti. Pazi samo."

I bio je u pravu. Tokom Božićnih praznika otišli su u Pitsburg, u Pensilvaniji, da provedu par dana s njenom porodicom. Harold nije mogao izabrati bolji i romantičniji trenutak – na sam Božić, nakon doručka, pred svima, dok je vatra puckala u kaminu, a sneg vejao i hukao napolju, kleknuo je i pitao Beu da zajedno provedu ostatak života. Sve je bilo magično. Lana, Endži i ja nismo morale da osvedočimo da bismo znale. Bea nam je sve trima odmah prepričala na video pozivu dok smo skakale od sreće. Dijamant koji joj je šljaštio sa ruke izgledao je kao pravljen samo za nju, prikladan, sjajan i ne prevelik.

Pokušali su da veridbu drže u tajnosti, ali uzalud. Po završetku odmora, ceo svet je pričao o jednom od najvažnijih venčanja koje će se odigrati u Engleskoj naredne godine.

Mi smo praznike proveli sa roditeljima. Aleks je hteo da se pokaže kao pravi domaćin te je insistirao da mama i tata odsednu kod nas u stanu, a ne u hotelu kao njegovi. Vodili smo ih sve na izlete po Španiji, spontano, svaki dan prema raspoloženju i vremenu, uživajući u blagoj zimi bez snega. Za Novu godinu otišli smo u Andoru na skijanje. Aleks je pronašao par bungalova na lepim lokacijama odakle se pružao lep pogled na grad pod nama i planine iznad, koji je čak i tatu impresionirao. Ti dani bili su ispunjeni od jutra do mraka kuvanim vinom, grudvanjem, smehom i još većim zbližavanjem mojih i njegovih roditelja. Osećala sam se mirno, kao da sam baš tamo gde treba da budem, da je sve u apsolutnom redu.

Nakon prvih par dana januara, Andersoni bi krenuli da popunjavaju rokovnike obavezama za narednu nedelju-dve, ali Aleks je insistirao da moji roditelji ostanu još neko vreme. Sve nam je bilo jasno sedmog januara kad smo pod jelkom u stanu u Madridu pronašli nove poklone. Nisam zaboravila da njegovi tad slave Božić, samo nisam očekivala reprizu i još jedno veče puno smeha, zabave, vina i ukrajinske muzike, da zaokruži i završi naše odmore.

Volela sam Aleksa, sve više, beskrajno, sad kad sam videla kako se trudi da udovolji mojim roditeljima, da im pokaže da me čini srećnom, da mu je istinski stalo.

Jednom prilikom izveo je Tanju u Oleksija da potraže poklon za Mariju, a ja sam ostala u stanu sa mamom i tatom. Pili smo čaj i razgovarali kad je tata iznenada rekao: „Stvarno je pravi domaćin, porodičan čovek. Siguran sam da će biti odličan otac."

Zagrcnula sam se i čaj mi je krenuo na nos i usta. Mama se grohotom nasmejala prihvativši mi šolju iz ruku.

„Šta je bilo?" tata je upitao nevestan šta je rekao.

„N-ništa", promrmljala sam, „znam… u pravu si… Aleks će biti savršen otac."

Osim toga nisam ništa dodala da se druge imenice ne bi nadovezale uz ovu: porodica, deca, majčinstvo… sve to jasno mogu da zamislim sa Aleksom, ali svakako ne u skoroj budućnosti. U maju punim dvadeset četiri, i dalje ga želim samo za sebe. Imamo bar dve protraćene godine da nadoknadimo. Hoću da putujem s njim, da uživamo jedno u drugom samo nas dvoje. Dete je jedno veliko ne. Kakva bih majka ja uopšte bila?

A onda, za milisekundu, pred očima mi je bljesnulo još jedno pitanje: Kakav bi otac Matijas bio?

Posramila sam se zbog te misli i isterala je iz glave. Ta priča je gotova. Uprkos tome što pisma i dalje stižu. Neću popustiti. Nas dvoje smo zauvek završili i krajnje je vreme da i on to shvati.

Te Nove godine u koju smo ušli u Andori održavalo se naredno Svetsko prvenstvo, ovaj put u zemlji koja je svima bila nepoznat teren – Brazil. U par navrata zbog posla posetila sam ga, ali Aleks nikad. Tata je imao par partnera u Riju i Sao Paulu, i i ovaj put je planirao da od početka do kraja isprati takmičenje.

Ove godine nisam morala da brinem kako ću stizati na raznorazne utakmice. Odlučila sam da ću biti stalno uz Aleksa i kad Engleska igra, sa roditeljima. Nema više Nemaca, Portugalaca, Holanđana niti ikog drugog.

Svi oni su se ponovo kvalifikovali. Ono što je bilo veliko iznenađenje je da su Nemci ponovo dobili grupu A, a Ukrajina poslednju H, što znači da se mogu sresti samo u finalu, do čega sam se molila da ne dođe. Nadala sam se da će Nemce neko izbaciti ranije kako ni Aleks, ni ja, a ni niko iz ukrajinskog tima ne bi morao da prolazi kroj taj stres i podsećanje na prethodni susret.

Kako bi se postarala da su šanse da napravim neku glupost minimalne, Lana je do tančina organizovala svaki moj dan tokom takmičenja. Imale smo raspored utakmica Engleske i Ukrajine koje ćemo ispratiti, a između je ubacila druženje sa fanovima, posete lokalnim školama, kao i pijacama, vašarima, plažama, obilaske znamenitosti, razgovore i saradnje sa malim organizacijama i biznisima kojima bih mogla pomoći, kao i posete dečjim fudbalskim klubovima gde bismo podelile lopte, mreže za golove, donacije za obnovu trave, i čak stipendije za treniranje na akademijama u Evropi za najtalentovanije. Glava joj se usijala od sveg planiranja, ali nije se žalila. „Radije će ovo da radi, nego da ti čuva leđa kad skokneš na avion da bi se pobliže družila s nekim zgodnim dasom", Endži se jednom prilikom našalila dobivši jastuk u lice iz mog pravca i prekoran pogled iz Beinog.

Htela sam, takođe, da uradim nešto posebno za Aleksa. Htela sam da pokažem navijačima iz njegove zemlje koliko ga volim jer širom Ukrajine i dalje je postojao veliki broj onih koji me nisu podnosili i krivili za bronzanu medalju koju su momci osvojili kad je trebalo da im pripadne mnogo više. I u pravu su bili, to nisam pokušala da opovrgnem. Zato sam htela da omogućim da na tribinama u Brazilu tokom utakmica Ukrajine bude što više Ukrajinaca. Naravno da će stadioni biti puni, ali htela sam da pomognem onima kojima je odlazak na Svetsko prvenstvo nemoguća misija te sam odlučila da sponzorišem deset hiljada avionskih karata iz Ukrajine do Brazila.

Sve sam sama sračunala pre nego što sam iznela Lani svoj plan, od čijeg izraza lica sam mislila da će se onesvestiti razumejući više od mene koliko još to logistike znači, ali bilo joj je drago zbog moje ideje. Savetovala me je čak da popričam sa nekim od Aleksovih prijatelja kako je najbolje da to sve odradimo te sam se odlučila za Nikolaja Pavlova koji i dalje igra za reprezentaciju, kao i za tim iz Barselone pa nam sastajanje nije predstavljalo veliki problem jer je Madrid udaljen svega sat i po avionom.

„*Šta* hoćeš da organizuješ?" bila je i njegova reakcija. Pola sata sam mu objašnjavala svoju zamisao: prvo ćemo pokrenuti takmičenje – ko god želi da ide na Prvenstvo treba da napiše kratak sastav od najviše jedanaest rečenica objašnjavajući zašto. Pobednici dobijaju avionsku kartu ako sami obezbede ulaznice na utakmicu i smeštaj. Poduhvat je počeo u martu sa rokom za prijave do kraja meseca. Sredinom aprila objavićemo spisak svih deset hiljada nagrađenih. Zvanično, sve je Nikolajeva ideja, a moje ime se nigde neće spominjati do samog kraja. Aleks je jedino znao da mu ja zbog iskustva pomažem. Lana se udružila sa timom iz Ukrajine i prevodiocem jer je bilo nemoguće da sama izađe sa svime na kraj premda joj je odlično išlo, ja sam samo pokrivala troškove. Drago mi je bilo što nisam morala ništa da pozajmljujem od mame i tate. Za sve ove godine – verovatno i dobrim delom zahvaljujući skandalima na prethodnom Prvenstvu – dovoljno sam zaradila da mogu pokriti nešto ovolikih razmera.

Kako bih se opravdala pred Aleksom zašto toliko vremena provodim u maloj radnoj sobi na telefonu s Lanom, organizovala sam još jedno manje takmičenje u Engleskoj – najvatreniji navijači treba da pošalju slike u dresovima reprezentacije i najkreativniji će se naći na jednom od dva vanredna leta aviona Erbas A380[1] iz Londona za jedan od gradova gde će Engleska igrati. Na ovaj način Aleksu nije moglo ni da padne na pamet da sam toliko povezana sa Nikolajevim poduhvatom.

U aprilu pobednici su otkriveni, a u maju svi smo se stali spremati za put u Brazil. Većina fudbalskih liga privele su se kraju i Aleks i Nikolaj pozvani su da budu gosti u najpopularnijoj sportskoj TV emisiji u Ukrajini pre samog leta za Sao Paulo. Nikolaj i ja dogovorili smo se da ćemo tad sve otkriti i razjasniti. Jedva sam čekala da vidim Aleksov izraz lica kad sazna.

\*\*\*\*\*

Maj, međutim, nije počeo dobro po mene. Prvog vikenda u mesecu Aleks je otišao rano ujutru na trening pred važnu utakmicu narednog dana

---

[1] Airbus A380: avion na dva nivoa koji u proseku može da primi 525 putnika.

na domaćem terenu u Madridu. Napustio je stan je pre nego što sam se probudila pa sam sama srkutala kafu i prelistavala vesti iz modnih magazina povremeno, naravno, bacajući pogled na žutu štampu, očekujući komentare na prethodni projekat.

Ovog puta nisam morala dugo da tražim. Čim sam otvorila aplikaciju, ogroman naslov vrisnuo je preko celog ekrana.

*„RADO BIH PRIHVATILA ALEKSA DA MI SE VRATI. DŽEJN MU NE UKAZUJE DOVOLJNO POŠTOVANJA", NATAŠA MILANOVA.*

Šolja kafe mi je umalo ispala i to s balkona na ulicu. Pocrvenela sam, a potom pobelela od besa.

Znala sam ko je Nataša Milanova, naravno. Ono što nisam znala je da je i dalje bitna – Aleksu ili bilo kome. Ona je bila njegova devojka pre mene, ona koju su njegovi prijatelji opisali kao „plavušu s kojom je bio skoro godinu dana, ali pošto nije funkcionisalo, mirno su se razišli" i to je to. Nikada nismo o njoj nešto posebno pričali. Samo jednom prilikom Aleks je rekao da je fina, prizemna, prijatna devojka koja radi kao asistent na fakultetu gde je studirala. Nisu čak ni u kakvom kontaktu. Nevažna je. Ne treba nikome da bude važna.

Zašto onda neko piše o njoj? Panično sam prešla po drugim člancima samo da bih videla da svake veće novine sadrže identičan kratak intervju u kom me ona vređa i osuđuje zbog onoga što sam uradila u Nemačkoj. Otkud joj samo pravo i sloboda? Zna li uopšte na koga se namerila? Mogla bih dvama prstima da je smrvim! Otkud joj samo ideja da može ovako da daje svoje mišljenje na tu temu nakon sveg ovog vremena, da se oglašava nakon što smo Aleks i ja četiri i po godine zajedno?

Suze besa navrle su mi u oči, ali zadržala sam ih kako bih pročitala intervju do kraja. Nedostaje joj Aleks, bila bi srećna da joj se vrati čim shvati da ja nisam dobar izbor. Oduvek je bila mišljenja da nisam dobra odluka znajući koliko je Aleks divan, da „jedna Engleskinja alkoholičarka" nikada neće moći da razume muškarca kao što je on. Pročitala sam još tri različita časopisa, svaki je prepisao identičan tekst. Umalo nisam izbljuvala vatru na laptop kao da bih time mogla da spalim i te odvratne reči. Lana me je zvala, ali nisam se javljala, sve do sedmog poziva.

„Smiri se, Džejn, moraš prvo popričati sa Aleksom…"

„Jesi li videla šta je rekla?" prosiktala sam.

„Jesam, svaku reč i, sumnjivo je…"

„Šta je sumnjivo, Lana? Nije mogla jasnije da se izrazi, kučka."

„Slušaj me, nemoj ništa nesmotreno da napraviš. Sačekaj Aleksa da se vrati. Nešto ovde nije kako treba."

Htela sam da prekinem, ali nastavila je da me ispituje o svemu što treba da završim pre nego što odem za Sao Paulo. Znala sam da me samo zamajava kako stvarno ne bih nekoga ili nešto digla u vazduh. Odgovarala sam kratko i jasno samo da privedem razgovor kraju razmišljajući na koje sve načine mogu da nateram glupavu plavušu da plati, kao i šta je to moglo da je navede da se sad oglasi, posle toliko vremena. *Aleks i ona su nešto imali, i to skoro! Nema šta drugo da bude!*

„Je l' to sve, Lana?" postala sam razdražljiva.

„Obećaj mi da nećeš napraviti nikakvu glupost."

Nisam odgovorila. Začula sam otvaranje ulaznih vrata. „Aleks se vratio."

Duboko sam udahnula, ostavila telefon po strani i tresući se od besa ustala i namestila se nasred dnevne sobe prekrštenih ruku kao da je uradio nešto neoprostivo, što možda i jeste, ne znam.

Ali… oblio me je znoj. Zar nema puno pravo? Nakon onoga što sam ja uradila njemu. Zapravo, čak i ne smem da budem ljubomorna. Ne bi trebalo ništa da kažem niti da se bunim. Ja sama sam već učinila previše neoprostivog. Ako je on jednom… ili više puta… sa bivšom devojkom… mogao je.

Pomisao na mog Aleksa sa drugom ženom provrila mi je utrobu. On je moj, jedino i samo moj. Ja sam najlepša žena na svetu. Bilo koja druga značila bi samo da mu se ukus pokvario, a da sam ja poražena. Neka prosečna alavica da *mog* muškarca odvede u krevet… umalo me nagnalo da povratim.

Kad je kročio u dnevnu sobu, znala sam s izraza lica mu da je i on pročitao intervju. Koliko je bio zadihan i crven, znala sam i da je žurio da se vrati kući.

„U pitanju je nesporazum", rekao je, ali se tu zaustavio shvativši kako zvuči.

Udarala sam petama po parketu besno mu prišavši. *„Jesi li imao nešto s njom od trenutka kad smo se sreli?"* prosiktala sam.

„Ne, Džejn, naravno da nisam", odgovorio je mirno.

I nije lagao, bila je to istina.

Umesto da se primirim, bes se još više rasplinuo. Odmakla sam se od njega vrišteći emocije. „Kako se samo usuđuje da tako priča o nama?"

Prišao mi je i uhvatio me u zagrljaj. „Ljubavi, nije tako kao što izgleda."

Popreko sam ga pogledala.

„Doďavola, baš kažem sve pogrešno otkako sam ušao na vrata."

Htela sam da se iskobeljam iz njegovih ruku, ali mi nije dao.

„Nataša i ja se nismo čuli godinama, otkako smo raskinuli. Nema ništa protiv tebe ili nas. Nastavila je sa svojim životom."

„Kako onda objašnjavaš intervju?"

„Nije intervju. Uhvatili su je na prepad i okružili. Nije očekivala, rekla je par rečenica pre nego što je uspela da se skloni, ali ništa nalik ovome u novinama."

„Kako znaš to?" skenirala sam mu svaki mišić lica.

„Zvala me je sad dok sam se vraćao s treninga."

„Zašto ima tvoj broj telefona?"

„Užasno joj je bilo krivo zbog članaka pa je nazvala moje roditelje da im objasni, a oni su joj onda pomogli da me kontaktira."

Htela sam da budem ljuta i na njega što je tako miran. Sama pomisao da je pričao sa bivšom devojkom vrtela mi je um od besa.

„Mislila sam da zna gde joj mesto", ponovo sam prosiktala. „Šta je to mogla da kaže da bude ovako protumačeno? Gde ima dima, ima i vatre."

„U ovom slučaju nema. Rekla je da sam fin momak koji zaslužuje sve moguće ljubav i poštovanje, pogotovu sad dok se neprestano piše o nama. To su malo preformulisali i nastalo je ono što si pročitala."

Kratko sam oćutala. Ima smisla, sve što je rekao. To je ono što žute novine rade. Ništa novo ili drugačije. Dešavalo se i pre, i meni, i drugima.

Bes je popustio. „Šta ćemo sad?" pitala sam.

„Ništa, nastavićemo kao da ništa nije bilo. Rekao sam Nataši da pripreti advokatima i policijom ako je neko opet spopadne, da ću joj pomoći ako treba."

„Molim?"

Nasmejao se.

„Ne vidim šta je smešno?" udarila sam ga slabašno u grudi.

„Tako si slatka kad si ljubomorna."

Novi nalet emocija me je umio. Mogao je da on bude taj koji je ljut što besnim bez razloga, pogotovu zbog činjenice da ja *jesam* njega prevarila. Mogao je jednostavno da mi kaže da se saberem, sačeka par sati, a onda promeni temu i nikada ovo ne spomene. Umesto toga, on je sve otpirio kao nevažno, razgovarao sa mnom, uverio me u suprotno, i još mi rekao da sam slatka ovako bolesno ljubomorna.

Volim ga.

„Nisam ljubomorna", šapnula sam kroz smeh opustivši mu se na grudi u zagrljaju.

„Naravno, samo što je vatrogasna brigada već dole jer si aktivirala svaki alarm u zgradi", poljubio me je u kosu.

„Nemoj da me zadirkuješ. Bila sam spremna da vas oboje sastavim sa crnom zemljom."

„Izraz tvog lica kad sam ušao u stan vredi sveg rizika. Možda je zamolim da češće priređuje ovakva iznenađenja", nasmejao se.

Podigla sam glavu. „Da ti nije palo na pamet." Znala sam da je ovaj razgovor čak i besmislen. Matijas i ja ne izlazimo iz novina već četiri godine. Aleks je taj koji ima puno pravo da nas dvoje sastavi sa crnom zemljom, a on, evo ga, izglađuje ovu situaciju kao da smo običan par koji je imao jednu neprijatnu epizodu. Još više sam ga volela zbog toga.

„Šta ćeš da uradiš?" poljubio me je u nos.

„Polomiću ti obe ruke pa će ti reklame za *Humel*[2] biti jedina karijera."

Uhvatio me je oko struka i odigao od zemlje. „A ako sad vodim ljubav s tobom i uverim te da si jedina žena u mom životu?"

Nogama sam mu obuhvatila kukove zadovoljno se osmehujući i grleći ga. „Onda ću ti slomiti samo jednu ruku."

Poljubio me je i poneo ka sobi rasterujući sve ružne misli koje su me ophrvale tog jutra. Ponovo mi je pokazao koliko je divan, zreo, savestan i brižan. Moj savršeni Aleks.

*****

Epizoda sa Natašom Milanovom nije bila jedina oluja koja me pogodila tog maja. Vrlo brzo na nju smo čak zaboravili, usred završetka španske lige i priprema za Brazil. Jedno veče Aleks se vratio sa popodnevnog treninga. Naručila sam laganu večeru da ga iznenadim. Ostale su mu još samo dve utakmice sa klubom, nakon kojih treba da idemo u Kijev zarad poslednjih priprema i let za Sao Paulo. Primetila sam da nije mnogo jeo iako je hrana izuzetno ukusna, ali zaključila sam da je to zbog iscrpljenosti i nervoze. Prethodnih nekoliko nedelja uistinu su mu naporne. Kad nije na utakmicama, trenirao je ili s timom ili u teretani.

Prešli smo na balkon i donela sam nam čašu sangrije. Uhvatila sam mu ruku i masirala mu dlanove i prste što mu uvek prija, ali i dalje je bio neuobičajeno tih i nekako stegnut. Neobavezno sam čavrljala o razgovoru s devojkama toga jutra i šta smo sve planirale za Sao Paulo prvih par dana kad me je iznenada prekinuo.

---

[2] U jednom trenutku kompanija Humel sponzorisala je reprezentaciju Ukrajine.

„Džejn, zapravo, hteo sam da pričamo o tome", rekao je mrtav ozbiljan, tonom koji mi se nije dopao. „Dosta sam o svemu ovome razmišljao i najbolje je da ne ideš sa mnom."

Izgovorene reči odjekivale su mi ušima i glavom, ali nisam mogla da ih ispravno razumem.

„Kako to misliš, Aleks? Da ne idem gde?" dečje naivno nadala sam se da sam pogrešno čula, shvatila.

„U Brazil. Mislim da treba da ostaneš u Londonu, ili ovde."

Iako je bilo majsko veče, koža mi se ohladila do nule. Toliko toga sam htela da kažem, toliko reči je navrnulo, da se pobunim, vrisnem, da vičem na njega kako bih mu objasnila. Kako može tako nešto da mi kaže, traži? Da ja, Džejn Anderson, propustim Svetsko prvenstvo, a dečko mi je najbolji golman na svetu? Bea, Lana i Endži će biti tamo, moji roditelji. Čak i obični ljudi iz Engleske i Ukrajine kojima sam obezbedila karte biće u Brazilu. Kako ja da ostanem kod kuće?

Nisam se usudila ništa od toga da kažem naglas. Mahom jer mi je nešto drugo sad blještalo pred očima. Tako jasno. Gore od propuštanja turnira.

„Ne veruješ mi, Aleks?"

Telo mi je bilo hladno kao u mrtvaca. Nije mi trebao verbalni odgovor. Znala sam već. Sve što smo gradili otkako smo se pomirili, sve lepo što smo stvorili i prošli tokom nezaboravnih, kao san srećnih i ispunjenih godinu dana, sve se raspalo u paramparčad, bez nade za popravku. Kako može ovo da nam uradi? Nakon svega. Nakon sveg truda koji sam uložila. Volim ga. Celo moje telo, um i srce vole ga i njegovi su od trenutka kad je došao po mene u Teksas. Sva sam mu se dala i predala, i sad, u svega par sekundi, sve je kristalno jasno uzaludno. Zavaravala sam se, sve ovo vreme. Nikada neće biti isto. Nikada nećemo jedno drugom u potpunosti verovati.

A ko može da ga krivi? Da li bi iko oprostio ono što je on meni? Ben Švimer je bio u pravu. Kao i Matijas, i svi ostali. Ova veza trebalo je da bude gotova one večeri u Berlinu. Zašto smo se uopšte sve ovo vreme mučili i lagali, živeli u zabludi?

„Verujem ti po pitanju apsolutno svega, ali ne mogu kad se radi o ovome", konačno je odgovorio. „Ne mogu ti opisati strah koji me je obuzeo kako se datum polaska približava. Plašim se da neću moći dati svoj maksimum razmišljajući o svemu što se može desiti dok sam ja na treninzima, a momci iz tima i čitava zemlja ne zaslužuju još jedno razočaranje slično onome u Nemačkoj."

„Imaš pravo", rekla sam ne gledajući ga. Nisam se usudila ništa više da kažem. Sve što mi je bilo na pameti je *To je to, kraj*. Ovo je samo jedan korak pred raskid, ovaj put zauvek, i nisam sigurna kako će moje srce, glava i telo to da podnesu. Ponovo.

Bez reči sam ustala i zaputila se u spavaću sobu. Poznati bol i mučnina peli su mi se uz grudi i grlo, a potom se taj odvratni osećaj stao širiti celim telom. Užasno, zastrašujuće me je podsećalo na ono poslednje veče u Parizu kad sam odlučila da odem. *Ne, nećeš ponovo biti leš koji hoda, Džejn, ne ponovo*, rekla sam sebi. *Ne smeš to da dozvoliš. Zarad roditelja, prijatelja.*

Kako bih naterala misli da se koncentrišu na nešto konkretno, uzela sam blokče i stala zapisivati jedno po jedno šta ću ujutru da radim, šta ću spakovati kad pođem, šta ću reći devojkama, tati i mami. Jadna Lana će me ubiti – sav uložen trud i planiranje u prethodnih nekoliko meseci bili su uzalud. Moraću napomenuti Nikolaju da me nigde ne spominje, nek pokupi sve zasluge i zahvalnice. Otići ću u London, pričati sa devojkama, zajedno ćemo odlučiti šta sledeće. Ne smem ponovo da postanem kostur.

Ležala sam u krevetu u mraku, širom otvorenih očiju. Aleks je ušao. Skinuo je odeću, ali nisam se usudila pogledati ga. Bojala sam se da ću početi plakati. Kad je legao pored mene, sva odlučnost mi je potonula.

„Izvini, Džejn, morao sam da ti kažem", glas mu je bio nežan i mek.

„Sasvim te razumem. Nema potrebe ni za šta da se izvinjavaš", pokušala sam da zvučim kao da verujem u izgovoreno, ali sama sam čula kako mi grlo podrhtava. Posmatrao me je, osetila sam, ali ništa više nije rekao. Zar je ostalo išta više da se kaže?

Nijedno nije spavalo kako treba te noći, ali ranim jutrom Aleks je morao da ustane za trening. Ja sam se pravila da sam još usnula dok nije otišao, a potom mehanički ustala, istuširala i sela za sto da jedem. Miris hrane mi je ponovo izazvao onaj dobro poznati nagon za povraćanjem te sam odustala s namerom da se nateram kasnije kad mi želudac zavapi. Potom sam se smestila na balkon i nastavila da pišem u blokče sve što treba da uradim, korak po korak.

Prvo ću da sačekam da odigra narednu utakmicu sutradan uveče. Kažem li mu bilo šta ranije, potencijalno će mu uticati na igru, a to neću. Da sačekam naredni vikend, kad se igra poslednje kolo španske lige, nema govora jer sam znala da neću moći do tad izdržati da se pretvaram da je sve u redu. Znači, sutra nakon utakmice, kad se vrati u stan – jer ja neću ići na stadion, ne mogu sebe kroz to da guram – sve ću mu reći, uzeti dokumenta i otići, ovaj put zauvek.

Potom ću u Londonu da se isplačem sa devojkama, koliko god mi bude neophodno. Lana i Endži će mi praviti društvo i starati se da jedem i idem u teretanu. Potom ću propustiti to prokleto Prvenstvo i čitavo leto provesti negde daleko, u Australiji ili na Novom Zelandu, daleko od svih radoznalih očiju.

Zatim, sastaću se s tatom i mamom i sve im objasniti. Krenuću na časove glume i posvetiti im se puno radno vreme, sa mentorom da me ispravlja i savetuje, nameriću se na Oskara. Nikad mi to nije bila ambicija. Zadovoljna sam svojom karijerom modela i manekenke i povremenim ulogama u filmovima. Vrlo dobro sam znala da su šanse da ja dobijem tu prestižnu nagradu ravne nuli najviše jer sav poslovni uspeh prvo dugujem svom prezimenu pa onda trudu i talentu. Osim toga moja gluma nije ni prineti Meril Strip, Džejn Fondi ili Kejt Blančet te pošto je izazov skoro neostvariv i nemoguć, činio mi se kao najbolje čemu mogu da se posvetim nakon raskida sa Aleksom. Treba mi nešto što će mi okupirati celokupnu energiju, trud i pažnju.

Kad sam sve ispisala i pročitala nekoliko puta, prešla sam u kuhinju i na silu sažvakala par jaja i avokado sa tost hlebom, a potom otišla u teretanu u zgradi.

Aleks se vratio sa treninga i, naravno, primetio da nisam najbolje raspoložena. Pokušao je da me nasmeje, ali besuzpešno. Jedino o čemu sam mogla da mislim je neizbežan raskid koji nam sledi za nešto više od dvadeset četiri sata. Knedla u grlu sve više je rasla i širila se svakim minutom gušeći me, ali nisam joj dala da me onesvesti. Umesto toga terala sam se na standardnu rutinu po stanu.

Kasnije sam ispovraćala večeru, a potom i ručak. Aleks je zabrinuto kucao na vrata kupatila, ali ga nisam pustila da uđe već ponavljala da je sve u redu. Nisam htela da ni u jednom trenutku pomisli da ga ucenjujem zdravljem. Kad sam izašla, predložio je da gledamo film. Odbila sam i otišla u krevet. Došao je ubrzo potom, čula sam ga kako tiho korača, bila sam okrenuta leđima ka vratima, praveći se da spavam. Uvukao se ispod pokrivača i snažno me zagrlio dok sam svu snagu ulagala da budem čvrsta, ne pomerim se i zajecam, znajući da je to naš poslednji zagrljaj. Da sam naredno jutro ustala pre njega, na mom jastuku video bi veliku mokru fleku od celonoćnog grcanja.

„Vidimo se na stadionu", rekao je pakujući se pre nego što će poći.

„Erm… ne idem na utakmicu. Izvini."

Zastao je upola pokreta s kopačkama u ruci zabrinuto me gledajući. „Džejn..."

„Ne mogu. U bilo kom trenutku može da me spopadne mučnina tako da je bolje da ne rizikujem da sebe ili tebe sramotim." *Kakav glup izgovor! Mogla si nešto bolje da smisliš.*

Uspravio se i prišao mi, uhvativši mi lice među šake. Čvrsto sam zatvorila oči kako ne bih zaplakala i video je to. „U redu. Nedostajaćeš mi", rekao je, poljubivši me u čelo.

„Srećno", prošaputala sam. Otišao je, a ja odmah potom u teretanu.

Kad sam završila sa treningom, utakmica još uvek nije počela, te sam prešla u hotel prekoputa da plivam u zatvorenom bazenu. Morala sam da um i telo zabavim nečim kako bi i jedno i drugo ostali uravnoteženi i poslušni. Dvadeset minuta plivanja, pola sata u sauni, plivanje, sauna, još jedan krug plivanja...

Pogledala sam na sat – utakmica je završena, Aleksov tim je pobedio. Vratila sam se u stan i istuširala. U kuhinji sam spremala šejk kad su se ulazna vrata oglasila.

„Čestitam", rekla sam ravnim tonom kad je ušao u prostoriju. Prokleto je privlačan, tako umoran od napornog dana, kose još uvek mokre od tuširanja na stadionu. Obično nikad nije premoren za seks. Znala sam da je to i sad slučaj, samo što više nije mogućnost.

„Hvala." Pružio je ruku, dohvatio moj šejk i otpio par gutljaja. Uradio je to da bi mi se približio, kao i inače. „Možemo li da porazgovaramo kad se presvučem?"

Protresla sam se. „Naravno. Skuvaću nam čaj u međuvremenu."

„Neka, ja ću. Ti idi i smesti se na balkon. Dolazim."

Uzela sam šejk i poslušala ga. Sela sam na sofu napolju i ušuškala se u ćebe pošto je to kasno prolećno veče iz nekog razloga bilo svežije nego prethodnih nekoliko. Srkutala sam tečnost nadajući se da će mi ostati u stomaku. Trebaju mi snaga i energija za ovo što sledi. Aleks mi se pridružio ni pola sata kasnije, noseći dve komplet šolje. Uvek smo pili iz njih dok bismo tako uživali na balkonu, čak i kad je u pitanju vino. Njegova sestra nam ih je poklonila – jedna u obliku fudbalske lopte, a druga crvene cipele na štiklu, koje gotovo kliknu kad se prislone jedna uz drugu. Stavio ih je na sto i seo pored mene. *Zašto radi ovo*, pitala sam se. Trebalo je da se smesti u stolicu. Treba mi razdaljina za ovo što sledi. Prebacio mi je ruku preko ramena. Prokletsvto. Šta radi? Nemoguće da nije primetio da nešto nije u redu.

„Mislim da nešto hoćeš da mi kažeš", prekinuo je tišinu.

Nisam odgovorila istog trenutka. Sabrala sam misli, gotovo mi je minut bio potreban. Borila sam se sa nagonom da se promeškoljim pod njegovom teškom rukom na ramenima, koja mi je prijala. Strpljivo je čekao. Udahnula sam duboko, izdahnula, izvukla iz tog zagrljaja, okrenula ka njemu i trudila da zvučim što hladnije i razumnije moguće. Znala sam šta moram da kažem te sam krenula sa recitacijom. „Aleks, mislim da treba da se vratim u London. Ovog puta zauvek. Nemaš poverenja u mene i oboje znamo da to nije dobar znak. Ko bi mogao i da te krivi. Imaš svako pravo da ne veruješ ni u šta što kažem ili uradim, ali zreli smo da znamo da takvo stanje odnosa nije dobro ni za površno prijateljstvo, a kamoli ozbiljnu vezu koju smo mi gradili. Užasno mi je žao jer…" glas mi je zadrhtao „… jer te volim, neopisivo mnogo, bezuslovno te volim, ali ovako nikada nećemo biti istinski srećni. Stoga rano ujutru odlazim. Žao mi je. Žao mi je što ne mogu s ovom preprekom da izađem na kraj. Žao mi je što ja nisam devojka kakvu zaslužuješ."

Skrenula sam pogled kako ne bi video suze koje su uspele da probiju put kroz branu koju sam čvrsto sve do tad držala nadajući se da neće reći ništa što bi me moglo još više povrediti, jer već dovoljno boli.

Kad nije izustio ni reč, čak ni nakon predugačke tišine, ustala sam spremna da umarširam unutra. *Možda već večeras uhvatim let odavde.*

„Džejn."

Ukopala sam se u mestu. Oči su me bolele od stiskanja bola i suza.

„Sećaš li se noći kad si prethodni put otišla?"

Okrenula sam se, lica izobličenog u grimasu jer se borilo sa osećanjima koja prete da isplivaju. „Da?" jedva sam rekla.

„Ono veče u Parizu, nakon što sam se isvađao sa roditeljima, kad smo prestali da vičemo, razgovarali smo. Pričali su mi o osećanjima, posvećenosti i o tome kako su ljubav i veza nešto na čemu neprestano treba da se radi. Odlučio sam tad. Hteo sam da nam dam još jednu šansu."

Lice mi je poprimilo novi izraz jer više nije bilo potrebe da se borim sa suzama. Povukle su se same usled ovog iznenađenja. Jesam li dobro čula?

„Spreman sam bio da krenemo dalje, da ostavim za sobom sav bes, frustraciju, nepoverenje, sumnjičavost, sve. Te noći konačno sam bio spreman, ali kad sam video koliko si odlučna da ideš, pomislio sam da je stvarno gotovo, da sam učinio previše štete, da više ništa nije ostalo što može da se popravi, na čemu možemo da radimo, da ne postoji ništa što mogu reći ili uraditi da ispravi i nadoknadi dve izgubljene godine. Mislio sam da u tebi više nije ostalo dovoljno ljubavi nakon svega što si prošla sa mnom, da sam izgubio svaku šansu da ti ikada više značim kao partner. Zato sam te pustio da odeš."

I dalje sam stajala, mada su mi noge bile kao od drveta i da je vetar dunuo malo jače, oborio bi me. Saznanje ovakvih razmera nisam očekivala, nisam bila spremna. Da sam samo znala... te proklete noći u Parizu... da je samo nešto rekao... jednu jedinu reč, bilo šta, sve bih mu oprostila i jurnula u zagrljaj, kao da je uopšte bilo do mene da bilo šta opraštam.

„Istog trenutka kad si otišla, znao sam da sam pogrešio", nastavio je, „i to mi se nanovo potvrđivalo svaki naredni dan koji sam se budio bez tebe. Ni sam nisam verovao koliko si mi nedostajala, koliko nisam mogao normalno da vodim život bez tebe. Nemaš pojma koliko puta sam se pokajao što ništa nisam rekao tad." Ustao je. Prijatna jeza me je prošla, kao i svaki put kad mi je bio blizu. Zagrlio me je, držeći me tako da nisam mogla da se izmaknem sve i da sam htela. „Ne ponavljam tu grešku, Džejn", reče mrtav ozbiljan. Sve sam mu čitala iz očiju. „Ne puštam te ovaj put. Volim te, neopisivo mnogo i bezuslovno. I verujem ti." Rekao je to lako, lagano, bez oklevanja.

„Aleks, jesi li siguran?" zamucala sam. „Neću da me pogrešno shvatiš. Ne ucenjujem te. Nismo deca. Sasvim je normalno ako mi..."

Prstom mi je spojio usne i zaustavio im kretanje poslavši mi elektricitet niz kičmu. „Volim te, verujem ti i imam poverenja u tebe. Ti si žena mog života, Džejn Anderson. Dokazala si to već nebrojeno puta. Neću dozvoliti da te ponovo izgubim."

Osmehnuo se, a potom me poljubio, rasterujući sve strahove, sumnje, brige i nesigurnosti. Umalo sam zaplakala u olakšanju. Umesto toga snažno sam ga zagrlila i uzvratila poljubac dok mi je uzbuđenje kuljalo celim telom, dotičući svaki nerv, budeći želju koju sam utajivala.

„Janov, sledeći put kad me ovako prestraviš naznakama o raskidu, kunem se, organizovaće se sahrana najboljem golmanu sveta, a ja ću se skrivati negde u Jugoistočnoj Aziji."

Zavukao mi je ruku ispod majice dok su se moji prsti igrali u njegovoj kosi. „Nema više rastajanja, ostavljanja, raskida, nepoverenja ili ičega sličnog. Ceo sam tvoj, i ti si moja, i nema nam druge nego da budemo zajedno."

„Volim te, Aleks."

„Volim te, Džejn."

*****

Prve srede u junu, tačno nedelju dana pre polaska ukrajinske reprezentacije na Prvenstvo, Aleks, Nikolaj i Vlad Starovski bili su gosti najpopularnije sportske emisije u zemlji. Tad je već svaki veći svetski sportski časopis pisao o tome kako ovaj tim iz Istočne Evrope ima velike šanse na takmičenju. Statistike su bile na njihovoj strani čak i naspram velikih favorita. Jedini izuzetak bili su Nemci koji su i dalje za nijansu bolji. Aleks se zarekao, znala sam, da će to ispraviti.

Nikolaj i ja smo se dogovorili da je to pravi trenutak da objavimo ko stoji iza onih deset hiljada avionskih karata. U Kijevu sam sa Janovima pratila emisiju uzbuđena poput deteta i jedva čekajući kulminaciju večeri.

„Nikolaj, reci nam nešto o takmičenju koje si organizovao pre par meseci", pitao je voditelj. „Otkud ti ideja i kako si uspeo sve da organizuješ tako brzo?"

Tad sam već poprilično dobro razumela ukrajinski i prevodilac mi nije trebao.

Nikolaj se promeškoljio u fotelji. „Da, bio je to đavolski komplikovan poduhvat čiji deo mi je drago da sam bio."

„Deo? Zar nisi glavni organizator?"

„Zapravo nisam. Reći ću vam iskreno, pošto sad već mogu." Namerno je napravio dramsku pauzu. Svi su zurili u njega iščekujući. „Sve to, sastavi, avionske karte, biranje pobednika, iza svega stoji Džejn Anderson."

Tanja i Oleksij su se okrenuli ka meni, a Marija je vrisnula. Na TV-u kamera je bila na Aleksu koji se zbunjen nije pomerao. I voditelj je bio zabezeknut.

„Došla je na ideju u februaru, ali da sve bude u tajnosti do samog kraja jer nismo znali kakve će biti reakcije. Nije htela da ovo bude nešto za nju ili o njoj", Nikolaj je objašnjavao. „Pitala me je za pomoć, a i da bi iznenadila Aleksa. Njen tim koji je uposlila za sve se pobrinuo. Ja imam bukvalno samo deset posto udela u svemu. Džejn hoće da se postara da naše tribine u Brazilu budu glasne, ispunjene najstrastvenijim navijačima, jer čvrsto veruje, kao i ja, i svi mi, da zaslužujemo taj trofej više nego ijedan drugi učesnik i ako neki od naših ljubitelja fudbala ne mogu da priušte put u Južnu Ameriku, zašto mu se ne bi pomoglo."

Kamera je ponovo prešla na Aleksa koji se sad osmehivao.

„Čekaj samo malo, da nešto raščistimo", voditelj je povezivao sve što je čuo. „Hoćeš da kažeš da Džejn bukvalno, *finansijski*, u ovome učestvuje devedeset posto?"

„Upravo tako."

Studio se zatresao od publike koja je zaaplaudirala svom snagom. Baš kao i kuća Janovih. Drago mi je bilo što sam se na ovaj korak odlučila. Tanja, Oleksij i Marija su se smenjivali grleći me i čestitajući na englesko-ukrajinskom. Telefon mi je ludeo od obaveštenja i poruka, ali morali smo pažnju ponovo da usmerimo na TV.

„Dakle, Aleks", voditelj mu se obratio kad se publika smirila, „šta imaš da kažeš na ovo?"

Kad se ponovo ponosno osmehnuo, još jedan glasan aplauz se zaorio propraćen vriscima oduševljenja. „Ovakva iznenađenja dobijaš kad imaš najbolju devojku na svetu", bilo je prvo što je rekao izazvavši još poklica.

„Stvarno nisi imao pojma?" voditelj je pitao kad je ponovo zavladala tišina.

„Apsolutno ništa nisam znao. Zapravo, bio sam malo zatečen kad je Pavlov sve to pokrenuo. Svi smo mislili *Opa, momak će nemilice da se rasipa sad kad je prešao u Španiju,* jer jelte, ovakvi poduhvati su velikih razmera."

„Ej, mogao bih sve sam da iznesem da sam hteo, žigolo jedan", Nikolaj se ubacio šaljivo na šta se studiom ponovo zaorio smeh.

„Nisam sumnjao ni za trenutak", Aleks je nastavio. Želela sam da sam tamo s njim, da uživo svedočim njegovom iznenađenju i sreći. „Znam da je već obezbedila dva vanredna leta za engleske navijače. Mislio sam da se njena neuračunljivost tu završava. Kad sam je pitao o Pavlovljevom projektu, jedino mi je rekla *Oh, Ljubavi, u pitanju je samo stotinak jako slatke i simpatične dece koja vole fudbal*", rekao je imitirajući moj britanski akcenat na šta su se ponovo svi grohotom nasmejali. „Stvarno mi nije bilo ni na kraj pameti da će deset hiljada Ukrajinaca poslati u Brazil."

Svet je sasvim poludeo za nama nakon te večeri. Predstavljali smo sliku i priliku savršenog para. Članci o mom iznenađenju i Aleksov odgovor *Ovakva iznenađenja dobijaš kad imaš najbolju devojku na svetu* ispunjavali su svake novine i bili na svakoj društvenoj mreži. Danima. Konačno sam vratila naklonost Ukrajinaca. Osetila sam to u narednim danima dok smo šetali Kijevom pred polazak na Prvenstvo. Gde god bismo svratili na kafu, ručak ili brzinsku kupovinu, susretali smo obožavanje, divljenje, i lepe komentare. Aleks je sijao od ponosa, a ja sam se osećala kao na vrhu sveta.

Pozvani smo u mnogo gostovanja za koja nismo imali vremena. U tren oka, Svetsko prvenstvo je bilo tu, nova prilika za Ukrajinu da osvoji medalju koju nije prošli put, a koju je zasigurno zaslužila. Nova prilika za Aleksa da se iskupi za grešku od pre četiri godine.

Nova prilika za mene da svima i svakome pokažem da sam zaista, u potpunosti Aleksova verna, savršena devojka koja ga voli do srži. Samo i jedino njegova.

# 4.

U avion za Sao Paulo ukrcala sam se desetog juna s Aleksom, njegovim saigračima i njihovim partnerkama. Sa presedanjem u Amsterdamu put je trajao osamnaest sati. Bea, Lana i Endži će leteti direktno iz Londona, a moj roditelji iz Dalasa. Svi ćemo se sresti u Sao Paulu 13. juna, na ceremoniji otvaranja Prvenstva nakon koje će se odigrati utakmica – pukom igrom sudbine – između domaćina Brazila i neizbežno uvek prisutnih Nemaca.

Kako bih se pripremila, ali i sprečila potencijalne neprijatne susrete, dobro sam proučila i naučila napamet rasporede Ukrajine, Engleske i Nemačke. Na sreću, biću bezbedna sve vreme, osim možda na samom kraju. Nakon ove prve utakmice, Aleks i saigrači mu ostaće u Sao Paulu gde će igrati sa Čileom pet dana kasnije. To znači da ćemo Matijas i ja po prvi put od prethodnog Prvenstva biti u isto vreme u istom gradu (ne računajući četiri puta kad je došao da igra protiv madridskih timova od kojih nijedan nije bio Aleksov). Prema brojnim kladioničarskim predviđanjima, na samom kraju sastaće se Nemačka i Ukrajina u Riju. Na meni je bilo da se postaram da se ništa loše ne desi tog prvog dana, i poslednjeg.

Po smeštanju u hotel odmah smo se spustili do bazena. Osim toga što je trinaesti jun bio važan kao početak ovog velikog takmičenja, bio je i Aleksov dvadeset peti rođendan. Njegovi saigrači došli su na ideju da proslavljaju svaki dan do početka turnira zato što će odmah nakon toga krenuti strog režim ishrane, vežbanja i spavanja. Zato smo iskoristili priliku i naručili pivo izležavajući se na ležaljkama. Plivali smo, skakali, prskali se, kao gomila tinejdžera. Naravno da smo bili uzbuđeni i van sebe – nalazimo se u jednom od najlepših krajeva sveta, u zemlji fudbala. U Južnoj Americi. Nije čudno što smo kao pušteni s lanca. Vreme je bilo nalik na evropsko proleće i pomalo sparno, a dok je sjajna pokretačka muzika treštala sa zvučnika, nismo mogli da ne krenemo igrati i plesati u potpunosti omamljeni. Bea, Lana i Endži su takođe stigle, kao i naši roditelji.

Ovog puta Aleksu sam poklonila telefon jer je njegov počeo da zakazuje sa baterijom. Ubacila sam bezbroj slika, naših zajedničkih, ali i mene same, sa i bez odeće. Razmišljala sam i da u kalendar ispišem podsetnike za sve rođendane i godišnjice, ali i sam sve datume oduvek drži u glavi na čemu mu se neizmerno divim. Znao je i rođendane nekih drugova iz reprezentacije, koje nije čak ni redovno viđao.

I on je bio kreativan kad je birao moj poklon par nedelja ranije – nabavio je komplet mirišljavih sveća i soli za kupanje. Kad sam se preselila u Madrid, često sam pravila kupke sa raznoraznim uljima lekovitog dejstva, po preporuci lekara. Sve sam radila da mi bude bolje. Kad je Aleks namirisao kupatilo prvi put, pridružio mi se, a potom i gotovo svakom narednom prilikom. Osim sjajnog seksa u kadi, koža nam je nakon tih pola sata bila meka, a slepoočnice sasvim oslobođene stresa, kao da su sve te supstance i sveće imale neke narkotike u sebi. Paket koji mi je uzeo za rođendan bio je posebno izdanje, dugo vremena je proveo istražujući koji je najbolji, te čim sam ga otvorila i osetila miris, naručio je još.

Kako se dan primicao kraju, savladali su nas razlika u vremenskim zonama i umor koji je došao uprkos uzbuđenju. Sve to ukombinovano s alkoholom na gotovo prazan želudac poslalo nas je u krevet pre devet sati. Otišla sam do kupatila da se spremim za spavanje i čim sam ostala sama, setila sam se – Matijas je u istom gradu kao mi. Kao ja.

Nisam na to u potpunosti zaboravila, naravno. Mediji su se postarali podsećajući redovno.

*DŽEJN I MATIJAS MOŽDA PREBLIZU?*

*TAKO BLIZU, A TAKO DALEKO*

Časopisi, sajtovi, tabloidi, sve je šljaštilo raznoraznim naslovima propraćenim slikama iz svih uglova Matijasa i mene ispod nemačke zastave pre četiri godine. Zamolila sam Aleksa da ne obraća pažnju i nervira se, i nije. Bar tako je delovalo. Niko više nije važan sem nas dvoje. Nećemo nikome dozvoliti da ovaj put oduzme Ukrajini ono što joj pripada. Čak ni Matijas sa onim prokleto dalekim, mračnim, zavodljivim očima punim besa neće me pokolebati.

\*\*\*\*\*

Prvog dana u Sao Paulu Aleks je sa saigračima otišao na kratak trening kako bi ispitali teren i privikli se na klimu, a devojke i ja smo to vreme provele sa fanovima koji su došli da ih posmatraju jer je tog dana bilo dozvoljeno. Uživala sam od ranog jutra do uveče i ni za trenutak mi Matijas nije pao na pamet – gde je ili da možda nije u blizini. Ali jeste po povratku u hotel, i to nakon što sam se okupala i imala seks sa Aleksom, dok sam ležala u krevetu pored njega. Prošlo mi je mislima da su nam hoteli sigurno udaljeni svega par kilometara te da je možda ponovo pokušao nešto da mi pošalje ili me je možda video tokom dana, ali nije prišao da me ne bi doveo u neprijatnu situaciju.

Hitro sam ga isterala iz glave, uz osećaj krivice, iako sam znala da nemam leptiriće zbog potencijalnog susreta s njim. Prestravljena sam. Nisam pojma imala šta bi njegova pojava mogla da izazove u meni, kakva osećanja. Videla sam ga toliko puta u novinama i na snimcima, ali uživo ne, četiri godine. Uživo sve bi bilo drugačije, naravno. Pogotovu nakon načina na koji smo se rastali. Pogotovu nakon svih njegovih pisama koja su kipela od ljubavi i brige.

Uprkos svemu moram da ostanem verna i iskrena devojka puna poštovanja prema Aleksu. A Matijas… on jednostavno ne treba da postoji kao bilo šta u mom životu, mislima, nigde. Nikada više.

*****

Dan pred početak Prvenstva Aleks i ja smo odlučili da probamo čuveni brazilski roštilj. Oboma će biti prvi put te smo bili uzbuđeni mada delom i zbog činjenice da takmičenje konačno kreće narednog dana. Prisustvovaćemo ceremoniji otvaranja i prvoj utakmici, a potom nastaviti još par dana da uživamo u Sao Paulu. To veče nosila sam bordo haljinu koja mi je isticala struk i dosezala do kolena pristojno se otkrivajući oko vrata naglašavajući grudi. Sama sam se našminkala, ali mi je kosu namestila frizerka iz hotela.

Aleks je bio standardno jednostavan u crnim pantalonama i beloj košulji sa jaknom preko ramena. Vilica mi je gotovo pala do poda kad je došao iz kupatila. „Najzgodniji muškarac na svetu ušao je u prostoriju.”

„Gde ga čeka najlepša žena”, privukao me je u zagrljaj i poljubio. „Krenimo pre nego što ti pokvariim frizuru.”

Zacerekali smo se kao tinejdžeri i pošli napolje. Džentlmen kao uvek držao je vrata te sam prva iskoračila u hodnik.

Znala sam da je tu pre nego što je reč izustio. Nozdrve mi je zagolicao njegov parfem. Isti onaj od pre četiri godine.

„Moramo da pričamo.”

Milisekundu kasnije Aleks je takođe izašao iz sobe. Videla sam ga prvo u uglu oka, a potom celog. Matijas Beler bio je viši, nekako izvijeniji, ali definitivno krupniji nego pre. Crte lica bile su mu izraženije i oštrije. Izgledao je kao sazdan samo od mišića što je verovatno posledica sati i sati ubijenih u teretani. Oči su mu na neki čudan način delovale još tamnije, koliko je to uopšte moguće.

„Ne smeš biti ovde", prodahtala sam.

„Moramo da razgovaramo, Džejn", rekao je, ovaj put glasnije.

Zatečena, nisam mogla reč više da izustim. Samo sam zurila i upijala njegovu lepotu, onu impozantnost grčke statue koja me i prvi put opčinila.

„Mislim da je bila jasna", Aleks se umešao zaštitnički istupivši ispred mene.

Uhvatila sam ga za ruku, i iz ljubavi, ali i da ga sprečim da uradi nešto nesmotreno.

„Ne, nije", Matijas je tvrdoglavo odgovorio. „Godinama pokušavam da doprem do tebe, Džejn. Moramo da pričamo."

„Davno je trebalo da odustaneš", slabašno sam prošaputala. Boja njegovog glasa bacila me je u vremeplov, unazad nekoliko godina. Nekada sam uživala u njemu i upijala komplimente koje mi je govorio. Sad... šta sad? Nešto je tim glasom u meni probudio. Sećanja, emocije, nešto drugo, nisam sigurna. „Nemamo više išta zajedničko, ništa više vredno rasprave", dodala sam iznenadivši se koliko je bolelo te reči izgovoriti naglas iako je toliko vremena prošlo.

„Nego šta nego je ostalo toliko toga nedorečenog, i ti to znaš! Ne možeš protiv sebe!" bio je uporan.

„Čuj, Beleru, neću ti dozvoliti da uznemiravaš moju devojku", Aleks je povisio ton i isprečio se između nas dvoje u punoj snazi i veličini da nisam više mogla da vidim Matijasa. „Lepo ću te zamoliti da nas sad ostaviš na miru, a i nju ubuduće."

„Ni govora!" odgovorio je glasno i tvrdoglavo. Njih dvojica sad su bila svega par centimetara udaljeni jedan od drugih, varničećih očiju punih besa. Aleks je bio krupniji, viši i širi, a Matijas sazdan od snage, samo vižljastiji i pokrenut nekim divovskim nagonom. „Moramo da pričamo o svemu što se desilo tad", vikao je Aleksu u lice, „i ti to znaš, Janov."

Osetila sam da se muškarac kom držim ruku trese od suzdržavanja da ne nasrne na ovog pred sobom. Divila sam mu se koliko samokontrole poseduje, ali morala sam da se ubacim.

„Matijase", glas mi je bio hrapav i molećiv, „najbolje će biti da nas ostaviš na miru. Šta god da je bilo između nas, ostalo je tamo, u Berlinu. Sve je sad drugačije. Nije ostalo ništa o čemu treba da razgovaramo. Mislila sam da si to razumeo nakon što ti nisam odgovarala na pisma i poruke. Nema apsolutno nikakve potrebe da ovo više razvlačiš, mučiš i puniš žutu štampu. Okreni novi list."

„Nikada! Zaboga, Džejn! Očekuješ da zaboravim dve godine koje te ovaj idiot držao u zatočeništvu i maltretirao!" Na ove reči Aleks se trgnuo i zgrabio ga za okovratnik košulje, ali Matijas nije prestao. „Nisi imala slobodu! Tretirao te je kao zatvorenika! Bila si mrtvac koji hoda i diše, Džejn, i ti mi sad kažeš da okrenem novi list kad znaš koliko mi je stalo do tebe?"

Više od njegovih reči koje su bolele čudila sam se kako ga Aleks na mestu nije ubio. I dalje ga je držao, belih šaka i lica. Htela sam da kažem nešto u njegovu odbranu, ali nije bilo potrebe.

„Beleru, reći ću ti nešto i neću se ponavljati – znam šta se desilo u Nemačkoj. Znam to vrlo dobro, i, veruj mi, to je bilo nešto prokleto najteže da se preživi, skoro nepremostiva prepreka za povratak u normalan život, nešto za zdrav razum gotovo neoprostivo. Te dve godine tokom kojih Džejn nije bila dobro – toliko nam je bilo loše, to je bila cena svega. Isto tako, znam šta si sve uradio za nju po završetku takmičenja, i zahvalan sam ti na tome – ne bi svako učinio isto. Ali neka ti nešto bude jasno – da je moja devojka htela da priča s tobom, potraži te, ode kod tebe, to bi i uradila. Nikada joj nisam branio niti je zadržavao. Pitaj je. Sama će ti odgovoriti."

Nije se dalo reći ko je više šokiran, Matijas ili ja. Pogledala sam ga preko Aleksovog ramena: Šta je to uradio nakon Prvenstva? Kako je moguće da još uvek ne ubijaju boga jedan u drugom? Šta se, kog đavola, dešava ovde?

Aleks me impresionirao. Nije to više onaj ljubomorni dečko koji je dizao halabuku što idem na utakmice Nemaca. Osoba preda mnom je zreo, odgovoran, samopouzdan muškarac, svestan svojih kvaliteta, kao i svega što se desilo, muškarac koji prihvata istinu i gleda joj u oči, nosi se s njom.

Matijas nije reč progovorio. Aleks ga je pustio i okrenuo se povukavši me da krenemo. Osvrnula sam se još jednom i videla da gleda za nama, zabezeknut.

Pratila sam Aleksa do lobija. Um mi je bio gotovo posut izbeljivačem, vrtelo mi se u glavi, a srce mi je tuklo kao da će izbiti van. Spazio je malu zavučenu sofu i predložio da sednemo. Zavukla sam mu se ispod ruke.

„Žao mi je, Aleks. Nije mi ni palo na pamet da bi se na ovako nešto usudio."

„Ne moraš da se izvinjavaš. On je taj koji ne treba da bude ovde."

„Zadivio si me", rekla sam podigavši pogled da se susretne s njegovim, mirnim.

„Mislila si da ću ga napasti?"

Klimula sam uz slab osmeh.

„Nije kao da nisam hteo", priznao je, „ali bolje da izbegnemo skandale. Da se jedan od najboljih igrača Nemačke ne pojavi na prvoj utakmici na Prvenstvu, definitivno bi izbio skandal posebnih razmera."

Utopila sam se u njegove ruke i blizinu. „Divan si, zaista. Svaki dan me sve više iznenađuješ." Poljubio me je u čelo. „Kad smo već kod toga... ne mogu da te ne pitam... Na čemu si mu zahvalio?"

Udahnuo je duboko. „Dosta toga je uradio za tebe nakon što je takmičenje završeno. Gotfrid je bio van sebe što si onako odustala od Belera. Mislio je da ćeš mene ostaviti zbog njega. Hteo je sve da iznese u novine, da se osveti što nisi odabrala nijednog od njih, a najviše što si se naizgled izvukla iz svega bez posledica jer, sećaš se, bilo je kako sam rekao – nakon što smo ostali zajedno, niko više nije verovao u bilo kakav trač o tebi i svemu što se tad desilo s njima. Gotfrid je hteo da iznese celokupnu priču, sa svim objašnjenjima i detaljima, ali Beler mu se suprotstavio. Ozbiljno su se posvađali i Gotfrid ga je izbacio iz reprezentacije." Utroba mi se bolno stegla. „Potom je hteo da nastavi sa svojim planom, ali Beler je pripretio da ima dokaze o tome kako je Gotfrid imao odnose s maloletnicama i da će sve poslati novinama ako se trener okomi na tebe, i moraš priznati da bi to tek bio ozbiljan skandal i sramota. Osim toga, u reprezentaciji je bilo osetno Belerovo odsustvo. Čuvena Nemačka četvorka sada je bila Trojka. Savez je bio besan, ali i javnost, što je momak koji je osvojio zlato iz neobjašnjivog razloga odsutan na treninzima i iz tima, u kom je i atmosfera bila lošija. Zbog sveg tog pritiska, Gotfrid je bio primoran da vrati Belera. Uprkos onom čuvenom ubeđenju da im je svaki igrač odličan, svi su znali da im treba Beler da se kvalitet ekipe vrati na staro, tako da su trener i igrač odlučili da zakopaju ratne sekire i sad su ponovo kao otac i sin."

Od šoka nisam mogla da se maknem. Ovako nešto nikada nisam očekivala. „Matijas je bio izbačen iz reprezentacije?" promucala sam. „To je... njemu je ona važnija od kluba."

„Zato sam rekao da ne bi svako uradio ono što je on."

„Ne, ne, ne, ovo nije istina." Osećanja su me ophrvala. Stid me je bilo, kao što mi je bilo i žao. Zaprepastilo me je da ovako nešto nisam ranije znala. Ljutila sam se na Aleksa što mi nikada nije rekao, a opet, razumela sam, zašto bi? „Odvratno se osećam", prozborila sam. „Izvini, Aleks, ne treba uopšte da nam ovo bude tema razgovora, samo sam van sebe od šoka. Ni u snu mi ne bi palo na pamet ovako nešto..."

„Trebalo je da ti kažem, da budeš spremna."

„Ne, u redu je. Samo, kako ti sve ovo znaš? Nadam se da nije u pitanju neka svetska javna tajna koje samo ja nisam bila svesna?"

„Naravno da ne. Luka je prvi čuo da Beler nije više u timu. Zvučalo je neverovatno te je istražio i potvrdio. Neki prijatelji su mu rekli da situacija u reprezentaciji nije nimalo prijatna jer Švimer, Petrov i Krim stoje Gotfridu nad glavom da izgladi odnos sa Belerom. Kad je Švimer prešao u moj klub u Parizu, prilikom jednog susreta spomenuo je da je Beleru toliko stalo do tebe da se suprotstavio svom treneru i skupo za to platio. Jednom kad sam igrao protiv Petrova, i on je pokušao da zapodene razgovor, ali nisam mu dao priliku. Čuo samo samo par rečenica – da Beler trpi nepravdu jer te štiti. Povezao sam to sve i potvrdio s Lukom."

Polako sam disala trudeći se da sve upijem i pojmim jer je zvučalo kao naučna fantastika. „Znači oni svi misle da si me ti prisilno držao kraj sebe one dve godine? Da si glavni zlikovac?"

„Izgleda da je tako."

„Pričaću sa njima. Sve ću raščistiti. Ne mogu da šire takve priče unaokolo."

„Džejn", spustio mi je dlan na obraz, „ne zanima me ama baš ni malo šta oni misle o meni. Kao što sam rekao malopre Beleru – zahvalan sam za sve što su uradili da te zaštite, ali tu je kraj mom razumevanju za njihovo petljanje tamo gde im nije mesto. Ne treba da se osećaš krivom ni za šta, niti da imaš potrebu da se pravdaš ili im išta objašnjavaš. Ti i ja smo ovde gde smo jer smo uspeli iz cele te gungule da se izvučemo zajedno. Svi oni apsolutno su nevažni."

U pravu je. Nijedan više nije bitan. Čak ni Matijas, sa svojim divnim, ugljeno crnim očima i rukama u koje sam poželela da potrčim.

Produžili smo na večeru gde smo se lepo proveli. Brazilski roštilj bilo je nešto novo što ranije nismo probali nigde i bili smo srećni što smo dobili priliku da ga iskusimo baš ovde. Sve to meso propraćeno crnim vinom i živa atmosfera poneli su nas toliko da nisam mogla da dočekam da se vratimo u hotel gde kad smo kročili, krenuli smo da se ljubimo još u liftu. Odeću smo polako skidali još u hodniku na našem spratu, beli šal kojim sam bila ogrnuta nikada više nisam videla. Slagao je poljupce jedan za drugim po mom licu, vratu, grudima, po svakom centimetru kože koji nije bio zaklonjen haljinom, a onda i onom koji jeste. Te noći bio je strpljiv, toliko da sam mu se divila kako obuzdava nagone. Želela sam ga, snažno, celog i odmah, što pre. Celim telom i umom sam ga volela. Uzvraćala sam mu i posipala ga poljupcima, dodirima. Jedan za drugim sati proticali su dok smo u potpunom miru uživali jedno u drugom, ne razmišljajući ni o čemu, ni o kome, niti kad treba da ustanemo, šta da radimo sutra. Postojali smo samo mi. Nekoliko puta sam se rasplinula s ovim muškarcem koji me voli i kog ja volim više od svega.

Kad sam se pak probudila pred svanuće žudeći za gutljajem vode nakon večeri ispunjene vinom, prvo na šta, zapravo na koga sam pomislila bio je Matijas. Kako me nije sramota? Kako se samo usuđujem da budem srećna, kad se on usudio čak da ugrozi svoju karijeru zarad mene, kad je sad svega par kilometara od mene, sam, i razmišlja o meni? Jer, bila sam sasvim sigurna da upravo to sad radi. Moj Mati.

*****

Prva utakmica Svetskog prvenstva počela je u pet popodne u Areni Korintijans i prisustvalo joj je skoro šezdeset šest hiljada duša. Naravno, ko bi u zemlji fudbala propustio ovakav događaj? Aleks i ja smo prisustvovali sa svojim roditeljima i prijateljima. Hteli smo da vidimo gostoprimstvo Brazilaca u ovom gradu gde će Ukrajina kroz par dana igrati protiv Čilea. Nije nas bilo briga za Nemce. Bar većinu nije.

Ja jednostavno nisam mogla da budem ravnodušna.

Kad je nakon brazilske himne usledila *Pesma Nemaca*[3], svu snagu morala sam da saberem i koncentrišem kako ne bih nijednim pokretom tela otkrila da znam svaki ton i slog i ne počnem da ga pevušim. Da bude još gore, kamera je prelazila s jednog igrača na drugog završivši se na Matijasu koji je stajo poslednji u nizu.

Kroz čitavu igru trudila sam se da navijam za Luku Fereiru, Aleksovog najboljeg prijatelja, ali pogled mi je svako malo po terenu tražio Matijasa. U nekim trenucima osećala sam se kao da sam ponovo u Berlinu, da gledam finalnu utakmicu. Jedino što je sad Aleks pored mene, a ja njegova verna devojka i ovaj put ne uzvikujem pokliče podrške Nemačkoj. Kad god bi pokrenuli dobru akciju i zamalo dali gol, ja bih gutala uzbuđenje, što mi je gotovo izazivalo bolne grčeve u stomaku.

Ove godine statistike su za nijansu bile na strani Nemaca kad se uporede sa Ukrajincima. Milan Andrejevič je zadržao veći deo tima sa prethodnog Prvenstva zbog čega im je prosečna starost bila dvadeset sedam i po godina. Sa druge strane Rolf Gotfrid nije oklevao da starije igrače zameni čime je mladost tima spustio na čak ispod dvadeset četiri godine. Što ne mora ništa da znači jer su nekad iskustvo i sposobnost da se ostane hladne glave u stresnim situacijama važniji i korisniji u borbi za

---

[3] Das Lied der Deutschen, Pesma Nemaca, nemačka državna himna.

pobedu. Novi igrači u Gotfridovom timu bili su lako zapaljivog temperamenta i poprilično eksplozivni.

I izuzetno brzi. Odbrana Brazila probijena je u trideset prvom minutu, u kombinaciji dodavanja Krima, Petrova i Kevina Jegera koji je na kraju i otvorio goleadu na tom Prvenstvu. Kevin je imao samo dvadeset godina i po talentu i probojnosti dosta je podsećao na Lensa Petrova sa prethodnog takmičenja.

Ukratko rečeno Nemačka četvorka je vladala evropskim fudbalom. Matijas i Mihael Krim, obojica dvadesetosmogodišnjaci, još uvek su igrali u Minhenu. Matijas je uporno odbijao da ode iz Nemačke, a Mihael je davno podvukao da voli svoj tim kom će ostati veran do kraja gde će završiti karijeru. Budući i dalje snažan, sposban i efektan na terenu, Gotfrid ga je odabrao za novog kapitena reprezentacije par meseci po osvajanju Prvenstva, što mu je bila jedna od najboljih odluka. Uvek ozbiljan, koncentrisan i posvećen, Krima ništa nije moglo da iznervira te je timu sačinjenom od mahom dvadesetdvogodišnjaka preko bio potreban vođa, kapiten koji će ih čvrsto držati na zemlji i zauzdavati kad se razbesne.

Na sve to iznenadivši sve nedugo po završetku Evropskog prvenstva dve godine ranije, Mihael je upoznao devojku koju je par meseci kasnije oženio. Nije bila posebno lepa, ali svakako inteligentna i uspešna na poslovnom polju. Bila je vlasnica radnje za ručno pravljene sveće i ukrase za enterijer, a nije došla u Brazil jer je u devetom mesecu trudnoće. Drago mi je bilo zbog njega, kao uostalom i celom svetu. Svi su se potajno nadali da će dobiti dečaka, ali Krimovi još uvek nisu hteli da objave pol.

Lens Petrov, večiti ženskaroš, sad je imao dvadeset četiri godine. Ostao je u Minhenu još godinu dana po osvajanju Svetskog prvenstva, a potom prešao u London, gde je ostao dve sezone, nakon čega se preselio u Mančester. To je bilo izuzetno hrabro i možda čak ludo s njegove strane – preći iz jednog od najboljih klubova u zemlji u drugi koji spada u najveće rivale – ali izgleda da ga nije bilo briga, kao ni fanove pošto je postizao golove poput mašine. Tek mu sledi vrhunac karijere.

Ben Švimer ostao je u Minhenu sve dok pre dve godine nije prešao u Aleksov tim iz Pariza. Sa dvadeset pet godina igrao je svake nedelje sve bolje čemu su svedočile njegove statistike. Postizao je neobično mnogo golova za igrača sredine terena, nikada nije propustio nijednu utakmicu kluba i uglavnom svih devedeset minuta tokom cele sezone bio na travi. Cena mu je neprestano rasla. Zvanično nije bio u vezi, ali svakako je bio ženskaroš Lensovog kalibra samo za nijansu pritajeniji.

Njih četvorica bili su srž i srce reprezentacije Nemačke. Naravno da se Gotfrid i dalje hvalio kako je svaki njegov igrač vrhunskih sposobnosti i da na kvalitet igre i performans neće uticati nikakve povrede i odsustva jer za svakog od njih postoji adekvatna zamena, međutim, ono što je Četvorka donosila u tim su vesela, pozitivna atmosfera i samopouzdanje i svi su cenili te optimizam i timski duh. Zbog svega navedenog uz Matijasovo odsustvo ništa ne bi bilo isto.

Ceo taj tim zajedno pokazao je gledaocima i prisutnim i onima ispred televizora, ali i snažnom domaćinu da su i te kako moćna fudbalska sila i sve statistike opravdane. Nemci se nikad ne zadovoljavaju jednim golom, niti čak vođstvom. Žele više. Tako je u sedamdeset drugom minutu zalutala lopta došla do stopala jednog od mlađih igrača koji ju je poslao ka Krimu. On ju je odbio ka Beleru koji je postigao gol šutnuvši loptu u ugao do kog suparnički golman nije imao šanse da dođe.

Aleks i njegovi prijatelji kolektivno opsovaše, a ja sam ostala mrtva ozbiljna. Nanovo me je iznenadilo koliko je teško da me bude briga, da ne reagujem, da me ne dotiče. Kako sam samo mogla biti toliko glupa da uopšte i pomislim da ću s lakoćom sve u vezi s Matijasom ignorisati? A on, leteo je po terenu, pozdravljajući i svoje i neprijateljske navijače, prokleto zgodan i privlačan.

Sasula sam celu čašu piva u sebi zahvaljujući svima zaslužnima što je za ovu priliku ovo leto tokom Prvenstva u Brazilu dozvoljeno služiti alkohol na stadionima. Istog trenutka mi se blago zavrtelo u glavi, ali bolje i to nego da se pred Aleksom sva spetljam oko Matijasa.

Čim se utakmica završila, napustili smo tribine s namerom da se što pre vratimo u hotel kako bismo otplivali u zatvorenom bazenu pre večere. Sutra momcima kreće striktan režim ishrane i treniranja.

Nije bilo toliko lako dokopati se hotela zbog gužve u saobraćaju, ali nije nam smetalo. Zbog svega toga smo i došli ovde, da prisustvujemo takmičenju. Aleks i ja odmah smo otišli u sobu da se presvučemo. Ni minut po ulasku, nisam čak ni cipele stigla da skinem, začulo se kucanje na vratima. Otvorila sam i doživela deža vu. Samo što to zapravo nije bio deža vu, već se stvarno dešavalo, baš kao i prethodni put.

Buket ruža čitavog spektra roze, kolosalnih razmera bio je položen na prag. Okrenula sam se i pogled mi se susreo s Aleksovim – oboje smo znali od koga su. Osetila sam se kao smeće videvši kako mu se licem razliva bes.

Ipak, radoznalost je nadvladala krivicu i ruka mi je posegnula ka maloj koverti među cvećem.

*Nikada nisam sumnjao, ali nakon prethodne večeri još sam sigurniji da te i dalje volim. Možda čak više nego ikad.*

*Moramo razgovarati. I sama vidiš da je krajnje vreme. Nismo se rastali kako treba. Toliko toga je nedorečenog, nepostavljenih, neodgovorenih pitanja. Molim te, daj mi priliku da to rešimo.*
*Zauvek tvoj, M.B.*

Gutala sam suze poluuspešno. Aleks mi je prišao i pobelela sam.

„Izvini", jedino je što sam uspela da kažem pre nego što sam mu pružila poruku. Užasno mi je bilo. Ne treba ovo da mu se dešava. Ne treba da prolazi kroz ovakav stres.

Gnevno je zgužvao papir, ali nije vikao, niti divljao. Umesto toga rekao je: „Izgleda da ću ipak morati da se fizički obračunam s njim kako bih ga naterao da te ostavi na miru."

„Oh, Aleks, stvarno više ne znam. Bojim se da ni to ne bi pomoglo."

Odšetala sam do telefona i pozvala tim iz održavanja da dođu i odnesu buket čiji miris je već izvršio invaziju na našu sobu što sam znala da će smetati i Aleksu i meni.

„Probaću."

Sela sam na krevet i sakrila glavu među ruke i kolena, posramljena. Smestio se do mene.

„Je l' hoćeš da se nađeš s njim?" pitao je.

Pogledala sam ga u oči, to divno morsko plavetnilo i poželela da mogu da uronim i tu se izgubim i sakrijem od svega, da nisam tu u tom trenutku i prolazim ovo pred njim. „Kad bih bila sigurna da bi to pomoglo i donelo nam željeni mir, pristala bih, ali sumnjam da će biti tako."

Zagrlio me je. „Ja ću pričati s njim sledeći put kad ga vidim", rekao je mrtav ozbiljan. „Dođavola. Dođe mi svaku koščicu da mu polomim, ali slažem se da to opet ne bi pomoglo. Pokušaću da razgovaram s njim jer tebe ne sluša. Razume samo ono što vidi, a to je da si lepa i uplašena, a ne shvata da se zapravo bojiš njega."

Nisam isprva odgovorila. Nikada nisam u tom smeru razmišljala. Istina je da Matijas nikada nije slušao, čak ni u početku. Kad me je prvi put pitao da izađemo, navaljivao je dok nisam pristala. Nikada moje ne nije prihvatio kao konačan odgovor. Uvek je bilo po njegovom. Naravno, dosta toga bilo je i po mome, ali sve velike i značajne odluke donosio je on. Sve sem jedne, poslednje, najvažnije – kad sam ga ostavila na Olimpijskom stadionu u Berlinu svega par minuta nakon što je osvojio Svetsko prvenstvo da bih bila s ovim čovekom pored mene. Sve ove godine nisam odgovorila ni na jedno njegovo pismo, poruku, poziv, a on je i dalje navaljivao. Sinoć sam mu rekla da me ne traži više, a on, kao i uvek, ne sluša. Aleks je u pravu. Matijas samo vidi da sam prestravljena i sigurno misli da je to zbog Aleksa. Zato neće odustati sve dok... sve dok ne pristanem da razgovaram s njim.

Nisam to htela da kažem Aleksu. Plašila sam se da slučajno ne pomisli da u dubini duše zapravo želim da se vidim s njim. Nisam mogla ponovo time da ga povredim te sam čvrsto odlučila – neću podleći Matijasovom pritisku, cveću, porukama, ničemu. Što se tiče bola koji mi prouzrokuje ovim izjavama ljubavi i zabrinutosti i onih tužnih očiju, pa, moraću se na njih navići.

„Možeš pokušati, Aleks", konačno sam rekla, „ali bojim se da ćete se na kraju svakako potući. Ne zato što će tebi fitilj da pregori, već što on nije sasvim pri sebi i ne znamo na šta je spreman."

„Umem da se branim."

Prigušeno sam se zakikotala razmišljajući koliko ga volim što može da me nasmeje u gotovo svakoj situaciji. „Sigurna sam u to", poljubila sam ga u nos i zavukla prste u meku kosu boje peska, „ali hoću da znaš da niti opravdavam, niti mi se dopada ovo što on radi. Zapravo me duboko uznemirava. Njegovi postupci sad ne izazivaju u meni išta slično onome od pre četiri godine. Ovaj put me ne zanima, ni malo. Cela sam tvoja i samo tvoja. Kunem se."

Osmehnuo se i tako blago i nežno da sam se redovno iznenađivala kako to ume tim velikim šakama, sklonio mi pramen s obraza. „Kad mi kažeš s tim očima, poverovaću da je trava plava."

„Pa i jeste plava."

„Naravno."

Prasnula sam u smeh. „Uozbilji se." Sela sam mu u krilo, a on mi je zavukao ruke ispod haljine čime sam gotovo na sve neprijatnosti zaboravila.

„Mrtav sam ozbiljan, kao što ću i sasvim ozbiljno sad da te uzmem."

Nije to bilo vođenje ljubavi, već čist nagon. Manično smo skidali odeću jedno s drugog. Uspeo je da mi svuče haljinu ne oštetivši je kao ja njegovu košulju kojoj je nedostajalo par dugmića. Savršene grudi i trbušnjake obasipala sam poljupcima i dodirima dok se u meni sve više raspirivala vatra, a on se grčio poda mnom. Kretala sam se sve niže i niže dok me nije uhvatio za kosu i stegao pod naletom nadražaja, ali nisam stala. Kao da sam bila puna nekog besa, oluje, koje sam morala da ispraznim. Isto je bilo i sa njim, a šta je bolje od toga da se strastveno praznimo jedno na drugom.

Pre nego što će svršiti, povukao me je odvojivši od prepona gde sam uživala da ga izazivam i slušam uzdahe i povike mog imena. Za trenutak sam bila razočarana, ali brzo me je prebacio na leđa, podigao noge na svoja ramena i uronio nateravši da vrisnem. Uživala sam u njemu, u svemu, svakom pokretu, naletu, udaru koji su me gurali ka ivici. Vid mi se zamutio kad sam nezaustavljivo pala preko, ali sam videla kako me posmatra i daje da uživam do kraja, pre nego što je dozvolio i sebi da mi se pridruži, a potom mi padne licem u kosu.

*****

Kao i na prethodnom takmičenju Aleksov dan najviše je pripadao treninzima. Ovaj put, međutim, nisam smišljala nikakve izgovore da idem bilo gde osim na utakmice Engleske, naravno. Metju Vans, tatin prijatelj, i dalje je bio trener reprezentacije, a i da nije, sigurno bih išla na utakmice sa devojkama, tatom i mamom. Ove godine ja sam bila ta koja nije htela da napušta Aleksa osim ako to nije sasvim neophodno. Znala sam da je to najviše iz straha, mada nisam bila sigurna kakvog – da l' šta će Matijas uraditi, ili na šta sa možda ja spremna.

Tako sam petnaestog juna otputovala u Braziliju sa devojkama. Bea je bila uzbuđena što će videti Harolda jer su se rastali pre nedelju dana pošto je engleska reprezentacija propustila otvaranje i otputovala odmah na svoju prvu utakmicu. Nas tri nismo prestale da je zadirkujemo ceo taj dvosatni let.

„Daj, Bea, Aleks i ja smo se viđali jednom nedeljno pre nego što smo počeli živeti zajedno."

„Da, draga, ali njih dvoje žive zajedno od samog početka", reče Endži.

„Nije istina", Bea se branila. „Uselila sam se kod njega nakon prve zajedničke Nove godine."

„Nemoj da lažeš", umešala se Lana. „Svaku bogovetnu noć proveo je u tvom i Džejninom stanu nakon što smo se vratile iz Nemačke sve dok zvanično niste počeli da živite zajedno."

„A zašto bi i spavao sam kad može da ima seks sedam puta dnevno, a možda i više, nego ima obzira prema svojoj devojci."

„Anđelina!" Bea je pocrvenela.

„Kasno je da se sad stidiš. Jedva ste izlazili iz sobe prve dve godine."

„Kako mi je žao što sam to sve propustila", rekla sam setno.

„Ništa nisi propustila, draga, i dalje su aktivni jednakim tempom", Endži nije odustajala. „Zapravo, ako ti nekad padne na pamet da ih neplanski posetiš, prirediš im neko iznenađenje, pozoveš ih napolje, nemoj. Već su zauzeti."

Bea ju je pogodila malim ukrasnim jastukom. „Nemoj da krenemo o tvojim apetitima kad si u vezi."

„I kad nisam."

Stomak me je zaboleo od smeha.

Sve trima nam je bilo neizmerno drago zbog Bee. Harold je bio sve što je ikada tražila u muškarcu. Još uvek joj je bilo teško da poveruje da je zaista upoznala nekog ko joj odgovara u svakom pogledu. Većina devojaka ubeđena je da ta osoba ne postoji, sve dok se ne pojavi. Planirali su venčanje za sredinu avgusta u Londonu i radosno smo odbrojavale. Najveći deo priprema je odrađen. Njena i Haroldova majka ponudile su da se za sve postaraju. Njih dvoje nisu hteli ništa preterano niti grandiozno. Važno im je samo bilo da uz njih na taj dan budu dragi prijatelji i porodica. Uprkos tome novine su redovno pisale da nam se sprema venčanje godine.

U Braziliji odseli smo u istom hotelu sa engleskom reprezentacijom. Stigle smo na vreme za ručak i kad nas je recepcionerka dočekala i povela do restorana, većina igrača već je bila tamo, uključujući trenera Vansa i Džošuu Hadlija kome je vilica pala do poda, a pogled se zalepio za mene iako mu je supruga sedela odmah pored. Uputila sam mu nevin osmeh pokušavajući da situaciju učinim manje neprijatnom pred jednom devojkom, mada sam se negde rivalski zlobno ponosila da i dalje izazivam takve reakcije čak i kod oženjenih muškaraca, a da se i ne trudim.

Harold se stvorio pored nas: „Devojke, odlično što ste stigle. Sedećete s nama", rekao je uhvativši Beu oko struka u zagrljaj i povevši nas.

„Nemoj ništa glupo da uradiš", Endži mi je šapnula. „Jadničak ne zaslužuje probleme sa ženom."

„Obećavam da neću", namignula sam joj koračajući ka stolu za kojim je većina igrača sedela.

Polovina imena na spisku reprezentacije Engleske bila je tu i četiri godine ranije. Pozdravila sam Kitona Flanagana pre nego što ću sesti, a potom se okrenula ka Džošui koji me je i dalje gutao pogledom tako opčinjeno da da sam ja njegova supruga, razbila bih mu o glavu taj najveći tanjir na stolu.

„Ćao, Džoš. Lepo je videti te ponovo na Prvenstvu", rekla sam na šta je pobeleo. Gotovo sam čula Endži kako suzbija smeh. Prepredena kakva sam, okrenula sam se ka lepoj ženi pored njega i pružila joj ruku.

„Zdravo, Tea, drago mi je da imam priliku da te upoznam. Veruješ li da ću sutra na utakmici nositi tvoju haljinu?"

To ju je otkravilo. Tea Votkins-Hadli bila je cenjena i uspešna dizajnerka poznata širom Ujedinjenog Kraljevstva. Imala je radnje u svim većim gradovima. Sa dvadeset pet godina poprilično je uspela da se probije u svetu mode. Porodica joj je takođe dobrostojeća i sigurno su joj u početku pomogli, ali neosporivo poseduje talenat, inteligenciju i upornost i da će napraviti svoje carstvo.

Nisam slučajno odabrala da nosim baš njenu haljinu, naravno. Pretpostavila sam da će doći na takmičenje sa Džošuom, a i njeni dizajni zaista su privlačili pažnju elegancijom i atraktivnošću te je prva utakmica Engleske bila prava prilika da obučem belo-crvenu haljinu koju sam nabavila pre par meseci.

Stegla mi je ruku i uljudno se nasmejala. „I meni je drago, Džejn. Jesi li ozbiljna za haljinu ili se šališ?"

„Naravno da sam ozbiljna, videćeš sutra."

„Onda ću odmah da javim da sašiju još par hiljada jer će prodaja sigurno da skoči."

Nasmejali smo se svi uključujući i Džošuu.

„Lisice jedna", šapnula mi je Endži, „umalo si mi izazvala srčani udar. Mogla sam da se kladim da ćeš nešto otrovno da ispucaš."

„Nisam više ta devojka, Endži."

„Ne, ali si ta žena. Ničim me ne možeš iznenaditi."

Nismo dugo ostale u restoranu. Morala sam da se presvučem i krenem na upoznavanje i druženje sa fanovima koje je organizovala Lana. Bea je ostala sa Haroldom te smo nas tri krenule da započnemo dug i uzbudljiv dan. Nikada ranije nisam posetila Braziliju i htela sam da je malo obiđemo, ali prema Laninim striktnim planovima to je trebalo da sačeka naš naredni dolazak za dve nedelje kad Engleska igra treću utakmicu po grupama.

Krajem dana vratile smo se u hotel. Ja sam iako iscrpljena bila puna utisaka i zadovoljna što sam toliko dece obradovala. Pozvala sam devojke da svrate kod mene u sobu da popijemo nešto jer mi je trebalo bar tri čaše vina da oteraju umor i opuste me. Časkale smo o svemu što se dogodilo toga dana. Lani je bilo drago što je mogla da precrta još jedan poduhvat sa spiska koji je napravila da treba da uradimo tokom takmičenja. Endži je zadirkivala Beu jer je branila Harolda koji joj se žalio na sukob sa jednim od saigrača, a ja sam jednostavno bila srećna, mirna i ispunjena. Aleks mi je nedostajao, bila sam uzbuđena zbog utakmice sutradan i zahvalna što imam priliku da mesec dana češće viđam roditelje.

Lep je bio osećaj, biti verna i odana devojka.

*****

Utakmica protiv Kanade igrala se prilično rano, u jedan popodne. Sunce je peklo na dvadeset osam stepeni iako je u ovoj zemlji zvanično zima, ali nismo se žalili, prijalo je. Stadion „Mane Garinča" prima šezdeset osam hiljada posetilaca i lako se dao steći utisak da je svako od tih sedišta zauzeto što je bilo malo iznenađujuće jer je Kanađanima oduvek više stalo do hokeja nego fudbala i na ovom takmičenju svakako nisu spadali u favorite.

Devojke i ja smo ovom prilikom upoznale Haroldove roditelje. Ljubazni stariji par obožavao je Beu od prvog trenutka. Pre nje bili su mišljenja da se njihov sin ili nikad neće oženiti ili će pasti kandži neke sponzoruše. Često su se šalili da je Bea više nego što on zaslužuje.

Ubrzo po početku meča Haroldovi, Beini i moji roditelji neprimetno su se odvojili od nas ka gornjim sedištima, a nas četiri smo ostale bliže terenu, vrišteći, navijajući, gaseći žeđ pivom, proslavljajući sva tri gola postignuta tokom tih devedeset minuta.

Po završetku otišli smo direktno u hotel gde smo se svi našli sa reprezentacijom na laganoj večeri. Pošto sam pila vino, prilično rano mi se prispavalo, te sam pošla ka sobi. Naredno jutro treba da uhvatim let i vratim se u Sao Paulo gde će mi društvo praviti Endži i Lana dok će svi ostali da ostanu u Braziliji zbog naredne utakmice Engleske. Njih dve htele su da budu sa mnom dok je Aleks na treninzima.

Za Lanu to je bilo očekivano jer gotovo 24/7 radi kao moj menadžer. Endži, pak mogla je da ostane sa ostalim Englezima. Videla sam na njoj da hoće – bacila je oko na starijeg brata Dankana Flečera, jednog od igrača, koji je došao sa njim. Koliko smo saznale, taj dečko je fitnes trener ramena širokih poput Aleksovih. Endži voli velike, razbacane momke te nije bilo čudno što joj se on odmah dopao. Uprkos tome pošla je sa mnom.

„Nisi morala", rekla sam joj naredno jutro u avionu.

„Znam, ali ipak sam tu, a on će dobiti svoju šansu narednu put", namignula mi je.

„Ma, daj, nemoj da me lažeš", šaljivo sam je gurnula laktom. „Zašto si stvarno pošla?"

Skrenula je pogled i odmah sam znala da je nešto neprijatno u pitanju. „Hoću da pripazim na tebe", priznala je očiju i dalje fiksiranih na nigdinu iza prozora.

Kao da me je nešto udarilo u stomak i izbilo vazduh. „Ne veruješ mi? Nakon svega što sam prošla sa Aleksom i bez njega, zarad njega?"

„Tebi verujem", okrenula se i u očima sam joj videla kontrolisani bes, „ali ni malo onom Beleru. Videla sam ga u hotelu u Sao Paulu. Čekao te je. To je bilo pre nego što je sreo Aleksa i tebe. Džejn, taj čovek je neprirodno, nenormalno, nezdravo opsednut tobom. Nemaš pojma šta sam mu sve rekla samo da ga nateram da ode, a znaš šta je on tvrdoglavo ponavljao? Da te voli i neće odustati i da ja ako sam dobra prijateljica kojoj je stalo, treba da ti pomognem da se oslobodiš Aleksa umesto što podržavam zatvorsku kaznu na koju te je osudio."

Nisam imala pojma da su se njih dvoje taj dan sreli, ali sad sam razumela otkud njena iznenadna zabrinutost i to me je razbesnelo. Otkud mu pravo da tako priča sa mojom prijateljicom?

„Endži, ne treba da se osećaš nimalo odgovornom ni za šta što mi se desilo u Francuskoj. Prošle smo kroz to bezbroj puta. Da sam htela pomoć, tražila bih je. Tad sam morala ostati kraj Aleksa."

„Svega sam svesna, samo me je takao u živac tim idiotskim komentarom, ali sad bar znam da je spreman na apsolutno sve da bi dopreo do tebe. Sećaš li se kakav je džentlmen nekad bio? E, pa, tog muškarca više nema. Ostao je jedan koji će gaziti preko mrtvih da bi došao do cilja. Nisam ništa preduzela dok si bila u Parizu, ali sad bar mogu da budem tu, da ti se nađem."

Možda je u pravu. Ako je Matijas doveo sebe do toga da zbog mene bude izbačen iz reprezentacije, nema sumnje da je sad spreman na sve.

Ne znači li to da me zapravo voli više nego iko ikada?

# 5.

Nazad u Sao Paulu Ukrajinci su se pripremali za svoju prvu utakmicu. Suočiće se sa Čileom što znači da će suparnički tim imati veću, brojniju i glasniju podršku na tribinama. Za ovu priliku procenjeno je da će u velikoj Areni Korintijans biti dvadeset sedam hiljada ukrajinskih navijača. Kao juče i ova utakmica počela je u jedan popodne kad je najtoplije što pak u ovom delu zemlje znači sedamnaest stepeni i prijatnu atmosferu. Za moje prvo pojavljivanje odlučila sam da nosim teksas šorts i Aleksov dres, a na obrazima iscrtanu zastavu Ukrajine.

Kad se začula himna, pomislila sam kako svi prolazimo kroz jedan od onih filmski epskih trenutaka. Držala sam se za ruke sa Aleksovima mamom i sestrom dok smo pevale tekst koji je svim suparnicima ovog tima u žutom slao poruku, a posebno Nemcima. Ovaj put biće drugačije. Nećemo napravisti istu grešku. Ja neću ponoviti svoje.

Aleksov tim krenuo je agresivno. Svi do jednog bili su sveži i odmorni i željni da svima i svetu pokažu da su bolji od predviđenog. Čile, takođe jedan od favorita, učinio je sukob poprilično surovim. Nisam sela ni za trenutak, od prvog sudijinog zvižduka pa sve do poslednje sekunde četrdeset osmog minuta kad je odsviran kraj prvog dela utakmice. I dalje je bilo 0:0, a posed lopte 50:50. Nijedna strana nije imala značajnih prilika. Znala sam da će tim Milana Andrejeviča u nastavku uraditi nešto po tom pitanju. Nisu ušli u ovaj okršaj s namerom da izađu nerešeno. Pohlepno žele sve bodove koje mogu da dobiju. Nema straha i preračunavanja kog će protivnika dobiti u osmini finala kao prošli put. Sada Ukrajina je moćna dovoljno da se samopouzdano suprotstavi bilo kom timu jer su zapravo to i uradili pre četiri godine. Jedini razlog zbog kog nisu osvojili trofej je trener nemačke reprezentacije. I Aleks.

I ja.

Isterala sam te infektivne misli iz glave. Nije vreme da budem zabrinuta. Baš u tom trenutku telefon mi je zavibrirao te sam bacila pogled jer smo i dalje čekali da igrači izađu na teren.

*Divna si. Sve kamere samo tebe snimaju. PS Izgledala bi još lepše da na licu nosiš crno-crveno-zlatnu, ali i sad želim da uzmem te obraze među ruke i izmrljam ih poljupcima. ;)*

Ohladila sam se i preznojala. Naravno da gleda utakmicu. Uzdahnula sam nervozno, poljuljane sigurnosti i opuštenosti.

„Šta nije u redu?" pitala je Lana. Pružila sam joj telefon. Trenutak kasnije zakolutala je očima. „Blokiraću... Oh, zaboga."

„Šta je bilo?" pitala je Endži uzevši telefon od Lane, a potom se glasno nasmejavši. „Taj čovek je sasvim lud."

„Daj da vidim", uzela sam telefon nazad.

Stigla je još jedna poruka propraćena fotografijom činije do vrha pune SIM kartica. *Možeš da me blokiraš. Spreman sam. ;)*

Učinila sam nešto što apsolutno nisam smela, nešto neoprostivo – osmehnula sam se.

Lana me već ubijala pogledom neodobravanja. Nisam znala šta da kažem jer sam istog trenutka osetila stid, ali Endži je stala u moju odbranu. „Nemoj sad da joj držiš lekcije, nije ni vreme ni mesto. Uostalom, ko se ne bi smejao na ovako nešto?"

„Upravo tako je počelo prošli put, Anđelina", Lana je prosiktala. „Daj mi taj telefon. Ne može on da kupi toliko brojeva koliko može da se blokira."

„U redu je, Lana, nema svrhe", odgovorila sam. „Samo ću ga ignorisati."

„Stvarno?"

Odgovor nikako da mi siđe s usana.

„Vidiš, Džejn?"

„To su samo bezopasne poruke. Nema potrebe da dižeš toliku dževu."

Igrači su krenuli izlaziti iz tunela te joj nisam dopustila da išta doda. Znam šta radim. Ovo što je Matijas napravio je samo smešno, ništa više. Čak ću i Aleksu reći za činiju i zajedno ćemo se smejati.

Drugi deo utakmice takođe je bio zagrejan od samog starta, bez izmena, ali tempo je bio drugačiji i ubrzavao se svakom sekundom. U šezdesetom minutu dvadesettrogodišnji Anatolij Hončar, novi igrač sredine, postigao je pogodak sa udaljenosti od čak dvadeset metara od gola. Precizno je poslao loptu između mešavine igrača u žutom i crvenom. Vrisnula sam jednoglasno sa Tanjom i Marijom pridružujući se raspomamljenim fanovima.

Naše uzbuđenje, međutim, raspršilo se već u narednom minutu, a teška tenzija osetila se u vazduhu. Oba tima sad su htela da nešto novo postignu – jedan da izjednači, a drugi da poveća vođstvo. Deset minuta kasnije desilo se, a moj dečko, naravno, nije bio onaj koji je primio gol. Ovog puta Andrij Barnik postigao je pogodak koji će u narednim danima da nakupi milione pregleda na društvenim mrežama zbog neobične preciznosti koja graniči talenat i veštinu sa nemogućim. Lopta se odbila o tri različita stopala u kaznenom prostoru pre nego što je uspeo da skoči dovoljno visoko i okrenut leđima glavom je zaputi ka golu.

Barnika su i dalje oslovljavali *Dečko* iako su četiri godine prošle od takmičenja na kom je stekao taj nadimak. Nakon što je tad proglašen za Najboljeg mladog igrača, uspeo se visoko na listi najplaćenijih u Evropi. Najbolju ponudu dobio je od Liverpula gde se i preselio. U Engleskoj je bio zadovoljan, dopadali su mu se i vreme i ljudi, imao je nekoliko veza, a fanovi su ga voleli. Na ovom turniru hteo je da pokaže da i dalje napreduje i njegovo vreme tek sledi.

Preostalih dvadeset minuta protekli su očas posla. Ukrajinci su jednako napadali i branili se. Aleksu niko nije dao gol. I dalje je najbolji golman na svetu, sa najboljim statistikama koje ogledaju njegove veštine i talenat, ali nikad u intervjuima nije propustio da naglasi da veliki deo svog uspeha duguje saigračima koji sve od sebe daju da on ne mora da se nosi sa opasnim napadima koji bi mogli da se završe pogocima.

Kad se poslednji zvižduk oglasio, bilo je 2:0 za Ukrajinu i mogli smo da odahnemo s olakšanjem. Tri boda su naša. Ispratila sam Aleksa pogledom dok je šetao od gola do tunela i poslala mu poljubac kad se primakao dovoljno da me vidi. Uradila sam to iz ljubavi, naravno, ali i s opakom namerom. Htela sam da svi ponovo vide i uvere se koliko ga obožavam. *Svi.*

Telefon mi je ponovo zavibrirao.

*Šta misliš – ako pošaljem poruku tvom dečku i kažem da si se celu utakmicu osmehivala zbog mene, hoću li mu pokvariti raspoloženje?*

Ponovo sam se obledila. Ruke su mi bile vlažne od hladnog znoja toliko da mi je telefon zamalo ispao. Kako je, dođavola, došao do Aleksovog broja? Šta sad da radim?

*Da, baš to ću da uradim. Osim, naravno, ako mi ne odgovoriš. Eto, Džejn, možeš spasiti svog dečka užasno lošeg dana.*

„Džejn, nemoj", Lana je gotovo podviknula videvši me kako tipkam tresućih prstiju.

„Moram. Ne razumeš."

Ako su Endži i Lana išta više rekle, nisam ih čula. U ušima mi je bubnjilo dok sam sporo kucala, svako slovo me boleći što idem protiv obećanja i sebi i Aleksu.

- Sad me još i ucenjuješ?

*Vau! Odgovorila si! Zašto se ovog trika ranije nisam setio? Kako sam glup.*

- Zapravo je veoma zrelo od tebe što nisi. U svakom slučaju lepo te molim da nikada ne pišeš Aleksu.

*Naravno da neću. Ako pristaneš da se vidimo.*

- Znaš da je to nemoguće.

*Zašto? Zato što nismo u istom gradu? Zato što si stalno sa Plavušanom? Znaš da su to sve problemi za koje postoje rešenja.*

- Matijase, ti i ja ne smemo da se vidimo. Molim te, nemoj pisati Aleksu. Nemoj više ni meni.

*U redu. Neću, ali ću te nazvati kad se vratiš u hotel.*

- Ne!

*Onda ću okrenuti Plavušana.*

- Matijase, prestani! Zvaću policiju.

*I reći im šta? Nemoj da se zavaravaš više, Džejn, svi navijaju za nas dvoje. Čitaš novine, znaš i sama. Ne bih se iznenadio da mi policija čak pomogne.*

- Prestani da se šališ! Nije smešno! Uznemiravaš me i remetiš mi miran i sređen život. Ostavi me na miru! Ostavi nas na miru!

*Hoću. Kad mi sve to kažeš u lice.*

- Nemoguće. Ti i ja ne smemo da se sretnemo.

*Preko telefona ću ti objasniti zašto grešiš. Nazvaću te kad se vratiš u hotel. Na tebi je – ili ćeš mi poslati poruku kad ostaneš sama, ili ću zvrcnuti Plavušana da mu kažem koliko nema pojma o fudbalu.*

Šta drugo sam mogla da kažem?

*- U redu, ali po povratku u hotel treba da hvatamo let za Rio.*

*Nema problema. Nazvaću te u Riju.*

U kolima nisam reč prozborila. Mozak mi je radio munjevitom brzinom usput filtrirajući sva pomešana osećanja. Ovo će biti teško sakriti od Aleksa. A da mu kažem? Ne želim da njih dvojica razgovaraju. Nisam znala na na šta je sve Matijas spreman, šta bi rekao ili uradio, ali sigurna sam da bi bilo nešto čime bi iznervirao i razbesneo Aleksa, a do toga nisam htela da dođe. Ne ponovo. Već je jednom zbog mene izgubio glavu i to je koštalo njega i njegovu državu zlatne medalje. Neću ga staviti u istu poziciju ponovo. Takođe, nema govora da razgovaram s Matijasom, a da Aleks pored mene sluša. Čak ni moje glumačke sposobnosti to ne mogu da izvedu.

Jedino razumno rešenje bilo je da se javim dok Aleks spava ili je sa prijateljima i u zavisnosti od toga kako poziv protekne odlučim da li da mu kažem ili ne. To sam iznela pred devojke. Očekivano, Lana je htela da mi drži lekciju, ali Endži ju je zaustavila kad god je zaustila. Ostatak vožnje pritiskao me je njen pomni pogled.

U hotelu sam se pakovala kad je Aleks ušao u sobu. Kako bih prekrila koliko sam nervozna, zaskočila sam ga i uvukla u krevet ne davši mu dovoljno vremena da na meni primeti išta čudno. Nismo se razdvojili dok nije postalo očigledno da ćemo kasniti ako ne prestanemo i on se ne okupa i spakuje za petnaest minuta.

Dok sam ga čekala da krenemo, odsutno sam spakovala nešto njegove odeće pitajući se da li zaista radim pravu stvar. Lana ne preteruje – ovako je počelo i prošli put. Ni tad ništa nisam htela s Matijasom, a kako sam završila – ludo zaljubljena. I sad, sasvim sam sigurna da mu se ne smem približiti jer... baš kako kaže – nismo se rastali kako treba. Toliko toga je nedorečenog. A kad sam ga onaj dan videla, u ovom istom hotelu, srce mi je poskočilo i zbog straha, ali i nečega drugog.

Po smeštanju u sobe u Riju izazivala sam Aleksa da ponovo vodimo ljubav ovaj put pod tušem da slučajno nešto ne bi posumnjao. Nakon toga rekao mi je da se nalazi sa ostalim igračima na bazenu da bi raspravili nešto o nerešenom rezultatu utakmice Maroka i Južne Koreje, druga dva tima u našoj grupi. Rekla sam da ću mu se pridružiti kad namestim kosu. Ništa nije sumnjao jer mi za taj poduhvat nekad treba i dva sata, a pošto se ne razume, nikad nije prepoznao razliku između strpljivo izvlačenih talasa i repa koji sam uvezala za deset sekundi.

Čim sam se sredila i petnaest minuta prošlo otkad je zatvorio vrata za sobom, poslala sam *Sad* na nesačuvan broj.

Zvono se oglasilo.

Morala sam da sednem i duboko utahnem čak tri puta pre nego što sam se javila.

„Je li to najlepša žena na svetu?" dubok glas sa poznatim mi nemačkim akcentom poslao mi je trnce niz kičmu.

„Šta hoćeš? Reci brzo. Nemam mnogo vremena."

„Da te vidim."

„Nemoguće. I sam znaš. Zašto si insistirao na pozivu?" ulagala sam svaki napor da zvučim poslovno hladno.

„Da ti čujem glas kad Plavušan nije u blizini."

„*Matijase*", prosiktala sam nervirajući se što je tako neozbiljan, „na kom jeziku i koliko puta da ti kažem da me *ostaviš na miru*? Da ostaviš Aleksa na miru. Već je dovoljno propatio zbog nas. Molim te, prestani."

„I ti si propatila. I ja sam. Ostavila si me na terenu, Džejn, pred bar dve milijarde očiju. Zar i pored toga nisam zaslužio odgovore na neka pitanja?"

Peklo je, to što je rekao. Sećanje na to veče i u meni je izazvalo grč – koliko je samo bolelo izvući se iz stiska njegove ruke, okrenuti ka nepoznatom bez ikakve predstave šta od Aleksa da očekujem. Ta noć po mene se završila daleko bolje nego što sam zaslužila. Po Matijasa... diskutabilno. Osvojio je taj prokleti trofej, najvažniji u fudbalu. Kom broju sportista to pođe za rukom? Sa druge strane, osramoćen je, šutnula ga je prema mnogima njegova najveća ljubav. Prema rečima njega samog.

„Zašto uporno odbijaš da budeš fer prema meni?" nastavio je. „Ako ti nije stalo kao što kažeš, zašto se ne vidimo i u lice mi to kažeš?"

„Govorim ti sad", ali glas mi se tresao. Zvučala sam jadno.

„Zašto mi nisi rekla to poslednje veče? Niti ijednom za ove četiri godine? Je l' toliko teško odgovoriti na poruku?"

Ubrzano sam disala. „Iz poštovanja prema Aleksu. Nisam htela..."

„Možeš da ga poštuješ još sto godina, ali ne možeš pobeći od osećanja prema meni."

Izbegla sam na to da mu dam odgovor. „Hajde, reci mi, šta da uradim da prestaneš?"

„Nađi se sa mnom."

„Osim toga."

„Slušaj me, Džejn Anderson, znam da si navikla da bude po tvome, ali i ja sam, a to što sam te pustio da radiš šta hoćeš ono veče i odeš tom primitivnom imbecilu koji te stavio pod katanac na dve godine i od tebe načinio zombija nešto je što sebi nikad neću oprostiti."

Nisam mogla da budem ljuta na njega koliko god sam se iz petnih žila trudila. „Matijase, nisi mogao ništa da učiniš. Morala sam da ga potražim. To je bilo jedino ispravno. Nikada me nije zatvorio niti mi išta branio. Nemoj sebe za to da kriviš."

„Naravno da krivim jer te prokleto volim i nikad ti išta slično ne bih uradio. Nađi se sa mnom, Džejn, pokaži mi da ti nije stalo. Kad se uverim da je tako, ostaviću te na miru, obećavam."

„Moram da idem." Htela sam da se ovaj razgovor što pre završi jer je njegov glas probudio previše uspomena, previše osećanja koja su mi zabranjena, pogotovu sad, nakon sveg ovog vremena, nakon svega kroz šta smo Aleks i ja prošli. „Molim te, nemoj više da mi pretiš da ćeš ga zvati. Neću sebi oprostiti ako ponovo napravi sličnu katastrofu na terenu. Nemoj to da mu radiš, Matijase, molim te. Ako hoćeš da se obračunaš s njim, uradi to kao, profesionalan sportista, muškarac, van terena. Ne budi kao svoj trener."

Znala sam da sam ga iznenadila jer je dugo ćutao. I meni je ta tišina trebala, da pojmim činjenicu da je Džejn Anderson nekoga zapravo preklinjala.

„Dođavola, kad me ovako zamoliš, ruke su mi vezane", reče. „U redu, neka bude po tvome. Obećavam da neću pričati s Plavušanom, ali to ne menja činjenicu da moram da te vidim."

„Ne! I sad stvarno moram da idem. Kasnim."

„Neka i ovaj put bude po tvome, ali pretpostavljam da nisi zaboravila koliko sam uporan?"

„Nisam", i ne dozvolivši mu išta da odgovori, prekinula sam vezu. Proklestvo!

Otrčala sam do kupatila da se umijem hladnom vodom. Ne treba ovako da se osećam. Ne treba *ovo* da osećam, da budem sva uzvrpoljena. Da, taj glas uzbudio je sve u meni, probudio svaki nervni završetak. Ali, nije li to prirodna reakcija? Pogotovu dvoje ljudi kao što smo mi koji nisu čak ni telesni odnos izgradili, već bili čisto, lepo, detinje, naivno zaljubljeni jedno u drugo. Kakva ironija! Najveća je pretnja mojoj srećnoj vezi, a nismo čak ni do kreveta došli. Kako me nervira to što je uporan i tvrdoglav kao ovan! I zašto se bojim da nema govora da će me ostaviti na miru dok ne bude po njegovom, dok se ne vidimo?

Ako stvarno volim Aleksa, onda ne bi trebalo da mi bude problem da se nađem s Matijasom. Zašto me onda toliko strah da ostanem nasamo s njim? Neće me drogirati, silovati, udariti, niti išta slično. Ako stanem pred njega i sve mu lepo kažem i objasnim, možda će me stvarno ostaviti na miru, i mene i Aleksa, kako kaže. A ja, srećna sam sa svojim dečkom. U to sam sigurna, celim bićem. Matijas mora takođe toga da postane svestan.

Popravila sam šminku i kosu i odlučila da je najpametnije da izbegavam tog Nemca bar dok Ukrajina ne prođe u osminu finala, a potom ako nastavi da bude uporan ili se usudi na nešto što može ugroziti mog dečka ili njegov tim, otvoriću se Aleksu i pitati za mišljenje. Ovog puta nisam sama i neću mu raditi iza leđa. Matijas može da mi izazove milion leptirića u stomaku svojim glasom i tajanstvenim očima, ali ja volim svog savršenog muškarca. I neću dozvoliti da ga ponovo izgubim.

# 6.

Lana se trudila iz petnih žila da budem zauzeta svaki minut koji nisam spavala ili bila s Aleksom. Nije bila ljuta, ali se nimalo nije slagala što sam pričala s Matijasom. Endži je bila na mojoj strani, ali to nije ništa pomoglo kad mi je Lana pružila tablet da prođem kroz detaljan niz aktivnosti za taj dan, uključujući pauze za ručak i večeru i slobodno vreme između Aleksovih treninga. Činilo se da mi je svaki udah isplaniran. Zbog čega, definitivno, nisam imala vremena ni da pomislim na tvrdoglavog Nemca.

Prvog dana u Riju Bea nam se pridružila u obilasku. Nakon šetnje plažama Kopakabana i Ipanema potajno sam se nadala da ćemo sesti u neki kafić kako bih mogla da bacim pogled na utakmicu Nemačke i Japana koja se u tom trenutku igra, ali Lana se strogo držala plana i programa koje je dizajnirala tako da ne priđem TV-u. Kasnije sam saznala da su pobedili 3:1, što je bilo sasvim zadovoljavajuće – njihov golman nije poput Aleksa.

Evald Fuks ušao je u nemačku reprezentaciju godinu dana nakon Evropskog prvenstva. Jedan drugi golman nasledio je Ditera Larmana, ali se i on ubrzo penzionisao. Dvadesetogodišnji Evald bio je čudo od deteta i u Nemačkoj su ga poredili sa Aleksom, međutim, ostatku sveta bilo je očigledno da mu nije ni prineti. Imao je dara, ali ne iste veštine i sposobnosti. Aleks je nesvakidašnja kombinacija talenta, marljivosti, hitrih refleksa, oštrog vida i sreće. Evald je imao gotovo sve to, ali na nižem nivou. Ono što je posebno interesantno, naravno, jeste da je bio neverovatno zgodan, šarmantan, džentlmen i harizmatičan. Devojke su ludele za njegovim toplim, sivim, proračunatim očima. Voleli su ga u reprezentaciji, bio je poželjan širom sveta, a i mediji su ga obožavali. Svakako da je uživao u noćnom životu koliko su mu posao i način života dozvoljavali, ali znao je kako da se ponaša. Na sve to bio je sam. Opasna kombinacija.

„Rado bih ga probala", po ko zna koji put rekla je Endži, „iako je, šta, osam godina mlađi od mene."

„Nema veze. Sigurna sam da zna šta radi", odgovorila sam. „Izgleda da ima podosta iskustva."

„Videćemo. Ako se nađemo u istom gradu u isto vreme, neću propustiti da saznam."

„Na tvoju veliku žalost, ja ću se potruditi da do toga ne dođe, tako da ti savetujem da ciljaš na nekog drugog", Lana je dodala mrtva ozbiljna.

„Slažem se", ubacila se Bea.

Endži i ja smo se zgledale, a potom prevrnule očima.

Tog dvadesetog juna Aleks i njegovi saigrači planirano je da posete dve osnovne škole u gradu čiji učenici su postizali izuzetne rezultate na fudbalskim takmičenjima. Odigraće kraću utakmicu s njima, a potom se slikati i deliti potpisane dresove nakon čega će imati malo slobodnog vremena za šetnju po gradu. Lana je sa njima isplanirala obilazak simbola Rija i Brazila – statuu Hristosa Spasitelja. Naredna dva dana Ukrajinci će biti zauzeti treninzima, a nas četiri ćemo za to vreme gledati Englesku protiv Paragvaja u Salvadoru, gradu takođe nalazi na obali Atlantskog okeana, dva sata avionom od Rija.

Niko iz moje porodice pa ni ja nikada nismo bili preterano religiozni. Radovali smo se praznicima i obeležavali ih najviše zato što uspeju da nas okupe i tih dana svi bi bili puni energije i optimizma bez obzira na probleme koje možda imamo u svakodnevici. Zato divljenje koje me je ispunilo pred kolosalnom statuom nije ni u kom vidu bilo religijsko. Cela grandioznost skulpture obuzela mi je vid i misli, izazvavši apsolutno poštovanje, pogotovu kako se ukombinovala sa pogledom sa brda Korkovado ispod kog se nekom neobičnom elegancijom rasprostirao Rio dok nas je grejalo oštro sunce koje se kroz sive guste oblake probijalo do obale i asfalta. Zvuci okeana u daljini. Razbacana ostrva na horizontu. Ti minuti bili su magični.

Aleks me je sve vreme držao za ruku zbog čega je sve bilo upotpunjeno, savršeno.

Nisam htela da mnogo vremena provodim razdvojena od njega te sam zato odlučila da Salvador napustim odmah po završetku utakmice u ranim jutarnjim satima narednog dana. Lani nije predstavljalo problem ništa od toga da organizuje, a ja sam se osećala sigurnije u Aleksovoj blizini iako će većinu dana provesti sa svojim saigračima i trenerom.

Više nisam mogla da razlučim da li me strah sebe same ili ću možda biti spremnija na neku ludost ako Aleks nije blizu. Ništa nije bilo kao u Nemačkoj pre četiri godine kad mi je očajnički trebala i prijala pažnja svih onih muškaraca koji su mi se sami na tanjiru servirali. Najviše sam brinula da se nađem u Matijasovoj blizini. Plašila sam se da udaljena par hiljada kilometara od Aleksa ne počnem drugačije da razmišljam, da opet ne krenem da se uveravam da ću sa svim sama izaći na kraj, da mogu sama, ili još gore – da ponovo mogu nešto da uradim Aleksu iza leđa i da niko ne sazna. Sasvim sam bila sigurna da Matijas isto sumnja za mene što objašnjava njegove upornost i tvrdoglavost.

Zato sam se držala Aleksa i ponašala kako zaslužuje – kao njegova savršena devojka.

„Cenim sve što radiš, Džejn", šapnuo je poljubivši me u teme veče pre nego što ću otići u Salvador.

Ležali smo u krevetu, zagrljeni, samo što nismo zaspali, izmoreni od dugog i ispunjenog dana. Promeškoljila sam mu se među rukama i namestila na grudi. Koliko samo volim dodir kože o njegovu. „Neizmerno mnogo mi je stalo do tebe", odgovorila sam poljubivši ga u staru posekotinu koju je zadobio vežbajući penale, „i neću dozvoliti nikome i ničemu da stane između nas kao prošli put."

Ponovo me je poljubio ovaj put u vrat sateravši mi prijatnu jezu niz leđa. „U pravu si, ali to se dogodilo jednom. Neće opet. Obećavam ti. Obećao sam sebi pre nego što smo došli ovde."

Uspravila sam se da ga pogledam u oči. Obujmio me je rukama prekrivajući cela leđa i znala sam da neću moći odoleti nagonu da to veče ponovo bude moj iako nismo znali ko je iscrpljeniji. „Ti si najbolji muškarac na svetu, bez i jedne mane."

Osmehnuo se. „Ako nastaviš to da mi ponavljaš, šepuriću se okolo kao paun."

„Izazivaš divljenje i obožavanje gde god se pojaviš", ruka mi je prošla do njegovih leđa, a potom se spustila do butine mu. Pokušala sam da zarijem nokte u nju, ali nisam uspela zbog mišića čvrstih kao stena.

„Znaš li šta ti izazivaš u meni upravo sad?" prsti su mu prošetali u moju kosu i povukli me u poljubac dok sam pod nogom osetila kako još nešto očvršćava kao stena. „Želju da te celu noć uzimam na sve moguće načine."

„Što bi sigurno negativno uticalo na tvoj performans sutra zbog čega bi se tvoj trener sigurno naljutio i zahtevao da više ne spavamo zajedno", pohlepno sam mu uzvraćala poljupce.

„Nešto mi je palo na pamet", reče lako mi razdvojivši noge i propevši se iznad mene, „kad se sve ovo završi", već sam plitko disala od uzbuđenja, „hajde da odemo na neko privatno ostrvo ovde u Brazilu i odmor provedemo uz koktele i seks svaki dan po ceo dan."

„Odlična ideja."

Ušao je tako lako i poveo me u vrtlog osećaja i emocija. Nije hteo odmah da svrši iako mi je bilo jasno da može. Hteo je da me izaziva, da produži užitak, a potom da me voli, beskrajno, dugo, iskreno, celim bićem, dok se nisam cela u njemu rastopila.

*****

Devojke i ja smo na brzinu doručkovale, a potom se zaputile na aerodrom. Stigle smo tačno na vreme da se nađemo sa mojim roditeljima u hotelu nedaleko od stadiona. Utakmica je trebalo da počne u četiri sata te nam je ostalo tek nešto više od dva za piće u baru.

Okupala sam se i navukla laganu, lepršavu belu haljinu sa velikim crvenim ružama, namestila kosu (ovaj put mi je trebalo manje od dvadeset minuta), našminkala se, a potom sačekala roditelje da me pokupe. Bea će ići sa svojima, a Endži i Lana zajedno.

Iznenadilo me je što su mama i tata kasnili, ali kad smo se našli, objasnili su da je tati iskrsnuo jako važan razgovor o prodaji nekoliko konja sa ranča. Divno su išli jedno uz drugo, tata u sivom odelu, a mama u haljini iste nijanse njegove crvene kravate.

Zagrlili smo se – što se nekad dešavalo izuzetno retko, ali je postalo poprilično učestalo od mog dramatičnog dolaska na ranč. Nekako smo sve troje bili bliskiji. Tata i ja pogotovu.

„Nedostajali ste mi", nisam se više plašila da kažem.

„I ti nama", odgovori on dok smo silazili u lobi. „Ovih dana ne staješ."

„Da, Lana se pobrinula za to. Mada, ne mogu se požaliti. Uživam. Sao Paulo i Rio nešto su sasvim novo, sasvim su me oduševila oba grada." Izašli smo iz lifta i našli se u glavnom holu. „Osim toga, sva ta srećna i uzbuđena lica, sve to čini me izuzetno ispunjenom. Aleks i ja provodimo što je više moguće vremena zajedno kad nije na terenu. Dosta razgovaramo, pravimo planove za odmor…"

„Držiš se dalje od problema."

„Brede."

„U redu je, mama", ovlaš sam pocrvenela. „Tata ima pravo. Uistinu se klonim nevolja."

Nekako smo sve troje uspeli da se nasmejemo.

„Dobar dan. Mogu li da razgovaram sa vama?"

Ukopali smo se u mestu. Obledila sam se istog trenutka. Nije mi mnogo trebalo da prepoznam taj glas. Čak su i mama i tata bili zatečeni. *Ne, ne, ne, ne, ne! Nemoguće!*

„Ne možeš da razgovaraš s mojom ćerkom", tata je prvi progovorio naglašavajući strogo svaku reč.

Zurila sam u Matijasa u neverici dok mi se glava zagrejala do usijanja. Prokletstvo! Ja sam u Salvadoru, a oni… gde je ono Lana rekla da su? U Resifeu valjda… Što je bar hiljadu kilometara odavde. *Nije valjda stvarno došao!*

„Zapravo sam hteo da popričam sa vama, gospodine Anderson."

U grudima mi je bilo toliko hladno od straha da sam se pitala kako je moguće da još uvek stojim na nogama. Kad tad nisam svisnula od brige, znala sam da nikad neću. „Matijase, zaboga, prestani već jednom!" vrisnula sam. Mama me je uhvatila za ruku.

Videvši koliko sam se uzbudila, tata se vidno razbesneo. „Mladiću, bojim se da je moja ćerka prilično jasna. Šta tražiš ovde uostalom? Siguran sam da tvoj trener ovo ne odobrava."

„On ne zna gde sam. Moramo da razgovaramo, gospodine Anderson. Važno je. Za dobrobit vaše ćerke."

„Kako to misliš?"

Matijas me je pogledao, a tama tih očiju me je zastrašila.

A opet, sa druge strane, nisam mogla da ne vidim koliko me obožavaju.

„Samo želim najbolje za nju, i ona to zna, ali odbija da me sasluša. Zato hoću s vama da razgovaram, da vam sve objasnim. Znaćete onda da sam ozbiljan."

„Matijase", mamin glas bio je miran i tih, s razlogom jer poslednje što nam treba je glasna scena, „jasno mi je da osećaš nešto prema Džejn, ali zašto ne poštuješ ono što ona oseća prema tebi?"

Činilo nam se kao da ga je to pitanje zateklo, ali brzo se trgao iz zbunjenosti. „Zato što ponekad pomešamo ljubav i krivicu, odgovornost", odgovorio je i dalje očiju u mojima.

Noge i kolena kao da su mi se pretvorila u žele i plašila sam se da ću se srušiti.

„Odgovornost za šta?" tata je pitao.

„O tome želim da razgovaramo."

Zurila sam u njega, kovitlac misli i emocija jureći mi glavom i grudima. Kako je moguće da mi je i dalje toliko privlačan kad istovremeno želim da ga ubijem? I sad izgleda kao ona grčka statua, savršeno izvajan, do poslednje crte lica na kom je svaka boja prave nijanse.

„U redu", tata je odgovorio razmislivši kratko, „naći ćemo se ovde po završetku utakmice."

Te reči su mi poput pesnica izbile vazduh iz pluća. „Tata, nemoj!" zaustila sam da se pobunim, ali podignutom rukom me je ućutkao.

„Džejn, staviću tačku na ovo jednom za svagda", reče, a potom se okrenu ka Matijasu koji je sad izgledao zatečen da mu je zahtev dobio pozitivan odgovor – da je Bred Anderson pristao da ga sasluša. „Sad žurimo.”

„U redu. Čekaću", reče odlučno.

Mama me je uhvatila za ruku i povela ka izlazu, a nijedno nije više ni reč izustilo. Na vratima sam se okrenula da bih bila sigurna da nisam sve ovo umislila i grč u stomaku me je probo i potvrdio da nisam – Matijas je stvarno ovde, u istom gradu kao ja iako treba da bude miljama daleko, i sad gleda za nama, sa sve onim usnama iskrivljenim u samopouzdan osmeh. Došlo mi je da se vratim i razbijem mu obližnju fotelju o glavu.

- *Ti si sasvim poludeo!* poslala sam čim smo seli u auto.

*Jesam, za tobom. Mislio sam da to već znaš.*

- *Zašto se ovako igraš mojim životom i mirom? Šta ćeš reći mom ocu?*

*Sve što se dogodilo pre četiri godine, da te je Plavušan poveo sa sobom kako bi te kaznio, a da sam ja iskreno zaljubljen u tebe i volim te, ali da je tebe strah da ostaviš golmana.*

- *Nema više rasprave. Zatvoriću te u ludnicu samo da se utakmica završi. Nemoj da si se makao s mesta.*

*Sad si ti ta koja zbija šale.*

Stigli smo u Arenu Fonte Nova i morala sam da se odvojim od telefona. Lana i Endži čekale su nas kraj ulaza, a Bea je već bila na tribinama sa svojim i Haroldovim roditeljima.

„Devojke, moram nešto da vam kažem", tiho sam prosiktala Endži koja me je zabrinuto pogledala. „Da, ozbiljno je.”

U vazduhu je ispisala M na šta sam klimnula.

Sela sam odmah po završetku himni između mame i Lane te nisam mogla ništa da im kažem. Teško mi je bilo da pažnju usmerim na odličnu utakmicu kad mi je nad glavom stajao sastanak Matijasa i tate koji će se odigrati kroz par sati. Nakon dvadesetak minuta bacila sam pogled na telefon gde me je čekala poruka.

*Možeš me sprečiti da razgovaram s tvojim ocem. Znaš kako. ;)*

- *Ne dolazi u obzir.*

Steglo me je u grudima. Šta da radim? Otkud ova prokleta osećanja? Znala sam šta je ispravno – moram po svaku cenu da zaštitim Aleksovu i svoju sreću i mir. Ako Matijas dobije priliku da tati ispriča pravu verziju događaja, sve što smo nas dvoje izgradili otići će u propast. Uostalom, nemam pojma ni šta će da mu kaže. Da li pravu istinu ili samo one delove koji mu odgovaraju, ili možda čak nešto što se nikad nije desilo? Nema šta da izgubi. Jednom je izbačen iz reprezentacije i vratili su ga. Već je lagao treneru više puta kako bi se našao sa mnom. Spreman je na apsolutno sve.

*Znači na meni je da te spasim Plavušana. Zato što znam da želiš da te izvučem iz te noćne more. Draga, pričaću s tvojim ocem i za sve se pobrinuti.*

Sačekala sam poluvreme, a onda smo se devojke i ja odvojile od roditelja. Rekla sam im šta se desilo u jednom dahu. Sve tri su se razbesnele.

„Pusti ga nek proba", Lana reče osiono.

„Jesi li i ti sišla s uma?" odgovorih.

„Ne. Aleks i ti sami ste rekli – nakon svega što se na prošlom takmičenju dogodilo čak i posle scene koju je Gotfrid priredio, ostali ste zajedno. Ne postoji ništa što bilo ko od njih može da uradi da vas razdvoji. Bred ne veruje nikome kao Aleksu. Zato što ti stojiš iza njega. Zar ti nije jasno posle svega što se desilo? Beler može tvom ocu reći šta god mu padne na pamet, ali kad Aleks odgovori da su u pitanju laži i i dalje ti bude držao stranu, Matijasu neće poći za rukom ništa da pokvari."

„Šta ako kaže tati nešto što je istina i tata mu poveruje? Mnogo toga jesam uradila i ako mu Matijas ispriča neke detalje, o tome kako smo se sreli i kad, kako i zašto sam izbegavala da se vratim Aleksu i nalazila raznorazne izgovore i kad se tata seti kako sam iznenada počela da navijam za njih, možda neće imati druge nego da mu poveruje bez obzira na bilo šta što Aleks kaže."

„Džejn", Bea se ubacila, „čini mi se da će Bred biti na Aleksovoj strani bez obzira na sve. Nije glup. Sam je imao priliku da vidi kako se bori za tebe, da se dokaže njemu, kako je brinuo o tebi nakon što ste se pomirili, kako je izdržao sav pritisak i prošao svaki test, sve samo da bi pokazao koliko mu je stalo. Bred ga izuzetno ceni i poštuje. Pusti Matijasa da priča s njim. Ništa se neće desiti. Ionako nema nikakav dokaz za bilo šta što mu padne na pamet da kaže."

„Možda ima", reče Endži. Sve se okrenusmo ka njoj. „Nije glup. Zna sve ovo što znamo i mi i sigurna sam da zna i da ako samo izađe pred

Breda Andersona i razbesni ga svojim pričama bez potpore, može navući sebi i te kakav problem na leđa. Garantujem da ima nešto čime će ga ubediti da mu poveruje."

„O, ne!" Lana uzdahnu uhvativši se za glavu. „Dođavola, dođavola, dođavola!" Gledala sam je sa zebnjom u stomaku. „Poruke." Shvatila sam istog trenutka na šta misli i zavrtelo mi se u glavi. „Muškarac zaljubljen kao on sigurno je sačuvao sve poruke koje ste tad razmenili, a mogu da se kladim da ih niste pisali u šiframa i kodovima. Grešim li?"

Nisam uspela da se saberem dovoljno da odgovorim, ali sam pobelela kao kreč.

„Onda po svaku cenu moramo da sprečimo da se on nađe sa Bredom", reče Endži.

- *Matijase, molim te, nemoj da pričaš s mojim ocem.* Probala sam još jednom, već znajući kakav ću odgovor dobiti.

*Onda moram s tobom.*

- *Ako se vidimo, obećaj mi da nećeš više pokušavati da dođeš do mojih roditelja, prijatelja ili Aleksa.*

*Obećavam.*

- *U redu onda.*

*Čekaću te u sobi 1202. Ako ne dođeš do devet večeras, potražiću Breda.*

Nisam bila sigurna da li da kažem ono što mi je prošlo glavom, ali u tom trenutku učinilo mi se ipak kao dobar potez. Gaji ozbiljna osećanja prema meni, igraću na tu kartu. - *Nemoj da mi pretiš. Ne pamtim te takvog.* Poslala sam ne davši sebi vremena da previše razmišljam jer nisam više bila sigurna da li se samo igram ili u mojim postupcima ima nečeg iskrenog.

Griža savesti koja mi se potom uvukla u grudi dala mi je odgovor.

Jedva sam dočekala da se utakmica završi. Noge su mi konstantno podrhtavale toliko da nisam mogla čak ni da navijam i proslavljam nijedan od tri gola koja je Engleska postigla. Nisam čak ni obratila pažnju na imena igrača koji su ih postigli. Nikad kraja, činilo mi se. Kad se konačno sudija oglasio poslednjim zviždukom u devedeset petom minutu, prva sam skočila i poterala ostale da krenemo.

Ponovo u kolima s tatom i mamom nije im trebalo mnogo da primete da sam mislima odlutala, a znali su vrlo dobro gde.

„Džejn, draga, neću mu dozvoliti da na bilo koji način naudi Aleksandru ili tebi", tata reče. „Staviću ga gde mu je mesto i naterati da te konačno ostavi na miru i skrasi se s nekom drugom ženom, na bilo koji način koji će staviti tačku na besmislene priče o vama dvoma." Stomak mi se ponovo uskovitlao na pomisao Matijasa s drugom. „Za sve ću se pobrinuti."

„Tata, hvala ti, ali mislim da je ipak najbolje da ja razgovaram s njim. Sve vreme odbijam i sad vuče očajničke poteze. Nema šta da ti kaže što ne znaš."

„Baš me zanima šta će probati."

„I mene, ali verujem da sve ovo zapravo radi samo da bi tebe nagovorio da mene ubediš da ga saslušam. Najbolje da vašu epizodu preskočimo i pređemo na stvar."

Pogled mi se susreo s maminim iz kog sam videla da nešto naslućuje, da između Matijasa i mene postoje neke pojedinosti koje je bolje da Bred kao otac ne sazna.

„U pravu je, Brede", umešala se. „Pusti je da sad priča s njim, a ako Beler nastavi da insistira da tebe vidi, onda prihvati."

Tata je zaćutao nakratko razmišljajući o ovom predlogu. „U pravu ste. Džejn treba da se nosi sa problemima koje je sama napravila." Podigao je pogled ka meni. „Ali, dušo, bude li ti trebala pomoć, nemoj oklevati da nam se obratiš."

Oboma sam se zahvalila dok mi se stena gotovo bučno skotrljala sa srca. I ponovo sam se divila mami kako tako mirno i suptilno uspe da iskontroliše njega, Breda Andersona.

Nisam htela da gubim vreme te sam odmah otišla u sobu da se na brzinu istuširam, preobučem u novu haljinu, popravim šminku i dodam parfem. Nisam isprva znala da li to radim da bih pred njega izašla pršteći od samopouzdanja i čvrsto se držeći svog stava da me više ne zanima, ili da bi ponovo mogao da kaže kako sam lepa.

Griža savesti u grudima dala mi je odgovor.

Devojke su došle kod mene u sobu gde će me čekati da se vratim i prepričam im sve što će se desiti sa Matijasom. Sve tri su me ohrabrivale i davale savete dok sam ćutke gutala nervozu i knedle i nameštala običnu bež haljinu koja se spušta i pokriva sve od ramena do kolena.

Konačno sam otišla u sobu 1202.

Bezbroj misli smenjivalo se jedna za drugom. Šta ako ništa ne urodi plodom? Šta ako Aleks sazna za ovo? Šta ako mi Matijas pripreti nečim od čega neću moći da se odbranim? Šta ako...

Uprkost svim neodgovorenim pitanjima zaustavila sam se pred vratima i skupila sve moguće samopouzdanje pre nego što sam pokucala. Premotavala sam film svega što treba da kažem i uradim: otvoriće vrata, ušetaću pored njega izbegavajući da ga gledam u oči kad već imaju proklet uticaj na mene, a potom svom snagom i odlučnošću jasno i glasno ću mu reći da ga ne volim i da me ostavi na miru.

Kad su se vrata odškrinula, sećanje na događaj od pre četiri godine silovito me je ošamario – na onaj događaj kad je iznajmio sobu *na svega pet minuta*, kad je trebalo da mu kažem da je sve među nama gotovo, a ipak nisam – i istog trenutka sam odbacila čitav scenario koji sam sa devojkama do malopre pripremala. Sramota me je bilo, ali te mračne oči sijale su uzbuđenje i radost, iznenađenje i obožavanje. Zaleđena stajala sam i dalje u hodniku i zurila u njega sve dok nije pružio ruku, uhvatio me i uvukao unutra. Trenutak kad mi je dotakao kožu raspirio mi je vatru niz leđa.

Sklonila sam njegovu šaku sa podlaktice i umaršala, nervoznija nego što sam ikada mislila da ću biti, i dalje se stideći svoje unutrašnje reakcije za koju nisam bila sigurna da ju je video, ili možda pretpostavio.

„Nemamo mnogo vremena. Pričaj", okrenula sam mu leđa trudeći se da zvučim hladno i ozbiljno.

Kad poprilično dugo nije odgovorio, morala sam da se suočim sa njim. Stajao je, miran, na pristojnoj udaljenosti, odmeravajući svaki moj centimetar, od glave do pete. Ruke su mu bile u džepovima i nosio je crnu majicu na kratke rukave, ležerno. I sa te daljine jasno sam videla vene koje mu se ocrtavaju po rukama mučno istreniranim tegovima, kao i kako mu se na pojedinim delovima farmerke zatežu oko nogu. Brada od dva dana nije izgledala aljkavo, već prokleto atraktivno, pogotovu ukombinovana s tim usnama iskrivljenim u pokvaren osmeh. Bio je nezemaljski, nefer, razoružavajuće atraktivan, i od samog saznanja da me gleda, mene, s toliko želje i obožavanja, nakon sveg ovog vremena... Unervozila sam se i gotovo poklekla u naletu straha, uzbuđenja, ponosa i zastrašujućeg nagona da mu potrčim u zagrljaj.

„Divna si", rekao je jednostavno dok sam zatečeno zurila.

Zid koji sam podigla srušio se, ali nisam još uvek pustila emocije van. „Pobogu, Matijase..." tiho sam rekla tresućim glasom.

Prišao mi je.

„Da me nisi pipnuo!" vrisnula sam uplašeno. Sama pomisao na sve što bih mogla da osetim pod njegovim prstima, što bi mogli da me navedu da uradim, prestravila me je. Glupa ideja. Ovo je bila užasno glupa ideja. Nikada nije trebalo da dođem. Zar je moguće? Sva ova osećanja? Nakon toliko vremena?

Spustio mi je šake na ramena. Probala sam da se izmaknem pre nego što mi se telo istopi. Gledala sam u pod, u noćni stočić, u prozor zakriven zavesom, svuda samo ne u te oči koje, sad već sam sigurna, mogu da me navedu da učinim šta god žele. „Sklanjaj ruke s mene..."

Ali bilo je kasno. Već su mi se spuštale niz leđa i privlačile u zagrljaj.

„Smiri se, ljubavi. Znaš da ti nikada ne bih naudio."

U pokušaju poslednjeg napora pokušala sam da ga odgurnem, ali bila sam preslaba, kao da mi je glava odsečena od tela i da naređenja iz moždanih ćelija nemaju kako da dođu do udova i silom nateraju ovog muškarca da se od mene odvoji. Kao da sam u nekom čudnom snu i pokušavam da potrčim svom snagom, ali nisam dovoljno brza.

One ruke iscrtane venama bile su svuda oko mene, držale me privijeno, na grudima čvršćim nego prethodni put, dok mi je poznat miris pomutio um još više mi ispunivši nozdrve. Grlio me je, ne prejako, već sa nedostajanjem, a prsti su mu nežno prelazili preko mojih leđa, do kose i nazad. Iznenađena i zbunjena svime što se dešava suze su mi poletele napolje, ali sam ih zadržala. Džejn koju on poznaje nikad ne plače. Ova nova tako nešto dopušta samo pred ocem i Aleksom. Matijas ne sme da vidi tu moju stranu. Udahnula sam duboko i osetila bol u grudima od potisnutih suza.

„Ne diraj me..." pokušala sam ponovo. „Nije trebalo da dođem."

„Nema šanse sad da te pustim." Poljubio me je u teme, opasno mi nateravši suze ka površini. Stegla sam mu majicu i prepustila se zagrljaju. Osećaj je bio lep. Nakon sveg pretrpljenog stresa tokom dana prijalo je opustiti se. Tu. „Trebalo je ovo još davno da uradim, a ne da dozvolim četiri godine da prođe."

„Ne, ne, ne", podigla sam glavu, „ništa nije moglo biti drugačije. Čak je i ovo greška. Kolosalna greška."

Osmehnuo se. „Baš mi prija ta kolosalna greška."

„Došla sam samo zato što si pretio da ćeš mi nauditi", glas mi je podrhtavao. Nisam se izvukla iz tih ruku koje toliko prijaju. „Spreman si bio da me povrediš preko tate."

„Nikada to ne bih uradio", reče tiho pre nego što će me ponovo poljubiti u kosu. Osećaj koji rastapa od dragosti.

Međutim, naredne sekunde sam pojmila šta je zapravo mislio. „Molim?" viknula sam.

Glasno se nasmejao. „Naravno da ništa ne bih rekao tvom ocu. Koliko puta moram da ti ponovim da te nikada neću povrediti?"

Bes je zamenio tugu i strah. Više nisam bila emotivna, preplašena devojčica, već žena spremna da eksplodira i smete ga s lica zemlje. Skupivši svu snagu odgurnula sam ga.

„Ti ljigavi, proračunati gade! Na smrt si me uplašio! Tata je bio spreman da se nađe s tobom! Jedva sam ga sprečila!" vrištala sam, ali to se nije činilo da ga je imalo dotaklo.

Nagon da ga ošamarim napustio me je istom hitrinom kojom se javio. Nemam šanse ako fizički nasrnem na njega. Može samo da bude gore. Stoga mi se činilo najbolje da odem iz sobe dok me još uvek drži bes. „Idem", krenula sam ka vratima, ali me je zaustavio brzim pokretom uhvativši me za nadlakticu.

„Nemoj", rekao je glasom staloženim i nežnim u kom sam ipak mogla da naslutim toliko mi poznat očaj. „Moramo razgovarati, Džejn, i sad kad si ovde, nema govora da te pustim pre nego što se to i desi."

Duboko sam udahnula i pogled koji prži usmerila na prste koji su mi stezali ruku. Pustio ju je.

„U redu", prorežala sam. „Šta te zanima?"

„Sve, od trenutka kad si otrčala od mene pa do aprila prošle godine, kao i zašto me nisi potražila dok te je on maltretirao."

Zaustila sam da ponovim da me Aleks nikada nije mučio niti išta slično, ali znala sam da bi bilo uzalud, te sam odmah otpočela kako je tražio.

„Vratila sam se u hotel, u sobu. Aleks je bio… pa, razoren nije dovoljno jaka reč. Vikao je na mene. Nisam ni pokušala da se odbranim…"

„Je li te povredio?"

Setila sam se lampe koja je proletela pored mene, ali me zakačila i rasekla nadlakticu. „Ne", odgovorila sam, „nikada to ne bi uradio."

„Kako da ne", promrmljao je za sebe. „Nastavi."

„U jednom trenutku rekao mi je da sam nešto najgore što ga je u životu snašlo. Nisam to mogla izdržati i pala sam u neki vid histerije, delirijuma, nisam mogla prestati da plačem. Čak sam se i gušila grčeći se u polomljenom staklu i drvetu. Sve mi se to sad čini kao neki užasan san, horor film. Kad je video koliko sam očajna, predložio je da ne raskinemo, već ostanemo zajedno jer ćemo tako zaštititi sve, i jedno i drugo, a sprečićemo i skandal nesvakidašnjih razmera koji bih izazvala i koji bi, gotovo je sigurno, zauvek uništio tatinu reputaciju."

„Da li ti to hoćeš da kažeš da je Janov čak i tad, znajući da si ga prevarila sa šestoricom, odabrao najbolje za tebe, tvog oca i na kraju sebe?"

nije verovao, videla sam to u crnim očima koje su u mojima tražile odgovor.

„Da."

„Ne mogu u to da poverujem. Ili je lud, glup ili nesvakidašnje zao."

„Voli me, Matijase. Zato je mislio na nas oboje, a ne samo na sebe."

„Izvini, ali to je apsolutno nepojmljivo."

Zakolutala sam očima. „Nije kao da smo po odlasku iz Nemačke živeli srećno i zadovoljno do kraja života."

„Dobro. Nastavi."

Ponovo sam udahnula. I dalje mi je pripadala muka pri sećanju na one dve užasne godine. „Sve što je potom usledilo u Parizu... sve ono što si video, kako ti se činilo... sve je to bila krivica koja me izjedala. Aleks... on je samo reagovao kao što bi svaki muškarac kog je izdala žena koju voli. Nije se čak mogao naterati ni da me dodirne. Nikako." Morala sam da se spustim u fotelju. Ovaj razgovor ozbiljno me iscrpljuje.

„Džejn", čučnuo je ispred mene i gledao me u čudu, „je li istina to što kažeš?"

Pogledala sam ga ravno u oči: „Jeste."

„Niste imali nikakav odnos?"

„Nismo. Sve do aprila prošle godine", potvrdila sam razdraženo. „Kako bismo i mogli? Ispucala sam svoju kvotu njemu iza leđa. Sigurno sam mu se gadila, onako prljava." Reči su me pekle. Nisam bila sigurna zašto ih uopšte izgovaram. „Ali to je normalna, očekivana reakcija. Uprkos svemu, svem bolu koji me je razarao i izjedao spolja i još gore iznutra, nisam mogla da ne vidim da me i dalje voli i koliko ga je moja izdaja izranjavala, promenila. Da sam odlučila da odem nakon sve njegove žrtve, za mene, mog oca, to bi ga uništilo. Čak i u trenutku kad sam ga najviše povredila, mislio je prvo na mene pa onda na sebe. Volela sam ga. Volela sam ga pre tebe, naravno, ali nakon svega volim ga još više. Podigao je iz đubreta život koji sam lakomisleno odbacila, očistio ga i pružio mi nazad, život koji nisam više ničim zaslužila. Zbog toga sam ostala s njim sve ovo vreme."

Suze su mi se skupljale u očima i nadimale ih, ali nisam im dozvoljavala ni makac van, već sam ih snagom Golijata gurala odakle su došle. Toliko me je bolelo vraćanje na sve to. Kako li je tek Matijasu dok sluša kako moje srce u potpunosti pripada drugom muškarcu?

„Ja bih ti sve pružio. Trebalo je samo da me potražiš", rekao je tiho sevši na pod preda mnom.

„Kako možeš to da kažeš?" povisila sam ton. „Pogledaj me samo! Spavala sam s tvojim trenerom, s tvojim najboljim drugom. Spavala sam s još trojicom dok sam se krišom nalazila s tobom. Kako uopšte možeš prema meni da osećaš bilo šta sem prezira?"

Videla sam mu po krivljenju crta lica da i njega prisećanje na taj prokleti mesec boli i razara, ali i dalje u tim očima nije bilo mržnje. „Ako Janov može da te voli nakon svega, zašto misliš da ja ne mogu?"

„On je… Aleks je…" htela sam da kažem poseban, nesvakidašnje divan, muškarac pun čiste ljubavi, srca velikog i gorostasnog koje može sve da razume i da pruži nezamislive količine ljubavi. Međutim, nisam mogla sve to izreći Matijasu koji ga toliko mrzi. Osim toga, u pravu je – ako Aleks može da me voli, zašto je onda teško poverovati da on oseća isto?"

„On je samo imao sreće da te upozna prvi. Rekao sam to već milion puta i i dalje sam istog uverenja", nastavio je. „U redu, jasno mi je da si mu zahvalna što te je u tom trenutku zaštitio. Da ste raskinuli, tvoj otac bi bio besan, ti i ja skandal godine, a Janov osramoćen kako niko nije u skorijoj istoriji medija. Sve to razumem. Teško bi mu bilo da izađe na kraj s tim."

„I to ne samo par meseci ili godinu dana", dodala sam, „bio bi obeležen do kraja života, samo zbog toga što sam ja prokleta Džejn Anderson koja ne može da radi šta hoće sa svojim životom. Kakav paradoks!" vrisak sam uputila šakama koje su mi završile u kosi.

„Možeš", rekao je nežno. „Već jesi."

„I vidi kako se završilo – tebe sam povredila, a muškarca do kog mi je neizmerno stalo sam osramotila. Bolje mi je da se držim tate i onoga što on kaže da je za mene dobro ili loše."

„Ne komplikuj sad", uhvatio me je za tresuće šake. Usne su mu se nekako prirodno, neprestano krivile u osmeh, zavodljiv osmeh. „Istina je da nosiš taj teret porodičnog imena, ali zar ne nosimo svi na neki način? U nekom selu postoji devojka koju je strah da prizna roditeljima da je zaljubljena u momka koji nije onaj kog su joj odabrali. Ako progovori, osramotiće porodicu. Ako drži tu ljubav za sebe, završiće nesrećna. Ali ako se izjasni, biće svađa i rasprava, ali na kraju ljubav je ono najvažnije. Ljubav je ono što će uvek pobediti."

U tom trenutku sam znala zašto sam se pre četiri godine zaljubila u ovog muškarca. Dopao mi se tako romantičan, ta strast s kojom priča o onome do čega, do koga mu je stalo, kako čvrsto veruje u to što izgovara. Nisu samo isprazne reči da popuni prostor i vreme.

Uprkos sećanjima bila sam realna: „Molim te, reci mi onda kako možeš bilo šta lepo da osećaš prema meni nakon svega što sam uradila? Čak ni Aleks onako velikodušan nije mogao da se natera da mi priđe dve godine. Morali smo da raskinemo da bismo shvatili da ne možemo jedno bez drugog. Iskreno, bojim se da ne znaš šta pričaš." Ponovo sam povisila ton. „Hajde, zamisli da ono veče u Berlinu nikada nisam otišla od tebe, da sam ostala da slavimo, da smo kroz novine javili Aleksu, njegovim prijateljima i porodici, *svojim* prijateljima i porodici, da smo zajedno. Neko vreme bili bismo srećni. Tvoj trener probao bi da nam pomrsi konce, ali izašli bismo na kraj s njim. Ti bi se možda i naterao da zaboraviš da sam imala nešto s Lensom dok si me *ti* sam izvodio…"

„Džejn…"

„Nekih šest meseci bili bismo srećni. Možda čak i godinu dana. A onda bi Gotfrid krenuo bacati mrvice sumnje: *Da li joj stvarno veruješ? Kako možeš? Šest drugih muškaraca je izmenjala, a ti nisi čak ni na red došao. Zbog čega misliš da ti je verna?* Ili možda ne bi ni bilo potrebe da ti *on* išta kaže, Sam bi počeo da razmišljaš…"

„Džejn…"

„A onda bi me krenuo ispitivati – gde sam bila, s kim, je l' sigurno. Možda bi unajmio nekog da me prati, odlazio bi na treninge nespokojan, možda bi čak i izbegavao da se vratiš kući jer bi ti bilo mučno da me pogledaš, a ne vidiš na meni šta sam sve već jednom uradila…"

Nežno mi je prekrio usne dlanom zaustavivši izliv neukroćenih emocija.

„Misliš da mi sve to nije već palo na pamet? Jeste. Svaki prokleti, užasni, uznemirujući detalj koji si sad spomenula i još više, još gore. A znaš li do kakvog zaključka bih svaki put došao? Da bismo nas dvoje na kraju uspeli."

Gotovo sam zavapila u očaju. „Ne znaš šta pričaš."

„Znam, jer, ne zaboravi, ja sam taj koji kroz sve to prolazi godinama, koji o svemu tome misli, živi, svaki dan otkako si me ostavila. Misliš da nisam probao da te mrzim? Dao sam sve od sebe. Terao sam telo, um, dušu, sve. Prvih nekoliko nedelja po napuštanju Berlina budio sam se i još u krevetu naglas ponavljao *Džejn Anderson je zlo. Ne treba ti. Ne zaslužuje te.* Ponovio bih to milion puta tokom dana, a znaš li kako bih onda uveče otišao u krevet – čitajući poruke koje smo tih par nedelja razmenili i nanovo proživljavajući sve te malobrojne zajedničke trenutke, a potom bih zaspao u bolnim kricima jer bi se svaki dan završio tako što bih beznadežno verovao, bio siguran celim bićem da tvoja osećanja prema meni nisu bila laž, da ono što smo stvorili je istinsko i iskreno." Jeza me prošla od tih reči i u više navrata sam se protresla zbog njegovog očiglednog bola koji je i moje telo osetilo. „Kako misliš da mi je samo bilo dok sam svaki dan gledao vas dvoje kako se pravite da je sve u redu dok ne može biti očiglednije da ništa ne valja? Koliko sam se samo gušio da urliknem da ništa nije kako treba, da svi mogu to da vide, a niko se ne usuđuje da pisne. Sasvim sam skrenuo s uma od brige, a ti si sve pogoršavala ne odgovarajući ni na jedno moje pismo ili poruku.“

„S nama je bilo gotovo. To veče trebalo je da bude kraj i nadala sam se da ćeš i sam to shvatiti ako te ignorišem.“

„Hah, tvoje tvrdoglavo ignorisanje ne da me nije odbilo ili nateralo da odustanem, već suprotno, još više mi je stalo.“

„Ti nisi normalan.“ Ustala sam s namerom da ovom ludilu stanem ukraj. Sve, ovaj ceo razgovor, sastanak, ne vode apsolutno ničemu. Moram da proberem i nađem reči koje će ga zaboleti i naterati da porekne svoja osećanja, a potom ću pobeći glavom bez obzira. „Slušaj me, Beleru, hajde da ovo raščistimo sad. Aleksa volim više od svega što znači da ga poštujem i neću se više nalaziti s tobom. Verna sam mu i želim to da ostanem. U prošlosti sam grešila i to se neće ponoviti. Usredsredi se da pronađeš ženu koja će ti dati ono što ja ne mogu jer već zauvek pripadam nekom drugom.“

Sva ponosna na sebe i mali govor koji sam tečno i bez zastajkivanja izdeklamovala posmatrala sam mu lice tražeći i očekujući bol i konačan poraz, odustajanje.

Međutim, pronašla sam samo bes, pomešan sa strašću.

Zgrabio me za nadlaktice. „Misliš da nisam probao da budem s drugim ženama? Znaš li kako bi se sa svakom završilo? Rekle bi dve reči i već ih nisam podnosio, a pogotovu pomislio da ih taknem ili odvedem u krevet. I prestani već jednom da mi recituješ to smeće koje si napamet naučila ili ću, svega mi, da prestanem da se suzdržavam i poljubim te. Kontrolišem se samo iz poštovanja i neću da te uplašim. I sama to znaš.“

Zatečena, upijala sam savršeno lice milimetre udaljeno, osećajući svojim telom njegovo snažno i postojano. Sama ta reč, *poljubim*, naježila me je, jer sam se jasno setila svakog prethodnog puta kako smo se ljubili i koliko je divan osećaj.

Telo mi je smekšalo, opustilo se, nije se više treslo od nervoze. Umesto toga, rastopilo se u njegovim rukama, izdajući me. Muškarac preda mnom neće odustati i više ne znam šta da mu kažem.

„Reci mi da je sve za tebe bila laž, Džejn“, odgovorio mi je na neizgovoreno pitanje, mirno, probudivši me iz prisećanja. „Reci mi sad da si se onomad samo igrala mnome, da si glumila sve emocije, da ništa nisi zapravo mislila, već lagala. Ako mi to kažeš, ostaviću te na miru. Toliko je jednostavno."

Lava teških i snažnih osećanja prelila mi se iz glave u grudi i kroz svaki nerv u telu. Upravo mi je dao ključ tih paklenih vrata koja sad na licu mesta mogu da zatvorim, zaključam i bacim ga nakon čega Aleks i ja zauvek možemo biti srećni i da nas niko ne uznemirava, da nas ovaj bezumni čovek više ne prati i proganja. Samo treba da lažem. Još jednom. Poslednji put. Samo treba da se zadubim u te ugljeno crne oči koje me gutaju u obožavanju i da im slažem da mi nikada do njih ni najmanje nije stalo.

Nisam mogla. Ni posle sveg tog vremena nisam se mogla naterati. Ne čak ni zarad svog i Aleksovog dobra.

I dalje mi je stalo. Mrzela sam sebe sbog toga.

Osmehnuo se što me je ponovo razoružalo. Rukama me je i dalje držao kraj sebe i to je toliko prijalo da sam ozbiljno razmišljala da se već jednom opustim i naslonim na njega makar to značilo da ću pokazati svoje slabosti, kad je prekinuo tišinu: „Izađi sa mnom, Džejn."

Šok me je rastrzao i zenice su mi se raširile. Grohotom se nasmejao videvši mi reakciju, a potom me privukao u snažan zagrljaj. „Misliš li da je ovih par godina išta promenilo između nas, da je vreme umanjilo ona osećanja? Izađi sa mnom i proveri."

„Lud si", promucala sam bezuspešno pokušavajući da se iskobeljam iz tih spretnih, snažnih ruku čiji dodir mi neoprostivo prija. „Ni slučajno."

„Zašto? Plašiš se onoga što ćeš saznati? Da ga možda voliš, ali da je ono što osećaš prema meni nemerljivo veće?"

„Umukni", šapnula sam bez daha.

„Ne tražim ti da ga sad ostaviš. Samo te pitam da izađeš sa mnom, da popričamo, da vidiš na čemu smo. Zaslužili smo nakon svega."

„Aleks nije zaslužio i nema govora da ću mu uraditi išta iza leđa. Nema šanse da bilo gde izađem s tobom. Već znam kakva su moja osećanja. Volim svog muškarca i on mi sad u potpunosti veruje bez obzira na sve što sam mu uradila i nemam nameru da izigram njegovo poverenje nakon što sam ga mučno ponovo zadobila."

Htela sam da ga razbesnim, da ga toliko naljutim da me konačno već jednom zamrzi, ali nijedna od grubosti koje sam ispucala nije postigla željeni efekat. Primakao mi se. Iza mene je bio sto te nisam mogla dalje da se izmičem. Spustio mi je prst na obraz i povukao ga nadole. Osećaj je bio kao da šibicu poteže i sporo baca u plamen.

„Zašto ne pružiš sebi šansu da budeš srećna?"

Sklopila sam oči uživajući i dodiru njegove kože o moju. „Već sam srećna i već sam prokockala premnogo šansi", rekla sam šapatom. „Aleks i ja smo previše propatili gradeći ovo što sad imamo. Ne smem ga uništititi."

„Samo misliš da si srećna, a zapravo si uplašena od pomisli na sve što bismo zajedno mogli imati." Uzeo mi je lice u grubu, a nežnu šaku dok mu je druga počivala na struku mi. Sva sam se naježila. „Nikada te neću mrzeti, a ono što sam ti rekao te poslednje večeri i dalje važi – u mom životu neće biti nijedne druge žene. Samo ti. Nikada te ne bih povredio ni na koji način." Dah mu je dodirivao moje obraze obuzimajući me. „Sve ću za tebe da uradim."

Navlažila sam usne željna i spremna da prihvatim poljubac koji visi u vazduhu i gotovo je neizbežan, ali umesto na mojima, usne su mu završile na čelu mi i znala sam da je sve što kaže puka istina. „Znam da hoćeš", gotovo nečujno sam rekla.

Privukao me je na grudi, a ja sam ga svom snagom zagrlila trudeći se da ne osećam prokletu krivicu zbog ovoga što radim, već da uživam u tom retkom trenutku, u njegovom dodiru, blizini, istovremeno gutajući suze sprečavajući ih da isplivaju.

„Zašto mi onda ne daš šansu?" pitao je.

Duboko sam uzdahnula svesna koliko je sve ovo pogrešno, jako pogrešno, i divovskom snagom ga odgurnula. „Ne mogu, Mati. Ne mogu da ga ostavim."

Izjurila sam iz sobe ne davši mu šansu da išta odgovori, ali i dalje zbunjena što me nije zaustavio. Možda je i sam bio zatečen i paralizovan od jačine obostranih emocija. Znala sam da ja zasigurno jesam i pitala se kako uopšte održavam ravnotežu u visokim cipelama trčeći niz hodnik, bez osvrtanja, bez oklevanja.

Dočekala su me tri para radoznalih očiju koje su se u roku od trenutka ispunile brigom. Bea, Lana i Endži su me gledale zbunjeno i u tišini.

„Sutra, sve ću vam reći sutra", iznenadila sam se koliko teško je bilo oformiti reči.

Ustale su i krenule ka vratima.

Bea se okrenula: „Džejn, ne daj prostora nerazumnim mislima i odlukama."

„Kasno je, Bea. Već sam izgubila razum."

# 7.

Odmah po završetku doručka rano ujutru devojke i ja smo se pozdravile sa mojim i Beinim roditeljima i pošle za Rio De Žaneiro gde Ukrajina igra protiv Južne Koreje narednog dana. Ovaj put Bea je pošla s nama jer će Harold tih par dana svakako provesti uglavnom na treninzima. Raspoloženje mi se nije promenilo ni kad sam se probudila. Nisam se čak ni naspavala kako treba. Samu sebe sam pokušala da ubedim da je sve od džet lega, ali bezuspešno. Tata i mama su znali da sam se našla s Matijasom i nisam se usuđivala da išta lažem pred njima te nisu postavljali suvišna pitanja. Pre nego što smo se rastali, tata je samo rekao da se čuvam i da ćemo pričati u Manausu kroz par dana, gde Engleska igra poslednju grupnu utakmicu protiv Grčke.

U avionu nisam mogla reč da izustim. Devojke su ćaskale dok sam ja isprazno zurila kroz prozor. Šta sad da radim?

Jedno je sigurno – moram reći Aleksu. Sama pomisao da ga ponovo lažem izazvala mi je sećanja na onaj gnusni period u Francuskoj te sam skrivanje ičega od njega odmah odbacila kao opciju. Reći ću mu da sam pričala s Matijasom, ali kad prođe utakmica s Južnom Korejom, a do tad ću se pretvarati da je sve u savršenom redu.

Ali najpre moram sve ispričati devojkama. „Dođite u moju sobu", rekla sam čim smo se prijavile u hotel.

Znala sam da ne treba da pijem, ali isto tako i da ako treba da se nađem sa svojim dečkom i pravim da je sve u savršenom redu, moram očvrsnuti samopouzdanje. Sunula sam bočicu viskija iz mini bara, a kad su devojke došle, zatekle su me kako stojim kraj prozora sa drugom flašicom u ruci i nijedna se nije našalila na račun toga, čak ni Endži. Nasuprot, ona mi je prišla i pažljivo uzela piće iz ruke. „Pričaj, šta je bilo?"

Sela sam na krevet i ponovo prošla kroz događaje od prethodne večeri, od A do Š, od kad je Matijas otvorio vrata, do trenutka kad sam ih ja zalupila za sobom. Nisu me prekidale. Dugo nije nijedna progovorila čak i kad sam završila.

„Tako sam prokleto zbunjena", rekla sam. „Znam da želim Aleksa, da volim Aleksa. Ne dovodim to u pitanje ni za trenutak. Ali nije mi jasno zašto se toliko unervozim u Matijasovom prisustvu. Dođavola, kad god mi se približi, želim da ga dodirnem, da me zagrli, da uživam u njegovoj blizini i pažnji. Ne znam kako da se rešim tog poriva već jednom. Mislila sam da je nakon svih ovih godina prošao, ali nije. Kunem se, kad god me je sinoć pipnuo, svim silama sam se borila da mu se ne bacim u zagrljaj i prepustim u potpunosti."

Poduži trenutak razmišljale su o ovome što sam izrekla. Videla sam kako razmenjuju poglede, a potom su sinhronizovano stale naspram mene. Nisam mogla proceniti da li su na mojoj strani ili ovaj put protiv mene.

„Ne smete se ponovo videti", rekla je Endži. „Šta god rekao ili učinio, ne smeš ponovo ostati nasamo s njim. Već ti je priznao da ništa neće reći tvom ocu, tako da znamo da si s te strane sigurna. Sad je na tebi da ga izbegavaš. U jednom trenutku moraće odustati."

„Endži je u pravu", složila se Bea. „Ako se ponovo nađeš s njim, rizikuješ da zauvek izgubiš Aleksa iako te voli više od svega. Sad je sigurno oprezniji i bojim se da ako išta bar malo posumnja, vaša veza može biti gotova." Od same pomisli na to preseklo me je u stomaku i Bea je sigurno primetila te je odlučila da promeni temu. „Hajde da ne pričamo o toj mogućnosti previše. Ono u šta sam sasvim sigurna je da Matijas nije muškarac za tebe šta god rekao."

„Zbog čega tako čvrsto veruješ u to?" pitala sam očajničkim glasom.

„Zato što se oboje kao dve nepredvidive sile prirode. Poput šumskog požara ste, neočekivanog, koji može da se rasplamsa i u tren oka stvori vatrenu oluju koja će sve da proguta, zatrese, uništi. Isprva je to igranje plamenovima zanimljivo, ali ne može da se ne završi katastrofom. Ne dovodi se u pitanje da se neverovatno privlačite, kao ni snaga strasti koju osećate kad ste blizu jedno drugog, ali vaše energije su prejake i što je najgore, ne podudaraju se, nisu usklađene, već suprotno. Oboje se ponašate tako... osiono, tvrdoglavo, da lako mogu da vas zamislim kako u jednom trenutku živite harmonično, u narednom plane sukob i potučete se dok ne napravite modrice jedno drugom, a potom divlje završite u krevetu mireći se i tako sve ukrug. On je očigledno navikao da dobija sve što poželi, a i ti isto, i što je najgore, oboje dolazite do zacrtanog cilja na identične načine – silom, prodornošću, zadrtom upornošću, nekad čak i agresivno, a to, draga, nije dobra kombinacija. Sa Aleksom je drugačije. Vas dvoje se savršeno poklapate, uklapate, dopunjujete po pitanju svega. Njegov stav i ponašanje su stvoreni da idu uz tebe, da izađu na kraj s tvojim temperamentom, kontrolišu ga i vode u pravom smeru. To je ljubav. Dok ste sa druge strane Beler i ti samo strast koja ništa dugovečno ne može iznedriti."

Sve što je rekla upijala sam. Reč po reč. Svesna da je istina. Sve do jedne.

„Hm, u pravu si", slabašno sam odgovorila, „ali kako da izađem na kraj s ovim što se dešava? Ne mogu sebi dozvoliti strastvene trenutke s Matijasom i i dalje biti s Aleksom."

„To se zove veza", Lana reče, „i sad moraš da se odlučiš – ili za čoveka koji poznaje najbolje i najgore o tebi i voli te celu, ili za onog koji te idealizuje."

„Kako možemo biti sigurne da me samo idealizuje kad me nije zaboravio sve ovo vreme?"

„Naravno da ne može da te zaboravi", reče Endži, „kad si proglašavana najlepšom ženom na svetu od sedamnaeste godine i ostavila si ga nasred stadiona nakon što je osvojio Svetsko prvenstvo. Ne možemo znati šta se tačno dešava u njegovoj glavi, ali imamo poprilično logične i verovatne pretpostavke."

„Ono što je sasvim sigurno je da ga se moraš kloniti i da nisi sama", dodade Lana. „Aleks i tvoj otac su ti već rekli – imaš sve nas kao podršku. Ne moraš ni kroza šta prolaziti sama. Možeš izaći na kraj s ovom situacijom, s njim, samo ako želiš."

A da li želim?

„Treba da se spremimo", Lana je rekla ne davši mi šansu da odgovorim, „inače ćemo kasniti u obilazak Nacionalnog parka Tižuka, nakon čega nas čeka vožnja žičarom na brdo Glava šećera. Posle ćemo svratiti na piće u neki od barova na Kopakabani."

„Odakle izvlačiš svu tu energiju?" Endži uzdahnu.

Umesto odgovora Lana je pogledala u mene.

*****

Utakmica između Ukrajine i Južne Koreje počela je u jedan sat popodne. Sunce je bilo oštro, ali nije pržilo, prijalo je. Zima u ovom delu Brazila liči na rano proleće u Evropi tako da vreme nije negativno uticalo na igru već joj sasvim odgovaralo hraneći dinamičan tempo od početka. Oba tima kreirala su nekoliko prilično dobrih šansi za pogodak, ali samo jedanput lopta je završila u mreži – naravno, ne iza Aleksovih leđa.

Tokom poluvremena ispila sam celu kriglu piva te kad smo se vratile na tribine, malo mi se vrtelo u glavi od alkohola i uzbuđenja, ali i osećaja da je utakmica već dobijena, baš kao što se činilo i ostalim ukrajinskim fanovima, njima trideset hiljada koji su neumorno, neprestano pevali i navijali. Drugi gol došao je sedam minuta pred poslednji sudijin zvižduk i ponovo su ga postigli momci u žutom. Moj dečko je još jednom završio utakmicu savršeno sačuvane mreže.

Kad smo se vratili u hotel, nije nam ostalo vremena da slavimo jer smo se istog trenutka spakovali i pošli nazad za Sao Paulo gde će se kroz četiri dana odigrati poslednja utakmica po grupama kad nam je protivnik Maroko.

I Aleks i ja bili smo premoreni te smo u avionu prespavali najveći deo tog kratkog leta između dva najveća grada u Brazilu. Laknulo mi je što će trener Andrejevič dati igračima vremena da odmore do sutra popodne tako da Aleks i ja imamo priliku da budemo zajedno.

Izbegavala sam da proveravam telefon tih dana najviše jer Matijas nije štedeo reči ni pritisak – ponavljao je da čeka odgovor, da uporno mešam ljubav i krivicu, da oboje zaslužujemo da određena pitanja budu razjašnjena. Nisam odgovorila ni na jednu poruku.

Veče kad smo stigli u Sao Paulo, nisam ništa rekla Aleksu. Ophrvan je bio umorom i zadovoljstvom zbog još jedne pobede i nisam htela ništa da mu kvarim pričama o Matijasu. Niti sam sebe htela da lišim savršenog seksa koji nam gotovo uvek sledi nakon uspešne utakmice. Često sam se pitala otkud i kako je moguće da nakon napornih sat i po igre nađe vremena i snage da mi se posveti, da me uzme tako snažno kao da ništa ceo dan nije radio. To veče, kad smo se dokopali sobe, ljubio me je kao da se upravo probudio nakon devet sati sna, a ne kratke dremke u avionu. Što mi je više davao, više sam uzimala. Osećala sam mu usne svuda po vratu, grudima, kukovima, unutrašnjosti butina, a kad sam zajecala tražeći još, pomogao mi je i naveo me da mu sednem u krilo. Nakon par pokreta silovito sam zatreperila kao list trave na snažnom vetru. On nije, ali me je grlio i podigao kao da sam stvarno ta vlat, a potom naslonio na zid i ulazio u mene iznova i iznova.

Čak smo se i tokom noći probudili. Isprva sam mislila da sanjam i umišljam, ali kad su njegovi prsti prestali da me izazivaju i on ušao u mene, ponovo sam ispustila uzdah najgrešnijeg zadovoljstva, stvarnog, besramnog zadovoljstva. U kom sam baš tako, stvarno, iskreno, pohlepno, besramno uživala.

*****

Naredno poslepodne Aleks je proveo sa saigračima dok smo devojke i ja obilazile grad. Posetile smo Katedralu Se pored koje je Lana organizovala druženje sa fanovima gde smo delile ukrajinske i engleske dresove i autograme. Potom smo prešle u park Ibirapuera gde smo srele i popričale sa nekoliko grupa navijača koji su u gradu turisti poput nas. Za kasnu večeru sele smo u Aveniju Paulista, živ i dinamičan deo grada. Znala sam da je Lani plan naći sto u restoranu koji nema TV, ali budući da smo u Brazilu tokom Svetskog prvenstva, za to nije bilo šanse. Kad smo se smestile, počelo je drugo poluvreme okršaja između Nemačke i Alžira, ali na sreću po nas u isto vreme Brazil je igrao protiv Japana te je na većem ekranu bila ta utakmica za koju je bila zainteresovana većina prostorije.

Iz petnih žila sam se trudila da ignorišem Matijasov tim. Poručila sam iz menija i pokušala da ne čujem komentatora. Okrenula sam leđa i tom ekranu i udaljenim zvučnicima. Hrani je trebalo dugo vremena da stigne te nisam imala čime da se zanimam na stolu, ali ubrzo sam započela s Lanom razgovor o planovima za naredne dane jer ćemo zajedno posetiti još nekoliko gradova novih za sve četiri. U jednom trenutku postignut je gol i iako su uzvici i komentari sipali na portugalskom, bilo je nemoguće ne razumeti s kakvim uzbuđenjem je ponavljano ime strelca: „BELER!"

„Od ovih Nemaca ne može da se živi", Lana je iznervirano zabola nož u parče piletine u tanjiru.

„Ne vredi da se nerviraš", reče Bea. „Nalazimo se u zemlji fudbala tokom najvažnijeg fudbalskog takmičenja čiji trenutni nosioci trofeja su baš oni. Ignoriši."

Škrgućući zubima priznala je da je u pravu, a potom smo se sve četiri trudile da pričamo o svemu samo ne o fudbalu, mada nam ipak nije promaklo kasnije da je rezultat bio 3:1 za Nemačku, što je Evalda Fuksa sa dva primljena gola stavilo iza Aleksa. Dovoljno da veče smatram zadovoljavajućim.

Peške smo se zaputile ka hotelu u potpunosti izmorene. Mislila sam samo na kadu vrele vode i meku posteljinu u koju ću potom da se zavučem, ali onda sam se setila da s Aleksom treba da pričam o prokletom Nemcu. Moram to da obavim večeras jer naredni dan idem sa devojkama u Manaus da gledamo Englesku protiv Grčke i nemam vremena više da odlažem.

Kad smo ušle u hotel, recepcionerka nam je saopštila da su Ukrajinci pored bazena te sam odmah otišla da se javim Aleksu da ga čekam u sobi. Vratio se i pre nego što sam izašla iz kupatila. Poljubila sam ga na način na koji nisam mogla ranije pred prijateljima inače bi ga narednih nekoliko nedelja zadirkivali.

„Nedostajala si mi, devojko s brdo obaveza", te velike, snažne ruke već su me grlile i zavukle se ispod bade mantila špartajući mi po umornim leđima i ramenima. „Hoćeš da te izmasiram?"

Bilo koja žena koja je provela ceo celcati dan na potpeticama oseti bez greške koliko je  ljubavi i obožavanja u ovoj jednoj jedinoj rečenici. Prepustila sam mu se da mi nekoliko dugih blaženih dodira opusti leđa i mišiće mada iako mi je neizmerno prijalo, prekinula sam ga pre nego što bude kasno i budem dekoncentrisana na ivici da zaspim.

„Ljubavi, moram nešto da ti kažem. Nije lepo, žao mi je, ali neću da krijem."

Uhvatio mi je šake u svoje i pritiskao ih šaljući mi žmarce uživanja toliko da mi se svaka dlaka na koži podigla. Koliko ga samo volim.

„Reci. Slušam?"

„Dok sam bila sa roditeljima u Salvadoru, sreli smo Matijasa, tj. on je to izdirigovao, naravno. Nisam htela da ti kažem pre utakmice... Ovaj trenutak je takođe savršen pa nisam htela ni sad, ali neću da te lažem. Ne znam šta da radim."

Potom sam mu sve prepričala, do detalja. Određenih detalja. Naravno da sam izostavila sva ona neobjašnjiva osećanja koja su se niotkuda ponovo pojavila. Pažljivo je slušao ne prekidajući me, a kad sam završila, duboko je iznervirano uzdahnuo.

„Izgleda da ćemo s ovim ipak morati izaći na kraj silom."

„Aleks, molim te, nemoj." Sad sam ga ja uhvatila i stegla za ruku. „Da mogu sama s njim da se izborim, da ne postoji rizik da saznaš ili se ikako odrazi na tebe, uradila bih to i sve ti rekla po završetku takmičenja. Međutim, nije oklevao ni malo kad se pojavio pred Bredom i Džozefinom taj dan i stvarno ne znam na šta je sve spreman. Obećao mi je da više neće probati da stupi u kontakt ni sa kim ko mi je blizak, ali ne znam koliko mu mogu verovati... Ne znam ništa."

Oćutao je nekoliko minuta i znala sam da razmišlja o različitim mogućnostima. „Ja ću pričati s njim", reče. Srce mi je prestalo kucati. „A bilo bi dobro da i ti budeš prisutna."

Jeza me je protresla. „Misliš da se... kao... suočimo? Sve troje?"

„Da, tako nešto. Jer ako samo ja odem da ga vidim, znaš kako će se to završiti, a on će biti još ubeđeniji da ti ja nešto branim. Međutim, ako se oboje nađemo s njim, manje su šanse da ću mu razbiti vilicu i ukoliko si ti tu da potvrdiš sve što kažem – da te uznemirava, da nam smeta da budemo srećni što je jedino što želiš – onda će već jednom odustati."

Scene tog sastanka bljesnule su mi pred očima i pripala mi je muka. Ipak znala sam da je u pravu i nisam mogla da se tom predlogu suprotstavim.

„Ali, Džejn, moraćeš stvarno da budeš hladna i oštra s njim", dodao je. „Sve znam i razumem da ti ga je žao, ali ako i malo to pokažeš i on primeti nesigurnost i oklevanje, pretpostaviće da ti je i dalje stalo, a onda ništa nismo uradili."

Teško sam progutala s bolom kao da sam nedavno operisala krajnike. Kako da izađem pred Matijasa i kažem da mi nije stalo, da mi nikada nije bilo stalo? Kako da ga slažem, tako surovo?

E, pa, ako želim da zadržim ovog savršenog muškarca pred sobom, kog volim više od ikoga, onda moram.

„U redu", složila sam se. „Uradićemo to prvom prilikom."

Uzeo mi je ledene prste među svoje i prineo ih toplim usnama. „Izborićemo se s ovim zajedno. U međuvremenu, čuvaj se. Pipne li te, kunem se, ubiću ga, a neću ni trepnuti."

Kratko sam se zakikotala. „Hoćeš da kažeš da bi se spremio za utakmicu, skinuo rukavice, udavio ga, a potom ih navukao ponovo i vratio se na teren kao da ništa nije bilo?"

„Baš tako. Čak mi se ni puls ne bi ubrzao. Mogli bi da me stave na poligraf pet minuta kasnije i prošao bih. Fizički obračun sa njim sad je nešto tako prirodno, kao da se podrazumeva i manje-više očekuje, tako da ako do njega dođe, ne da mi se neće pokvariti koncentracija za igru, nego ima da mi dođe kao zagrevanje."

Sad sam se nasmejala već nekako videći problem kako se rešava. Biće sve u redu. Ubedio me je.

Ustao je i krenuo da se sprema za krevet.

„Aleks", šapnula sam i okrenuo se. „Ti si izuzetno poseban muškarac. Nikada nisam upoznala ikoga sličnog. Volim te."

Nagao se nada mnom i poljubio me. „Volim i ja tebe."

*****

„To i nije tako loša ideja", rekla je Bea u avionu za Manaus. Ovaj let bio je jedan od najdužih na Prvenstvu – četiri sata od Sao Paula do glavnog grada pokrajine Amazonas na severo-zapadu Brazila. „S tim što tebi ovaj put pripada najteži zadatak."

Žmarci su me protresli.

„Baš tako. Šta god Aleks da mu kaže, Matijas će ipak postupiti u skladu s tvojom propratnom reakcijom", rekla je Lana. „Moraćeš da ga pogledaš u oči i hladno mu kažeš da je gotovo."

Ponovo mi se mučnina popela uz jednjak.

„Ne budi slabić", ubacila se Endži iritirana. „Već si napravila dovoljno problema, a Aleks je i više nego plemenit kako je preko svih prešao i odlučio na ovaj način da stavi tačku na vašu aferu. Imaš li pojma koliko je jednom muškarcu teško i neprijatno da se suoči s ljubavnikom svoje žene? Aleks to radi jer je razuman i želi da rešite ovaj problem zato što zna da individualno ni ti ni on ne možete."

„Što bi ti trebalo da možeš", Bea je dodala podignutih obrva.

„O čemu pričate?" zavadljivo sam podigla bradu.

„Iz nekog neobjašnjivog, nenormalnog, neshvatljivog razloga, kad ostaneš nasamo s Matijasom, ne možeš da mu kažeš da te se okane", objasnila je Bea. „Voliš Aleksa i to je svima jasno, ali kad ostaneš nasamo s Matijasom, nekako zaboraviš i na njega, i na sebe i vašu ljubav, i kao da potpadneš pod njegov uticaj i bajke koje ti priča. Aleks sve to verovatno donekle sumnja i razume i veruje da ako se zajedno suočite, sve će se konačno završiti kako treba."

„Ali ovog puta kad dođe do tog susreta", Endži se ponovo ubacila oštrog i strogog glasa, „moraćeš tom prokletom Nemcu sve da kažeš, kristalno jasno i glasno, tako da zna da to iskreno i misliš. Nadamo se da ti je to jasno."

Osetila sam se nekako malaksalo, kao da mi je glavom i niz vrat igrao neki plamen, a opet me je oblio hladan znoj. Gledala sam u Endži, očajno i glupo, želeći da joj odgovorim, ali reči su mi kao neki nezgrapni kamenčići stajali u grlu.

„Jesi li stvarno toliko glupa da ne shvataš?" pregoreo joj je fitilj.

„I dalje joj nije jasno", nadovezala se Lana.

Endži mi je prišla i unela se u lice. „Volim te, Džejn. Najbolje smo drugarice i izuzetno si mi draga. Znamo se toliko godina – verovatno se nas četiri poznajemo bolje nego što će nas sopstveni roditelji ikad poznavati – ali ono što radiš sebi i tom divnom, savršenom muškarcu stvarno ne mogu da razumem."

„Niko ne može", dodala je Lana.

„Nemojte sad tako da je pritiskate", Bea mi je stala u odbranu.

„Beatrisa, ako ne može pred Aleksom reći Matijasu da već jednom odjebe, onda je bolje da do tog sastanka nikad ne dođe", Endži je udarila završnu rečenicu.

Ponovo tišina tokom koje mi se u roku od nekoliko minuta na leđa obrušio novi talas ledenog znoja takvog da nisam mogla sakriti kad sam se par put stresla. Bea mi je dodala flašicu vode. Od par gutljaja bilo mi je za nijansu lakše.

„U pravu je", reče Lana. „Kao tvoj menadžer, iskreno ti kažem da je ova farsa s Matijasom dobra samo za publicitet i novine, popularnost i novac, a ništa od toga ti ne manjka i bez njega. Imaš sreće da Aleks sve to oko vas dvoje toleriše, ali moraš već jednom odlučiti. Moraš odabrati – Aleks ili Matijas – i to reći jednom od njih dvojice..."

„Matijasu, naravno", Endži je dopunila.

„Moraš mu reći da te ostavi na miru na način na koji će te ozbiljno shvatiti i to i uraditi. Ako to ne možeš pred Aleksom, onda je bolje da se ne nalazite. Aleks neće više tolerisati tvoju neodlučnost."

„Što samim tim znači da sama moraš da završiš tu priču sa Matijasom", zaključila je Bea.

Udahnula sam. „Razumem. Ili ću pred Aleksom Matijasu reći da me više ne traži ili ću to uraditi kad budemo nasamo nas dvoje."

*****

Manaus je drugačiji grad od prethodnih koje smo posetili tokom takmičenja najviše zbog toga što je u srcu Amazonije, a ne na obali kao prethodni. Zahvalna sam bila Lani na organizovanom planu izleta i obilazaka inače ništa od Brazila ne bih videla sem stadiona.

Čim smo sletele, pošle smo napolje. Za taj dan trebalo je da isprobamo lokalnu hranu zajedno sa ostalim hordama fudbalskih navijača koje su preplavile grad inače nenaviknut na toliko posetilaca. Par kaipirinja kasnije (popularno piće u Brazilu nalik mohitu) bile smo prijatno pijane, site od hlepčića punjenih sirom[4] i premorene od šetanja da smo jedva čekale da dođemo u hotel.

Bea je otišla kod Harolda te smo Lana, Endži ja na brzinu prošle kroz plan za sutra pre nego što odemo u krevet. Pošto let nazad za Sao Paulo ne može biti kraći od četiri sata, složile smo se da je najbolje da se vratimo na dan kad Ukrajina igra protiv Maroka što je prekosutra u pet popodne. Ustaćemo rano i krenuti odmah na aerodrom kako ne bismo rizikovale da kasnimo. Čim sam spustila glavu na jastuk, zaspala sam, iscrpljena od napornog tempa, bez ijednog sna ili brige na pameti.

Doručkovali smo svi zajedno – devojke, ja, moji, Beini i Haroldovi roditelji. Lana i Endži su sedele do mene, a Bea „kao posvećena supruga" kako je Endži zadirkuje, pored Harolda. Čim sam sam završila s obrokom, otišla sam da se spremim kako bismo što pre krenule. Pre utakmice idemo u kratku plovidbu rekama Rio Negro i Amazon nakon čega ćemo se direktno zaputiti u Arenu Amazonija.

Tokom ture nisam ni na trenutak pomislila na svoje probleme. Toliko sam bila očarana. Plovidba mračnom površinom reke činila se

---

[4]Pão de queijo (portugalski) tradicionalno jelo u Brazilu.

nekako nestvarno lepom pogotovu kod dela gde se uliva u žućkasto-braon Amazon. Razlika u nijansama je očigledna i nekako kao čudo prirode, a opet pred očima nam i jasna kao dan. Videle smo nešto što smo čule na časovima geografije, a miris života, divljine i biodiverziteta mešao se sa zvucima grada u daljini. Sve je bilo lepše kako smo se pri povratku približavali obali i čuli povike i pesme ljubitelja fudbala. Manaus je sam po sebi bio magičan, kao iz nekog filma, dokumentarca, ali kad se s njim pomešao fudbal, ličio je na nestvarnu sportsku bajku.

Na stadion smo umalo zakasnile te smo na ulazu kupile piće i grickalice da izađemo na kraj s vrućinom i povratimo dah. Roditelji su nam već bili tu. Tribine nisu bile sasvim pune, ali je atmosfera ipak obećavala. Pevali smo, skakali i uzvikivali imena igrača koji razmenjuju lopte s namerom da dopru do gola Grčke. Prvo poluvreme proteklo je mirno, ali drugo je bilo prava predstava. Džošua Hadli postigao je prvi pogodak u pedeset petom minutu, a Sajmon Vejd, još jedan novi igrač odbrane ove godine u timu, doneo je drugi dvanaest minuta kasnije.

Uskoro se pištaljka oglasila poslednji put i igra je završena. Zaputili smo se ka hotelu, a Metju Vans je rekao tati da se nađemo s njima na večeri. Radovala sam se susretu sa reprezentacijom, ali isto tako i krevetu i kratkom razgovoru s Aleksom nakon toga.

Vraćala sam se kolima sa tatom i mamom pretpostavivši da će hteti da znaju šta sam uradila u vezi s Matijasom i čim sam sela prekoputa njih u prostranom kombiju, tata mi je pružio flašicu hladne vode: „Šta je bilo s malim Nemcem?" kao i uvek nije oklevao.

Sručila sam pola boce i ispričala sve što sam Aleksu, poprilično precizno, ali izostavivši detalje o mojim neobjašnjivim emocijama naravno.

„Znaš kako, Džejn", tata je bio iziritiran, „ako ovo potraje još neko vreme, rešiću ga na svoj način." Oči mu je ispunila poznata mi oluja.

„Tata, ne moraš…"

„Dosta mi je tračeva i baljezgarija o vas dvoje, a on ne prestaje. Ne može više ovako. Sledeći put kad te bude uznemiravao, reci mu ili da prestane ili ću se ja lično pobrinuti da mu ovo bude poslednji veliki turnir. Ako ne uspem da mu zabranim prelazak u svaki mogući registrovani fudbalski tim, onda ću unajmiti nekoga da ga povredi dovoljno loše da više neće moći ni da potrči, a kamoli se bavi sportom."

„Brede, zaboga!" mama je viknula umesto mene koja sam se zaledila od straha. „Da ti nije palo na pamet da realizuješ nešto tako strašno i surovo. Taj jadni dečko je samo zaljubljen."

„Taj jadni dečko je sišao s uma i remeti mir i harmoniju moje porodice. Šta očekuješ da uradim?"

„Ne da uništiš tuđi život.”

„A on može da uništava naše?" po glasu smo obe znale da se smiruje.

„Tata, molim te, sačekajmo još malo. U potpunosti te razumem", glas mi je podrhtavao, „ali ne možemo učiniti nešto tako ozbiljno kao što je teška sportska povreda, pogotovu kad mi ne želi ništa loše, već suprotno."

Uputio mi je pronicljiv pogled. Znala sam da izgledam očajno i molila se je to dovoljno da ga umilostivi. Nisam smela da dozvolim da se Matijasu zbog mene desi nešto toliko strašno kao okončanje karijere.

Izraz mog lica postigao je željeni rezultat. Tata je odustao od besom kreiranog plana. „U redu. Prvo ćemo da vidimo šta će se dešavati u narednom periodu, ali ako tvoje metode ne uspeju, onda ćemo drugačije. Nisi sama, Džejn, već sam ti rekao."

Uhvatila sam ga za ruku zahvalno. „Znam, tata, hvala ti."

Čim smo stigli u hotel, otišla sam pod tuš i da se presvučem u čistu haljinu. Popravila sam kosu i bila spremna ni sat vremena kasnije. Lana i Endži su me pokupile iz sobe i krenule smo dole.

„Tako sam uzbuđena", Endži je procvilela atipično za nju. „Deklan je ovde. Videla sam ga danas na bazenu."

„Misliš na brata Dankana Flečera?" pitala sam.

„Mhm. Taj muškarac mogao bi da na času biologije služi kao živ model kad na red dođe lekcija o mišićnom tkivu. Svaki se vidi."

„Na kraju krajeva najbitnije je da zna šta radi."

„Sigurna sam da zna", sanjivo se osmehivala.

„Onda ti proveri pa nam ujutru javi", namignula sam joj.

Restoran je bio pun kad smo stigle te smo zauzele preostale slobodne stolice. Bea je bila sa Haroldom, Lana i Endži su se smestile kod braće Flečer, a ja za sto pored Kitona Flanagana gde su bila još dva igrača sa suprugama. Kiton je učestvovao i na prethodnom Prvenstvu te smo se podsećali tih igara i šalili kao da smo drugovi iako se zapravo znamo samo sa tog takmičenja i kroz novine. I dalje je singl, mada je redovno menjao devojke i važio za najvećeg ženskaroša u reprezentaciji. Ipak sa mnom je bio isključivo prijateljski nastrojen.

„Velike su šanse da ću vam na jesen doći u Madrid", rekao je iznenada. „Dobio sam prilično dobru ponudu od Janovljevog tima i na ivici sam da prihvatim."

„To će ti zasigurno biti nešto sasvim novo. Nisi ranije igrao van Engleske, zar ne?"

„Tako je, mada, nisam siguran koliko želim to da menjam. Lepo mi je u Totenhemu."

„Onda nemoj. Lepši i za život bolji grad od Londona ne postoji."

„Mora da mnogo voliš Janova kad si se odselila zbog njega."

„Volim ga, ali ne shvati me pogrešno, ne žalim se. Klima u Madridu je divna i prijatna tokom cele godine. Zaista je lep, topao grad, kao i oni koji u njemu žive. Međutim, London je dom i uvek će biti."

„Navedi onda Janova da se preseli na Ostrvo. Zasigurno znam da bi ga bilo koji tim Premijer lige sad uzeo i platio koliko god cifara da ispiše."

„Hm, dobro je to znati, i nije loša ideja."

„Ima još nešto", primakao mi se kako drugi ne bi mogli da nas čuju, „priča se – a to znam iz izuzetno poverljivih izvora – da je par klubova iz Nemačke spremno da na kraju Prvenstva ponude golemu sumu novca Aleksu." Razrogačila sam oči. „Vi ne znate ništa o tome?"

Prošla me jeza. „Ne. Spomenuo je samo ponude iz Francuske i Italije."

„Verovatno ga onda još niko nije kontaktirao. Za sad se o ovome šuška među nekim trenerima. Slučajno sam čuo Vansa kako priča telefonom."

„Pretpostavljam da je bolje da Aleksu ništa ne kažem. Ne bi ništa prihvatio, nikad. Samo bi se iznervirao što misle da ga mogu novcem privoleti da igra za bilo koji njihov tim."

Kiton se promeškoljio u stolici i vratio na pristojnu udaljenost. „Zbog svega što se desilo s njima pre četiri godine?"

„Što se *dešava* s njima sve ovo vreme", ispravila sam ga više za sebe.

Taj podatak bio je koristan, dobro znati da nas kasnije ne bi iznenadio. Nikad ne bih mogla da zamislim Aleksa da pliva s tim ajkulama. Nikada se ne bi uklopio. Bilo gde drugde bio bi uspešan i srećan, u to sam sigurna. Dopadale su mu se i Francuska i Španija. Ako bi prešao u Italiju, Englesku ili bilo gde, prilagodio bi se bez većih poteškoća. Jedino u Nemačkoj ne bi. Nema ni govora o tome.

Veče se primaklo kraju i neki igrači izmoreni od utakmice jedan po jedan napustili su sto. Ostala sam sa devojkama malo duže iako smo i mi bile umorne. Endžin razgovor sa fitnes trenerom bio je važniji. Uskoro otišli su i Bea i Harold, a Lana i ja smo ostale sa još nekoliko devojaka drugih igrača sve dok nam Endži nije prišla i namignuvši dala znak da možemo krenuti.

„Ne može da veruje da nisam gledala *Zgodnu ženu*[5] pa sam je predložila za večeras", rekla nam je dok smo išle ka liftu. „Imam sat vremena da se spremim. Doći će kod mene u sobu."

„Zašto mu treba sat vremena?" pitala sam kikotavo srećna zbog nje.

„Ne znam, ali i meni to odgovara. Soba mi nije baš cakum-pakum. Moram da je sredim i presvučem se u nešto čipkano i minimalno pristojno", sva je lepršala od uzbuđenja.

„Kakav ti je utisak ostavio? Je li zanimljiv?" pitala je Lana. „Poprilično ste bili zadubljeni u razgovor."

„Jeste. Studirao je fizioterapiju i uvek bi se našao Dankanu pri ruci da ga posavetuje kako da se priprema za utakmice i ne zadobije teže povrede i u onih par slučajeva kad je do toga došlo, da se što pre oporavi. To je, uostalom, i jedan od razloga što prisustvuje Prvenstvu. Lekarski tim reprezentacije jednom prilikom ponudio mu je posao, ali je odbio jer je zadovoljan kako mu je vreme ispunjeno dok radi s klijentima. Poveli smo priču o tome i – znam šta mislite, i ja sam, ali ne – uglavnom sarađuje s muškarcima preko trideset. Kaže da su ozbiljniji i ne pokušavaju da ga odvedu u krevet."

Lana i ja smo se glasno nasmejale. „U koju kategoriju ti spadaš?" pitala sam.

„U posebnu, koja će ga odvesti u krevet preskočivši flertovanje na treninzima", namignula je.

„Srećno onda. Idi, spremi se. Ne gubi vreme", reče Lana, „i nemoj sutra da kasniš na avion, osim, naravno, ako želiš da zaglaviš sa *posvećenom suprugom Beatrisom* u narednih par dana."

Smeh nam je odzvanjao velikom ulaznom salom hotela, ali iznenada je Endži stala kao ukopana: „Ovo se ne dešava!"

Lana i ja smo joj ispratile pogled i jedva sam ostala na nogama kad sam videla ono što ju je iznenadilo. Ugljeno crne oči i kosa. Pored recepcije. Pomno nas posmatrajući.

Lud je. Sasvim je, u potpunosti lud.

Planula sam. „Devojke, idite", prosiktala sam. „Ja ću se pobrinuti za ovo."

„Sigurno ne želiš da budemo u blizini za svaki slučaj?" Lanin glas je drhtao.

„Ne brini. Neće mi fizički nauditi. Ako samo proba, vrištaću kao da se borim za goli život i završiće u zatvoru."

---

[5] *Pretty Woman* (1990) film za Ričardom Girom i Džulijom Roberts.

Đubre se osmehivalo. Endži i Lana su otišle, a ja sam odmarširala do njega. „Šta za ime svega radiš ovde?" jedva sam se suzdržala da ne vičem. I dalje se samo osmehivao i još mi je stavio prst preko usana da me utiša. Udarila sam ga sklonivši tu ruku sa sebe. „Ne pipaj me tako na javnom mestu!"

„Hajdemo onda negde gde smem ili mi jednostavno odgovori sad", rekao je ležerno kao da traži žvake na kiosku.

„Kakav prokleti odgovor očekuješ? Već sam ti rekla – ne idem s tobom nigde. Sad nestani dok nas neko nije video."

„Neću dok mi ne daš pravi odgovor, a od tebe zavisi hoće li nas iko spaziti."

Jedva sam se oduprla porivu da ošamarim to samopouzdano, tvrdoglavo lice, ali morala sam racionalno da razmišljam. Ako ga neko vidi – ne čak ni nas dvoje zajedno, samo *njega* ako vide, dovoljno je – istog trenutka će zaključiti da je ovde zbog mene. Potom će uslediti i pretpostavka da je bio sa mnom, a onda tračevi i članci ima da se raspire i dopru do Aleksa pre nego što ja stignem da ga okrenem telefonom. Ne smem da rizikujem.

„Dođi u moju sobu, 1006", prosiktala sam. „Ne liftom."

Znao je da sam to namerno uradila, ali ničim nije pokazao da ima problem s trčanjem uz stepenice do desetog sprata. Samo se ponovo samozadovoljno osmehnuo kao da je ne znam ti šta postigao dok je bes u meni narastao. Zajedno sa još nečim toplim i neoprostivo prijatnim. Obuzela me je poznata krivica jer u tih nekoliko sekundi kraj recepcije nisam mogla da ne pomislim kako je atraktivan, tako lud, osion, uporan i hrabar. Sve ovo što radi, radi zbog mene.

Ušla sam u lift izmešanih paradoksalnih osećanja kako mi kuvaju u stomaku. Uzbuđenje, strah i tuga. Ponovo ćemo ostati nasamo. Nas dvoje. Ovo je prilika koju sam čekala. Sad treba da mu kažem da me ne traži više. Moram zvučati strogo, hladno, nezainteresovano i odlučno. Nakon večeras Matijas me više neće tražiti.

Lana i Endži su me čekale pred sobom i istog trenutka bilo mi je krivo što Endži ovako traći vreme koje bi inače iskoristila da se spremi za sastanak sa trenerom. „Devojke, u redu je, pričaću s njim i završiti ovo", rekla sam.

„Gde?" pitala je.

„Tu", pokazala sam na vrata zbog čega su obe zakolutale očima i pogledale me ledeno. „Znam, znam, ali gde drugde? Ne smem da dozvolim da nas iko vidi dole ili bilo gde u ovom gradu. U sobi imamo najviše privatnosti."

Lana je uzdahnula negodujući. „Čuvaj se. Biću u blizini. Prekorači li granice, vrišti, a ako me ne pozoveš za sat vremena, doći ću sa obezbeđenjem."

„Dogovoreno. Možete da idete, posebno ti, Endži. Zaslužila si ovaj sastanak. Nemoj da ti ga ja pokvarim."

Zagrlile su me u znak podrške i otišle.

Ušla sam u sobu i ostavila vrata odškrinuta. Obuzeo me je nagon da sunem još jedan viski – nakon što sam već dovoljno popila tokom večere – ali brzo sam zaključila da bi me to samo više oslabilo nego što bi mi dalo samopouzdanja. Izgarala sam i od želje da skinem cipele, ali sam odlučila da ih ipak ne izuvam jer na potpeticama uvek imam više samopouzdanja. Koje mi treba za pouduhvat koji sledi, za govor koji treba da mu izrecitujem, bez emocija i direktno, ozbiljno. Neću mu dati priliku išta da kaže. Kad završim, oteraću ga i to je to. Kraj. Ispao je budala što je došao čak ovde. Ponovo je samo gubio vreme.

Stajala sam kraj prozora gledajući goste hotela, takođe turiste, kako se motaju po prilazu kad sam osetila da se vrata odšrkinjuju. Sačekala sam da ih zatvori pre nego što sam se okrenula.

Zašto mora biti tako surovo zgodan?

„Koliko puta moram da ti kažem da me ostaviš na miru?"

Nije odgovorio istog trenutka. Umesto toga ležerno je prešetao preko sobe, a svakim korakom koji je napravio ka meni, više sam se tresla. Kad se zaustavio na ne tako pristojnoj udaljenosti, mogla sam da opipam elektricitet koji varniči između nas. Sve vreme smo se gledali u oči i nijedno nije skrenulo pogled. Kad se našao na tih nekoliko centimetara od mene, sve samopouzdanje mi je iščilelo iz vena.

Najednom, pokretom koji nisam očekivala, uhvatio me oko struka i privukao. Ruka mu je već bila u mojoj kosi i sva sam se tresla. „Znaš li kad ću odustati?" osetila sam mu dah na obrazu od čega mi je puls opasno, sve više ubrzavao. „Kad prestaneš ovako da drhtiš u mom prisustvu." Oči su mu sijale pune odlučnosti i samopouzdanja. Sve u vezi sa njim, oko njega, njegov miris, blizina, dodir, sve me je pozivalo i nagonilo da mu se još više približim, da se privijem uz njega. „Samo ponavljaš kao papagaj da te više ne uznemiravam, ali celo tvoje telo ustreperi preda mnom pre nego što te i dodirnem. Kad to prestane, kad ti stvarno više ne bude stalo do nas, onda ću odustati."

Sasvim je u pravu, ali nisam imala ni najblažu predstavu kad i da li će ikad ovaj plamen između nas ugasnuti. U tom trenutku nisam mogla da utičem na svoje ponašanje, reakcije i odgovore ništa više nego na vreme napolju. Pre svega, pre ovog takmičenja, pre ovog susreta bila sam sigurna da je između nas sve gotovo, ali u prethodnih par dana – sad tek – pokolebana sam i nemam pojma šta mi je činiti.

„Neću te pustiti, a večeras neću otići dok mi ne odgovoriš kako treba na ono pitanje", dodao je nežno mi prelazeći prstima kroz kosu. Topila sam se.

„Matijase, molim te", posramila sam se od slabosti koja mi se gotovo mogla opipati u glasu, „ne mogu nigde da idem s tobom. Ne mogu mu to uraditi ponovo…"

„Možeš."

„Gde bismo uopšte otišli? Kako? Kad? Ne mogu tek tako da nestanem kao prošli put. Ako bilo šta posumnja, biću u ogromnom problemu, i sa njim i sa roditeljima. Ne smem da ponovim greške od prethodnog puta. Molim te, Matijase, pusti me. Pusti *nas*."

„Ne mogu. Ne mogu da pustim. Probao sam i nije išlo. Četiri preduge godine pokušavao sam bezuspešno. Nas dvoje moramo ozbiljno razgovarati i videti šta ćemo."

„Pričali smo već", glas mi se tresao od očaja. Telo mi je u potpunosti uživalo u njegovom dodiru, a on, kao da je znao, prelazio mi je rukama preko leđa ne dajući da se ni milimetar izmaknem. „Nemoj više da praviš ovakve ludosti i nesmotrene poteze. Rizikuješ previše jureći za mnom. Imaćeš ozbiljne probleme sa trenerom. Nalaziš se čak pet sati udaljen od kreveta u kom treba da budeš."

„Istina, ali već sam ti rekao – leteo bih deset sati ako treba za sat s tobom. I nemoj da brineš o mom treneru i poziciji u timu. Ja vodim računa o tome. Dok sa druge strane *ti* treba da se pobrineš za nešto drugo."

Video je da mu se topim u rukama i prijalo je. Prijalo je njegovom egu.

Kolena su mi klecnula od slabosti i gotovo sam izgubila ravnotežu, ali dok me je tako držao, mogla sam samo još više da se oslonim na njega. Kako bih izbegla da nam usne budu preblizu, stegla sam majicu u prstima i naslonila obraz na grudi mu. Istog trenutka čula sam kako glasno mu srce lupa, a poznati parfem koji nije promenio od prethodnog puta zagrlio me je zajedno s njim. Ruke su mu šetale po celim leđima i ramenima mi, a ja sam samo zatvorila oči razmišljajući šta da radim i bez i najblaže ideje kako da se ponašam, šta da uradim da ga nateram da ode, kako sebe da sprečim da to veče ne uradim nešto glupo. Ili bolje reći još nešto glupo.

„Pogledaj me", rekao je glasom koji me je već jednom ranije omađijao – dubok, oštar, naređivački, privlačan. Teško mi je bilo da mu se oduprem, a moram. Nađem li se preblizu tih očiju, pokleknuću. Ne smem.

Stoga sam mu jače stegla majicu i čvrsto zatvorila oči, ali osetila sam prste kojima mi je uhvatio bradu i podigao je. „Pogledaj me, Džejn."

Nisam mogla više da mu se suprotstavljam. Težak oblak straha obrušio mi se na ramena. U pravu sam bila – od tih očiju mogu biti samo iracionalnija. Tako su mračne, pune neke zle, crne magije, i ne daju mi da uradim ništa što ja želim, već samo ono što su mi one namenile. Pogotovu tako opasno blizu. Preblizu. Prstom je prešao preko mog lica sklonivši pramen kose, a potom kao da crta, dodirnuo mi obrve, nos, jagodice, obraze, vilicu. Na kraju ih je sve uzeo u svoju veliku, nežnu šaku. Polusvesna i kao u snu, u grešnom, zlom snu, sklopila sam oči i pustila kožu da mi oseća njegovu, shvativši, posramljena, da mi prija, da uživam.

„Ne, Džejn, otvori oči", rekao je šapatom. „Hoću da me gledaš dok te ljubim. Hoću da vidiš o čemu pričam sve ovo vreme."

Dobila sam temperaturu, neprirodnu za ljudsko telo. Grejalo me je hiljadu stepeni. Da se izmaknem – što bi bilo najpametnije i jedino ispravno – nije mi bilo ni na kraj pameti. Koje uopšte pameti? Izgubila sam je još kad mi je prišao. Stomak me gotovo zaboleo od iščekivanja i uzbuđenja. Ruka mu se pomerila u mojoj kosi, primičući me još više sebi. Razdvojila sam usne ne usuđujući se da skrenem pogled, da umaknem tim očima. Zaboravila sam sve – kako se ljubi, kako da dišem, šta uopšte da radim sa telom i rukama.

Nije trebalo da brinem. On me je vodio, kao i prethodni put. Kad su nam se usne dotakle, skoro sam osetila vetar od siline kojom sam se prebacila četiri godine unazad. Sve je isto, identično. Toliko da sam se pitala da li je stvarno moguće da je toliko vremena proteklo od našeg prethodnog dodira. Ljubio me, upijao gornju usnu, a potom donju, tako nežno da nisam mogla da prigušim jecaj, a potom ispustim još jedan koji očigledno traži još. Svaka dlaka na telu mi se podigla, svaki nerv naoštrio, kao da sve na meni hoće da prihvati i zapamti ono što će mi ovaj čovek pružiti.

Ruke nisu više mogle labavo da stoje i jurnule su u njegovu kosu, među te oštre, duge, crne pramenove kojima sam se nekad poigravala. Kad mi je sasvim zatvorio usne i oduzeo dah, stegla sam prste i sigurno ga počupala u naletu osećaja i iznenađenja. Raspirio je strast i želju koje su godinama bile gušene i potiskivane, očigledno je postalo i jednom i drugom. Nedostajao mi je. Zaista jeste, uprkos svemu što sam mislila i rekla. Nije me više nasilno privlačio na sebe. Sama sam ga grlila i stezala kao da mi je slamka spasa, izvor kiseonika, garancija za život. Isto tako svesna sam bila da ovo neće potrajati i htela sam da zapamtim što više od njega mogu. Taj poljubac, koji je toliko dugo trajao, nisam mu se mogla oteti, odupreti, izvući, a on me ni na šta nije nagonio. Dahtali smo kao da smo upravo trčali po terenu, verovatno oboje iznenađeni silinom osećanja.

Kad su nam se čela konačno oslonila jedno o drugo kako bismo udahnuli pravi vazduh, a ne strast, disali smo ubrzano i gotovo mogli čuti kako nam srca lupaju.

„Veruješ li mi sad da ništa nije gotovo?" šapnuo je.

„Verujem", odgovorila sam jednako tiho, „ali ovo samo znači da mora biti, da se ne sme nastaviti."

„Ne znam kako, Džejn. Ne znam kako da zaustavim", odgovorio je očajno. „Vidiš i sama koliko je jako. Ne znam kako da živim bez ovoga."

Podigla sam pogled da bih se susrela s njegovim. Nema sumnje – obožavam sve u vezi s njim pa i te tvrdoglavost i upornost koje su ga meni ponovo večeras dovele. „Ovo je sumanuto. Mi nismo normalni."

„Znam i dopada mi se", rekao je sad pun samopouzdanja izmamivši mi osmeh. „Izađi sa mnom, Džejn."

Ponovo to pitanje, a situacija i okolnosti iste kao prošli put samo smo sad na sasvim drugačijem mestu, četiri godine stariji, sa osećanjima četiri godine zrelijima i izgleda snažnijima, što je samo podstaknuto udaljenošću, strahom i neprirodnim prekidom koji je sve ostavio nedorečeno i nerazrešeno. Nakon toliko vremena Matijasovo pitanje samo je zapalilo osetljive emocije. Samim tim i odgovor je bio isti.

„U redu", srce mi je zatreperilo kao trinaestogodišnjakinji. Ponovo.

Nasmejao se od uha do uha i poljubio me u čelo. „Upravo si me učinila najsrećnijim čovekom na svetu i ne koristim kliše, istina je." Stidljivo sam se nasmejala. „I nemoj ni za trenutak da se osećaš loše", dodao je. „Ne bih te ostavio na miru dok ne pristaneš."

Šaljivo sam ga munula u rebra na šta je odgovorio ponovo me poljubivši.

„Sad bi mogao da mi kažeš gde, kad i kako?" pitala sam i dalje opuštena u zagrljaju mu.

„Reći ću ti kad sve bude organizovano i spremno do najsitnijih detalja. Ništa ne brini."

„Dobro, ali ovaj put ti noćni klub neće proći."

„Neće biti išta slično."

Ubrzo potom morao je da ode. Let za Belo Horizonte koji je planirao da uhvati bio je poslednji toga dana i nije hteo rizikovati da zakasni i bude odsutan sa još jednog treninga. Kad me je pustio, osetila sam se nekako razočarano kao neiskusna devojčica, nekako prazno, kao da mi nešto nedostaje, ali i dalje sam lebdela dok sam se kretala po sobi. Kad je zatvorio vrata za sobom, bacila sam se na krevet dozvolivši sebi nekoliko minuta čiste sreće i radovanja.

Međutim, čim je to vreme isteklo, na mene se obrušila krivica koja me surovo podsetila da je apsolutno pogrešno sve ovo što radim. Užasno, nepogrešivo, nediskutabilno pogrešno.

Oklevala sam da okrenem Lanu zbog srama koji će me obuzeti kad joj budem rekla šta se desilo, ali telefon se ubrzo oglasio i bacivši pogled na sat videla sam da je prošlo tačno šezdeset minuta. Rekla sam joj da dođe kod mene u sobu koristeći to vreme da smislim šta da joj kažem ili slažem. Međutim, čim je sela na krevet pored mene, shvatila sam da, kao i uvek, od laganja najboljim drugaricama nema ništa.

„Nisam mogla ništa drugo da uradim, Lana. Taj osećaj... ludo je koliko je snažan. Pritom, da sam nastavila da ga odbijam, još uvek bi bio ovde."

„Šta misliš da ćeš postići izlaskom s njim?" pitala je strpljivo iako sam znala da kipti od besa i razočarenja.

„Da ću se i ja konačno uveriti da je sve u vezi s njim pogrešno, da mi se malopre samo učinilo da je snažno, da je zapravo samo naporan i arogantan. Kad to sve vidim, onda ću mu s lakoćom reći da me se kane."

„Imaš pravo. Samo se nadam da će do toga i doći."

Zamolila sam je da ostane sa mnom. Bojala sam se tuge koja će me možda obuzeti i braniti mi da spavam, a nisam htela da celu noć provedem budna i ujutru ustanem s kamenom na srcu. Pristala je te smo gledale film sa Krisom Hemsvortom koji nas je onako iscrpljene uspavao.

Nisam se javila Aleksu.

# 8.

Kad se alarm oglasio, mehanički sam ustala, obukla se, našminkala i sredila kosu. Iznenadilo me je što sam uspela da spavam bez ružnih snova i još se osećam sasvim odmorno, mada nisam imala mnogo vremena da razmišljam o svemu što se dogodilo.

Lana i ja smo odlučile da preskočimo doručak i prvu kafu popijemo u avionu gde ćemo zajedno proći kroz sve što se desilo prethodne večeri. Nestrpljivo smo čekale na Endži u lobiju hotela pretpostavljajući da kasni jer će imati šta da nam ispriča, međutim, kad se pojavila, ništa nismo mogle zaključiti s njenog izraza lica.

Nijedna nije bila pričljiva na putu do aerodroma i tokom ukrcavanja. Konačno, kad smo poleteli i stjuardese nas ostavile nasamo, Endži je zahtevala da joj kažem šta se sve desilo. Kad sam pak završila, njen jedini komentar bio je: „Devojko, srljaš u propast."

„Šta sam pa drugo mogla da uradim?" negodujući sam je pitala. Nije mi se pravdalo. To bi značilo priznanje da sam pogrešila.

„Ne znam. Stvarno ne znam", odgovorila je.

„Hoćeš li reći Aleksu?" pitala je Lana.

Razmišljala sam o tome i premda je surovo i čak suludo, zaključila da je najbolje držati se odluke da mu ništa ne krijem. „Da, ispričaću mu sve. Sve osim poljupca, naravno."

„Poludeće", reče Endži.

„Znam, ali ako mu ne kažem ništa i sam nekako sazna, da l' iz novina ili preko nekog ko je možda sinoć video Matijasa, imaću ogroman problem."

„Istina", Lana se složila. „Reci mu pa ćemo da vidimo šta misli o svemu. Možda uspeš da se izvučeš i ipak ne vidiš s Belerom."

Ta pomisao me je rastužila. Htela sam da ga ponovo vidim. „U pravu si. Ništa ne mora da se desi. To što sam pristala da izađem s njim ne znači da će do toga i doći", rekla sam uprkos svojim mislima. „Sam zna da organizovanje sastanka ovde u potpuno stranoj mu zemlji neće biti nimalo lako, a ja neću rizikovati ako postoji i najmanja mogućnost da nas neko otkrije. Ukoliko hoće da me izvede, moraće do tančina isplanirati svaki mogući detalj, od osvetljenja u prostoriji do toga šta da obučem."

„Misliš da se neće toliko potruditi?" pitala je Lana sarkastično dajući nam odgovor.

„Znam da će probati, ali se nadam da neće uspeti", uzdahnula sam. „Nadam se da će mu planovi propasti kako bih mogla da ga odbijem i ispadne njegova krivica."

Klimule su u znak razumevanja i slaganja i u tišini smo doručkovale i popile kafu.

U sebi sam prošla kroz Aleksov raspored za taj dan: Ukrajina igra protiv Maroka u pet popodne, sutradan ćemo verovatno biti u avionu za Salvador gde će igrati narednu utakmicu, protiv Belgije, ako završe prvi u grupi, što je gotovo izvesno. To znači da mu mogu reći za Matijasa tokom sutrašnjeg leta jer će večeras da slave prolazak u osminu finala i neću to da mu pokvarim.

„Čekaj malo", iznenada sam se setila. „Kakva je bila tvoja noć, Endži? Ne pričaš mnogo."

„Da, Džejn je u pravu", složila se Lana. „Ne reci da je bilo loše?"

Iznenadivši nas obe ona se zakikotala. „Nije bilo ničega."

„Molim?" Lana i ja istovremeno smo odreagovale gledajući je razrogačenih očiju iz dva razloga: prvi da nije uspela odvesti u krevet momka koji joj se dopada, a drugi da uopšte zbog toga nije ljuta.

„Ja sam htela i trudila se", objasnila je, „ali nije popuštao."

„Nije tebi popustio?" bilo mi je teško da poverujem.

„Samo što nije." Prasnula je u smeh jer se naši zabezeknuti izrazi lica nisu menjali. „Nije mu bilo lako, ne sumnjajte u to. Suzdržavao se iz petnih žila, ali nije hteo samo seks." Konačno smo odahnule uz osmeh. „Da, rekao je da mu se stvarno dopadam, da mu se otkako je sleteo u Brazil, bezbroj devojaka i momaka ponudilo, da mu nije zapelo, već da sa mnom hoće polako."

„Ali koliko puta u životu dobiješ priliku za razuzdan, divlji seks usred Amazonije?" razočarano sam pitala.

„Isto sam mu i ja rekla, ali nije se dao pokolebati."

„Šta ste onda radili?" pitala je Lana.

„Gledali *Zgodnu ženu*, ljubili se, mazili, spavali." Sijala je i bilo mi je drago. „U više navrata me je pitao zašto ne ostanem sa Beom, ali rekla sam da hoću da budem s vas dve."

„Lepo od njega. Za sad je džentlmen", reče Lana. „Dakle, kroz par dana ćete se sresti u Braziliji?"

„Da i naterala sam ga da mi obeća da će tad biti nečega inače se neću više s njim nasamo sastajati." Prasnule smo u glasan smeh. „Ozbiljna sam. Prvo veče bilo je simpatično, ali moram da znam šta nudi. Ako nema veština, briga me za romantiku."

„U pravu si. Bolje da saznaš na početku", složila sam se.

„Baš tako. Zamisli da se tako viđamo mesec dana i onda se ispostavi da je beskoristan. Do tad će Prvenstvo biti gotovo, a s tim i moja prilika da upoznam nekog zanimljivog, ili nekoliko zanimljivih momaka. Nema šanse da to sebi dozvolim."

Smejale smo se nekontrolisano i šalile gotovo celim putem do Sao Paula. Endži me je prilično oraspoložila te kad smo sletele, bila sam spremna za susret s Aleksom. Išlo mi je naruku, doduše, što ćemo se videti tek nakon utakmice jer su on i njegov tim već otišli na stadion kad smo mi stigle u hotel. U međuvremenu trudila sam se iz petnih žila da ne mislim ni na Matijasa, a pogotovu ne na naš prebliski susret od sinoć. Kao i pre četiri godine Aleksa, spakovala sam ga u mentalnu kutijicu i šutnula negde u zapećak.

*****

Utakmica protiv Maroka bila je za Ukrajinu poslednja u grupnoj fazi. Što se tiče grupe G sa čijim pobednicima ćemo se suočiti, u njoj su mesta već određena – Norveška je zauzela prvo sa tri pobede, a Belgija drugo. U zavisnosti od toga kako budemo igrali danas i kako naša dva prethodna protivnika, Čile i Južna Koreja, završe svoj okršaj, bićemo na prvom ili drugom mestu. Prema statistikama, trebalo bi da budemo prvi i suparnik nam bude Belgija, što samim tim znači da idemo u deo tabele suprotan od onog u kom su Nemci te je jedina šansa da se sretnemo s njima u finalu ili utakmici za treće mesto. Hvala nebesima.

Hitro smo se presvukle i zaputile na stadion gde su nas čekali Aleksovi roditelji i sestra. Generalno je vladalo ubeđenje da će Ukrajina odneti pobedu zbog čega su moji roditelji odlučili da preskoče ovu utakmicu i kreću se prema planu tima Metjua Vansa. Uživala sam u atmosferi koja je vladala Sao Paulom. Osim toga što je najveći grad u zemlji po broju stanovnika, za sad je primio i najveći broj navijača zajedno sa Riom. Muzika koja je iz barova ispunjavala ulice sve do Arene Korintijans podsticala je čak elektricitet. Kad smo se popele na tribine, fanovi su bili zagrejani i spremno čekali početni zvižduk.

Tim Milana Andrejeviča bio je u žutim dresovima, a suparnici u crvenim. Nosila sam haljinu identične nijanse žute i ponosno pevala himnu zajedno sa hordom vatrenih navijača iz Istočne Evrope. Niko ne bi rekao da nešto sa mnom nije u redu, da se nešto neprimereno i čak sramno dogodilo samo noć pre. Niko ne bi ni posumnjao da nisam u potpunosti odana Aleksu.

Marokanci su se pokazali kao odličan tim koji ume i te kako da parira, mada, nisu imali sreće. Morali su da pobede, a Čile izgubi velikom gol razlikom i istinski su davali sve od sebe, ali bezuspešno. Prošli bi prvi niz ukrajinskih igrača, ali protiv odbrane nisu imali šanse. Nisu nikako mogli dopreti do Aleksa i stvoriti čistu, opasnu priliku za pogodak, a ono malo što su ih imali bile su slabe i sasvim bezopasne po njega te je svaku loptu spretno zaustavio.

Sa druge strane Ukrajinci u napadu jurili su besno i svom snagom, dodajući loptu izuzetno precizno i munjevitom brzinom. Prvi gol je pao u četrdeset četvrtom minutu, a postigao ga je Barnik. Pogoci su se nastavili u drugom poluvremenu kad su Lev Zahara, igrač odbrane, Ivan Rostov iz sredine i Pavlov, napadač, svaki dali još po jedan. Igra je bila gotova u devedeset drugom minutu bez ikakve sumnje ko je bolji.

Uskoro su do stadiona doprle i vesti da je Čile pobedio Južnu Koreju 2:1 što znači da je Ukrajina prva u grupi, a Južnoamerikanci drugi, tako da ćemo se suočiti sa Belgijom, a oni sa Norveškom. Kao što sam planirala, sutradan ćemo se zaputiti u Salvador gde će se utakmica osmine finala odigrati kroz pet dana.

U hotel sam se vratila pre Aleksa. Srce mi je prepuklo od ponosa kad sam ga u lobiju hotela na TV-u videla kako daje intervjue zajedno sa kolegama. Znala sam da je ovo još jedan uspeh na koji su neizmerno ponosni. Iako su pre četiri godine stigli do polufinala, Ukrajina i dalje nije važila za favorita na takmičenju. Niko o njoj nije pisao kao o fudbalskoj sili za kakve važe Italija, Španija, Holandija i Nemačka. Svi su Ukrajince jednoglasno opisivali kao grupu izuzetno talentovanih momaka koji su imali sreće da se rode u isto vreme, da ih vodi spretan, iskusan, obrazovan i sposoban fudbalski stručnjak kakav je Milan Andrejevič i da se nešto slično ovoj zemlji nikada više neće dogoditi. Većina sportskih eksperata je takođe bila mišljenja da bi ovi momci osvojili takmičenje pre četiri godine da nije došlo do incidenta sa nemačkim selektorom.

Sad, međutim, Ukrajina je ponovo na Prvenstvu i daje sve od sebe što se i te kako oslikava na rezultatima te njeni navijači imaju svako pravo da se nadaju medaljama. Možda im je ovo i poslednja šansa za nešto slično jer će sledeći turnir većina trenutnih igrača biti ili pred penzijom ili prestara za veliki poduhvat kakav je osvajanje prestižnog trofeja. O novim generacijama nije se znalo mnogo. Stajala sam nasred ulaznog lobija i slušala ih kako strpljivo i profesionalno odgovaraju na mnogobrojna pitanja koja sipaju sa svih strana.

Telefon mi je zavibrirao. Matijas mi govori kako sam bila lepa tokom utakmice. Nisam ništa odgovorila. Deo misli koje su posvećene njemu sad su negde daleko zaključane. Odgovoriću mu sutra, ili prekosutra, ili možda nikad. Ne večeras. Ne kad treba da budem savršena devojka svom divnom dečku koji je upravo doneo svom timu još jednu pobedu.

Istuširala sam se i uvukla u krevet. Prelistavala sam puno sanduče s mejlovima i bacila pogled na neke novinske članke trudeći se iz petnih žila da ostanem budna. Kad je Aleks kročio u sobu, bila sam pod ćebetom nemoćna da se pomerim od umora. „Čestitam, najbolji golmanu na svetu", zacvilela sam kao miš.

„Premorena moja ljubavi", spustio je torbu na pod i seo pored mene na krevet tako da mogu da ga zagrlim i privučem u poljubac. „Samo ćemo da spavamo, a onda sutra proslavimo. Mrtav sam. Intervjuima se nije video kraj, ali Milan nam je rekao da ostanemo dok ne iscrpu pitanja."

„U pravu je. Svet vas voli, treba da mu pružite što više."

„Radije bih to vreme proveo s tobom u krevetu", poljubio me je u čelo.

„Hajde, presvuci se i dođi."

U roku od par minuta pridružio mi se. Spustila sam mu glavu na grudi i snažno ga zagrlila. Sve je ponovo normalno, tako prirodno, ovako, u istom krevetu, tako blizu, dok mu slušam otkucaje srca i podizanje pluća. Ispunjava me mirom, srećom. I baš to volim u vezi sa njim. Tako jednostavno i lako me čini spokojnom.

*****

Srećom, let nije bio prerano tako da smo Ukrajinci, Lana, Endži i ja kasno doručkovali i oko dva popodne poleteli iz Sao Paula. Devojke i ja ranije nismo imale priliku da vidimo išta od Salvadora jer smo bile na jedva dvadeset četiri sata pre nekih nedelju dana kad je Engleska igrala protiv Paragvaja. Drago nam je bilo što je i Aleksov tim dobio slobodan ostatak dana pa je Lana s par Ukrajinaca napravila manji plan aktivnosti u tih poslednjih par sati do zalaska sunca.

Tokom puta uspela sam da Aleksa odvedem u studio prve klase koji je tom prilikom pripao Nikolaju, ali nam ga je ustupio za privatnost koju sam šaljivo zahtevala uz upozorenje da nas niko ne pokušava prekinuti. Aleks je naravno znao da ga nisam zbog nekog užitka odvukla od prijatelja i strpljivo je držao moj hladan dlan među prstima.

„Nešto se dogodilo s Belerom?" pitao je čim smo se osamili i zatvorili vrata studija.

Videvši njegov zabrinut izraz lica istog trenutka sam se posramila i osetila užasno što sam prihvatila Matijasov predlog, što sam ga poljubila, što osećam prema njemu to što osećam. Pobelela sam i ruke su mi se stale tresti.

Aleks nije ništa posumnjao, samo se razbesneo. „Šta ti je taj gad uradio?" u glasu sam mu osećala koliko je zabrinut. Držao mi je ruke, ali umesto da me taj dodir smiri, samo je učinio da se još više gadim sama sebi.

Uspela sam da mu uzvratim stisak i nastavim: „Došao je u Manaus da me vidi. Stajao je nasred recepcije kad smo devojke i ja naišle i odbio da ode dok ga ne saslušam."

„Ponovo! Opet te je doveo u tu poziciju? Tako me nervira što juri za tobom kad ja nisam tu, kukavica jedna!"

„Ne znam šta da kažem na sve to. Šta radi sa trenerom i reprezentacijom nije sasvim kukavički s obzirom na to koliko karijeru dovodi u opasnost, ali šta god da mu je u glavi samo želim da prestane", rekla sam iskreno.

„Znači pričali ste?" zvučalo je kao konstatacija više nego pitanje i nisam osetila u tom tonu ni osudu, ni krivnju zbog čega me je još više bilo stid svog ponašanja.

„Nisam imala izbora. Nije hteo da ode, a ceo tim Engleske bio je u blizini. Strah me je bilo da ga neko ne vidi. Osim toga... nešto se desilo." Duboko sam udahnula dok mu se boja lica menjala. „Insistirao je da se ponovo vidimo, ovaj put na duže, na ručku ili večeri."

Aleks se zacrveneo od besa i znala sam da ću morati baš kao pre četiri godine da lažem – da profesionalno, ubedljivo, kao da i sama verujem u izgovoreno, iskreno *lažem*. Pripremila sam glas da zadrhti, kao i par suza u uglovima očiju, koje neću pustiti, popustila mu stisak ruke dok sam nije ponovo uzeo obe moje, a potom ga pogledala u morsko plave oči kojima je harala bura i duboko udahnuvši rekla: „Nisam mogla da ga se oslobodim to veče sve dok nisam pristala."

Reakcija koju je moja predstava izazvala nije mi pružila nikakvo zadovoljstvo iako je bila ono što sam htela, što mi je bila namera. Poverovao mi je i sad mu se celo telo treslo od besa.

„To je to. Nema više šta da se diskutuje. Sam ću ovo rešiti."

„Aleks, molim te, nemoj još..."

„Džejn, samo što fizički nije nasrnuo na tebe. Kako očekuješ da reagujem?"

„Kako je prirodno, ali ne tako da utiče na igru tvog tima." Povukla sam sigurnu kartu koja će ga smiriti i urazumiti. Jednom je izneverio svoju reprezentaciju. Neće ponovo. Obećao im je, sebi se zarekao da neće. „Slušaj me: prvo i osnovno – napraviš li nešto nesmotreno, nikada sebi neću oprostiti, najviše zato što bismo ponovili nešto što već sebi ne mogu da oprostim, a znam da osećaš isto. Ovo sam ti ispričala jer nisam htela da saznaš od nekog drugog i pomisliš da ti radim iza leđa – što ne radim i neću više ikada." Uspela sam glas održati staloženim i mirnim. „Drugo – moraš u potpunosti da se posvetiš igrama i treninzima. Ako je on toliko nerazuman da sedne u avion i leti četiri sata da bi me proganjao, ti ne smeš na identičan način da zapostaviš svoj tim jer ako se nešto desi, ako budeš negativno uticao na igru, uvek ćeš imati za nešto da se kriviš." Slušao me je pažljivo dok mu je bes jenjavao mada je i dalje bio napet i spreman da plane. Drago mi je bilo što i dalje mogu da ga smirim čak i kad se uzbudi i razdivlja kao zver, što se primiri i sabere kad ga dodirnem. „Ako se igrom okolnosti vas dvojica sretnete, volela bih da ne dođe do fizičkog obračuna, ali na tebi je. Neću u to ulaziti."

„Mogu sad da ti garantujem da će biti fizičkog obračuna. Blago rečeno."

Slabašno sam se nasmejala. „Treće, ljubavi – pristala sam da izađem s njim samo da bi već jednom otišao. To svakako ne znači da ću bilo gde ići."

„Znam, ali onda će samo nastaviti da te prati i proganja."

Svakako je u pravu. Što me istovremeno i plašilo i uzbuđivalo. „Verovatno je tako, ali videćemo već kako je najbolje da se ponašamo tako da ni na koji način ne utičemo na performans tvog tima ili prouzrokujemo neki skandal", stegla sam ga za ruku. „Ono što ti zasigurno mogu obećati je da ću ga svim silama držati dalje od nas – od tebe posebno. S druge strane, ti se meni moraš zakleti da šta god on kaže ili uradi, kad izađeš na travu, u tvojoj glavi biće mesta samo za fudbal."

Oćutao je trenutak dok se na kraju nije nasmejao. „Kladim se da bi svaki muškarac voleo da čuje ovako nešto od svoje devojke." Primakao mi je ruku usnama i poljubio je. „Obećavam da neću dozvoliti da ijedan od njih utiče na moju koncentraciju kao prošli put."

Poljubila sam ga u obraz. „Onda osvajamo Prvenstvo."

*****

Popodne u Salvadoru bilo je uzbudljivo i šarenoliko. Nakon prijave u hotel autobusom smo se odvezli do obližnje osnovne škole čiji fudbalski timovi svih uzrasta postižu izuzetne rezultate na takmičenjima po zemlji. Isprva je trebalo samo da se upoznamo sa decom i malo popričamo, ali završili smo igrajući fudbal čak sat vremena. Pridružile su nam se Endži i Lana jer je i ženski tim bio poprilično uspešan pa smo i sa njima ušle u manji okršaj, ja, naravno, na poziciji golmana. Zabavila sam se više nego što sam očekivala iako se pokazalo da baš ne umem da branim.

Divan je bio osećaj smejati se bezbrižno dok me stomak ne zaboli. Iskrena radost u dečjim očima učinila je da pomislim kako bih ovo mogla stalno da radim – da usrećujem mlađe generacije koje mogu da susretnem prilikom ovakvih dešavanja. To bi zapravo i trebalo da radim, non-stop, umesto što mi na pamet padaju svakakve misli o čoveku koji mi je strogo zabranjen. Kada bih sve slobodno vreme i napore uložila u upoznavanje i razgovore sa mladima, decom i tinejdžerima koji u malim, nerazvijenim sredinama pokušavaju da gaje velike snove, zar time ne bih pomogla i njima pruživši im više nade i ohrabrenja i sebi čisteći savest?

„Odlutala si?" doplovio je Aleksov glas. Još uvek smo bili na trošnom školskom terenu.

„Samo sam razmišljala o tome kako ih je lako usrećiti. Da sam… slično postupila pre četiri godine, možda ne bih…"

„Hej, nemoj. Ne vredi vraćati se na to", zagrlio me je i poljubio u kosu na šta se par dece u blizini zakikotalo. „Sad smo ovde, zajedno. Oboje se trudimo."

Poljubila sam mu šaku. „Hvala ti."

Pred zalazak sunca napustili smo školu i svratili na večeru u jedan od poznatijih restorana u gradu sa tradicionalnom kuhinjom. Hrana je bila izuzetno ukusna toliko da smo se svi jednoglasno složili da naredni dan duže ostanemo u teretani. Po povratku u hotel bila sam isuviše umorna da bih proverila telefon. Nisam delom i zbog toga što sam pretpostavila da mi je Matijas nešto pisao te sam ostavila to za sutra. Previše mi se mota po glavi. Ne treba ničim dodatno da se opterećujem.

Aleks i ja smo otišli pod tuš. Nismo se suzdržali i u trenutku su nam tela planula prislonjena jedno uz drugo. Tačno je znao šta radi, kako da me dodirne, šta da kaže da me uzbudi. Napravio je penu i njom mi prelazio preko leđa i ramena masirajući ih i isterujući nakupljene stres i tenziju. Zažmurila sam i prepustila se, a ruke su mu ubrzo došle i do mojih grudi. Bez reči sam se okrenula i naslonila na njega osetivši u dnu leđa da je više nego spreman da nas povede na plovidbu iz snova. Dok me je i dalje strpljivo i posvećeno masirao, namestila sam se tako da je s lakoćom uronio u mene od čega smo oboje pohotno uzdahnuli. Nisam mogla da mu vidim izraz lica, ali po glasu mu znala sam da jednako uživamo u obostranom zadovoljstu. Sporo sam se kretala, kao i njegove ruke sve dok nije izgubio kontrolu i snažno i brzo se unosio u mene dok nismo dosegli vrhunac od čije jačine smo se umalo rastopili na podu tuš-kabine.

Naslonila sam mu se na grudi i provukla ruke na leđa, a on me je zagrlio. „Sad samo hoću da me odneseš u krevet, zagrliš i ne puštaš do sutra u podne", rekla sam slabim glasom.

„Šta god želiš, ljubavi", poljubio me u čelo i uzeo u naručje.

*****

Neopisivo sam mu bila zahvalna što je ugasio svaki alarm istog trenutka kad bi se oglasio naredno jutro. Kad sam otvorila oči negde iza podneva, krevet je bio prazan, a na njegovom jastuku mirisna crvena ruža preko poruke *Vidimo se na ručku. xxx*

Eh, pa, vreme je za ručak.

Lenjo sam se protegla i bacila pogled na telefon. Krcat je bio porukama za koje će mi sigurno trebati bar sat vremena da na sve odgovorim. Pretrčala sam pogledom kroz listu pošiljalaca svesno i s krivicom tražeći nesačuvan broj, mada sam samu sebe pravdala da je to samo mera predostrožnosti. Međutim, krivica me je stala gristi kad mi je srce poskočilo čim sam ga našla.

*Pretpostavljam da ćeš doći na utakmicu Engleske u Braziliji?*

Poruka je poslata juče dok smo leteli iz Sao Paula za Salvador.

*- Da.* Odgovorila sam.

Mom egu je zasmetalo što nije odgovorio istog trenutka kao po običaju, niti u narednih par minuta. Otišla sam da se istuširam očekujući da će me poruka sačekati kad završim, ali ništa. To ne liči na njega. Možda se konačno naljutio i odustao?

Oglasila se melodija telefona. Aleks. Da mi kaže da samo što nisu stigli u hotel i da se možemo naći u restoranu. Navukla sam laganu, lepršavu narandžastu haljunu i strčala dole. Lana i Endži su mi se uskoro pridružile. Čim smo sele za sto, shvatila sam zašto mi Matijas ne piše – na utakmici je, protiv Španije u Belo Horizonteu.

„Pitaću da promene kanal", Lana je odmah odreagovala videvši mi grč na licu.

„Nema smisla", rekla sam. „Prva je utakmica osmine finala i jedina koja se trenutno igra." Trudila sam se da sakrijem uzbuđenje i leptiriće u stomaku.

Uzalud jer me previše i predugo poznaje da joj moje ponašanje promakne. „U pravu si, ali sedi ovde tako da ti TV bude iza leđa."

„Naravno", poslušala sam.

Aleks i njegovi saigrači uskoro su stigli i Aleks i Lev Zahara su nam se pridružili za stolom. Videli su utakmicu na TV-u i koliko god se odupirali, ipak su je veći deo vremena pratili, što iz profesionalnog ugla, što zbog rivalstva i unutrašnjeg navijanja da tim sa Pirinejskog poluostrva pobedi. I ja sam se tome nadala, samo da Nemačka i Matijas nemaju više validnih razloga za ostati u Brazilu čime bi meni sve bilo daleko lakše. Nada je postojala čitavo prvo poluvreme dok su oba tima pokazivala jednake spretnost i veštinu. Međutim, u drugom Nemci su kreirali čitav niz odličnih prilika od kojih su se dve završile golovima. Postigli su ih Ben Švimer i Kevin Jeger, a obojici je asistirao Matijas.

Tek kad je sudija zazviždao za kraj, shvatili smo da našim stolom vlada tišina jer smo sve šestoro pomno pratili, ali kad je kamera počela prelaziti preko svakog igrača ponaosob, namerno sam stala postavljati pitanja o utakmici Ukrajine protiv Belgije koja se igra za tri dana. Na prethodnom Prvenstvu suočili smo se s njima boreći se za bronzanu medalju i osvojili je pobedom od 3:0. Sada su željni osvete. Milan Andrejevič nije propuštao priliku da naglasi važnost ove utakmice od trenutka kad smo znali da smo prvi u grupi i da će nam oni biti neprijatelji. Sve moguće će uraditi da prođu dalje.

Upravo zbog toga došla sam na ideju da za Aleksa izvedem nešto izuzetno posebno tokom tog okršaja. Lana i Endži su oduševljeno prihvatile moj predlog i kad su momci krenuli užareno pričati o fudbalu, nas tri smo se zgledale smeškajući se. Nakon što nam se ručak slegao, Aleks i ja smo otišli u teretanu, a on potom na večernji trening. Ja sam se spustila do bazena gde su me devojke čekale. Nije prošlo ni sat vremena kad je Lani zazvonio telefon. Nakon kratkog razgovora zacvilela je: „Stigao je!"

Sve tri skočile smo sa ležaljki i otrčale u moju sobu. Upadljivo, stilski upečatljivo odevena dama i njena asistentkinja stigle su kroz par minuta noseći kutiju koju sam jedva čekala da otvorim. Stavile su je na krevet i ja sam drhtavih prstiju podigla poklopac. Unutra je bio veliki, luksuzni, profesionalni, pravi kostim za Karneval u Riju u bojama ukrajinske zastave. „Savršen je!" vrisnula sam zadivljeno iznenađena. „Ovo će sve oboriti s nogu! Kakav ću samo haos da napravim!"

„Sigurna sam da hoćeš", složila se dizajnerka. „Hajde sad da probaš da vidimo treba li nešto da se prepravlja."

Lana je preko interneta pronašla Barbaru koja je tad imala svoju radnju i mali butik u Riju. Isprva je mislila da smo prevarantkinje, ali Lana ju je strpljivo ubedila da smo u potpunosti ozbiljne. Za kostim ovolikih dimenzija i kvaliteta obično su potrebne nedelje, ali pošto to nismo znale ni devojke ni ja i, naravno, najvećim delom što sam u pitanju ja, Barbara je pristala da ga sašije za deset dana. „Ovakva prilika pruža se jednom u životu", rekla je kad smo sklapale konačan dogovor i detalje.

Pomagala mi je da obučem kreaciju i shvatila sam da nije nimalo lako. „Hoćete li, molim vas, doći i na utakmicu?" pitala sam. „Bojim se da devojke i ja nećemo znati kako brzo sve da obučem i učvrstim. Ne bih da izgledam smešno. Ovo je umetnost o kojoj tek sad vidim da ne znamo dovoljno."

„Misliš da bih dozvolila da nakaradno nosiš moj kostim?" nasmejala se zabadajući mi čiode oko kukova. „Naravno da ću biti tu. Nisam ni mislila da te pustim samu."

Najkomplikovaniji je bio ukras koji se nosi na glavi. Morala sam da ga zamenim za manji jer onaj koji je Barbara prvobitno donela bio je ekstravagantan i ogroman. Zakačio mi se za kosu, ali šanse da mi na glavi i ostane bile su jako male jer ne mogu samo stajati i posmatrati utakmicu tako odevena. Moraću i da igram. Čemu sam se izuzetno radovala.

Stoga smo se dogovorile da Barbara dođe dan pred utakmicu, kad se i mi vratimo iz Brazilije, i donese manji ukras i prepravljen kostim.

„Ovo je sjajna ideja", rekla je Endži kad smo ostale nasamo. „Aleks će biti van sebe od ponosa."

„Kao što će i ceo svet da poludi", dodala je Lana. „Već vidim naslove: *Uistinu savršen par.*"

Prasnule smo u smeh. „Razmišljaš kao pravi preambiciozni menadžer", gađala sam je jastukom.

Aleks samo što se nije vratio sa treninga te su me ostavile nasamo. To vreme iskoristila sam da proverim telefon i ponovo me je obuzela griža savesti pomešana sa uzbuđenjem. Nesačuvani broj mi je odgovorio.

*U redu, onda se vidimo sutra. Kad slećeš?*

Srce mi je brže zalupalo. Stvarno je lud.

*- Gde se vidimo?*

*U Braziliji.*

*- Ti nisi normalan.*

*To znamo odavno. Kad stižeš u grad?*

*- Oko dva popodne.*

*Odlično. Pokupiću te u četiri.*

*- Pričaš kao da idemo na kafu i da se apsolutno ništa neće desiti ako me neko vidi kako ulazim u kola s tobom!*

Istovremeno sam bila ljuta, unezverena i uzbuđena u iščekivanju, a na usnama mi je zaigrao osmeh.

*Nismo deca. Znam šta radim i ponoviću ti još jednom – nikada ne bih učinio nešto što ti može nauditi. Dakle, sutra tačno u četiri sata budi spremna da izađeš iz lifta i kreneš ka glavnom ulazu hotela. Naići ću plavim BMV-om, sešćeš na suvozačko sedište i odvešćemo se. Važi?*

Provrilo mi je u stomaku.

*- Gde idemo?*

*To je tajna.*

*- Hoćeš li mi bar neki detalj reći da ne brinem?*

*Možeš slobodno sad prestati da brineš i neću ti odati ništa. U pitanju je iznenađenje.*

*- Ne čini li ti se četiri popodne malo prerano?*

*Nikad nije prerano ili prekasno provoditi vreme s tobom. ;)*

Nasmejala sam se sama sa sobom, ali nisam htela da on to zna. *- Važi, ali ne zaboravi da se moram vratiti u hotel u pristojno vreme. Naredno jutro nalazim se s roditeljima na doručku i idemo na utakmicu. Ne smem da izgledam sumnjivo umorno.*

*Ne brini. Za sve sam se pobrinuo.*

Nisam znala šta da mu odgovorim i da li išta. Nisam htela ni da produžavam ovaj razgovor koji u biti nema – ili možda ne treba da ima – smisla. Samo bih mu pokazala koliko sam unezverena i uzbuđena zbog svega, što ne smem da budem. Uskoro me je krivica stala izjedati kao kiselina boreći se sa uzbuđenjem zaljubljene trinaestogodišnjakinje.

*P.S. Obuci se mirno. ;)*

Prokletstvo! Nisam uspela da se suzdržim i ne nasmejem i srce mi je poskočilo setivši se trenutka kad je prethodni put rekao isto.

*- Imam nešto takvo u koferu.*

*Ne kao prošli put. One bele pantalone su i te kako privlačile pažnju.*

Da li se stvarno seća tih detalja?

*- Dogovoreno. Ovaj put nema pantalona.*

*Šta sad radiš?*

Uh! Kako može da započinje razgovor ovako kao da smo dvoje najnormalnijih ljudi koji se sviđaju jedno drugom kad smo svetlosne godine daleko od toga?

*- Ništa, u sobi sam. Devojke su upravo otišle.* Trudila sam se da ostanem hladna.

*Jesi li gledala našu utakmicu danas?*

*- Ne, bile smo zauzete.* Slagala sam.

*Pretpostavljam da si čula da u narednom kolu igramo sa Italijanima. Nezgodno.*

*- Šta da ti kažem sem da koliko vam se prošli put posrećilo, sad su vam se zaredali teški protivnici.*

*xD Nemaš milosti, ali kako god. Izaći ćemo na kraj sa svima. Stići ćemo do finala, pazi šta ti kažem.*

- *Srećno.*

*Je l' Plavušan tu?*

Zašto, kog đavola, mora Aleksa da pominje? - *Samo što se ne vrati.*

*Što si onda tako suzdržana? Nije još tu.*

- *Zato što ne smemo da ćaskamo kao da je to nešto najnormalnije na svetu.*

*Mnogo je toga, Džejn, što nas dvoje treba i ne treba da radimo.*

Na toliko načina se ovo moglo protumačiti, emotivnih i običnih, faktualnih, jednostavnih i ne tako naivnih. Zato mu isprva dugo nisam odgovorila razmišljajući o svemu što bi nas dvoje trebalo i ne bismo smeli raditi.

*Previše si napeta. Malo ću te oraspoložiti.* Stiglo mi je na telefon ni deset minuta kasnije.

Skočila sam sa kreveta dok mi se glavom zaorilo milion ludosti na koje je spreman.

- *Kako misliš?* Iskucala sam drhtavih prstiju.

Minut kasnije nije odgovorio.

- *Matijase?*

I dalje ništa. Skoro je osam i Aleks samo što nije ušao u sobu. Nisam htela da mu išta šaljem i pitam gde je kako slučajno ne bi posumnjao da se nešto dešava. U ovo vreme se obično vraća, nemam šta da ga pitam. Zašto kasni? Sigurno je ostao da još nešto prodiskutuje sa trenerom i timom.

Dvadeset punih minuta nervoze kasnije neko je pokucao na vrata. Znala sam odmah da je u pitanju dostava – Aleks ne bi kucao – isto tako i da je od ludog Nemca.

Otvorila sam vrata i kurir mi je pružio mali, lagan paketić veličine lopte. Zahvalila sam mu se, pogledala niz hodnik i odahnula uz olakšanje videvši da Aleks nije na vidiku. Zatvorila sam vrata i brzinski otpakovala papir kao dete Božićni poklon.

U rukama mi je bio plišani meda u beloj majici na kojoj je pisalo *Nedostaješ mi*. Dovoljno je bio mali da se bez problema sakrije u dno kofera ispod odeće. Za šapu mu je bila zakačena poruka.

*Najlepšoj ženi na svetu,*
*Jedva čekam da te vidim sutra.*

Naivno (i glupo) pomirisala sam igračku nadajući se da će njegov miris biti na njoj što naravno nije bio slučaj. Osetio se na svežinu omekšivača. Lako bih mogla da slažem Aleksa i medi skinem majicu i kažem da sam ga dobila od obožavatelja ranije tog dana dok sam bila sa devojkama. Poverovao bi mi, ali do kraja života ne bih se mogla pogledati u ogledalo.

Nisam znala kako još uvek mogu.

Sakrila sam plišanu igračku ispod slojeva odeće tako da nema govora da ga Aleks nađe osim ako s namerom ne bude pretraživao moj kofer, što nikada ne radi.

*Manje si napeta? :)*

Ponovo sam ležala u krevetu. - *Kunem se – sutra ću ti lupiti šamar za svaki put kad si me uplašio u prethodnih nekoliko dana.*

*Jedva čekam.*

- *Spremi se. Hvala. Sladak je.*

U tom trenutku Aleks je ušao u sobu. Nezainteresovano sam bacila telefon u stranu i skočila da ga dočekam. Za trenutak me je bilo sramota s kakvom lakoćom sam to uradila. Uprkos četiri godine zarđalim veštinama, ipak sam uspela da jednog muškarca spakujem u mentalnu kutijicu i šutnem van misli i u potpunosti se posvetim drugom.

Zagrlila sam Aleksa uz širok osmeh setivši se kostima u bojama njegove zemlje, koji ću nositi na narednoj njegovoj utakmici i koliko će zbog toga biti srećan i ponosan.

„Hej, daso, gde si bio sve ovo vreme?" obesila sam mu se oko vrata.

„Iskreno, pokušavao da pobegnem onom diktatoru od trenera kako bih ti spavao na grudima deset sati bez prestanka", poljubio me je u čelo ispustivši torbu na pod.

„Što se mene tiče, možemo odmah. Jesi li gladan?"

„Nimalo. Hajdemo u krevet. Je l' baš moraš da ideš sutra?"

„Nažalost ne mogu da izbegnem. Engleska igra."

„Dobro, razumem, ali morao sam da probam."

Poljubila sam ga kratko u obraz i spremila se za krevet. Pre nego što sam legla kraj njega, još jednom sam bacila pogled na telefon.

*Devetnaest sati i trinaest minuta do našeg susreta. Laku noć, mala moja Džejn.*

\*\*\*\*\*

Let do Brazilije trajao je tačno dva sata. Doručkovale smo u avionu i uz kafu sam ispričala Lani i Endži šta se prethodno veče dogodilo sa plišanom igračkom. Nije mi bilo druge jer neko o medi mora da se stara. Nisam htela da rizikujem da ponovo bude u istoj sobi s Aleksom.

Lana je bila neumoljiva. „Ja mogu da ga uzmem, ali će završiti na deponiji gde hotel odvozi đubre, a možda i spaljen ako moja soba ima balkon."

„Kako možeš…" htela sam da se požalim, ali sam brzo odustala i molećivo pogledala drugu prijateljicu koja nije imala mnogo izbora.

„U redu, ja ću ga preuzeti", prihvatila je Endži, „ali samo zato što ne želim da glupa igračka napravi kolosalan problem Aleksu i tebi."

„Hvala, samo ne zaboravi da unapred ispričaš nešto Deklanu da ga ne nađe i nešto za tebe posumnja", rekoh.

„Oh, da, u pravu si, hoću." Začkiljila je ka meni: „I dalje prokleto dobro lažeš i na sve misliš."

„Zato nikada nisam uhvaćena na delu", namignula sam gordo.

„Nemoj sad da mi tu namiguješ", Lana reče besno. „Bila si uhvaćena, i ne samo to – opažena si i posmatrana dug vremenski period jer je taj prokleti trener tad u nešto bio upućen, a možda i sada zna. Ne bi trebalo da izlaziš danas s tim bandoglavcem. Ne samo zato što nije dobro po tebe i tvoju konačno stabilnu vezu, već i zbog toga što mogu da se kladim da kao i prošli put Gotfrid zna mnogo više nego što mislimo i može u bilo kom trenutku progovoriti."

„Ja pak mislim da je starkelja odustao", reče Endži. „Pogledaj samo Aleksa i Džejn. Ostali su zajedno nakon svega. Gotfrid neće trošiti vreme na njih." Htela sam da joj zahvalim što me brani, ali nisam stigla jer je strogo dodala obraćajući se Lani kao da nisam prisutna: „Takođe mi se čini da neće biti potrebe da interveniše – Džejn i Matijas će sami izdirigovati propast svega."

Duboko sam udahnula: „Vidim da me nijedna nikad neće razumeti dok vam se jednog dana slično ne desi."

„Šta slično?" Lana je prosiktala. Videla sam po boji lica da se iz petnih žila suzdržava da ne krene vikati i napravi scenu. „Izaći ćeš sa muškarcem s kojim si već imala nešto dok si još sa divnim dečkom kog tvrdiš da voliš."

„Ja…" glas mi je zadrhtao, „bojim se da i dalje nešto osećam prema Matijasu."

„Ne osećaš! Prosto zato što je nemoguće. Je l' moramo da ti crtamo kao da si balavica? Vas dvoje ste samo proveli jedan kratak vremenski period zajedno konstantno se skrivajući od svih i svakoga, a onda se niste videli čitave četiri godine. Šta god da sad osećate je iluzija, fantazija, nije pravo jer je zasnovano na ideji o nečemu i nekome što ne postoji. Mogu da se kladim da biste to uvideli da samo nedelju dana provedete zajedno."

Sve što je rekla imalo je smisla, međutim, ne prolazi ona kroz ovo što prolazim ja. Nikada me neće razumeti dok i ako joj se ne desi isto.

„Volela bih da mogu da tvrdim da je sve varka. Zato i idem danas da ga vidim."

Odustale su znajući da nemaju šanse protiv mojih odluka. Šta god da kažu, ja ću uraditi po svome. Ako odbiju da me pokrivaju kod Aleksa – rekla sam mu da ćemo ceo dan biti u spa centru hotela – samo će još više zakomplikovati te su se složile. Kad smo se kasnije rastale, osetila sam kako mi leđa seku njihovi osuđujući pogledi. Nisam smela mnogo da brinem zbog njih. Treba da se spremim za izlazak.

Svaki sat bliže sastanku Matijas mi je pisao. *Četiri sata i trinaest minuta. Tri sata i trinaest minuta. Dva sata…*

Kad sam krenula da se spremam, srce mi je uzlupalo i oznojila sam se nekoliko puta da sam morala nanovo da se istuširam i pustim umirujuću muziku. U tri i petnaest poslao mi je: *Krenuo sam. Javiću ti kad da siđeš u lobi.*

Tad sam još uvek bila bez odeće, sa spremnima šminkom i frizurom, odlažući da se uvučem u crnu A haljinu. *To je to*, pomislila sam, *obuci se i idi. Ne smeš se više ničega bojati.*

- *Važi. Spremna sam.* Odgovorila sam.

Tačno u 15.54 stigla mi je poruka: *Spusti se i čekaj kraj lifta.*

Telo mi je ponovo protresla neprestana jeza, a srce mi je tuklo kao da želi da izbije iz grudi i pobegne. Trudila sam se da ignorišem sve reakcije svog nerazumno uzbuđenog tela jer, pa, nije kao da sad imam izbora. Dodala sam parfem sa jakom notom ruže koja će sigurno potrajati gde god da me odvede – bilo na vrh neke zgrade u ponoć ili saunu. Pokrila sam kosu maramom sa dezenom plavog cveća, stavila velike naočare za sunce koje su mi pokrile pola lica, uzela torbicu i napustila sobu.

Nisam bila sama u liftu, ali stariji par uopšte nije obratio pažnju na mene što me ohrabrilo da sam se fino maskirala.

Čim sam iskoračila iz lifta u prostrani hol, telefon mi je zavibrirao:

*Prilazim vratima. Kreni. Zaustaviću se, uđi i idemo istog trenutka.*

Osetila sam se kao u filmu o Džejmsu Bondu. Da nisam sva podrhtavala od stresa i straha, to bih mu i odgovorila u poruci.

Iznenađujuće stabilno i samouvereno hodala sam pored recepcije kroz hordu gostiju, svi do jednog fudbalski fanovi. Niko nije obratio pažnju na devojku pokrivenu maramom, ali ipak sam se osetila kao da je svako oko na meni, kao da prostorijom vlada tišina i čuje se samo kliktanje mojih štikli o pločice.

Kad sam videla plavi BMV, stresla sam se, ali ipak zadržala ritam koraka i disanje. Moram ostati smirena dok ne uđem u kola.

Prošla sam kroz rotirajuća vrata i istupila u vrućinu. Prozori BMV-a bili su zatamnjeni te nisam mogla da vidim ništa unutra. Za trenutak mi je prošlo glavom *Šta ako ovo nije Matijas, već neko drugi sa identičnim autom?* Šta ako ispadnem budala? Da li stvarno upravo sad srljam u propast kako mi je Endži rekla?

Nije bilo ni vreme ni mesto da oklevam. U pitanju je plavi BMV. Nema ko drugi da bude. Portir se stvorio pored mene i otvorio suvozačka vrata. Diskretno sam klimnula zahvalivši mu se. Ni on me nije prepoznao te je bolje da se glasom i akcentom ne odam sad pri poslednjem koraku.

U trenutku kad sam se smestila u kožno sedište, znala sam da sam na pravom mestu, da nisam pogrešila – njegov parfem već je bio u svakom milimetru iznajmljenog auta. Vrata su se zalupila i spustili smo se niz prilaz od kocke ka izlazu. Nisam skinula ni naočare ni maramu. Nisam se čak ni usudila da ga pogledam. U uglu oka videla sam samo dugu crnu kosu. I on nosi naočare. Ruke su mi podrhtavale te sam stegla torbicu dok mi prsti nisu pobeleli.

Ni on nije progovarao, ali sam osetila da se osmehuje. Nije bilo muzike. Tišina mi je pritiskala grudi krećući da me guši. Čim smo se priključili saobraćaju, nisam više izdržala: „Je l' ovo uopšte legalno?"

„Na šta misliš?" očekivao je svako pitanje sem ovog.

I zašto kog đavola mora da ima ovako privlačan glas? „Ovoliko zamračena stakla", objasnila sam.

„Za tebe i mene danas je legalno", odgovorio je jednostavno ponovo nabacivši osmeh.

Skinuo je naočare i stavio ih u fioku ispod radija. Isto sam učinila sa svojima i maramom iako sam želela još neko vreme da ostanem skrivena, pogotovu sad na tako maloj udaljenosti od njega. *Dobro je, Džejn, saberi se*, ponavljala sam u sebi. *Nisi nespretna devojčica. Nisi bila ni pre četiri godine te ne smeš ni sad. Pogledaj ga u oči. Suoči se. Uveri se u ono zbog čega si i pristala na ovu ludost. Dokaži sebi i njemu da vas dvoje niste ono što je zamislio.*

Udahnula sam duboko, ali tiho i okrenula glavu da ga osmotrim. Nosio je tamne farmerke i crnu majicu i bio jednostavno očaravajuće zgodan, u toj pozi s jednom rukom na volanu. Brada mu je bila od juče čineći ga neodoljivo privlačnim. Pre četiri godine, sećam se da mu je lice uvek bilo meko i sveže obrijano. Sad ima dvadeset osam, pravi je muškarac i ne pada mu na pamet da skloni bradu pred izlazak kako bi impresionirao ženu, već je prokleto zavodi baš tom nehajnošću. Krenula sam zamišljati, kakav je osećaj, ti obrazi sad pod jagodicama prstiju, ili na mom licu, pod usnama, ili na drugim delovima tela… Krenula sam ponovo da se znojim. Iznenada se okrenuo da mi uzvrati pogled i uplašila sam se da može da pročita šta mi je na umu.

Nisam uspela ništa da kažem dok nisam shvatila da me predugo gleda. „Zaboga, Matijase, gledaj kud voziš!" Lupila sam ne primetivši da smo na semaforu i drži nas crveno.

A on… Nije ni trepnuo, a kamoli vratio oči na put. Samo se nasmejao, kao huligan iz kraja u kog sam se zaljubila. „Izuzetno si lepa, Džejn."

Znala sam da crvenim jer sam osetila kako mi krv ljuča. Semafor je pokazao zeleno i, hvala nebesima, skrenuo je pogled s mene i nastavio da vozi dajući mi vremena da se saberem. *Hajde, Džejn, ne glupiraj se. Šta si rekla sebi pre samo nekoliko sekundi?*

Ponovo sam udahnula, tiho i duboko. „Hvala ti", trudila sam se da zvučim nezainteresovano. „I ti fino izgledaš."

Glasno se nasmejao probudivši sva ona osećanja kao i prethodni put kad sam čula taj zvuk, pogotovu onih prvih nekoliko susreta kad sam htela iz sve snage da ga ošamarim, kad me je uzbuđivao i šarmirao samom svojom osionom pojavom. „Hvala ti. Nikad nisi rekla išta slično."

„Nisam?"

„Sećao bih se."

„Hm, svakako mi je padalo na pamet u par navrata da kažem." I pre nego što sam završila rečenicu, znala sam da to nije trebalo da kažem, ali brašno je prosuto. Nemam izbora. Taj savršeno zgodan muškarac ovde je zbog mene. Ne mogu biti nepristojna i bezobrazna.

Ponovo se nasmejao i zaključila sam da mi zaista prija taj zvuk. Osim toga i mene nagoni na smeh.

„Dobro, hoćeš li mi reći gde idemo?" namerno sam promenila temu.

„Saznaćeš uskoro", odgovorio je kao što sam i očekivala. Uzdahnula sam zabrinuto i to mu nije promaklo. „Tako mi roditelja, ništa loše ti se neće desiti."

„U redu. Sad mi ionako nema druge do da ti verujem."

„Naravno da možeš da mi veruješ."

„Otkako si onako pun sebe i siguran istupio pred mog oca, nisam baš sigurna."

„Već sam ti objasnio, nikada mu ništa ne bih rekao o nama. To je samo bio način da te nateram da pričamo. Taj čovek-zver veruje svemu što kažeš i protiv toga nemam nikakve šanse. Rašrafio bi me celog pre nego što bih stigao da mu ispričam kad smo prvi put izašli."

Nasmejala sam se, ali i dalje utegnuto. „Nama troma si izgledao poprilično spreman na sve taj dan."

„I jesam bio, samo da mi daš šansu da porazgovaramo."

„Da, vidim…" nisam znala šta više da kažem istovremeno brojeći u sebi koliko je do sad ludosti zbog mene napravio i to samo na ovom takmičenju.

Iznenada sišao je s puta i zaustavio se. Kola i pešaci tutnjali su i vrveli oko nas na prometnoj ulici. Ohladila sam se do temperature leša moleći se da su stakla dovoljno zatamnjena. „Šta radiš?"

Uhvatio me je za ruku. „Draga, ja sam, Matijas." Poljubio mi je svaki zglob, polako, terajući prijatnu jezu niz kožu, dopirući do svakog nerva. „Pogledaj me."

Iako prestrašena poput gazele, naterala sam oči da se susretnu s njegovima i videla da su ispunjene toplinom i brigom.

„Ja sam isti onaj Matijas kog si upoznala pre četiri godine. Nisam se ni za mrvu promenio. Samo te volim više." Poljubio mi je šaku od čega sam zažmurila boreći se s naletom prijatnih osećaja. „Bez obzira na sve oko nas, na sve što vidiš, sad postojimo samo ti i ja. Možeš slobodno da se opustiš i budeš ona vesela, opuštena, lepršava devojka koju znam, u koju sam se zaljubio, kakva jesi." Ponovo mi je poljubio prste. „Znam da osećaš krivicu što si ovde, ali probaj da zaboraviš na nju, da je isključiš. Rekao sam ti već, ne bih ti dao mira dok do ovoga ne dođe, a osim toga, i ti u dubini duše želiš da si sad sa mnom, a da li je to ispravno ili ne, filozofska je tema. Danas ćemo za nijansu otkriti odgovor."

Umesto verbalnog odgovora stegla sam mu snažne prste i klimnula, gutajući suze, emocije, Aleksa, sve što mi je operski, horski vrištalo da grešim što sam u ovim kolima. Nema mi druge. Sad sam tu, sa njim, čovekom koji me voli dovoljno da se usudi na bezbroj opasnih i ludih poteza, sa čovekom od kog mi srce podrhtava, koža se neprestano ježi, nervi se zapinju, koji mi zbunjuje rad pluća i osnovno rezonovanje dobra i zla. Kad već nema nazad, kad sam već ovoliko zaglibila, bolje da vežem pojas i uživam u ovoj ludoj vožnji.

Ponovo sam udahnula. „Imaš li nešto za piće?"

Smeh mu je ispunio auto. „Naravno," Pustio mi je ruku i okrenuo se da dohvati nešto sa zadnjeg sedišta. „Ovo je kašasa[6], beli rum, pravo brazilsko piće, četrdeset osam posto alkohola."

Osmotrila sam providnu tečnost moleći joj se da mi da neophodnu snagu. „Da probam."

Otvorio je flašu i pružio mi. Nisam ni pomirisala ni liznula, već sasula povelik gutljaj. Zbog čega sam se u narednom trenutku zakašljala do suza. „Beleru, ovo je čist alkohol!" I meni je bilo smešno kao njemu. „Dopada mi se. Jesi li ti probao?"

„Jesam. Više puta."

„Hoćeš sad malo?"

„Ne, hvala. Ovaj mesec nema alkohola, zaboravila si?"

Šaljivo sam otpuhnula. „Konačno si dobio priliku da me izvedeš i i dalje poštuješ ta vaša prestroga pravila ponašanja?"

---

[6] Cachaça (portugalski).

Ima tako privlačan smeh. Zašto? Potegla sam još jednom iz flaše.

„Draga, ti si mi od neprocenjive vrednosti, ali kad se radi o fudbalu, ne pravim kompromise."

Došlo mi je da ga pitam da li to onda znači da mu je fudbal ispred mene na listi prioriteta jer ako je to slučaj, onda može da okrene auto i vrati me u hotel i da više ne trošimo vreme jer je Aleks očigledno napravio par izuzetaka kad se radi o kompromisima u fudbalu i privatnom životu kad je pre četiri godine zbog mene i nemačkog idiotskog trenera primio tri gola. Umesto toga ugrizla sam se za jezik. Znam bolje od većine žena koliko je fudbal važan. Za te muškarce bio je tu davno pre mene i ostaće zauvek šta god da se sa mnom desi. Fudbal je prvi na listi prioriteta. Sve vreme sam se trudila da zakujem Aleksu u glavu. Ako ovaj muškarac to već zna, ko sam ja da se na bilo šta žalim?

„U redu, ali zašto si onda poneo celu flašu? Samo za mene? Hoćeš da me napiješ i onda otmeš?" našalila sam se i otpila još malo. Pržilo mi je grlo, ali istovremeno grejalo utrobu, ispirajući um i telo od Aleksa i pomažući da uživam u ovim trenucima koji su mi toliki bezbroj puta padali na pamet.

„Ne moram da te napijem da bih te kidnapovao" odgovorio je uz osmeh. „Osim toga, uskoro možda i neću morati da te otimam kako bi pošla sa mnom." Namignuo mi je. „Ovo je mali gest dobrodošlice u Brazil."

„Hvala, lepo je." Zatvorila sam flašu i spustila je kraj nogu. Dan je za nas dvoje tek počeo. Ne treba da se napijem u prvih pola sata. „Pričaj mi o ostalim momcima? Hoću da znam iz prve ruke šta se sve kod njih izdešavalo."

„Najveći deo su novine već ispričale, ali ukratko – Lens je i dalje u istom fazonu, samo devojke, izlasci i zafrkavanje; Ben je tu negde kao on, ali svima nam se čini da ga takav način života polako umara i da će uskoro skrasiti; Fridrih i Debora su i dalje zajedno. Najviše promena dogodilo se Mihaelu."

„Da, sećam se da je upoznao Viktoriju pred Evropsko prvenstvo."

Supruga Mihaela Krima nije bila preterano lepa. Imala je dugu kovrdžavu kosu poput grive koja joj doseže čak do kukova i velike, umirujuće oči prijateljske topline. Pričalo se da se zaljubio u nju na prvi pogled, ali ipak je to pokazivao na način za njega tipičan, smireno, pristojno i uljudno, mada ju je uvek u javnosti zaštitnički držao za ruku ili oko struka. Sve u vezi sa njom skrivao je od tabloida, a kao i uvek mediji su ga poštovali i nisu previše čačkali.

„Da, njih dvoje se odlično slažu od početka. Nikada nije bio srećan kao od trenutka kad su se sreli. Mali Krim samo što nije stigao."

Poskočila sam u sedištu: „Znači sigurno je dečak?"

„Skrivaju tu informaciju prilično uspešno, zar ne? Jeste, na putu je još jedan sjajan fudbaler. Još uvek nismo odlučili kako će se zvati."

„Ko ste *vi*?"

„Svašta pitaš, Džejn. Pa, Nemačka četvorka ne postoji samo u novinama. Nas četvorica smo porodica."

„Znam, ali kako Ben, Lens i ti dajete sebi za pravo da birate ime Mihaelovog i Viktorijinog deteta?"

„Mi smo kumovi."

„Sva trojica?"

„Lens je već bio Mihaelov svedok na venčanju tako da ćemo malog krstiti Ben i ja."

„Onda odaberi neko lepo ime."

„Kao što uvek pravim dobre izbore." Uzeo je ruku koja mi je počivala u krilu i primakao usnama. Oblili su me prijatni žmarci i osetila sam se ponovo kao da smo jedan sasvim običan zaljubljen par koji se vozi kroz grad, nesvestan toliko okoline, jednostavno srećan samo zato što je zajedno, dok pričamo o prijateljima i zbijamo šale. Lep je osećaj. Ispunjavajući.

Spustio mi je ruku kako bi pokazao na građevinu oblika polulopte. „Ovo je Narodni muzej. Tu su uglavnom izložena umetnička dela. Pored je Katedrala Brazilije."

„Jesi li siguran? Ni malo ne liči na standardnu katedralu."

„Znam, ali sto posto jeste." Dok smo išli niz ulicu, posmatrala sam građevinu neobičnog oblika i dizajna. „Uskoro ćemo proći pored Narodnog kongresa. To je zgrada koju ti Gugl prvu izbaci kad kucaš 'Brazilija'."

Znala sam da je u pravu čim sam je spazila.

„Uskoro ćemo se provesti i pored Centralne banke, a potom ću ti pokazati Most Žuselina Kubičeka. Onda ćemo se samo voziti oko jezera Paranoa."

„Kad se sutra vidim s Lanom, moći ću da joj podnesem celokupan izveštaj o gradu."

„Postaraću se da bude potpun. Jesi li znala da je plan izgradnje Brazilije napravljen tako da bude u obliku aviona? Stambeni objekti su 'na krilima', a državne i vladine zgrade niz 'trup'."

Zurila sam u njega impresionirana. „Matijase, jesi li to naučio napamet vodič o ovom gradu pre nego što ćemo se naći?"

Uzvratio mi je pogled i razoružao tim savršenim nizom nesavršenih zuba. „Nisam."

„Kako onda znaš toliko?"

„Potrudio sam se oko izlaska s tobom."

„Upravo si rekao da nisi istraživao."

„Neverovatno si slatka kad si zbunjena i opuštena." Ponovo mi je poljubio ruku. „Nedostajala si mi."

Usmerio je pogled na put jer je saobraćaj postao gust. Tišina koja je istupila nije bila neprijatna. Nije uradio ništa da bi mi sugerisao da nečim treba da je prekinem, da je na meni da nešto kažem.

Ipak sam, sama od sebe, rekla.

„I ti si meni nedostajao." I to nije _Kinšasa_[7] govorila iz mene, ili kako god se zove beli rum koji je doneo. Iskreno, izistinski sam to osećala.

Ponovo me je pogledao i osmehnuo se poljubiši mi ruku. „Deo je iznenađenja."

„Molim?" nisam razumela na šta misli.

„Otkud to da znam ovoliko o Braziliji."

„Aham. Da li onda smem da pretpostavim da sa drugim gradovima domaćinima nisi ni približno toliko upoznat?"

„Upravo tako. Nisam."

„Baš si misteriozan. Jedva čekam da otkrijem tvoju tajnu."

Oboje smo se nasmejali, a potom je ozbiljno nastavio da me upućuje u znamenitosti grada pored kojih smo prolazili. Uživala sam u tonu i boji njegovog glasa kao i simpatičnom akcentu kojim je izgovarao na portuglaskom sve zvanične nazive.

Nakon dva sata vožnje i obilaženja, primetila sam da se udaljavamo od prometnih ulica ka mirnijem delu grada.

„Gde god da me vodiš, samo nemoj da zaboraviš da se u pristojno vreme moram vratiti u hotel", rekla sam. „Utakmica je sutra u jedan, a pre toga moram se naći s roditeljima i ostalima."

„Ništa ne brini. Moj let nazad za Rio je u devet ujutru tako da ću iz hotela morati da se odjavim najkasnije oko sedam."

To me je smirilo. Ne bi rizikovao da zakasni na trening, ne kad je već ceo jedan propustio. Toliko ga poznajem.

I dalje me je kopkalo kakvo iznenađenje mi je pripremio. Zašli smo duboko u deo sa stambenim zgradama, definitivno na jednom od 'krila' grada i smrkavalo se. Nebo se obojilo romantično zlatno-roze bojom.

---

[7] Kinšasa je glavni grad DR Kongo. Džejn je ovde pogrešila jer nije zapamtila ime pića _kašasa_.

Poželela sam da smo na nekom brdu odakle možemo i ceo zalazak i grad da vidimo. Možda je to u pitanju?

Parkirao se ispred ulaza u jednu od nekoliko ogromnih zgrada u nizu. „Stigli smo."

„Gde?"

„Videćeš kroz par minuta."

Milion odgovora i mogućnosti stalo mi se trkati mislima. Ovo za sad deluje prejavno, preotvoreno. Šta mu je na pameti? Šta je to zakuvao? Šta ako nas iza ćoška u zasedi čeka brdo novinara koje je pozvao?

„Džejn", sigurno je primetio da mi se disanje ubrzalo, „nikada ti neću…"

„Znam", setila sam se.

Uzvratio je osmehom. „Hajdemo onda. Očekuju nas."

Preseklo me je u grudima. „Ko su *oni*?"

„Strpi se."

Izašao je iz auta i prošao do moje strane kako bi mi otvorio vrata, ali sam od nervoze već sama iskoračila na trotoar. Noge su mi klecale. Udahnula sam duboko po ko zna koji put nemo se bodreći. Pružio mi je ruku. Prihvatila sam je zahvalno.

BMV kojim smo se dovezli nije previše odskakao od okruženja te sam zaključila da smo u predgrađu više srednje klase. Možda se tu negde krije i poseban klub, ili restoran sakriven za većinu radoznalih očiju.

„Veruješ li mi?" pitao je shvativši da mi se i ruke tresu.

„Da."

U milisekundi to *da* zaličilo mi je na razmenu bračnih zaveta i čitava scena mi se s lakoćom razvila pred očima. Jedva sam se naterala da je raspem.

„Kažeš da mi nikad nećeš učiniti išta nažao, ali ovim i sličnim iznenađenjima prouzrokovaćeš mi hronične srčane probleme", pokušala sam biti neozbiljna.

„Neću. Do sad su sva iznenađenja bila lepa, zar ne?"

Prišli smo ulaznim vratima sa brojem dvadeset sedam. Pritisnuo je dugme na interfonu i nedugo potom ženski glas je odgovorio: „Ja, Matthias?"

„Wir sind hier"[8], rekao je.

Začuo se pisak i otključavanje vrata. Ušli smo u zgradu i zaputili se niz hodnik. Sve vreme se smeškao vodeći me za ruku i uživajući u mom

---

[8] Stigli smo. (nemački)

izrazu lica koje je bivalo sve zbunjenije. *Ko je ta žena? Šta se ovde dešava?* prolazilo mi je glavom.

„Vodiš li me negde da me zauvek staviš pod ključ?" pitala sam u liftu kako bih razbila tišinu.

Kao odgovor odmerio me je od glave do pete od čega sam se stresla i naježila. „Zašto bih tako nešto uradio?" Nije me dodirivao, ali sam od siline varnica mogla gotovo osetiti njegovu kožu na svojoj. Tako me skidao pogledom.

„Da bi mi se osvetio za sve."

„Ne, Džejn. Jedinu osvetu dao bih ti u krevetu."

Prasnula sam u smeh. Na neki način prijalo je, što možemo tako pričati o našem odnosu, kao da nisam spavala sa toliko momaka dok sam izlazila s njim.

Na sedmom spratu lift se zaustavio i pratila sam ga niz hodnik dok nismo došli do stana broj sedamdeset tri. Pozvonio je i, kao da je samo stajala kraj vrata i čekala, otvorila je žena srednjih godina sa velikim crvenim loknama koje joj tapkaju po ramenima.

Prvobitan nagon i maniri naložili su mi da se osmehnem, ali prekinula me je prigušenim vriskom. Pokrila je usta rukama i okrenula se dnevnoj sobi. Začula se gungula, nekoliko glasova je istovremeno pričalo, a jedine dve reči koje sam razaznala u mešavini nemačkog i portugalskog bile su *Džejn Anderson*.

Izbezumljena pogledala sam Matijasa. Samo se dečački bezbrižno nasmejao: „Džejn, zadovoljstvo mi je da ti predstavim brazilsku granu svoje porodice."

Umalo sam podigla glavu da vidim ko je to iskrenuo bure ledene vode pravo na mene. „M-molim?"

„Ne brini, ovo mi nisu roditelji", prebacio mi je ruku preko ramena. Kako može biti tako opušten? Šta se ovde dešava?

„Jesu li znali da ja dolazim?"

„Rekao sam im da dovodim posebnu prijateljicu na večeru, ali nisam je izričito imenovao."

„Ni prema njima nisi fer", prekorila sam ga.

„Volim da iznenađujem one koje volim", pokvareno mi je namignuo.

„Nemoj sad pokušavati da me šarmiraš. Jesi li sav svoj? Šta radiš ovo?"

„Upoznajem te sa svojom porodicom i nisam sav svoj, davno sam ti priznao."

Nervozno sam uzdahnula i pokušala da ga urazumim. Drhtavim dlanom dodirnula sam mu obraz moleći sve sile da ga dozovem pameti. „Mati, bojim se da ovo nije najpametnija ideja. Ja ovde? U trenutku može postati izuzetno neprijatno. Imaju sve opravdane razloge da me ne prihvate i ne prime u svoj dom."

Obe ruke obuhvatio mi je svojim toplima i poljubio me u čelo. „Ne brini, Džejn, nisu takvi. Videćeš. Ne bih te doveo da nisam siguran po pitanju njih. Svi oni su deo moje porodice i žele mi najbolje, da budem srećan. Kad sam im pomenuo da bih doveo prijateljicu na večeru, pretpostavili su da je u pitanju devojka i da nam treba intimna atmosfera i odmah su izrazili želju da pomognu što je više moguće. Neće promeniti stav nagore zato što si ta devojka ti. Zapravo mogu da garatujem da su oduševljeni. Daj im šansu da ti pokažu koliko."

„Mati, šta ako sve pođe po zlu?" gotovo sam cičala od straha. „Nakon svega što su mogli pročitati o nama u novinama, kako sam ja kučka hladnog srca koja te ostavila uprkos osećanjima koja javno ne poriče, kako te sve ovo vreme mučim i držim na povocu iz čistog sebičluka…"

Prstom mi je prekrio usne. „Kako se volimo uprkos vremenu, razdaljini, razdvojenosti i svim okolnostima. Mogao bih još milion naslova da ti sad citiram." Ohrabrujuće mi je stegao ramena. „Dopašćeš im se, Džejn, garantujem ti životom. Eto, ako će ti biti lakše, obećavam da ako u bilo kom trenutku razgovor skrene u neprijatne vode, otići ćemo. Ali do toga, siguran sam, neće doći. Dogovoreno?"

Udahnula sam najviše moguće svesna da mi nema druge. Već sam tu. Očigledno je pričao s njima i organizovao ovaj sastanak, ovu večeru. Ne mogu  tek tako da se okrenem i odem samo zato što me strah. Ili jer sam devojka Aleksa Janova. Matijas je od početka svestan svega. Ne bi nas ugrozio.

„Važi", rekla sam.

Poljubio me je u čelo i uveo u stan.

Pred nama je bio prostran dnevni boravak sa dve dugačke sofe, dve fotelje i dugim trpezarijskim stolom za minimum petnaest ljudi. Na desnom zidu bilo je nanizano par vrata. Mirisalo je na udobnost i dom. Osim crvenokose žene s loknama, dočekali su nas i muškarac njenih godina – verovatno muž joj, stariji bračni par – sigurno nečiji roditelji, dva momka i devojka otprilike moje godište – deca crvenokose pretpostavila sam. Uljudno su nas pozdravili, Matijasa na nemačkom, rukovali smo se, a oni su svi ubacili neki komentar koji nisam razumela, ali bila sam sigurna da se odnosi na mene jer nisu pogled sklonili dok su im oči sijale od zbunjenosti i iznenađenja. Nisam imala pojma kako da se ponašam dok konačno jedan od momaka nije rekao na engleskom: „Dakle ta misteriozna devojka je Džejn Anderson. Nije čudo što si bio toliko tajanstven, rođače."

Svi smo se nasmejali, a onda mi je palo na pamet: „Matijase, kako ću da razgovaram s njima? Ne znam ni reč nemačkog niti portugalskog."

„Ne brini, draga, prevodiću ti", odgovorio je poljubivši me u kosu umirujuće.

„Espera! ¿Tu hablas español, Jane?" [9] pitao je drugi momak. Klimula sam umesto odgovora osetivši ogromno olakšanje što neću kao ćurka sedeti po strani i slušati. „Onda je sve rešeno. Mi uglavnom razumemo i možemo sklapati jednostavne rečenice", objasnio mi je na španskom.

„Hej, nije fer. Kako ću ja išta razumeti?" umešao se Matijas.

„Ne brini, prevodiću ti", rekla sam bez namere da se našalim, ali mi je pošlo za rukom. Svi su se nasmejali. Dobar prvi korak s njegovom porodicom.

Mila – kako je ime crvenokosoj ženi – sprovela nas je do velikog stola mrmljajući na mešavini portugalskog i španskog o svinjetini koju je spremila. Robert, njen muž, krupan, razvijen muškarac kasnih četrdesetih, postavio je pića dobrodošlice pred nas – još kašase.

„Matijase, šta si im tačno rekao o ovoj večeri?" prošaputala sam i dalje ne znajući da li da se ponašam kao njegova devojka ili samo prijateljica. Svi oni me znaju iz novina. Ono što ja nisam znala je da li veruju onim člancima koji tvrde da smo sve vreme zajedno ili im je Matijas nešto drugo ispričao. U svakom slučaju, u prvom, datom trenutku, poljubiti ga kratko pred svima njima, čak držanje za ruke, bilo šta činilo mi se čudnim i pogrešnim.

„Rekao sam im da bih jednu devojku doveo na večeru, da želim da joj bude lepo i prijatno negde gde ćemo imati svu moguću privatnost daleko od kamera i bliceva. Takođe sam im rekao da nije u pitanju Nemica te da bih voleo da joj pokažemo kakvi su nam običaji van granica zemlje, da mi je izuzetno mnogo stalo do nje i da bi mi značilo da se prema njoj ponašaju kao da mi je odabranica za ceo život bez obzira na sve okolnosti jer mi je izuzetno draga i želim da joj stvorim atmosferu u kojoj će moći da se opusti i uživa."

Istopila sam se u njegovim rečima.

„Misliš da nisu posumnjali da sam ja u pitanju? Nakon svih ovih godina i članaka?"

---

[9] Ček, zar ti, Džejn, ne pričaš španski? (španski)

„Jednom prilikom davno rekao sam im da je to sve samo moj trik da nerviram Janova i pošto si ti nepresušan izvor inspiracije novinarima, a mi se našli tad u Nemačkoj preblizu jedno drugom i ja se bezglavo zaljubio, namerno ne poričem ništa da bih njemu nabio tenziju. Siguran sam da nisu mislili da se radi o tebi. Osim toga, sad nije ni važno."

„Samo da nekome ne kažu."

„Neće. Niko od njihovih poznanika i komšija ne zna čak ni da smo u srodstvu. Vole miran život."

Ponovo me je poljubio u kosu i za nijansu sam se opustila. Okrenula sam se oko sebe kako bih osmotrila okruženje. Utisak je bio da je mračno. Zavese su navučene, ali sam pretpostavila da je zbog nas, da su inače, tokom dana raširene. Nameštaj je bio tamnoljubičast, sve police ispunjene ukrasima i knjigama bile su od starog, punog, teškog drveta, kao iz bibilioteke, ofarbane u tamnobraon. Primetila sam par sveća, ali njihov miris je imao onu notu po kojoj znate da se davno uselio u stan jer ih ne pale samo zbog gostiju, već redovno. U sve se prijatno ušunjala aroma pečenog mesa iz kuhinje. Sve to zajedno smirilo me je, a ne kašasa. Ovaj stan je skroman, smeran i prijatan, pravi dom, i bilo mi je drago što sam pristala da u njega uđem.

„Hvala ti", šapnula sam Matijasu na uho. „Mogu li da te držim za ruku?"

Šarmantno se nasmejao polako, ali sigurno topeći mi nervozu i utegnutost. „Naravno, draga." Uzeo mi je smrznute prste među svoje što mi je u naletima topline ugrejalo leđa i grudi. Sve će biti u redu. Ovo će biti jedno lepo veče. S njim sam. Neće mi se desiti ništa loše. Naprotiv.

Ušla sam u ulogu devojke što mi je pod datim okolnostima došlo nekako prirodno. Osim toga, podrazumevala je i da se moram potruditi da se dopadnem porodici svog... pa... dečka. Obratila sam se Robertu i razgovetno ga pitala na španskom: „Kako je vaša porodica povezana sa Belerovima?"

Drago mu je bilo da ispriča sve od početka. Mila i njihova dva sina pomagali su s prevodom nekih reči na engleski. Devojka koja je bila s nama, Anabela, u vezi je sa starijim momkom, Tomasom. Ona nam je najviše pomagala jer najbolje od njih poznaje moj jezik. Čitav razgovor je bio prava divna mešavina raznoraznih reči, priča i iskustava.

Robert je objasnio da je Milina majka sestra Matijasove bake s majčine strane. Pre nego što je počeo Drugi svetski rat, Milina majka se udala, a njen muž dobio ponudu da svoj zemljoradnički biznic prenese na jug Brazila. Sestre su se trudile da održe kontakt uprkos tolikoj udaljenosti i vremenskim zonama. Razmenjivale su pisma kojima je često trebalo i po nekoliko meseci da stignu, nekada nikada i ne bi pronašla sanduče kom su namenjena. Telefonski pozivi su bili preskupi te stoga i jako retki, ali najteže im je bilo što su znale da se nikada neće videti. Matijas je oduvek slušao o svojoj rodbini u Brazilu i posetio ih je kad je fudbalom zaradio dovoljno za to putovanje. Prvi je iz porodice Beler koji se ponovo sreo s ovim ogrankom daljih rođaka, ali uprkos tome bili su veliki prijatelji koji se vole i poštuju. Milini roditelji su isprva živeli u Porto Alegreu, a potom se preselili u Braziliju zbog posla. Tu je upoznala Roberta. Johan i Hana – stariji par koji živi sa njima – bili su njegovi roditelji. Pričali su sa mnom bez neprijatnosti i ustezanja i propitivali me o životu u Madridu i Londonu. Celog života sanjali su da se vrate u Evropu na višemesečno putovanje.

Momci Tomas i Lukas sinovi su Mile i Roberta. Od početka su mi se prilagodili i učinili da mi bude prijatno. Tomas je moje godište, a njegova devojka Anabela godinu mlađa. Oboje studiraju elektrotehniku. Lukasu je bilo devetnaest i tek je upisao žurnalistiku, a velika želja mu je istraživačko novinarstvo i politikologija.

„Hoće da ide u ratne zone i odande izveštava", požalio se Robert. „Svi se nadamo da će se toga okaniti pre nego što završi."

„Nemojte mu previše braniti da ne bi izgurao svoje samo iz inata", rekla sam.

„Imaš pravo", rekla je Mila. „Bolje da ga podržimo i uzmemo kartu za Aziju. Ima da se prebaci na sportsko novinarstvo posle mesec dana."

„Ni izveštavanje sa utakmica nije loše, al' kad mi bude falila jedna noga, ili dve", našalio se Lukas na šta smo se svi nasmejali osim njegovih roditelja koji su ga zgranuto pogledali.

Nakon kašase usledilo je pivo. Matijas je sav alkohol, naravno, preskakao. Nisam se začudila izboru glavnog pića na stolu jer je sve prisutno na trpezi bilo čisto iz nemačke kuhinje. Matijas se u više navrata našalio: „Kad sam rekao da pripremite tradicionalnu večeru, nisam mislio na sva moguća jela koja Gugl izbaci kad ukucaš *deset najpoznatijih specijaliteta nemačke kuhinje.*"

„Je l' se to žališ na moje kuvanje, derište jedno?" Mila je šaljivo pitala spustivši na sto još jedan veliki ovalni tanjir pun knedli od krompira[10] i kiselog kupusa[11].

---

[10] Knedle od krompira – Kartoffelklöße ili Kartoffelknödel (nemački).
[11] Sauerkraut – kiseli kupus na nemački način, koji se često služi za novogodišnje i Božićne praznike. (nemački)

„Naravno da ne, tetka. Samo nastavi da donosiš iz kuhinje. Treba li ti pomoć?" uputio joj je umiljat pogled izvinjavajući se i istovremeno sipajući još goveđe čorbe.

U narednom trenutku zasvirala je tradicionalna nemačka muzika i Lukas se vratio za sto smejući se slatko kao dete koje zna da je uradilo nešto nevaljalo. „Šta je bilo?" pitao je na Matijasov zgrcnut izraz lica. „Rekao si da hoćeš *tradicionalno* veče."

„Ubiću vas obojicu", Matijas je prelazio pogledom s jednog brata na drugog pokušavajući da dokuči koji je više odgovoran. „Pretpostavljam da je ovo tvoja ideja?"

Tomas se grohotom nasmejao. „Nemoj sad da se žališ. Dobio si šta si tražio."

Svi ostali su mu se pridružili.

„Izvini", šapnuo mi je. „Nisam očekivao da će ovako daleko da odu. Ako ti je neprijatno, reći ću im da popuste."

Stegla sam mu šaku ispod stola. „Ne brini. Sve je izuzetno lepo. Uživam i dopada mi se."

Uzvratio mi je osmehom. „Za sad. Čekaj da vidimo šta će im još pasti na pamet. Znao sam da su njih dvojica blesava, ali mislio sam da će se kontrolisati pred važnim gostom."

„U redu je", nasmejala sam se potvrđujuće.

Oči su mu zasjale. Te tajanstvene, živahne, ugljen crne oči sad su bile ispunjene hiljadama zvezda i od susreta s njima zatreperilo mi je u stomaku i ispunila ga je toplina koja mi se popela do grudi. Istovremeno mi je bilo drago što toliko mogu da ga usrećim. U prethodne četiri godine na gotovo svakoj fotografiji bio je ljut, smrknut i namrgođen. Gledajući to isto lice ispunjeno olakšanjem i čistom srećom osetila sam se privilegovanom.

Poljubio me je u rame i šapnuo: „Tako mi je drago što si ovde sa mnom."

„I meni", odgovorila sam.

Kako je vreme odmicalo i sve se pomešalo – hrana, piće, razgovori, jezici – i ja sam se opustila i u potpunosti osećala kao da na tom mestu, u toj prostoriji pripadam. Niko nije spomenuo Aleksa, niti pitao išta o mojim prijateljima ili bilo čemu iz mog „zvaničnog života" i divila sam im se s koliko spontanošću i prirodnosti im sve to polazi za rukom, čak i baki i deki Hani i Johanu. Pitali su me o poslu, hobijima, gde najviše volim da radim, kakvi su mi stavovi u vezi sa važnim društvenim pitanjima kao i modnim trendovima. Sve je bilo tako prirodno.

Shvatila sam tad i da je upravo to ono što me je privuklo kod Matijasa, taj osećaj običnosti. Sa njim – jer uvek moramo da se krijemo – uvek mogu da se ponašam kao da sam samo jedna od milion Džejn – ne ona jedna jedina, Džejn Anderson sa duplim n na kraju prezimena, ne ona naslednica velikog bogatstva poznatog biznismena, ne ona koja mora da pazi na svaki korak od trenutka kad otvori oči pa dok ponovo ne zaspi. Matijas mi je omogućio da osetim život obične, anonimne osobe. Držimo se za ruke, idemo na porodično okupljanje, ne moramo da brinemo da li će neko proviriti kroz prozor. Nijedna briga standardna za moj zvaničan život nije mi bila na pameti u tom trenutku.

Naravno, uživam u svom životu i zahvalna sam na svemu svakoga dana – osim ako se oduzmu one dve užasne godine u Parizu. Nikada nisam želela ni sa kim i ni za šta da se menjam uprkos svim manama konstante lupe. Međutim, u ovim retkim trenucima prisnosti i blizine s Matijasom osećala sam se smireno, ispunjeno, zadovoljno, kompletno i kao da smo mi nas dvoje apsolutno dovoljni za najčistiju sreću. Fudbal, karijere, kamere, neuračunljivi trener, strogi roditelji, poznati prijatelji, sve je delovalo suvišno, i nekako sam iz sve snage poželela da sve to mogu da zamenim za ovo sad što imam sa Matijasom u Braziliji, da zauvek ostanemo zamrznuti u ovom satu, večeri, gradu.

Da mu sve to kažem i predložim, da li bi prevrnuo nebo i zemlju da nam ostvari?

„Je l' hoćeš još malo goveđeg rolata[12]?" pitala me je Anabela trgnuvši me iz predubokog razmišljanja.

Odbila sam otpivši podosta piva i uvukavši se prisnije Matijasu ispod ruke. Vreme je teklo brzo i neprimetno i Mila je otpočela priču o desertu. „Nisam znala da li naš misteriozni gost više voli laganije ili teže torte pa sam napravila obe." Donela je dve tacne, jednu po jednu, i spustila ih pred nas. „Da me je mali Beler uputio malo detaljnije u to ko dolazi, spremila bih nešto s manje šećera."

„Ne, Mila, ne brinite. Nisam od onih što broje svaku kaloriju", hitro sam rekla dok su mi se oči širile od samog pogleda na dve velike torte koje je sigurno sama napravila. Jednu sam odmah prepoznala kao švarcvald. „Ne odbijam Schwarzwälder Kirschtorte. Nikad nisam probala domaću, uvek u poslastičarnici."

„Znaš čak i pun naziv", baki Hani je bilo drago. „Onda možeš odneti tu Zwetschgenkuchen, Mila."

---

[12] Rouladen (nemački) – tradicionalno jelo u Nemačkoj, rolat sa goveđim mesom.

Upitno sam začkiljila ka drugom desertu koji jednako primamljivo izgleda.

„Kolač sa šljivama", objasnio je Lukas. „Sa mnogo šljiva."

„Mogu da probam", rekla sam uzbuđena kao dete koje je došlo u posetu baki i deki a kod kuće joj je šećer zabranjen.

Svi su to tako čuli i nasmejali se. „Tvoja devojka sviđa mi se sve više", rekla je Mila na šta mi je neplanirano srce poskočilo – da li mi to ovaj osećaj dragosti potvrđuje da je ispravno što sam sada tu sa njim u toj ulozi?

Pocrvenela sam i sakrila mu lice u košulju. Poljubio me je u kosu. „I meni", rekao je zapečativši činjenicu da to veče i jesam samo njegova. Podigla sam glavu i oči su nam se spojile. U njegovim ispunjenima samo srećom ogledale su se moje prihvatajući to prirodno stanje za oboje. Osmehnuo se i dotakao nosem moj privukavši me u zagrljaj. Htela sam da se istopim i zauvek ostanem tu.

Poljubio me je još jednom i kad sam počela da sanjarim o tome kako bi bilo lepo da se još nekoliko sati ne maknem ispod tih ruku, Tomas je predložio zdravicu, verovatno i da nas oboje vrati na zemlju sa zvezda na koje smo se uspeli.

„Čemu nazdravljamo?" pitao je Robert.

„Bilo čemu samo ne fudbalu ili za neki tim posebno, moliću", odgovori Mila.

„Onda tvojoj švarcvald torti, mama", reče Lukas.

„Slažem se", ubaci se Anabela.

„Hajde prvo da je svi probamo", predložio je Johan.

„Imaš pravo", rekao je Tomas i ustao od stola kako bi majci pomogao da svima iseče tortu i podeli tanjire. Meni su prvoj dali da probam i dam svoj sud, a kad sam već nakon jednog zalogaja obznanila da je najbolja švarcvald torta koju sam ikad probala promrmljavši „Velika zdravica" s pivom u vazduhu, svi smo se kolektivno ismejali.

„Ne bi trebalo da mnogo mešaš slatko i alkohol", rekao mi je Matijas na engleskom, ali njegova tetka je razumela.

„Ti Belerovo derište, nemoj da zvocaš devojci. Ne mora ona da brine šta i koliko će da pije kad se tebi već tresu pantalone od onog trenera", rekla je Mila nemačko-španskim sve nas nagnavši da se skoro zagrcnemo od smeha. „Otkako si došao, uporno odbijaš da probaš najbolje vino koje imamo u kući, a tako smo se radovali što nam konačno ponovo dolaziš u posetu. Pih!"

„Nemojte mu zameriti. Samo je profesionalan", branila sam ga. „Zato je i jedan od najboljih fudbalera na svetu."

Zakolutala je očima. „Da uzme samo malo ovog vina, ne bi mu trebale one hemikalije od proteinskih šejkova i gelovi za oporavak mišića ovih mesec dana."

„Možda bi mogao treneru da predložiš vino? Nakon što proba, promenio bi stav?" šaljivo sam mu rekla.

„Taj čovek? Nema šanse".

„Onda moraš da sve nadoknadiš sa svojom divnom rodbinom kad se takmičenje završi."

Nije odmah odgovorio i znala sam zašto. Nije morao išta da doda, ali ipak je rekao. „Nadam se da ćemo se vratiti zajedno."

Glupo od mene što sam tako nešto rekla, uplivavši u vode u kojima bih samo mogla da se udavim od neprijatnih misli koje uspešno celo veče odlažem. Ne znajući šta da kažem, skrenula sam pogled i otpila piva.

„Do tad možda ništa ne ostane. Pogotovu za njega ako izgube", ubacio se Tomas smanjujući tenziju.

U tom trenutku Johan je uzeo poslednji zalogaj svog parčeta torte i ustao od stola prošetavši do radija sa velikim zvučnicima u uglu dnevne sobe. „Palo mi je nešto na pamet", reče. „Zašto ne bismo veče završili igrankom?"

Nas osmoro pogledali smo ga kao da nije sav svoj. „Ti šašavi starkeljo", rekla mu je supruga baka Hana. „Kako misliš da se pomerimo nakon sve ove hrane?"

„U najmanju ruku živahno", reče uzbuđeno kao dečak koji je tek završio ručak spreman da se vrarti napolje i igra sa drugarima.

„Zapravo, slažem se", Anabela je stala na njegovu stranu. Ispila je svoju kriglu piva i ustala. „Hajde, još deset minuta da nam se sve slegne i na noge lagane!"

Niko se nije bunio pa nisam smela ni ja. Nisam se prejela iako sam dala sve od sebe da ne uvredim Milu i probam svako jelo koje je iznela. Zapravo sam više popila od čega mi je samopouzdanje bilo na visokom nivou. Bavim se plesom poluprofesionalno tako da ono što sledi ne može biti ne znam ti kako strašno.

Međutim, nisam očekivala da će stari Johan pustiti pravu nemačku narodnu muziku.

„Daj, deda, nisi valjda ozbiljan?" Luka se pobunio.

„Šta fali ovoj muzici?" Hana ga je prekorila ustajući sa stolice da bi se pridružila mužu koji je već cupkao hvatajući ritam.

„Baka je u pravu", Anabela se složila. „Uostalom, krenućemo ovako pa ćemo promeniti", dodala je na engleskom brzo kako je stariji članovi porodice ne bi razumeli.

Isprva mi nije palo na pamet ni da pokušam da se nasmejem kad su se Hana i Johan uzeli za ruke i počeli da igraju slično kao plesači koje sam videla pre četiri godine na otvaranju Svetskog prvenstva u Nemačkoj. Nikada me nisu privlačile tradicionalne igre, čak ni u Engleskoj. Nikad zapravo nisam ni imala priliku ijednu da vidim i naučim pa se kasnije nisam ni potrudila. Sad bi mi to koristilo. Predlože li da ponovim bilo šta od onoga što sad vidim, ispašću više nego smešna.

Mila, Robert i njegovi roditelji izgledali su bar deset godina mlađe dok su se ponosno kretali u ritmu muzike koja im je toliko nedostajala, kao da nismo jeli gotovo celo veče.

„Hajde, ne smemo se sad obrukati", rekao je Tomas pruživši Anabeli ruku i oni su se pridružili starijima. Samo Lukas, Matijas i ja smo i dalje sedeli.

„Mi ćemo da posmatramo i učimo", odgovorio je Lukas na bratov kritički pogled potom se okrenuvši ka meni. „Ne sećam se kad sam poslednji put ovo video. Izvini, Džejn, ako nećeš da učestvuješ, bojkotovaću ih odavde s vama."

„U pravu je", dodade Matijas. „Reći ću im da se saberu. Ovo je previše."

Simpatično mi je bilo koliko su se zabrinuli za moju rekaciju. „Hvala vam obojici, ali u redu je, zaista", rekla sam iskreno. „Zapravo mi se sve ovo veoma dopada. Ovakav dodir sa nemačkom tradicijom sigurno nemam priliku bilo gde da ostvarim."

„Svesna si toga da ćeš morati da im se pridružiš ako otvoreno ne pokažeš negodovanje?" upita Lukas.

Za trenutak sam uzela i tu činjenicu u razmatranje. *Pa, šta da radim. Sad ne mogu da pobegnem. Već sam se previše uvalila u celu ovu aferu. Idem do kraja.* „Pridružiću im se", odgovorila sam, „samo se nadam da mi se niko neće smejati."

„Usude li se, pustiću im snimke sa prethodnih porodičnih okupljanja", Lukas me je ohrabrio.

„Hvala", uzvratila sam osmehom.

I nas troje smo potom ustali i pridružili se parovima uveliko zanesenim u ritmu. Par taktova kasnije, valjda ohrabreni pivom i sjajnom atmosferom, sasvim smo se opustili. Činilo se da ni mene niti ikoga drugog nije briga kako igramo i da li su pokreti ispravni ili izgledaju smešno ili profesionalno. Jedino je bilo bitno energično pratiti ritam, srcem i telom, i ni slučajno prestati.

Ni u jednom trenutku nisam pustila Matijasovu ruku. Ni u jednom trenutku nismo skrenuli pogled jedno s drugog. Obrazi su me boleli od osmehivanja. Toliko je neodoljivo zgodan. To savršeno lice oštrih crta sad je osenčeno nečim što ranije nisam primetila. Nije više onaj Matijas Beler iz novina, uvek namrgođen, tužan ili ratoboran. Preda mnom je moj Mati, onaj muškarac koji u svakoj situaciji, makar i neugodnoj, nađe način da me zasmeje, onaj koji me navodi, ohrabruje, nagoni na ludosti, u neobične avanture na koje se sama nikad ne bih usudila. Onaj Mati koji će ceo svet, čitavo nebo puno zvezda, beskrajan svemir da uhvati snažnim rukama i spusti mi pod noge, da biram šta više želim.

„Nešto ovakvo ni u najluđem snu nisam očekivala", rekla sam.

„Drago mi je da sam te iznenadio."

„Zaista jesi. Poprilično lepo. Zaboravila sam na onih par sati u sobi dok sam se spremala, kad sam brinula šta ti je na umu. Sad sam istinski srećna i nekako mirna. I to ne govore iz mene pivo pomešano sa tortama."

Čvrsto me je držao za ruke dok sam se zavrtela ukrug. „Drago mi je da čujem. Sad mogu i ja da se opustim i smirim", odgovorio je onim samopouzdanim osmehom.

„Porodica ti je divna. Brinula sam kako i da li će me uopšte prihvatiti večeras."

„Ne bih te doveo da sam sumnjao u njih."

Osmehnula sam se, a on me je poljubio u čelo.

Narednog trenutka prekinule su nas Mila i Anabela. „Imam sjajnu ideju", zacvrkutala je Mila. „Devojke, pođite sa mnom."

Nisam stigla da se pobunim. Nije mi se napuštala ušuškanost u Matijasovim rukama, ali bilo bi nekulturno da odbijem. Pogledala sam ga upitno na šta mi je klimuo uverivši me da mogu da odem, da se ništa neprijatno neće desiti. „Tetka, šta god ti je na pameti, samo nemoj da previše traje", rekao je. „Džejn i ja moramo da krenemo za najviše dva sata."

„Ne brini, Beler, vraćamo se kroz par minuta", odgovorila je odvlačeći me preko improvizovanog prostora za ples u jednu od spavaćih soba.

Sudeći po slikama pokačenim po zidivima, tu borave Johan i Hana. Mila je širom otvorila jedan od ormara i stala roviti po odeći.

„Tačno znam čega si se setila", reče Hana ulazeći i zatvarajući vrata za sobom. „Ja ću da ih nađem. Ionako imamo samo dva koja će odgovarati devojkama. Ostali su preveliki."

Ni Anabela ni ja nismo znale na šta misle. Zbunjeno smo se zgledale u iščekivanju.

„I momci bi trebalo da ih nose, zar ne?" upita Mila.

„Oh, to bi bilo tako simpatično. Ali samo Tomas i Matijas, da se slažu sa svojim partnerkama", Hana se složila.

„U pravu si. Evo ih!" Izronila je iz ormara ruku punih neke braon i bež odeće koju je predala Hani. „Odnesi im ovo i reci Robertu i Johanu da pomognu momcima, mada bi već trebalo da znaju kako sami da ih navuku."

„Oh, meu Deus", Anabela je skviknula. „É isso que eu acho que é?[13]"

„Trenutak, draga", odgovori Mila ponovo se izgubivši u ormaru. Hana se utom vratila, a Mila okrenula ka nama sa još jednom gomilom ovaj put šarenolike odeće.

„Dirndli!" Ciknula je Anabela poskočivši od uzbuđenja.

„Dir-šta?" zamucala sam mada mi je već postalo jasno o čemu se radi kad je Mila razmotala prvu haljinu koja je ličila na one sa reklama za Oktoberfest. Jedna je bila sa ljubičastim ukrasima, a druga bordo, obe stare, kvalitetne, izuzetno lepe, raskošne, od neprocenjive vrednosti. Jasno sam mogla da zamislim Milu u mojim godinama kako samopouzdano nosi i jednu i drugu i sija od ponosa. Znoj me oblio.

„Hajde, devojke, navucite ih i pridružite se momcima", reče prenuvši me iz razmišljanja.

„Naravno!" Anabela je odabrala ljubičastu i već se stala presvlačiti. „Ništa lično, Džejn, ali ja sam niža i mršavija od tebe, a ova je manja."

„Tu je Hana nosila", Mila je objasnila. „U mladosti je bila prilično sitna." Pružila mi je bordo dirndl: „Ovaj je bio moj. I dalje mogu da se uvučem, ali može se stegnuti tako da i tebi, Džejn, pristaje. Srećom imaš grudi."

„Ja... Ja ne mogu ovo", oklevala sam. Kako, dođavola, da nosim nemačku nacionalnu nošnju? Ne mogu to da uradim. Engleskoj, Ukrajini. Ne mogu to da uradim Aleksu!

„Zašto ne?" pitala je Anabela uvlačeći se s lakoćom u haljinu. „Samo se šalimo."

„Ne mogu jer..." toliko sam se unervozila da sam gotovo zaboravila kako da pričam na španskom. „Nikada nisam... ovaj... nikada nisam nosila ništa od Engleske ili... Ukrajine... Ne mogu sad nemačko... Nije u redu."

---

[13] „Je li ovo ono što mislim da jeste?" (portugalski)

Njih dve su me gledale ne trepćući i samo sam čekala da me zaspu kišom prekora. Znala sam da ću ovim potezom uništiti celo veče, sav Matijasov trud. On verovatno već čeka u dnevnoj sobi, obučen u onu braon-bež odeću, uzbuđen da me vidi. Ali ne smem da se usudim na ovaj korak. Jasno mogu da zamislim tatin izraz lica i gotovo ga čujem kako kaže *Nikada nisi ništa slično nosila iz svoje zemlje, a sad ovo?* Srce mi se zaledilo u grudima. Dobro, već planiram da obučem karnevalski kostim, što je nešto iz brazilske tradicije, ali to je drugačije. Ovo... ovo je čista izdaja.

Mila je htela nešto da kaže, ali bilo joj je teško da sklopi rečenicu te je pomoć potražila od Anabele. Spremila sam se na paljbu.

„Žao nam je, Džejn", iznenadi me Anabela, već obučena i spremna da se vrati plesu. „Nismo o tome mislile. Baš bezobrazno s naše strane. Izvini."

I to je bilo gore nego da su se naljutile.

„U redu je. Niste imale loše namere. Ja sam problem. Jednostavno... ne mogu."

Posramila sam se. Težina svega što radim čitavo ovo veče, težina koju sam uspešno sve do sad odbacivala, obrušila se i pritisla mi grudi. Nisu one ništa skrivile. Nisu one te koje su nešto zlo uradile ili preterale. Ja sam kriva. Za sve. Što sam uopšte prihvatila Matijasov poziv, što sam dozvolila da me dovede ovde, među ovako divne i prijatne članove svoje porodice. A kako sam pa, dođavola, mogla ovako nešto da očekujem? Da ima rodbinu hiljadama milja izvan Nemačke? Ipak, trebalo je da odbijem pre nego što sam im prešla prag, Samu sam sebe dovela u situaciju sa velikim posledicama. Kakva sam ja budala.

Hana je ušla u sobu. „Jeste li gotove? Momci su spremni."

Mila i Anabela su me gledale čekajući šta ću da uradim.

Oblio me je leden znoj. U narednom trenutku treba da izađem iz spavaće sobe, suočim se s Matijasom i ostalim muškim članovima ove porodice, da im kažem da neću da nosim nemačku odeću i tražim da se što pre vratim u svoj hotel. Potom će uslediti ona neprijatna, neugodna tišina tokom koje ćemo svi čekati da se Matijas presvuče, a onda ćemo otići i ostaviti ih, da li tužne ili ljute, nisam sigurna, ali svakako kao da su svi njihovi napori u trud da ovo veče učine posebnim bili uzalud.

Kako to da uradim? Ne mogu. Ni njima. Pogotovu Matijasu. Ne nakon svega što je za mene učinio. Ako se sad radi samo o mom ponosu, e, pa, moraću da ga odbacim i na ovaj korak se usudim, zbog njega. Zaslužio je da ovo veče bude savršeno kad se već toliko potrudio da ga organizuje. Prethodnih nekoliko sati bili su divni, nezaboravni, a ova bordo haljina samo će ih upotpuniti, kao trešnja na vrh savršeno ukusne švarcvald torte.

Iz tihog sebičluka prošlo mi je glavom i da mi je ovo jedinstvena prilika da nosim nemačku nošnju. Gotovo sto posto mi se nikada više neće ukazati. Pod nekim drugim okolnostima nova Džejn koja sam postala nakon pomirenja s Aleksom nikada se ne bi odlučila da stavi na sebe bilo šta što ima ikakve veze sa crno-crveno-zlatnom zastavom. Sad smo u privatnom stanu, skriveni od kamera i foto-aparata, radoznalih pogleda i svakoga ko bi ove divne trenutke mogao da upropasti. U susednoj sobi čeka muškarac koji me obožava. Već sam toliko pogrešnog večeras uradila. Mogu i ovo. Za njega. Za nas. Ko zna šta će biti sutra. Ili za nedelju dana. Ili da li će ikada uopšte biti posledica za sve naše postupke. Ovo je naše veče. Moje i Matijevo. Mogu, valjda, u još jednu ludost da usrljam.

Uzdahnula sam: „Samo se zabavljamo, zar ne. Dame, pomozite mi da ispravno obučem haljinu."

Nasmejale su se s olakšanjem i sva tenzija je istog trenutka isparila.

Mila i Anabela su mi hitro pomogle da se uvučem u dirndl zbog čega nam nije trebalo mnogo vremena. Sam proces nije bio komplikovan koliko sam očekivala. Kad sam se videla u ogledalu, pojas me je stezao oko struka i naglašavao grudi, možda čak i previše, ali nisam mogla ništa po tom pitanju da uradim, tako se ova odeća nosi. Dužina je bila odlična, do ispod kolena. Anabela i ja nosile smo cipele u kojima smo to veče i došle. Išle su uz kombinaciju.

Lepo sam izgledala. Nisam mogla poreći.

„Kosa bi trebalo da bude uvezena u pletenice ili punđu", objasni Hana, „ali ne moramo sad na to trošiti vreme, ne znam ni gde su nam šnale i ukosnice. Uostalom, divno izgledate, devojke. Hajdemo. Momci vas iščekuju."

Nisam se bunila najviše jer mi je puštena kosa prekrivala otkrivene grudi i činila me posebno privlačnom istovremeno mi dajući samopouzdanje. Kad smo ponovo kročile u prostrani dnevni boravak, i dalje tradicionalna muzika glasno je odjekivala sa zvučnika. Matijas je razgovarao sa Johanom dok su Robert, Lukas i Tomas nešto petljali oko radija verovatno pripremajući plejlistu. Kad nas je Johan primetio, gurnuo je Matijasa da mu skrene pažnju.

A on, kad se okrenuo, ponovo je bio onaj dečak kog sam srela ispred lifta u Berlinu pre četiri godine, koji me je zbunjeno gutao očima. Nije se makao. Nikako odreagovao. Samo me je upijao pogledom, tim željnim, očaranim, pohlepnim ugljeno crnim ponorima, celu, od glave do pete i nazad, i opet.

Osmehnula sam se što ga je trgnulo i vratilo u stvarnost. Krenula sam ka njemu i kao na filmu sreli smo se na sredini prostorije. Uzeo mi je šake u svoje i prineo ih usnama. „Izgledaš očaravajuće", rekao je samo ja da mogu da ga čujem.

„I ti si poprilično zgodan." Videla sam ga u lederhozen pantalonama i ranije, u časopisima i novinama koji su izveštavali o fudbalerima i njihovim posetama čuvenom festivalu piva u Bavarskoj, ali, naravno, nikada uživo. Svi oni su mi tad izgledali isto i nisam obraćala previše pažnje. Nisam, jelte, ni smela te se nisam ni usuđivala. Međutim, sad preda mnom bila je ona do perfekcije izvajana grčka statua za kojom sam izgubila glavu, i drži me u rukama, samouvereno noseći odeću svoje zemlje, prokleto zgodan, i osmehuje mi se kao da će kroz par minuta da me oženi i odvede u svoje malo mesto gde ćemo živeti srećno i zadovoljno do kraja života.

„Da li ste za ples, tajanstvena damo?" spustio mi je ruke na struk dok je iz pozadine već krenula nova pesma.

„Ni sa kim drugim ne bih sad radije plesala", osmehnula sam se i prepustila tim rukama. Podigao me je i zavrteo. „Moram da te upozorim", dodala sam, „to što nosim ovu haljinu ne znači da znam i jedan jedini pokret vaših igara."

„Ne brini. Prvo ćemo gledati Tomasa i Anabelu, a onda ponavljati za njima."

Neko je pojačao muziku i još više sam se opustila. Osetila sam kako mi iz tela lagano čile stegnutost i strah, a zamenjuje ih ritam. Par sekundi sam posmatrala Tomasa i Anabelu koji su očigledno znali šta rade, a onda pokušala da sa svojim partnerom ponovim, korak po korak.

Nije bilo toliko teško. Samo sam igrala, ohrabrena jedinstvenom, neponovljivom atmosferom večeri, domaćom hranom i kvalitetnim pićima. Sve što su mi ovi divni, neiskvareni ljudi večeras pružili izmešalo mi se u grudima, ispunilo vazduh i prostoriju. Ubrzo pod uticajem energičnih taktova i muzike svi smo se prepustili i stali skakati i igrati bilo kako, pravilno i nepravilo, pevati iz sveg glasa iako ne znamo ceo tekst. Niko i ništa više nije važno. Samo mi, Matijas i ja. Kao da smo pali u neki uragan, izolovani od svakoga i svega ostalog. Ne znam kakav osećaj daju droge, ali možda je to nešto najbliže što sam osetila. Sve se činilo kao san, previše lep da bi bio čak i to. Međutim, stopala koja su nas ubrzo zabolela potvrđivala su da ništa ne umišljamo, da smo zaista tu.

Iscrpljenost je na kraju sustigla sve. Samo smo Tomas, Anabela, Matijas i ja ostali na nogama, igrajući iz straha da ako stanemo, celo ovo veče će se rasplinuti. Stezala sam ga za čvrste nadlaktice dok su mu ruke grlile moj struk. U tim trenucima bio je za mene jedini muškarac na svetu, a u tim mračnim, dubokim, omamljujućim očima punim sjaja od radosti jasno sam videla da sam ja jedino živo biće do kog mu je celim bićem stalo. Odjednom se preda mnom naslikao nevidiljivim kistom mašte prizor nas dvoje. Kao da nisam bila u svom telu već mogla da posmatram poput skrivenog kamermana naše bajkovito venčanje. Izgledalo je tako stvarno, moguće, jednog dana u bliskoj budućnosti. Nas dvoje u malom nemačkom gradu, okruženi samo najbližom porodicom i prijateljima. Tek smo položili bračne zavete i opčinjeni bezgraničnom srećom i uzbuđenjem zbog predstojećeg zajedničkog života – i jedno drugim – plešemo svakom ćelijom u telu, kao da svakome, prisutnom i odsutnom, svemu, živom i neživom, hoćemo da pokažemo koliko smo stvoreni jedno za drugo i da je naše ujedinjenje jedina ispravna sudbina za oboje.

Više mi nije bilo neprijatno da ga poljubim, zagrlim ili prisno držim za ruku pred ostalima. Nasuprot, činilo se kao nešto sasvim prirodno, što treba. Na kraju krajeva, tu smo, među članovima porodice koji su sve vreme navijali za nas i podržavaju našu sreću. Apsolutno ništa ne može da pokvari taj savršen trenutak. Prepustila sam mu se, cela, u potpunosti, ne razmišljajući ni o kome i ni o čemu, već samo o ovom muškarcu koji me drži čvrsto kao da me nikada neće pustiti da odem.

Još jednom sam se zavrtela pre nego što sam mu se bacila na grudi. Ruke su mu počivale na leđima mi i privlačile na sebe, u sebe. Dotakli smo se čelima i nosevima. Gledali smo jedno drugo u oči i videli dubinu svega, naših čistih osećanja. Zažmurili smo, osmehujući se, dahćući, oznojeni, ali bezgranično srećni.

„Volim te, Džejn."

„Volim te, Matijase."

Poljubili smo se kao par pred oltarom. Da nam je neko doneo burme, svakom posmatraču te magične scene bilo bi teško da proceni da li je ovo samo veselo veče ili prava, zvanična ceremonija. Osećala sam se ispunjeno, upotpunjeno, trepereći od radosti. Želim ga i on želi mene. Znala sam to kroz dodir naših tela, iz načina na koji se drži blizu mene i ne da me iz naručja, zbog prstiju koji mi šaraju po leđima i kosi, zbog vapaja za vazduhom kad su nam se usne razdvojile. Toliko sam ga želela te noći, da ostane sa mnom, da legnemo zajedno u krevet, da me obujmi celim telom, da mi uho bude naslonjeno na njegovo srce.

Malo mi je trebalo da tim čežnjama pripojim reči, ali tek što sam zaustila, blic foto-aparata bljesnuo je sa strane. Srce mi se zaledilo i ukopala sam se u mestu. Kad sam se okrenula u smeru iz kog je došao, molila sam sve bogove svih religija da su ga samo moje mašta i paranoja umislile, međutim Anabela nas je gledala sa polaroidnom kamerom iz koje je već prihvatala svežu sliku i sušila je u vazduhu.

„NE!" vrisnula sam.

„Anabella, was tust du? Niemand darf herausfinden, dass sie heute Nacht hier war!"[14] Matijas se razdrao van sebe skoro kao ja posegnuvši za slikom.

„Znam, ali kladim se da ćete mi za ovo biti zahvalni. Sačekaj da se osuši kako treba", odgovorila je ni trunku potreseno, kao da upravo nije uradila nešto strašno.

Muzika se ugasila i neprijatna tišina je zavladala prostorijom.

Konačno slika je bila gotova i Matijas je zurio bez reči. Pružila sam ruku i dao mi ju je.

Anabela je bila u pravu. Na fotografiji videlo se sve – svaka naša emocija, osećanje, misao o ljubavi, želja, čežnja, sve što nam je bilo na pameti, sve obožavanje koje gajimo jedno prema drugom – sve je bilo tu. Nas dvoje nesvesni okruženja gutali smo se pogledima bezbrižno i očarano, zaljubljeno. Niko i ništa drugo za nas nije postojalo.

Okrenula sam se ka njoj. „Hvala ti", prošaputala sam, stideći se svoje prvobitne reakcije.

„Nema na čemu. Hajde sad da vas uhvatim jednom spreda kad gledate u kameru. Ovo je jedinstvena prilika."

Odobravajuće sam pogledala Matijasa. „U pravu je. Nemamo nijednu zajedničku sliku. O ovima ćemo voditi posebnog računa."

Zagrlio mi je s leđa i poljubio u kosu. „Iznajmiću sef u Švajcarskoj da ih sakrijem ako treba."

Od srca sam se nasmejala, a on me zagrlio oko struka i spustio glavu na rame. Spremni smo bili za još jednu posebnu fotografiju.

Koja je bila jednako lepa. Izgledali smo kao iskreno, nevino zaljubljen mladi par. Sve nam se ocrtavalo na licima. Nikada ranije nismo bili na slici toliko blizu jedno drugog. Svi oni prizori iz časopisa, tabloida i magazina bili su nameešteni fotošopom. Nikada nismo u javnosti bili ovako blizu – osim, naravno, one večeri finala Prvenstva ispod zastave. Te dve fotografije bile su neprocenjive vrednosti. Divno smo išli jedno uz drugo, savršeno se slagali, uklapali, stavom, izgledom, obostranim obožavanjem. Isijavali smo samo radost i sreću, kamera je učinila svoje najbolje.

Ne znajući šta više da kažem i kako da iskažem zahvalnost, zagrlila sam Anabelu. Sad zbog nje imamo zauvek uspomenu na ovo nestvarno, magično veče. „Nisi svesna koliko si ovim za nas učinila", šapnula sam joj na engleskom. Nisam imala predstavu šta će u budućnosti biti s nama dvoma, ali ove fotografije svakako su posebne jer su prva

---

[14] „Anabela, šta to radiš? Niko ne sme saznati da je ikada bila ovde." (nemački)

fizička, materijalna, opipljiva uspomena naše veze. Sve do tada što smo stvorili zasnivalo se na sećanjima, obećanjima, rečima, postupcima, događajima koje bismo pamtili i čuvali negde daleko skriveno u mislima. Nije postojao nijedan dokaz o našoj ljubavi – izuzev svih onih njegovih pisama koje sam uništavala i cveća koje je neprestano slao, a ja bacala. Sada imamo nešto drugačije, ove dve besprekorne, čak zabrinjavajuće savršene fotografije, da zauvek svedoče o ovom danu, o ovoj večeri.

Međutim, uprkos svoj sreći i oduševljenju, znala sam da ni po koju cenu ne smem da ih zadržim, nijednu.

„Džejn, trebalo bi da krenemo", Matijas me je probudio iz razmišljanja, kao i uvek odgovoran kad se radi o vremenu. Nije bilo prekasno, ali vožnja nazad do hotela trajaće sigurno sat vremena, a oboma nam treba odmor – kad se ujutru nađem s roditeljima, ne smem da izgledam kao da sam noć pre bila u provodu, a on takođe ne može priuštiti da propusti let za Rio.

Sneveselila sam se i vratila u spavaću sobu Johana i Hane da se presvučem u svoju crnu haljinu. Više nisam bila pijana, već umorna i željna tople kupke i mekog pokrivača, istovremeno na ivici suza da se kao dete rasplačem što je veče prišlo kraju.

Toliko je bilo teško pozdraviti se s ovom ljupkom, prijatnom porodicom, najviše jer nisam znala šta da im kažem. Matijas i ja... i dalje ništa nije jasno ni potvrđeno. U našoj do pre par sati nemogućoj vezi došlo je do neodređenog pomaka. Skoro sam sigurno osećala da nikoga iz ove prostorije nikada više neću videti. Ovo veče je jedinstveno, posebno, neponovljivo i uprkos tome koliko su me grudi bolele da vrisnem kako želim da sve ovo traje, znale su da je sve, bar pod trenutnim okolnostima, samo privremeno. Obećati bilo šta u ovom trenutku graniči se s opasnim.

Stoga sam ih jedno po jedno izgrlila i zahvalila za ljubaznost i toplinu kojima su me dočekali i prihvatili, bezuslovno i bez ustezanja. Kad su se vrata za mnom i Matijasom zatvorila, osetila sam kao da je komad mene, duše, sećanja, zauvek ostao s njima u tom stanu, da se brinu o njemu, o tim dragocenim uspomenama, šta god da ja odlučim da uradim sa svojim životom u narednih nekoliko dana.

Nisam progovorila dok nismo izašli na ulicu. Stoički sam se držala – ne smem pred njim da plačem, ali ovaj put ne zbog ponosa, već jer ne zaslužuje to. Toliko se potrudio i namučio da mi danas bude lepo. Ne treba sad da me vidi uplakanu. Neću upropastiti kraj dana.

Svež vazduh okupao mi je lice i kad sam ga udahnula, s njim mi je i hrabrost ispunila pluća. I dalje smo se držali za ruke. „Ovo je jedan od najlepših izlazaka koje si mogao da mi prirediš", rekla sam plutajući u tami njegovih očiju.

Osmehnuo se i dotakao mi obraz. „Želim da ti odgovorim poljupcem, ali napolju smo."

Da, napolju, u stvarnosti gde ponovo moramo da se krijemo. „Trebalo je ranije da nešto kažem dok smo još bili u zgradi."

„Hajdemo u kola", nasmejao se i poveo me.

Tek nešto manje od sata kasnije bili smo u hotelu. Prsti su nam celim putem bili isprepletani. Primetio je da mi se raspoloženje promenilo i stoga pričao, nežno, strpljivo, polako, kao da detetu čita priču za laku noć. Volela sam ga što prećutno razume moje neizgovorene strahove, brige, tugu. Smirivao me, a do kraja vožnje čak nekoliko puta i nasmejao.

Zaustavio se u jednoj ulici ugao od mog hotela. Okrenula sam se ka njemu zbunjeno. „Je li ovo deo filma u kom droga koju si mi dao kreće da deluje i onda me kidnapuješ?"

Glasno se nasmejao i obuhvatio mi lice šakama. „Ne, draga. Zapravo sam hteo da te detaljno uputim kako da izađeš iz auta kad te ostavim kroz par minuta i, naravno, da te još jednom poljubim pre nego što se rastanemo."

Zbunila sam se. „Da me uputiš?"

„Da. Stavi ponovo taj šal, ja ću ući prilazom do vrata, zaustaviti se, ti sačekaj portira da ti otvori vrata – nemoj sama nikako, to bi izazvalo sumnju – potom iskorači i idi, bez okretanja. Jesi li zapamtila?"

Ceo svet mi se srušio u tih par rečenica. „Ali... gde ćeš ti da budeš?" Prethodni put kad smo se nalazili, spavao je u mom hotelu. Mislila sam da će isto biti i sada.

„Sve sam rezervisao sa aerodroma, i hotel i kola, zato što mi je let rano i ne smem da zakasnim. Osim toga", udahnuo je, „nisam hteo da te dovedem u nezgodnu situaciju. Da me bilo ko vidi u tvom hotelu, znaće šta radim ovde."

Videvši kako mu se izraz lica u narednom trenutku promenio, znala sam da je s mog mogao da pročita sve razočaranje, tugu i bol. Ne mogu da zamislim tu noć bez njega, ne nakon svega što se danas desilo. Zahvalila sam svim bogovima i svecima što Aleks nije u istom gradu, niti približno blizu. Ne bih mogla leći pored njega i praviti se da ništa nije bilo. Naredna užasavajuća pomisao bila je ta da spavam sama.

Skrenula sam pogled napolje, u mir sporedne ulice, gutajući suze razočaranja i ponavljajući sebi da moram biti hrabra, da je u pravu, da nikako ne smemo spavati u istom hotelu, da bi to bilo i te kako opasno i nesmotreno.

Grohotan smeh prenuo me je iz tužnih misli. Pogledala sam ga zgranuto.

„Izvini, ali donja usna ti se zatresla kao kad detetu otmu slatkiš iz ruku."

Uspela sam nekako da se osmehnem. „Osećanja su baš takva."

Pomazio me je po kosi i pogledao s obožavanjem i onim poznatim strpljenjem: „Džejn, ako želiš da ostanem, samo treba to da kažeš. Naći ću način."

Toplina i radost su mi istog trenutka ispunili utrobu i grudi. „Zaista?"

„Naravno. Da mi tražiš da sutra skočim na glavu sa statue Hristosa Spasitelja, ne bih se ni za trenutak premišljao."

Sad je na mene bio red da se glasno nasmejem. „U redu, onda znam šta da kažem kad me sledeći put izverviraš." Uhvatila sam njegovu šaku obema svojima. „Želim da me grliš. Celu noć", tiho, čežnjivo sam rekla.

„Onda će tako i biti." Poljubio mi je zglobove obe ruke. „Uđi u hotel kako sam ti rekao i idi pravo u svoju sobu. Ostavi vrata odškrinuta. Parkiraću se i popeti nečujno, ne privlačeći pažnju."

„Pričaš o šunjanju kao da imaš toliko iskustva. Da ne radiš možda ovo redovno?"

„Sve sam naučio pre četiri godine kad jednu šarmantnu Britanku nisam mogao da izbacim iz glave", prekinuo me je.

„Dobar si na rečima, Beleru. Hajdemo sad."

Nije bilo toliko teško, baš kao što je rekao, samo što su mi noge podrhtavale od zebnje i uzbuđenja. Niko, pak nije obratio pažnju na mene iako je hol vrveo od gostiju. Udahnula sam tek kad sam ušla u lift i vrata se zatvorila, a onda ponovo ušavši u sobu.

Stiglo mi je bezbroj poruka, ali odgovorila sam samo Aleksu – da sam sa devojkama provela divno i nezaboravno veče, naravno, gutajući s mukom nagon za povraćanje što ga ponovo lažem, i te kako lažem; i devojkama – da ćemo se naći sutradan ujutru, ne večeras, i da ću im ispričati sve kad moji roditelji budu na bezbednoj udaljenosti.

Na brzinu sam se istuširala i skinula šminku, najviše da bih prekratila vreme jer se svaki minut čekanja razvukao u nedogled. Kad sam bila sveže okupana i prekrivena mlekom za telo, shvatila sam da je od našeg rastanka prošlo više od pola sata. Zabrinula sam se. Šta ako ga je neko spazio i sad mora da izlazi na kraj sa radoznalim prolaznicima sa milion pitanja i pretpostavki? Šta ako ga nisu pustili da uđe u hotel? Šta ako je ušao na stepenice za slučaj evakuacije i sad ne može nijedna vrata da otvori?

Srećom, zvuk odškrinjanja rasterao mi je sve brige.

„Mislila sam da si odustao", rekla sam kad se začuo zvuk brave koja se zaključava iza njega.

„Trebalo mi je više vremena nego što sam očekivao da se rešim kola. Nisu me pustili u garažu jer sam im bio sumnjiv", nasmejao se. „Ali sad je sve rešeno."

„Kako si se provukao?" zakikotala sam se.

„Da kažemo da konsijerž navija za nas dvoje u ovoj priči."

Prišla sam mu i dotakla istaknutu liniju vilice sa bradom koja se probija. „Tako mi je drago što si ovde."

Zagrlio me je i privukao na grudi. „Nemaš pojma koliko sam ja srećan."

Nosila sam crni veš i svilenu kratku spavaćicu. Ruke su mu prešle preko čipke i masirale mi leđa. Sasvim sam se oslonila na njega i spustila obraz na rame mu. Poljubio me u čelo.

„Mati, znam da previše tražim, ali… nemoj da to uradimo večeras. Ophrvana sam emocijama i svime što se desilo, a telo mi je do krajnosti iscrpljeno."

„Ne moraš da se pravdaš, Džejn. Malopre dok smo bili u kolima rekla si da želiš da te grlim, i samo zagrljaje ćeš i dobiti."

Divila sam mu se više nego ikad do tad. Nije bio ljut, razočaran, niti išta slično. Znala sam to iz boje glasa kojom je to rekao. Otkud mu, zaboga, toliko strpljenja za komplikovanu, tešku i neuravnoteženu ženu kao što sam ja?

„Mati, jesi li stvaran?"

„Hm, prilično sam siguran da jesam."

Odneo me je do kreveta dok nam se usne nisu razdvajale. Nisam mogla da se odvojim od njega, da prestanem. Njegovi dodiri bili su tako meki, nežni, ohrabrujući, smirujući, puni ljubavi. Svukla sam spavaćicu i zavukla se ispod pokrivača posmatrajući ga kako skida odeću. Jeste, to je ona moja grčka statua, savršena iz svakog ugla, svakog mišića istreniranog to iznemoglosti, zategnutog do krajnjih granica. Kad se smestio pored, svaki nerv mi se uzbudio. Legla sam preko njega, željna te kože, toplote, mirisa koji se sve ove godine nije promenio. Uzbudila sam se cela i želela sam ga, tako snažno, pohlepno, besramno.

Podigla sam glavu kako bih ga poljubila i što je počelo kao kratki dodir za laku noć, produžilo se u opasnu duboku razmenu osećanja, želje i predugo sputavanih strasti. Stezao mi je grudi, nežno i snažno, a ja sam vapila za još. Prsti su mu šetali preko mog veša i iritirali kožu ruku, leđa mi i nogu. Sva sam lebdela i treperila, a potom se davila u prijatnom moru osećaja kojima me je okružio. Savršeno me je dodirivao. Sam je bio savršen.

„Jesi li to možda promenila mišljenje nakon što si me videla bez odeće?" pitao je kad smo zastali za vazduhom.

Prasnula sam u smeh, on mi se pridružio i vatreni trenutak je ugasnuo. Na čemu sam mu ponovo bila zahvalna. Nije hteo da iskoristi moje slabosti kad smo već prihvatili da to veče između nas ništa ne treba da se desi.

„Kako si pun sebe, Beleru", odgurnula sam ga u šali, ali zagrlio me jače.

„Sledeći put, Džejn, vodiću ljubav s tobom celu noć." Stresla sam se cela. „Sledeći put, kad ne budem imao alarm u sedam ujutru i ludog trenera kom moram da se pojavim na treningu tačno na vreme."

Nisam mogla reći ništa sem: „Dogovoreno."

# 9.

Pre nego što smo iscrpljeni utonuli u san, naterala sam Matijasa da mi obeća da neće otići, a da me ne probudi koliko god se ja možda budem žalila da sam umorna i odbijala da otvorim oči. Poštujući obećanje pomazio me je par puta dok se oblačio. Da mi se srce ne bi u potpunosti rasparčalo od tuge što se rastajemo, i ja sam posegnula za odećom.

„Ne znam šta da kažem jer se plašim da je bilo šta pogrešno", promucala sam sedeći gotovo nepomično na krevetu dok je obuvao cipele.

„Ne moraš ništa." Uspravio se i prišla sam mu kako bih se još jednom uvukla u taj zagrljaj. „Sve prepusti meni i samo se pojavi na mestu koje ti naredni put naznačim." Spustio mi je poljubac na usne. „Dogovoreno?"

Za trenutak sam plutala tim mračnim jezerima od očiju tražeći pravi odgovor pre nego što sam rekla: „Dogovoreno."

Poljubio me još jednom oklevajući da me pusti. „One fotografije, ja ću ih čuvati. Tako je najsigurnije."

„Da, za sada jeste. Mada, želim bar jednu od njih da imam. Kad joj pronađem odgovarajuće mesto."

Znala sam da želi dodati još nešto, reći neku kratku reč koja će bar za tračak otkloniti veo neodređenosti naše zajedničke budućnosti. Ali nije. Verovatno zbog lepote jednostavnosti ovog trenutka i svestan koliko je krhak. Samo me je još jednom poljubio za rastanak.

Kad su se vrata zatvorila za njim, miris koji je ostavio bio je toliko jak da sam u par navrata pomislila da nije otišao, da će svakog trenutka izaći iz kupatila. Već mi je toliko nedostajao da su me grudi zabolele.

Stoga sam se pokrenula. Naručila sam doručak za četvoro i poslala devojkama poruku da dođu. Svesna da će mi trebati poprilično vremena da im sve ispričam, javila sam mami i tati da ćemo se naći ispred recepcije i zajedno uputiti na stadion. Lana i Endži su došle prve, već obučene u farmerke i dresove engleske reprezentacije, a potom i „posvećena supruga Bea" u šortsu i Haroldovom dresu.

„Jesam li to ja jedina koja je planirala haljinu?" prokomentarisala sam.

„Možda si planirala, ali nećeš", odgovori Lana. „Nabavila sam ti jedan bez broja", izvukla je beli dres iz torbe.

Doručak je stigao i dok je konobar raspoređivao činije i tanjire na sto pred nama, u napetoj tišini smo jedna drugoj sipale kafu. Srknula sam malo, ali s teškom mukom progutala – setila sam se svega što treba da im prepričam i hrana i piće su mi odmah otišli na poslednje mesto aktivnosti za taj dan.

„Možeš da počneš", reče Bea zagrizavši tost.

„Ne još", Endži je podigla ruku, „hoću da pojedem bar jedan kroasan pre nego što krene, u suprotnom predosećam da neću moći ništa staviti u usta."

„Nije smešno, Anđelina", rekla sam blago se ljutnuvši.

„Upravo tako – nije ni malo smešno." U istoj napetoj tišini brzo je pojela pecivo što je samo potvrdilo da su njih tri na istoj strani – suprotnoj od moje. Klimnula je: „Pričaj."

Nisu postavljale podpitanja, niti ispuštale one uzbuđene cijuke i usklike. U početku su sporo jele, međutim kad sam došla do dela sa Matijasovom porodicom, sve tri su se odmakle od stola zaprepašćene. Jedino je Bea još srkutala kafu, mada su sva tri lica koja su me posmatrala bila identično zgrožena. Nisu se promenila, niti se tišina prekinula čak ni kad sam završila rekavši da je otišao iz moje sobe pre tek nedavno.

Endži je prva odreagovala. Bacila je pogled na sat verovatno da proveri koliko vremena nam je ostalo do utakmice, a onda rekla: „Ženska glavo, igraš se životom i srećom. Već si jednom zamalo izgubila Aleksa…"

„Ne zamalo", Bea se ubacila i shvatila sam da je jednako ljuta. „Stvarno ga je izgubila, i on joj je oprostio neoprostivo", iz električno plavih očiju vrcale su varnice.

„Upravo tako, i sumnjam da će ponovo uraditi išta slično. Ideš predaleko, Džejn."

„Trudim se iz petnih žila da te razumem, ali ne mogu", nastavila je Bea. „Toliko puta smo već pričale na ovu temu. Zašto nas ponovo dovodiš u ovu situaciju gde moramo da ponavljamo kao papagaji da Matijas Beler nije za tebe? Treba da ga se kloniš. Ti lepi trenuci koje ostvarite kad ste zajedno samo su to – trenuci. Da ste stvarno zajedno, vaša veza bi se raspala za manje od godinu dana."

„Kako si tako sigurna?" brecnula sam se.

„Već sam ti rekla. Zato što ste oboje isuviše divlji, eksplozivni, pretemperamentni jedno za drugo. Kako to nisi videla nakon sveg ovog vremena? Aleks i ti ste poput vode i vatre. Ti si neuračunljiva, nepromišljena, živa, dok je on miran, staložen i nepristrasan čime te smiruje i navodi na pravi put na kom si srećna i ispunjena. Sa druge strane, Matijas pored tebe dođe kao ulje, a znaš šta bude kad se spoje ulje i vatra.

Sve pršti i vrca na početku, ali zajedno biste pali na prvoj prepreci. On je tvrdoglav, osion, odvažan, agresivan, uporan, gotovo kao ti. Vas dvoje zajedno možete samo da sejete haos."

Zbunila me je tačnost njenog poređenja. Nikada me jasnije nije opisala. Svesna da je za sve u pravu, belo sam gledala u zid iza njih. U pravu su po pitanju svega.

„Hvala ti", rekla je Endži slažući se s njom.

„Devojke, ne budite preoštre", umešala se Lana. „Nije samo njena krivica. Matijas je taj koji se vraća na staro. Džejn i Aleks bili su neporecivo srećni od pomirenja. Sve do ovog prokletog turnira."

Suze su mi se nakupile u očima, a morala sam da ih isušim. Slabašno sam zaustila da se odbranim: „I dalje gaji snažna osećanja prema meni. Sve sam mogla da ih jasno vidim i osetim. Nije kao da se ponovo prihvatio da budi stare, zaboravljene strasti. Za njega ni u jednom trenutku ništa nije prestalo i sad je jače nego ikad. Mogu životom da garantujem."

„To je ono što me zbunjuje", reče Endži. „Trebalo je da te zaboravi još davno."

„Upravo tako. Zato sam i ja neodlučna, ali sigurna sam da me nije zaboravio. Umesto toga izbačen je iz reprezentacije zbog mene, svađao se sa Gotfridom zbog mene, štitio me svom snagom čak i nakon što sam ga onako ponizila u Berlinu, a sad me upoznao sa porodicom. Do srži svog zdravog rezonovanja sam zbunjena. Sigurna sam u Aleksovu ljubav, ali isto tako ne mogu biti slepa i ne videti da me i ovaj ludi Nemac iskreno voli. Ne znam šta više da radim, ali šta god da odlučim, moram biti sigurna da sam donela ispravnu odluku, ne samo zbog sebe, već zbog njih dvojice. Pogotovu zbog Aleksa. Ne zaslužuje ponovo da pati.

„Možda je to odgovor koji tražiš", reče Bea.

Opet je nastupila tišina.

Neću opet da povredim Aleksa. Neću da iko išta ikada više povredi Aleksa. Nakon svega kroz šta smo prošli, nakon što je zbog mene primio tri gola i izgubio u polufinalu Svetskog prvenstva, nakon što se zbog mene nije pojavio na završnoj ceremoniji da primi i te kako zasluženu nagradu za najboljeg golmana, nakon što sam ga toliko puta javno osramotila, nakon što je sve to oprostio, vratio se po mene, meni, i voli me svim srcem. Sve ću uraditi za njega.

Prema Matijasu ne osećam isto. Bar ne u ovom trenutku. Odgovor mi se sam daje, Bea je u pravu. Ne smem više da razvijam osećanja prema njemu. Ovaj izlazak bio je greška i ne sme se više ponoviti.

Narednog trenutka shvatila sam šta to znači. Pogledi sve četiri su se sreli i mislile smo isto – Matijas i ja se nikada ne smemo ponovo videti.

Koliko god bolelo, tako je najbolje, za oboje. Bez njega išlo mi je odlično, bila sam savršeno, nepomućeno srećna s Aleksom. On je samo ponovo ušetao u moj život i napravio haos. Moram ga iseći, jednom za svagda.

***** 

Kad smo se našli s mojim roditeljima u lobiju hotela, s njima je bila čitava povorka navijača, među njima Beini i Haroldovi roditelji, čak i Endžina „simpatija" Deklan Flečer. Svi smo videli kako mu se lice ozarilo kad ju je spazio. I ona je porumenela. Retkost. Toplo mi je bilo oko srca zbog nje.

Iz nekog neobjašnjivog razloga, toliko ljudi na jednom mestu sa svojim pozdravima i pitanjima unervozilo me je. Na neki lud, čudan, neopisiv način plašila sam se da na meni mogu videti tragove svega što se desilo pre petnaest sati, kao da je sve što je Matijas učinio ostalo na mom licu i telu u vidu tragova i mirisa.

Udahnula sam vraćajući kontrolu nad sobom, zagrlila mamu i tatu, odgovorila uljudno na sva pitanja i utom smo krenuli na stadion. Dok smo išli ka glavnom izlazu i kolima koja nas čekaju ispred, mama me uhvatila za ruku: „Džejn, dušo, je li sve u redu?"

Pogledala sam je zatečeno ne znajući šta da odgovorim. Kako je moguće da je nešto primetila? Ranije, dok je naš odnos bio čisto poslovan i hladan, mogla sam da je lažem bez napora. Sad, međutim, kad smo bliske, to mi stvara bespotrebne, dodatne probleme. „Na šta misliš?" promucala sam.

„Izgledaš... izmučeno."

„Erm... samo sam umorna od jučerašnjeg leta i cele ove jurnjave."

„Nisam mislila premoreno, već izmučeno. Nešto se desilo?"

Pogled mi se susreo s njenim svetlobraon očima koje nisam nasledila i pročitala sam da su na mojoj strani. „Dogodilo se... nešto, ali reći ću ti kasnije. Za sad je sve pod kontrolom."

Stegla mi je ruku. „Važi, šta god da je u pitanju, računaj na mene. Onaj gospodin", glavom je pokazala ka tati, „ne mora da zna", namignula je.

Ispunila me je toplina i uzvratila sam stisak ruke osmehnuvši joj se. „Hvala ti, mama."

Kad smo stigli na stadion, potrudila sam se da budem deo euforije koja je sve uhvatila. Nisam nijednom bacila pogled na telefon jer sam znala da mi je Matijas pisao, da kaže da je stigao u Rio, hotel ili gde god, a prema svojoj najsvežijoj odluci – na koju bi mi sama pomisao nagnala suze u uglove očiju – ne zanima me gde je i šta radi. Nećemo se ponovo videti. Šta god se desilo sinoć samo je jedno lepo, divno sećanje i to će i ostati. Tu. U juče. U Braziliji. Zauvek.

Deklan je častio turom piva i ja sam prihvatila svoju kriglu. Trudila sam se da ne budem sumnjiva što sam je slila u tri gutljaja i tražila još jednu. Alkohol je ponovo pomogao da se opustim. Kazaljke su se skoro namestile na jedan sat popodne i temperatura se spustila na za igru savršeno prijatnu svežinu. Igrači su istupili na teren, poredali se i otpevali himne. Paulo Reiš bio je u startnoj postavi. Nisam dobila priliku reč da progovorim s njim od našeg prvog (i poslednjeg) susreta na prethodnom Prvenstvu i sve ove godine bio je dovoljno pametan, zdravorazuman i džentlmen da ni ne pokušava stupiti u kontakt sa mnom. Ta vatrena avantura ugašena je tamo gde je i zapaljena – u hotelskoj sobi u Hanoveru. Od tad stigao je da se oženi, razvede i sad je ponovo sam.

Tea Votkins-Hadli i još nekoliko devojaka i supruga ostalih igrača sedele su nedaleko te je naš deo tribina bio neprestano ispunjen vriscima i pokličima. Igra je bila žestoka i agresivna od početnog zvižduka, oba tima imala su identičnu postavu sa tri napadača, te su svaka dva minuta oba golmana za dlaku izlazila na kraj s opasnim situacijama.

Harold je igrao odlično i Bea je sijala od ponosa. Kad god bi u kritičnim trenucima spasio loptu, sve kamere bi se s njega usmerile na nju i zatekle lice koje sija od sreće i uzbuđenja. Taj dan bila je najzapamćenija devojka na stadionu. Drago mi je bilo zbog nje, zbog njih. Zaslužila je.

Prvi gol postigao je Kiton Flanagan minut pre kraja poluvremena zahvaljujući čemu smo smireni i ohrabreni otišli na pauzu koja se pak završila toliko brzo da nisam imala vremena ni sa kim da proćaskam osim da se slikam za novinare sa ostalim suprugama i devojkama naših igrača.

Utakmica je nastavljena sa Portugalcima odlučnima da je učine paklenom. Borili su se kao da nemaju šta da izgube – što je i istina – tako da su čak i ne brinući o žutim i crvenim kartonima napadali i obarali naše vezne i odbrambene igrače. Jedan je pokosio Dankana Flečera snažnim udarcem u cevanicu i tek nakon par minuta lekarske asistencije vratio se u igru. Svakih par sekundi srce bi nam poskočilo što od radosti za potencijalnim pogotkom, što zbog opasne situacije koju bi suparnici kreirali tako da kad je Džošua Hadli u sedamdesetom minutu povećao vodstvo na 2:0, svima je laknulo. Kiton je prihvatio loptu poslatu iz odbrane i jurnuo napred sa Džošuom za petama. Suočen sa dva neprijateljska igrača i golmanom, Kiton se pravio da će šutirati te je sva pažnja usmerena na njega, međutim u poslednjem trenutku cimnuo je nogu i loptu poslao levo pravo Džošui na grudi. On ju je samopouzdano prihvatio, a potom katapultirao u gornji desni ugao stativa. Portugalski golman nije imao šanse da to odbrani.

Za trenutak mi je bilo žao Paula Reiša koji ponovo neće osvojiti ovaj turnir, a tako je sjajan igrač. U svakom slučaju i da je prošao Englesku, pao bi pred Nemačkom il' Ukrajinom tako da i izlazak sa takmičenja sad samo mu skraćuje muke.

Deo tribina sa engleskim fanovima tresao se od radosti i oduševljenja pod hiljadama stopala koja nisu mogla prestati da skaču. Znali smo da teorijski ništa još nije gotovo i preokret je moguć, ali pošto je ostalo još manje od dvadeset minuta, a posed lopte 50:50, bili smo gotovo stoprocentno sigurni da danas nećemo izgubiti.

Igrači su preznojani i premoreni utrčali u poslednjih deset minuta susreta. Neki su čak i šepali ili legli na travu oboreni grčevima te ih je sudija poslao van terena dok se ne oporave. U trenutku kad je Portugal imao deset igrača, Engleska je uvidela svoju šansu i u osamdeset devetom minutu odlučila da oproba sreću. Gomila belih dresova zaletela se ka neprijateljskim stativama. Sajmon Vejd, jedan od igrača odbrane, našao se na odličnoj poziciji sa čistim pregledom mreže i nije oklevao. Mahnuo je Džošui koji mu je poslao loptu. Sajmon je nije čak ni primirio, već u vazduhu levom nogom samo preusmerio. Završila je između stativa.

Čitav Estadio Nacional je zaurlao – polovina u očaju, polovina u ekstazi. Rezultat od 3:0 značio je kraj.

Pevali smo, vikali, vrištali, sudijin poslednji zvižduk gotovo se nije ni čuo. Iako se po krajnjem rezultatu ne bi dalo zaključiti, Engleska je izašla kao pobednik iz izuzetno teške bitke, a naredni protivnik joj je Norveška ili Čile, saznaćemo kasnije te večeri.

Tri sata značilo je da nemam vremena za gubljenje. Aleksova utakmica je sutradan, a obećala sam da ću se večeras vratiti u Salvador. Na sve to, pre nego što zaspem, treba da još jednom probam karnevalski kostim.

Lana mi je uputila pogled iz kog sam znala da mislimo isto. „Vreme je da se pozdraviš sa svima. Anđelina, ti isto", ubacila se u brzinu menadžera. „Beatrisa, vreme je da ponovo budeš savršena supruga i spustiš se na teren da čestitaš svom muškarcu ako hoćeš da budeš u avionu s nama."

„Da se spustim gde?" zbunila se.

„Na teren, kod svog budućeš muža, poljubiš ga i raziđete se. Zaslužio je nakon ovakve pobede, ali nemamo vremena da čekamo da završi u svlačionici i sa konferencijom za štampu. Ili ideš sad dole kod njega, a potom s nama, ili ostaješ. Znaš da sutra trebaš Džejn i meni."

„Šta je sutra osim Janovljeve utakmice?" pitao je Deklan.

„Videćeš, daso", Endži ga je poljubila u obraz. „Sad ne možemo ništa da otkrijemo i da ti nije palo na pamet da pustiš bubu."

„U redu, ali…" uhvatio je oko struka i šapnuo nešto na uho nakon čega je pocrvenela kao bulka. U narednom trenutku poljubili su se pred svima bez uzdržavanja.

Htela sam da zaskičim od dragosti, ali sam se suzdržala da im ne bih privukla nepotrebnu pažnju. Lana je pomogla Bei da se provuče do terena i kroz par minuta svi smo omađijano zurili u visoku, lepu plavušu i golmana engleske reprezentacije u zagrljaju punom ljubavi i obožavanja. Kamere su se nakon određenog vremena sklonile sa njih uveličavajući divnu romantičnu priču čiji su glavni akteri.

Lana je potom dala znak Endži i meni da se pokrenemo te smo se izvukle is mase pomamljenih navijača. Kad smo izašle, Bea nas je već čekala na izlazu te smo se zaputile na aerodrom i dalje obučene kao engleske navijačice.

„Dakle ozvaničili ste?" pitala sam neobično tihu Endži, sigurno na sedmom nebu.

„Da kažemo da je tako", stidljivo je odgovorila.

„Pre nego što si ga… proverila?"

Nasmejala se. „Znam da ne liči na mene, ali ne brini, pre nego što smo se poljubili, rekla sam mu da će morati da dokaže da ne grešim, inače je mrtav."

Prasnule smo u smeh.

„Sigurna sam da će ti ispuniti očekivanja", reče Bea.

„Na osnovu čega?" upita Endži.

„Jer ne može da razočara neko zbog koga ti srce tako treperi."

„Meni sigurno igra, ali valjda i njegovo."

„Treperi."

„Kako znaš?"

„I slepac bi video", ubacila sam se.

Zabacila je sedište i zacvrkutala kao tinejdžerka. „Dobro, onda vam verujem."

Kasnije u kolima na putu do hotela shvatila sam da mi je utakmica kojoj sam prisustvovala uspela isterati Matijasa iz glave zbog čega mi je bilo drago. Čak je i jutro delovalo tako daleko, kao da se nismo videli pre desetak sati, već nedeljama unazad. Kad sam se na trenutak zaustavila pred vratima Aleksove sobe, ponovo sam se osetila sasvim običnom, kao da je sve u savršenom redu, da ništa loše nisam uradila, kao da je prethodno veče i sve u vezi sa njim samo jedan lud, nemoguć san, fantazija.

Ušla sam u sobu vukući mali kofer za sobom. Aleks je baš tad izlazio iz kupatila sasvim nag otklanjajući peškirom višak vode iz kose. Obuzelo me je poznato uzbuđenje od pogleda na to savršeno telo, planinu mišića, na njega tako visokog, razvijenog, sa sve plavim očima koje su zasjale radošću što me opet vide.

„Nemaš pojma koliko si lepa", rekao je ležerno, „osim, naravno, dresa, ali oprošteno ti je."

Nisam očekivala to da čujem, ne dok mi je kosa neraščešljiva gomila vune, prašine i znoja i nosim prljavi engleski dres, ali taj komentar podsetio me je koliko može da učini da se osećam voljenom u svakom izdanju.

„Šta ja da kažem?" prodahtala sam ne uspevši da sakrijem strast u glasu. Ispustila sam ručku kofera i pao je na pod, a ja mu potrčala u zagrljaj. S lakoćom me je odigao od zemlje i obuhvatila sam ga nogama, a usne nam se spojile.

„Šta misliš da skinemo ovo?" za trenutak me je spustio kako bi zavukao ruke ispod dresa.

„Slažem se. Skini sve i odvedi me pod tuš."

„Šta god želiš", ugrizao mi je gornju usnu.

Nije nam trebalo više od petnaest minuta da se nezasitni poljupci pretvore u vatreno vođenje ljubavi što je nanovo podsetilo i podstaklo moja osećanja prema njemu. Vrela voda i Aleks, oboje svuda po meni, kao da su oprali sve čime me polio prokleti Nemac preteći da mi to uzme i uništi. Obećala sam sebi ponovo da mu neću dati novu priliku. Ja pripadam samo i jedino ovom muškarcu.

Aleks je predložio da večeramo u krevetu, a potom gledamo film pred spavanje, ali pošto sam morala još jednom da probam karnevalski kostim, ubedila sam ga da nisam gladna (mada me je stomak zamalo glasno izdao) i da može da jede sa saigračima. Sumnjičavo me je pitao šta je to toliko važno, ali sam nemarno i uverljivo odgovorila da devojke i ja moramo isprobati gomilu haljina i isplanirati šta ćemo nositi na narednim utakmicama. Na kraju je prihvatio izgovore i pustio me da idem obećavši da će me čekati.

Barbara je bila u Laninoj sobi sa Beom i Endži. Na prvi pogled kostim je izgledao kao prošli put, ali kad sam ga pola sata kasnije uz pomoć svih prisutnih navukla, shvatila sam da stoji kao saliven. Pogledala sam se u ogledalo i zamalo vrisnula od oduševljenja. Matijas mi je sasvim iščileo iz misli. Pred očima mi je samo bila scena srećnog i ponosnog Aleksa kad me sutradan u ovome vidi.

„Najbolje da se sutra pojaviš u nekoj običnoj haljini", Barbara je prepričavala svoj plan. „Ništa lično i nemoj pogrešno da me shvatiš – želim da Ukrajina prođe, ali hajde da prvo vidimo stanje na terenu. Neću da svet gleda kako u mom remek delu tuguješ za izgubljenom utakmicom." Sve smo se nasmejale. „Osim toga, oblačenje kostima ovde, u hotelu nosi sa sobom sav nepotreban haos koji ne smemo dozvoliti. Sve društvene mreže bile bi preplavljene tvojim slikama pre nego što se dovezemo do stadiona te samim tim tvoja pojava na tribinama neće biti iznenađenje za Aleksa. Tako da je najbolje da te obučemo tokom poluvremena ako rezultat bude povoljan za Ukrajinu."

„A ako ne bude?" pitala je Lana.

„To nećemo da uzimamo u razmatranje", rekla sam.

„Slažem se, ali ako ipak do toga dođe, neću da nastavimo s ovom predstavom. Radije ću da ti vratim novac, nego da se priča kako moji kostimi donose lošu sreću."

Ponovo smo prasnule u smeh.

„Dogovoreno. Sutra ćemo onda sve uraditi na stadionu", odobrila sam plan. „Hoće li petnaest minuta biti dovoljno?"

„Po mojoj proceni dvadeset je realno, ali to je i bolje. Igrači će biti na terenu, većina navijača na tribinama, sve oči uprte na igru, a onda se pojaviš ti i *bum*!" sve je osmislila kao iskusan režiser.

„Odlično!"

Nazad u sobi Aleks, kako je obećao, bio je budan čekajući me. Gledao je pregled utakmica toga dana. Nakon što je Engleska pobedila Portugal, Čile je nadigrao Norvešku 3:1 što znači da će se par dana kasnije u Fortaljezi moja zemlja suočiti sa Južnoamerikancima. Pridružila sam mu se u krevetu i isprepleli smo se u čvrstom zagrljaju pre nego što smo utonuli u dubok i miran san ne dočekavši kraj celokupnog pregleda. Čist, neiskvaren, ničim ukaljan mir obuzeo me je zaštitnički pod njegovim rukama.

*****

Tata i mama doleteli su iz Brazilije kako bi prisustvovali Aleksovoj utakmici te smo prvi susret tog dana gledali u baru hotela kad su momci otišli na stadion. Danas se igraju poslednje utakmice osmine finala i pobednik okršaja između Irske i Paragvaja suočiće se s Ukrajinom koja, svi smo očekivali, odneće trijumf nad Belgijom, polufinalistom od pre četiri godine kog su tad pobedili Brazilci, a potom mi u utakmici za treće mesto oteviši im bronzane medalje. Sukob će biti oštar, ali svi smo verovali da će ih Aleksov tim nadigrati. Jači su nego pre četiri godine, a statistike Belgije za nijansu gore.

Kad smo krenuli na Arenu Fonte Nova, rezultat između Irske i Paragvaja bio je 1:1, međutim po dolasku na stadion, saznali smo da su Irci pobedili 3:1. Dakle oni su nam sledeći izazov. Kad smo se smestili na sedišta, zaigralo mi je u grudima. Vreme je bilo savršeno, a ja sam izgarala od uzbuđenja. Kroz jedno poluvreme priredíću Aleksu i te kakav šou i iznenađenje za ceo svet. Predstava mora u celosti biti izvedena bez greške.

Sigurno primetivši kako mi kolena klecaju dok isprazno zurim u teren u sebi se preslišavajući korak po korak šta ću da radim, Lana me neprimetno munula u rebra i ispod ruke pružila flašu providnog, zasigurno žestokog pića. „Šalje gospodin Oleksij", objasnila je. „Provukao je čitav paket iz Ukrajine."

Otvorila sam flašu i potegla željno pretpostavivši da je u pitanju opaka horilka. „Hvala ti", rekoh dok mi se vid mutio i na trenutak me oblili žmarci i hladan znoj koliko je piće jako. Potom sam povukla još jedan gutljaj nakon kog mi se licem razlio skoro dečje iskren osmeh baš u trenutku kad su igrači stali izlaziti na teren.

Odsvirane su himne i utakmica je počela. Lopta je hitro jurila s jedne na drugu stranu, gotovo bez sekunde postojanosti uz nekog igrača i ubrzo sam krenula da brinem – šta da radim ako Aleks primi gol? To bi mu bio prvi na ovom takmičenju te ne bi oborio svoj rekord od prošlog puta, što na kraju krajeva i nije toliko strašno. Gore je što bi Ukrajina bila na korak do ispadanja što niko od nas nije ozbiljno uzimao u razmatranje. Na sve to iznenađenje koje mu spremam bi bespovratno propalo bez nade da ikada uopšte dobije priliku da se izvede – gde god da bude sledeće Svetsko prvenstvo, to sigurno neće biti Brazil, čak ni u skorijoj budućnosti. Moj savršeni karnevalski kostim mogla bih komotno da bacim u smeće.

Ne želim to. Jasno mogu da se zamislim kako navijam za svog muškarca koji će na kraju ovog okršaja odneti pobedu. Tako je. To je jedini mogući scenario. Svim snagama sam se koncentrisala na taj ishod i pevala i vikala sa ostalim devojkama, suprugama i članovima porodica igrača oko mene. Prvi gol moraju postići naši momci.

Nisam mnogo sedela tih prvih trideset pet minuta najviše jer su se akcije nizale jedna za drugom bez i deset sekundi pauze. Pri isteku trideset šestog minuta Nikolaj Pavlov je prihvatio dugu loptu od Aleksa, provukao se između dva suparnička odbrambena igrača i jurnuo napred kao da mu od te trke život zavisi. Ostali igrači svi do jednog stvorili su se na belgijskoj polovini terena, neki spremni da mu asistiraju, neki na sve načine onemoguće mu da šutira. Prvi zapravo nisu morali ništa da rade, a drugima namera nije pošla za rukom. Nikolaj je smestio loptu u mrežu, volejem koji je iznenadio golmana jer se prebacio na jednu stranu gola, a trebalo je na suprotnu. Potez je bio sportska umetnost.

Žuta strana stadiona zaurlala je jednoglasno. Vrištala sam, skakala i grlila Janove, a potom sve koji su mi se našli u blizini osećajući kako me preplavljuje olakšanje. Moja predstava dobila je zeleno svetlo.

Dok smo na velikom ekranu gledali ponovni snimak akcije, svi smo se zadivili koliko iznenadno se gol desio. Ni Aleks ga nije očekivao. Samo je poslao loptu daleko napred. Nije imao pojma da će se Nikolaj onako zaleteti. Niko nije. Osim njega koji se sad smeškao pun sebe i zadovoljan šepureći se poput pauna dok su saigrači naskakali na njega grleći ga. Nastavi li ovako, biće strelac takmičenja. Ovo mu je četvrti gol. Izjednačio se sa Džošuom Hadlijem.

Kad je proslava završena, činilo mi se da je proletelo i preostalih deset minuta sa zaustavnim vremenom koliko je teren goreo od napada na obe strane. Očajni Belgijanci pružali su nadljudske napore da izjednače kako bi bar u nastavak igre mogli bez pritiska da uđu, ali ništa nije moglo da prođe iza Aleksa. Besprekorno je branio i bio neprikosnoven. Udarci nisu bili toliko opasni koliko učestali i sa svih strana, uglova i od svakog od deset igrača koji više nisu vodili računa ko je napadač, a ko odbrana. Svi su samo šutirali, a Aleks branio.

Svom snagom sam verovala da je to dobar znak, da ne treba da oklevam, te kad je sudija označio kraj poluvremena, sjurila sam se sa tribina, a devojke za mnom. Barbara nas je čekala ispred vrata kancelarije jednog od zaposlenih na stadionu koji nam je izašao u susret. Srećom izbegle smo horde ljudi i zatvorile vrata za sobom. Osim asistentkinje Barbara je povela i šminkerku koja inače radi za plesne škole učesnice karnevala. „Nisam mogla da te pustim da izađeš pred svet nepotpuna, a pretpostavljam da vi devojke ne znate kako šminka treba da izgleda."

Zagrlila sam je. „Hvala vam što ste na sve mislili."

Nasmejala se: „Mala, ne zahvaljuj. Radim ovo iz koristi. Ako bude sve u redu i tvoj dečko danas pobedi, posao ima da mi se razvije do razmera o kojima sanjam otkako sam prvi put sela za singericu[15]."

Sve smo se nasmejale i prionule na posao jer vremena nije bilo za gubljenje.

---

[15] Singer, brend šivaćih mašina.

Kostim nije bio komplikovan za obući jer mi je njih pet pomagalo, međutim deo koji ide u kosu jednostavno nije hteo da se fiksira. Padao je kad bih i za centimetar okrenula glavu. Nisam htela da mislim šta će se dogoditi kad krenem da igram – a sigurno neću stajati kao statua.

„*Faça a maquiagem dela enquanto estou consertando isso*"[16], rekla je Barbara šminkerki nakon još jednog teatralnog sunovrata ukrasa s moje glave uprkos bezbroju ukosnica i pola bočice spreja za kosu. Isprva nisam razumela šta pričaju dok žena nije sela ispred mene i otvorila svoje magično sanduče sa šminkom.

Pogledala sam na sat. „Utakmica počinje ovog trenutka. Šta mislite da izađem bez ukrasa?"

„Ni govora", odseče mi. „Daj nam samo još par minuta i strpi se. Pojavićeš se u pravom trenutku."

Nije mi bilo druge do da im verujem pa sam se prepustila hitrim rukama i prstima brojeći u sebi sekunde igre koje ću da propustim i šta će Aleks i naši roditelji misliti zašto me nema.

Za manje od deset minuta, šminkerka je obznanila: „Gotovo", i zatvorila svoje koferče.

„Odlično", Barbara mi je prišla i bez mučenja kao malopre smestila plavo-žuto perje u kosu učvrstivši ga uz par ukosnica. Koliko me je stezalo, znala sam da će me kroz sat vremena uhvatiti glavobolja, ali bilo me briga. Jedino važno je bilo da stoji bez obzira koliko budem navijala i igrala.

„Najbolja si u svom poslu, Barbara", ustala sam i pogledala se u ogledalo. „Ovo je božanstveno." Nadmašile su sva moja očekivanja koja su već bila izuzetno visoka. Plava i žuta nijansa materijala ne samo da su bile identične ukrajinskoj zastavi, nego su se lepo prelivale s mojom tamnosmeđom kosom. Zlatne sandale koje su mi donele davale su osećaj izuzetne udobnosti. Napetost se pretočila u čistu hrabrost i samopouzdanje – spremna sam da izađem pred skoro četrdeset devet hiljada navijača.

Dok sam se kretala tunelom nazad ka tribinama, nogu pred nogu dok su štikle odzvanjale o zidove, gotovo sam videla sebe kao na usporenom snimku. Ispunio me je adrenalin identičan onom pred neki nastup. Zar nije ovaj stadion sad moja pozornica?

Čula sam povike razularenih fanova, njihovo navijanje i skakanje, engleskog komentatora kako vodi masu kroz još jedan napad koji se završava Aleksovom odbranom. Trema mi je pozitivno uzburkala stomak. Korak po korak bila sam bliža svojoj neobičnoj predstavi.

---

[16] „Našminkaj je dok ja ovo popravim."

Kad mi je oštro sunce palo na lice, morala sam da začkiljim za trenutak, a potom pogledom potražila tablu sa rezultatom kako bih bila sigurna da se neću neprijatno iznenaditi. Nema promene, Ukrajinci i dalje vode, dobro je. Bez reči sam se pela do svog sedišta, a devojke za mnom. Isprva niko nije shvatio šta se dešava, ali kad su me spazili moji i Aleksovi roditelji, za njima su i ostali. Naš deo tribina je zaurlao i buka se proširila na ostatak prisutnih. Kao na filmu.

Narednog trenutka zauzela sam veliki ekran – šašava, posvećena obožavateljka reprezentacije Ukrajine. Vrisci i povici podrške i odobravanja stizali su sa svih strana. Pogled mi se susreo s nekoliko nepoznatih navijača i svi su bili odobravajući. Kako je ko shvatao da sam u pitanju ja, Aleksova Džejn, tako su povici i zvižduci bili sve glasniji i duži.

Kao šlag na tortu, par navijača je imalo prenosne zvučnike i nastavilo sa muzikom samo sad još glasnije, a ja sam se pokrenula i uhvatila ritam što je izazvalo odobravanje i povelo i ostale.

Sve nadalje što se odigralo to popodne sad pripada jednom divnom, maglovitom snu koji je bio stvarnost. Aleksovi roditelji su bili oduševljeni mojim postupkom. Sa druge strane moji nisu mogli da se prestanu smejati, a ja sam samo igrala nošena zvucima stadiona, muzike i fudbala. Činilo se kao da sve što se čuje podržava igrače u žutom. Iako je bio na popriličnoj udaljenosti, znala sam u kom trenutku me je Aleks primetio – ne na velikom ekranu gde sam se pojavljivala svako malo kad lopta ne bi bila u pokretu – već pravo na tribinama, pored njegovih roditelja, u bojama njegove zemlje. Kad se kamera spustila na njegovo lice tokom prekida zbog jednog faula, gledao je u mom pravcu široko se osmehujući. Ovo je nešto najlepše i najbolje što sam mogla uraditi za njega.

Atmosfera na tribinama osetno se zagrejala od moje teatralne, šarene pojave. Između pesama, navijanja i igranja uspela sam da uglavim slikanje sa navijačima koji su prilazili sa svih strana i okrenem se i nasmejem velikom broju kamera za koje sam znala da su svuda oko nas. Provodila sam se kao na najboljoj žurki, a u jednom trenutku mi je i prošlo glavom kako mi sve što radim dolazi prirodno, da sam na pravom mestu dok svim srcem podržavam svog muškarca. Upravo ovo treba da radim stalno ubuduće. Da celim svojim bićem Aleksa činim srećnim i ponosnim.

Konačno u osamdeset prvom minutu tokom refrena pesme *Samba de Janeiro*, Lev Zahara dodao je loptu Vladu Starovskom koji je jurnuo napred. Nikolaj Pavlov i Andrij Barnik shvatili su šta mu je plan i potrčali napred pažljivo kako ne bi bili u ofsajdu. Kad je lopta preletela niz belgijskih odbrambenih igrača, kao da se zastavica za start spustila i njih dvojica su se gotovo sunovratila ka neprijateljskom golu koliko ih noge nose. Andrij je hteo da postigne još jedan pogodak, ali iz njegove pozicije šanse su bile minimalne. Stoga nije bio sebičan, već poslao loptu Nikolaju koji ju je oštro preusmerio u deo između stativa do kog belgijski golman nije mogao da stigne.

Za Crvene đavole[17] utakmica je u tom trenutku završena. Za nas proslava je počela. Navijači u žutom i plavom pevali su i izvikivali sve pesme kojih su se setili, svi zajedno, sinhronizovano, ni ne gledajući na sat da bismo što pre dočekali kraj produžetaka. Nismo čak čuli ni poslednji sudijin zvižduk. Shvatila sam da je utakmica gotova kad je Aleks pružio ruke ka nebu i skinuo rukavice. Sa još jednim izazovom uspešno su se izborili. Još jedan korak bliže smo ostvarenju sna.

Aleks je prišao našim tribinama najviše što je mogao gledajući me ozareno i osmehujući se. Nažalost, zbog velikog broja od sreće pomahnitalih navijača i strogog obezbeđenja nisam mogla da se spustim do terena kako bih bila s njim. Mahnula sam mu i poslala poljubac uhvaćen stotinama kamera. Već sam znala da ćemo sutradan biti na bezbroj naslovnica i u svakim novinama.

„Hoćeš li se presvući?" upita Bea kad je Aleks napustio teren sa kolegama sigurno s namerom da što pre završi na konferenciji za štampu.

„Nisam sigurna. Ne skida mi se ovo. Šta vi mislite? Kad sam već započela žurku, da idem do kraja?"

„Mogla bi", složila se Endži.

Poneta euforijom dovršila sam veliku kriglu piva i nastavila da ostatak vremena koje imamo na stadionu popričam i slikam se sa navijačima koji nisu mogli da se nadive mom poduhvatu.

Ubrzo sam shvatila da je veliki broj onih koji su prišli zapravo došlo u Brazil zahvaljujući nagradnoj igri koju sam organizovala par meseci ranije. Drago mi je bilo da vidim da su svih godišta, zanimanja i hobija, iz svih krajeva Ukrajine, sa jednom zajedničkom strasti – fudbalom. Niko od njih inače sam ne bi mogao priuštiti ovako dalek put te im je moja pomoć omogućila ostvarenje snova. Tokom tih kratkih razgovora ponovo su me ispunili toplina i onaj osećaj da nešto lepo radim za Aleksa, nešto zbog čega me i drugi smatraju dobrom, divnom osobom.

Uostalom, ne treba li tako da bude? Zar ne treba partneri da pomažu jedno drugom da svaki dan budu bolji i razvijaju se kao osobe i ličnosti? Uz mene Aleks je ostao najbolji golman na svetu, opustio se pred novinarima, ohrabrio za konferencije i više mu nije teško da pred

---

[17] Crveni đavoli, The Red Devils, De Rode Duivels, Les Diables rouges, Die Roten Teufel, nadimak fudbalske reprezentacije Belgije.

kamerama pronađe prave reči. Uz njega ja polako postajem najbolja verzija sebe. Daleko sam prijatnija, prizemnija, ljubaznija, pristupačnija nego što sam bila kad smo se tek upoznali. Mi jedno u drugom izazivamo samo dobro. Za neračunljivog i drskog Matijasa nema prostora u mom uređenom životu. Aleks je jedini kog volim i kom ću se posvetiti. U celosti.

Tokom vožnje do hotela bila sam iscrpljena od igranja i stajanja na nogama, ali u glavi mi je i dalje bila diskoteka. Kad sam iskoračila pred ulazom, portir se stvorio da nam širom otvori vrata kako bih mogla neometano i teatralno i tu da uđem. Tako odevena zauzimala sam prostor kao ragbista.

Devojke i ja smo kratko popričale sa osobljem hotela koje je došlo da nas dočeka i utom je Aleks iskrsao iz restorana, već presvučen u teksas šorts i belu košulju. „Gde je najlepša devojka ovogodišnjeg Karnevala?" odmerio me od glave do pete, od čega sam gotovo pocrvenela i zaigralo mi je u stomaku kao da smo počeli da izlazimo prošle nedelje.

„Gde je najbolji golman na svetu?" odgovorila sam zapazivši da je čitav hol zaćutao netremice nas posmatrajući. Prišla sam mu hodom kao sa piste. „Presvukao si se?"

„Ne priliči da te dočekam u trenerci." Spustio mi je ruku na goli struk. Naježila sam se.

„Janov, ne brini, nas dvoje se slažemo u svakoj kombinaciji."

Osmehnuo se. „U pravu si." Oči su mu sijale od dragosti i ponosa. „Poprilično prijatno si sve iznenadila predstavom od malopre, Anderson."

„Je l' se tebi dopala?"

Umesto odgovora iznenadio me zagrljajem privukavši me na grudi. Pomazio me po obrazu. Sklopila sam oči opijena njegovim dahom i glasom. „Volim te, Džejn", rekao je ozbiljno, „zbog svega što činiš za mene. Volim te bespovratno, do srži."

Prvo me je oblila krivica, ali nisam joj smela dozvoliti da nam upropasti savršen trenutak te sam je isterala iz misli. „Volim te, Aleks, celim telom, dušom, bićem. Sve ću učiniti za tebe."

Usne su nam se spojile čime me je prebacio u prostor gde samo nas dvoje postojimo, samo mi i naša zajednička sreća. Niko i ništa sem toga.

*****

„Lana, molim te, proveri ove poruke i obriši ih. Obavesti me samo ako je neko bolestan." Pružila sam joj telefon dok smo naredni dan sedele na kafi.

Aleks i ja smo doručkovali u krevetu. On je potom otišao na lagani trening, a ja se našla sa devojkama. Internet je vrveo od slika prethodnog dana, mene u kostimu, okružene prijateljima, porodicom i navijačima, kako šaljem poljubac Aleksu. Dan nakon što se Matijas polomio da mi organizuje romantičan izlazak u prijatnoj, intimnoj atmosferi i još me upozna sa porodicom. Pretpostavljala sam da je lud od besa, možda očekuje objašnjenje ili me u ovom trenutku kune. Ne želim da znam.

Zadovoljna što se konačno razumno ponašam, Lana se prihvatila listanja poruka i obaveštenja. „Nema ništa od Matijasa", reče par minuta kasnije.

To me iznenadilo. „Kako misliš ništa?"

„Jedino što je poslao je *Stigao sam u Rio. Imam sjajnu ideju za naš naredni sastanak* i *Tvoj miris mi je svuda na odeći. Užasno mi nedostaješ.*"

Teško sam progutala ne znajući šta da osećam. Svakako je dobro da nije na moju predstavu odreagovao na način koji bi mi pokvario raspoloženje i uništio dan, ali sa druge strane, ako je hladan, nezainteresovan, ako ga ovo od juče nikako nije dotaklo, šta mu onda znači ono upoznavanje sa porodicom i ceo taj dan?

„Ne sviđa mi se ovo, ali bar te nije zasuo psovkama i uvredama", reče Endži. „Mada, nešto mi govori da se neće na ovome završiti."

„Ne razmišljajmo o njemu previše", reče Bea. „Jučerašnji dan je jedan od najlepših u životu Džejn i Aleksa. Hajde da ga tako i zapamtimo i sećamo se samo po lepom."

„U pravu si. Hvala ti", pružila sam ruku ka njoj, a ona mi je stegla i ugrejala prste.

„Samo očajnički želim da vas dvoje budete srećni i uživate jedno u drugom i svojoj velikoj, posebnoj ljubavi koja je svima tako očigledna." Ustala je i zagrlila me. „Sad me izvinite, ali moram da odem kod svog verenika."

Glasno smo se nasmejale dok su Bea i Endži skupljale kofere i torbe koje će da nose.

„Jedva čekam vaše venčanje", rekla sam. „To će biti žurka godine."

„Ja jedva čekam da ga zovem mužem", stidljivo se osmehnula. „Znam da nakon ceremonije ništa neće biti drastično drugačije, ali on je već godinama mnogo više od dečka ili verenika. *Muž* je nekako daleko prirodnije."

„Avgust je još malo pa tu. Kad se Prvenstvo završi, nećete imati vremena ni da izađete na piće od silnih obaveza i priprema", reče Endži.

„U pravu si. Toliko toga još treba da se uradi, da se pobrinem za toliko detalja. Ne mogu da verujem da je prirema toliko obimna i naporna čak i za malo, intimno venčanje s najbližima."

„Sve će biti savršeno. Ne brini", ohrabrila sam je.

Da nije Deklana Flečera, Endži bi ostala sa nama. Videla sam joj po ponašanju da ju je malo sramota i krivo što me ostavlja, ali uverila sam je da ću sa Lanom da me čuva od Matijasa po svaku cenu biti bezbedna. U svakom slučaju nas četiri ponovo ćemo biti na okupu kroz dva dana. Ostaću sa Aleksom najduže što mogu tako da ćemo petog jula, kad Engleska igra protiv Čilea, rano ujutru sesti na avion i uputiti se u Fortaljezu kako bismo prisustvovale utakmici, a potom se što pre vratiti nazad u Salvador narednog dana gde se Ukrajina suočava s Irskom.

Kad sam shvatila da Aleksov tim već igra četvrtfinale, obuzeo me je čudan strah pomešan sa pozitivnom tremom. Do kraja turnira ostalo je tačno deset dana. Nadamo se zlatu, što je istovremeno i preambiciozno i sasvim moguće. Pre četiri godine Ukrajina je svima pokazala da ima fudbalere svetskog kalibra, sposobne da doguraju do finala. Tad su se izborili sa najboljim timovima i favoritima. Ovaj put pak sreća je na našoj strani tabele gde imamo u svakom pogledu lakše protivnike nego Nemci kojima su zapali samo oni sa najjačim statistikama. Ako sve bude kako treba i prema pretpostavkama svetskih fudbalskih stručnjaka, srešćemo se baš sa njima u finalu, kroz dve utakmice.

Osim ako Nemci ne izgube od Italijana. Ta utakmica biće istog dana kad Engleska igra u Fortaljezi. Mada, možda Nemci izgube baš od tima Metjua Vansa u narednom kolu. Nije mi bilo prijatno da mislim ni o jednom ishodu, mada sam znala da je neki neminovan. Čak i onaj u kom se u finalu susreću Ukrajina i Nemačka, u sigurno krvavoj bici za trofej.

Protrljala sam slepoočnice jer me je od fudbalskih predviđanja zabolela glava. Ionako samo previše razmišljam. Na meni je jedino da budem uz svog čoveka, do kraja. Toliko je jednostavno.

# 10.

Dva dana koja smo Aleks i ja proveli zajedno pomogla su mi da odmorim i povratim energiju za ostatak takmičenja. Treninzi su mu počinjali u kasnim jutarnjim satima te nismo morali navijati alarm. Divan je bio osećaj buditi se u sobi do svake pukotine ispunjenoj suncem, jednim uhom na njegovim grudima koje se umirujuće podižu i spuštaju dok me grli i pokriva svojim velikim, snažnim rukama.

Posedovao je više smirenosti i samopouzdanja nego prethodni put. Nije imao košmare ili periode stresa i panike od strepnje kako će se neka utakmica završiti. Svestan je bio kako je trenirao otkako se preselio u Pariz, a potom i u Madridu, da zasluženo osvaja brojne nagrade iz godine u godinu. Znao je, na sebi svojstven skroman način, umom i telom, svakim mišićem koji je posvećeno vežbao, da nije samo dobar golman, već uistinu najbolji, da mu nema ravnog. Nekako i nama ostalima to je bilo jasno, nama koji ga volimo zbog toga što je divna osoba, ali i stručnjacima i sportskim ekspertima koji ga nikada nisu upoznali. Lako se dalo zaključiti iz njegovih slivenih, preciznih pokreta, stava i građe postojane odbrambene mašine, sve iz njega isijavalo je samopouzdanje i ulivalo sigurnost svakom obožavatelju ukrajinske reprezentacije. Zadivljena sam bila čak i ja koliko se promenio, koliko je nadrastao onog odličnog dvadesetogodišnjaka kog sam pre skoro pet godina upoznala. Opravdao je sve nade i očekivanja.

Nakon njegovog treninga otišli smo u teretanu gde smo jedno drugo izazivali i zadirkivali. Naravno da je bolji u dizanju tegova, ali kad pređemo na bicikl ili traku za trčanje, brži je u početku, ali sam ja ona koja izdrži duže. Osveženje i odmor potom smo potražili pored bazena u bezalkoholnim koktelima. Kasnije na putu ka sobi naleteli smo na Nikolaja. „Hoćete li sići nakon večere? Sviraće bend", obavestio nas je.

„Brazilska muzika uživo? Zvuči nešto što bi se meni dopalo", odgovorila sam uzbuđeno.

„Onda idemo", Aleks se složio. „Neću da propustim priliku da ponovo vidim kako igraš kao na karnevalu", dodao je u liftu kad se Nikolaj udaljio.

Poljubila sam ga umesto odgovora, a on me uhvatio oko struka, podigao i dok sam ga grlila i rukama i nogama, odneo u sobu.

„Baš voliš da privlačiš pažnju?" Aleks reče izašavši iz kupatila zatekavši me kako pred ogledalom nameštam prljavobelu kratku suknju i top koji su nevulgarno otkrivali dosta kože.

Uspravila sam se i svesna kako mi kombinacija stoji, napravila piruetu kako bi mogao da me u celosti vidi. „Ako ti se ne sviđa, mogu se presvući u neku široku haljinu…"

Prišao mi je, okrenuo ka ogledalu i zagrlio s leđa. Odlično idemo jedno uz drugo, teško mi je bilo da ne pomislim, a njegov nag torzo i parfem koji je tek stavio ušunjali su mi se kroz nos i pomutili misli.

„Sasvim sam lud za ženom pred sobom", poljubio me u nos.

Snažno sam ga zagrlila kako bih ugušila tek javljenu želju koja me obuzela. Odlučimo li ponovo da imamo seks, kasnićemo i svima će biti jasno zašto, a nisam htela da nas Nikolaj zadirkuje.

Na bazenu momci, naravno, nisu pili, ali treneru Andrejeviču nije smetalo da vanreprezentativno osoblje naručuje alkohola koliko nam duša ište. Obećala sam Aleksu da ću proslavljati koktelima i za njega, a da kasnije samo treba da vodi računa da se ne sapletem u bazen. Ceo tim je sišao na žurku, kao i Aleksovi roditelji i sestra. Tad sam već umela da se sporazumem na ukrajinskom kad se radi o jednostavnim, svakodnevnim temama, te sam ćaskala sa ostalim devojkama i igračima. Tako su bili divni i puni razumevanja za moje gramatičke greške ili kad mi je neka reč bila posebno teška da izgovorim. Međutim, što sam više koktela slivala, tečnije sam se izražavala nagonivši sve na smeh do suza kad bih ponekad upotrebila sasvim pogrešnu reč.

Muzika nije bila strogo brazilska, a u jednom trenutku di-džej je preuzeo scenu i sa regularnim pesmama mešao zvuke stadiona i proslave golova kao da nas priprema za narednu utakmicu. Igrala sam i skalala svim srcem, slivajući piće za pićem koja su sva kroz znoj izlazila na površinu u prijatnoj večeri. Pevala sam i tekstove koje sam znala, i pesme koje prvi put čujem. Ponosna sam bila što sam tu, u ulozi Aleksove devojke, a još veću potvrdu dobijala sam sa svih strana, od svih prisutnih koji su odobravali što smo ponovo zvanično ovako srećni i zajedno. Ukrajinci su mi oprostili sve kroz šta je Aleks prošao zbog mene. Osećala sam, bilo je jasno.

Ponovo te večeri osetila sam da mi je i on zaista oprostio sve što sam onomad uradila. Celo veče bio je savršen dečko – plesao je sa mnom neumorno iako znam da ne voli da igra, toliko puta me naizgled ovlaš, ali s ljubavlju dodirnuo, dotakao mi leđa, ruke, ramena, poljubio u obraz, jedan pa drugi. Držao me kraj sebe, s obožavanjem posmatrao dok pričam sa drugima, gutao me očima dok smo se njihali na talasima muzike. Ja sam ispunjena, upotpunjena, voljena žena zahvaljujući njemu.

Žurka je od obične svirke postala noć koja će se pamtiti. Lana i ja, iskusne pijanice, pokazale smo ostalima koji su im zapravo pragovi tolerancije na alkohol. U jednom trenutku nekoliko devojaka skočilo je u bazen i pridružili su im se njihovi partneri. U narednom stopala su me toliko bolela – odbijala sam da izujem sandale – te sam se naslonila na Aleksa i zatražila da se povučemo u sobu.

„Gde je Lana?" promrmljala sam.

„Ne brini za nju. Prima odgovarajuću negu."

„Kako misliš?" htela sam da podignem glavu zainteresovano, ali bila je preteška.

„Lev je prati do sobe."

„Hah, 'prati'! Nemoj mi reći."

„On je džentlmen."

Vriskom sam se nasmejala. „Do čije sobe je prati?"

„Je l' važno?"

„Nije, samo ne želim da sutra bude problema", uzdahnula sam. Lana ne voli avanture za jednu noć, a Lev je ženskaroš kalibra Nikolaja Pavlova samo sedam godina mlađi. Neću da je povredi, ali s druge strane, odrasla je osoba. Mojoj glavi teško je da se izbori sama sa sobom. Prepustiću jutru da mi donese vesti.

„Neće biti problema", reče Aleks. „Samo ste vi, devojke, pile. Mi nismo. Ova noć je momcima najbolji poklon za prethodnih mesec dana."

Ponovo sam prasnula u smeh. „Kakav si predator."

„Naravno kad spavam pored tebe."

„I umeš da šarmiraš. Hajde, vodi me sa sobom." Obesila sam mu se o vrat, a on me podigao lagano kao pero i odneo celim putem kroz lift i hodnik do sobe.

Kad sam se narednog jutra probudila, prvo sam opsovala na bol u leđima i nogama, a potom se protegla do velike čaše vode kraj kreveta i ispila je do kraja. Toliko sam bila dehidrirana. Od galona alkohola, koktela čitavog spektra boja. Potom su mi pred očima iskrsle scene, jedna po jedna, svega što se desilo nakon što smo Aleks i ja zatvorili vrata za sobom i shvatila sam uz osmeh da me mišići bole od nečega drugog, ne samo igranja na visokim potpeticama. Ugrizla sam se za usnu kako ga ne bih probudila jaučući. Grudi su mi ispunili toplina i prijatni žmarci na saznanje da je i posle pet godina – ili da kažemo tri pošto je onaj period u

Parizu najbolje zaboraviti – naš seks redovno, na nepredvidive načine sjajan.

„Hoćeš li sa mnom u teretanu?" pitao je kad sam izašla iz kupatila.

„Hoćeš li u potpunosti da me onesposobiš za normalno učestvovanje u svakodnevnim društvenim aktivnostima pa da sutra ne mogu da maknem iz kreveta, a kamoli odem na avion?"

„Možda mi je to plan."

Skinula sam bade mantil i bacila ga na njega. Brzinom svetlosti skočio je iz kreveta i stvorio se pored mene, nag i uzbuđen.

„Čini mi se da danas imamo validne izgovore da preskočimo teretanu", rekla sam uz osmeh. S lakoćom me je uhvatio za noge i poneo do male police kraj prozora zaklonjenog zavesom. „Nisi normalan", skoro sam vrisnula jer je u tom trenutku ušao u mene, izluđujuće sporo i strpljivo.

„Nisam", odgovorio je između poljubaca. „Niko nas ne može videti. Ispod prozora je samo vrt."

„Na sve si mislio."

„Naravno. Ništa nas neće uznemiravati."

Zadivio me je s koliko odlučnosti se suzdržava i pomera u meni sve dok me nije doveo do dva svršetka i molbi da prestane. Nastavio je, uprkos mom otimanju, gledajući me u oči i uživajući u trzajima mog tela. Uprkos svemu, vodili smo ljubav. Došli smo u stadijum kad više ne možemo da razdvojimo gladno, pomamno zadovoljavanje nagona i razmenu najčistijih osećanja. Kad god se naša tela nađu jedno do drugog, sve što urade protkano je ljubavlju. Zato je valjda i svaki put kraj ove vožnje snažan, emotivan, jedinstven i nezaboravan.

„Jedva čekam da vidim Lanu", rekoh preko zalogaja tosta sa džemom.

„Pitaću Leva šta se desilo ako hoćeš da budeš sigurna po pitanju njega", predloži Aleks.

„Bila bih ti zahvalna. Lana zna šta radi, ali ne verujem tom momku."

On se nasmeja. „Niko mu ne veruje, ali ne brini, popričaću s njim."

Poslala sam joj poruku čim je otišao na trening i odgovorila je istog trenutka da se nađemo na bazenu. Brzo sam se presvukla i spustila zatekavši je već opruženu na suncu kako srče limunadu dok joj nikad veće naočare pokrivaju gotovo celo lice. Prasnula sam u smeh, ali se ugrizla za obraz videvši u kakvu crtu su joj se stisnula usta.

„Šta se desilo? Nije valjda bilo toliko loše?" upitah.

„Sedi 'vamo", pokazala je na ležaljku pored svoje. „Ne izgledaš ništa bolje."

„Ahem, ja ne skrivam lice."

„Onda ti noć možda ipak nije bila toliko ispunjena."

Naručila sam vodu i smestila se pored nje. „Hoću sve da čujem."

Sklonila je naočare i bilo mi je jasno koliko je umorna. „Prokletstvo, sunce je prejako", požalila se i vratila ih. „Nisam mnogo spavala. Tj. *nismo* spavali. Sad smo se razišli kad je otišao na trening."

Zaskičala sam od sreće. „To je divno!"

„Da, bilo je za pamćenje. Iako sam mamurna i iscrpljena do krajnjih granica, drago mi je što je ispunio očekivanja. S razlogom ima reputaciju koju ima."

„I meni je drago. Zašto onda osećam neko *ali*?"

Otpila je limunade. „Hoće da se večeras ponovo vidimo."

„Šta je loše u tome? Samo mu reci da treba rano da ustaneš zbog utakmice Engleske."

„I jesam, ali onda je krenuo da mi priča bajke."

„Kakve bajke?" iscedila sam malo limuna u svoju čašu vode.

„Znaš, one priče koje momci prosipaju kad hoće da te navuku da postaneš emotivna."

Ruka mi se zaustavila u vazduhu i pogledala sam je. Znala sam na šta misli, ali nisam htela da verujem da bi Aleksov drug to uradio mojoj najboljoj prijateljici.

„Spavali smo neka dva sata, zagrljeni... Znam!" dodala je kad sam neodobravajuće zakolutala očima. „Sve znam, ali bila sam mrtva pijana i to grljenje je nekako delovalo prirodno."

„Ali on nije pio. Gad!"

„Znam, ružno s njegove strane, zar ne? Kad smo se probudili, nastavili smo, a onda je rekao da nikada išta slično ni sa kim nije osetio. Mislim, jeste, bilo je više nego odlično, ali nikad to ne bih priznala osobi koju sam tek upoznala i... hm... u kojoj planiram da neko vreme fizički uživam."

„Kakvo derište!"

„Upravo to sam mu rekla, a on je predložio da zajedno doručkujemo. Pokušala sam da izbegnem, ali što sam se više trudila, bio je uporniji. Pre nego što je hrana dostavljena stigli smo još jednom da... znaš. Potom sam mu rekla da zaista nema potrebe za tim pričicama za klinke, da su njegove veštine dovoljne da se vratim po još i da ako nastavi s bljuvotinama, sve će upropastiti, ošamariću ga i zažaliti što sam se i u šta na prvom mestu upustila."

„I?"

„Nije se pokolebao, već nastavio s istom pričom: 'Lana, kunem ti se, ne lažem, ne izmišljam. Ovo je nešto najlepše što sam ikad sa devojkom doživeo. Nikada neću zaboraviti ovu noć. Nisam se ni sa jednom povezao kao noćas s tobom.' Najgore je što kad sam ja u besu pokušala da odem – iz svoje sobe – nije mi dao, već smo iz otimanja prešli u krevet i ponovo imali jednako dobar i vatren seks."

„Znači li to da nešto potiskuješ?"

„Džejn, mlađi je od mene šest godina i opasan ženskaroš. Šta god oseća ili tvrdi da oseća možda je istina, ali verovatno samo u datom trenutku, ili puke laži o kojima ne razmišlja. Ono što ja znam je da ne želim išta da imam sa takvim tipom i to ću mu večeras i reći."

„Znači pristala si da se vidite."

„Kako bismo raščistili sve."

„Da, *raščistili*." Obe smo prasnule u smeh. „Nemoj da brineš. Pričaću s Aleksom da vidi s tim klincem šta se dešava. Nastavi li da ti dosađuje, lično ću se postarati da nauči gde mu je mesto."

Kucnule smo se čašama.

„Hvala ti, Džejn."

„Nema na čemu. Ali?

„Šta?"

„Osećam još jedno *ali*."

Udahnula je. „Seks je uistinu bio drugačiji, nesvakidašnji, više nego fenomenalan. Na neki način je u pravu. Samo ne želim da me povredi neki popaljeni fudbalerčić."

Stegla sam joj ruku. „Neće, ja ti obećavam."

Konačno se osmehnula i ono *ali* nije više lebdelo u vazduhu. Ušle smo u bazen da se rashladimo i pravile plan za sutra: ustajemo sa suncem, ukrcavamo se na dvosatni let do Fortaljeze, tamo ćemo se naći sa Beom, Endži i mojim roditeljima, prisustvovaćemo utakmici u pet popodne. Naredno jutro plan je gotovo isti i vratićemo se u Salvador na vreme za Aleksovu utakmicu protiv Irske. Moraću pažljivo da isplaniram i pridržavam se plana spavanja da se u nekom trenutku ne onesvestim.

Telefon mi je zazvonio. Očekujući Aleksa koji se vraća s treninga, otvorila sam poruku istog trenutka.

*Napravila si pravi šou ono veče. Mada, bolje bi ti stajao crno-crveno-zlatni kostim.*

Lana je videla kako sam pobelela. „Ne reci mi da je ponovo *on*."
Nisam odgovorila. Samo sam znojnim šakama stezala telefon. „Nemoj
ništa da odgovoriš."

„Neću, naravno", tiho sam rekla i ostavila uređaj u torbu.

Pola sata kasnije plivala sam trudeći se da prokletog Nemca
izbacim iz glave kad sam začula isti zvuk.

*Nazvaću te večeras u sedam. Ako se ne javiš, okrenuću Plavušana.*
*Možda mu i pošaljem one slike. Na tebi je.*

Glasno sam opsovala, a potom prekrila usta šakom kako ne bih
privukla nepotrebnu pažnju. Pružila sam Lani telefon.

„Prokletstvo. Ne da nam mira ni dva dana."

„Sigurna sam da blefira", ali drhtav glas nije bio. „Toliko puta je
rekao da me nikad ne bi povredio. Neće ni sad."

„Bolje bi ti bilo da mu se javiš", Lanin glas je bio ispunjen brigom i
besom. „Ne znamo koliko je sad ljut. Ipak si napravila cirkus koji će se
godinama pamtiti."

„U pravu si, ali šta da kažem Aleksu?"

„Kako misliš šta da mu kažeš? Da moraš da se čuješ s tatom, ili
Beom i Endži. Nećeš mu reći ovakvu istinu kad treba da odeš kroz par sati
i to dva dana pred važnu mu utakmicu. Ne volim što ovo moram da
priznam, ali laganje ti je sigurno najveći talenat. Iskoristi ga."

U pravu je. Ne smem uznemiriti Aleksa. Već danima nije čuo ništa
o Matijasu te je verovatno pretpostavio da je sve u redu, da je popustio i ne
uznemirava me više. Neka tako i ostane.

*- U redu. Pričaćemo večeras.* Hladno sam odgovorila.

Kad nije ništa odgovorio, uznemirila sam se. Ne liči na njega.
Znači ili da je zabrinjavajuće razjaren ili ponovo planira nešto ludo, možda
čak i opasno.

*Ne, Džejn, toliko puta ti je rekao da te neće povrediti,* ponavljala sam u
sebi. *Već je toliko sam rizikovao držeći tebe na bezbednom. Neće te sad ugroziti.*
Ali gde mi je garancija da moju predstavu na Aleksovoj utakmici nije
doživeo kao gaženje po svemu lepom što je priredio za mene samo dan
ranije? Neću znati dok ne pričam s njim.

Kako mi je Lana savetovala, nakon večere par minuta pre sedam
ostavila sam Aleksa sa saigračima u restoranu nakon što sam pročeprkala

po svom tanjiru rekavši da očekujem poziv od Bee i Endži kako bismo utanačile detalje za naredni dan, da neće dugo trajati.

Sekund do sedam telefon mi je zazvonio i javila sam se drhtavim rukama.

Tišina, ali čula sam disanje i znala da je on.

„Nedostaješ mi", reče iznenada uhvativši me sasvim nespremnu. Sve, ali sve sam očekivala sem toga. Čitav dan sam provela strahujući koliko će biti besan i šta će mi reći i uraditi. Nisam bila spremna na bilo kakav izliv nežnosti, a njegov glas bio ju je pun. „Prošlo je samo četiri dana, ali čini mi se kao godina."

„Matijase…"

„Moramo se videti uskoro, Džejn. Sve sam isplanirao. Ako izgubimo sutra, ići ću gde god ti budeš. Ako pobedimo, naći ću način da dođem negde gde budeš pre polufinala."

„Matijase, stani. Mislila sam…"

„Da sam ljut zbog onoga što si uradila na Plavušanovoj utakmici? I jesam. Lud sam od ljubomore i besa. Hteo sam da skočim na avion istog trenutka, upadnem na stadion i odvučem te sa tribina, premda se svi slažu da si neopozivo, neporecivo najprivlačnija, najzgodnija devojka koja je ikad ušla u karnevalski kostim."

Kamen mi je stajao u grlu. Htela sam da se svađam s njim, da bude ljut na mene pa da imam izgovor. Ne ovo. Ovo samo pogoršava situaciju. Ponovo. „Matijase, ne bi smeo to da mi govoriš. Trebalo bi da me mrziš i proklinješ i nikada više ne želiš da vidiš."

„Da je tako jednostavno, još pre par godina bismo završili."

„Zar ne vidiš da se trudim da ti olakšam? Mrzi me, molim te, i odustani već jednom. Nemoj me tražiti. Ja nisam za tebe."

„Nije ti ama baš ni malo stalo? Sve što se desilo onaj dan bila je laž, gluma?"

Kao da su mi usne bile spojene najjačim lepkom. Nisam mogla da ponovim šta je rekao. Kako da lažem nešto tako veliko, tih razmera? Zaboga, u pitanju je i njegova porodica. *Hajde, Džejn, potrudi se. Reci to makar povratila kad prekineš vezu.* „Da, samo sam se pretvarala, celo to popodne", rekla sam razgovetno i sporo.

Začuo se grohotan smeh. „Tako možeš Plavušanu da lažeš, ja nisam glup. Sve u svemu, već ćemo pričati o tvojoj predstavi sa kostimom kad se vidimo. Sad sam samo hteo da ti kažem da ćemo naredni put proći i kroz neke važnije teme, jednom za svagda. Takmičenje je pri kraju i neću isti scenario za sebe. Zahtevam neke odgovore i istinu."

Teško sam progutala. „Naravno. Dobićeš ih."

„Džejn?"

„Molim?"

„Ne pričaj opet tako sa mnom kao da smo stranci. Daleko smo više od toga."

Izdahnula sam zabrinuto. „Znam."

„Mislim na tebe šta god da uradiš jer znam šta osećaš kad smo zajedno. Znam da bilo šta što gajiš prema njemu nije ljubav, već samo dužnost, krivica. Znam da si jedino ona prava ti kad si sa mnom."

Duboko sam udahnula smirujući utrobu koja se opasno uzburkala od nervoze. Ne treba mi sad da slušam ovo, da me još više zbuni kad me već dovoljno uznemirio i zbunio svojim rečima otkako sam podigla slušalicu. Šta ako je ipak u pravu?

Nema govora. Znam vrlo dobro šta osećam prema Aleksu, a Matijas je samo nešto... nešto što ne znam ni sama sebi da objasnim, što niko ne može da definiše. Reći ću mu to kad se vidimo.

„Uskoro, Džejn."

„Važi."

„Nećeš mi poželeti sreću za sutra?"

„Protiv Italije? Srećno", trudila sam se da zvučim nezainteresovano iako mi se mučnina pela uz grlo. Duboko u sebi nisam ni bila sigurna šta mu želim. Nisam htela da se Nemci i Ukrajinci ponovo suoče, da možda dođe do još jedne katastrofe zbog mene, da ukrajinska reprezentacija ponovo prolazi kroz razočarenja, pogotovu da ih prouzrokuje Nemačka. Prethodno Svetsko prvenstvo pamtiće generacije. Možda je bolje za sve da Matijasov tim sad ispadne, ja mu kažem da me ne zanima ni on ni bilo kakav život koji mi nudi i svi oni će biti daleko, nazad u Evropi.

„Lepo spavaj", rekao je.

„Ti takođe."

„Još nešto."

„Da?"

„Nikada ne bih pokazao naše slike Plavušanu, znaš to?"

„Znam."

„A ipak si mi se javila." Ćutala sam. „Ne govori li ti to dovoljno?"

Ne odgovorivši prekinula sam vezu tresućih ruku uplašena od svega što mi je rekao. Ponovo je u pravu. Samo nisam sigurna da li mi se možda poigrava razumom i moći rasuđivanja.

Pošto nisam znala šta više da radim to veče, stala sam se moliti svim svecima i silama da me ovaj neračunljivi muškarac ostavi na miru.

Bilo kakva pomoć će mi značiti jer sama nemam snage da ga se u potpunosti otarasim.

*****

„Šta je uradio?" Endži je vrisnula dovoljno glasno da se svaka glava u kafiću podigne tražeći izvor pometnje.

„To što ste čule. Spremio je sveće i vino, a potom insistirao da izađemo na večeru nakon njihove sutrašnje utakmice", Lana nam je prepričavala događaje od prethodne večeri.

„Ta mala gnjida. Sve što hoda vodi u krevet i ni to mu nije dovoljno već se usuđuje na ovakve igrice", Endži je kiptela.

„Ne znam šta da mislim. Bezbroj puta sam mu rekla da nema potrebe za svime time, čak i da me sva ta romantika nervira i da ću otići ako nastavi i postarati se da njegov trener sazna da je planirao da pije."

„I šta je uradio?"

„Bacio sveće i vino u hodnik."

„I?" pitala sam.

„I onda smo… znate već."

Nismo mogle da zadržimo smeh.

„Simpatičan je, trudi se", reče Bea. „Možda je ovaj put drugačije za njega."

„Ma, daj, starija sam i još Džejnina drugarica", Lana je odmah odbacila tu mogućnost, „ako išta i oseća prema meni, to je dužnost da bude džentlmen zbog Aleksa i nje. Nezreo je, ne razlikuje osećaj poštovanja i prava osećanja prema nekome."

„Možda", priznade Bea, „a možda i grešimo." Okrenula se ka meni: „Je li Aleks saznao išta?"

„Nije imao vremena da nasamo popričaju, ali danas će."

„Uostalom, vreme će pokazati", reče Endži. „U međuvremenu uživaj u dobrom seksu."

„*U drugačijem, nesvakidašnjem, više nego fenomenalnom seksu*", citirala sam je i sve smo prasnule u smeh.

*****

Nisam htela da pratim ni utakmicu ni rezultat između Nemačke i Italije već sam čekala da se završi kad sam saznala da su Nemci pobedili 3:2. Naredni suparnik biće im Engleska ili Čile. To znači da ako moja zemlja pobedi večeras, susrešće tim Rolfa Gotfrida za četiri dana u Belo Horizonteu – gde ću ja sigurno biti sa devojkama i roditeljima.

Gde ćemo Matijas i ja ponovo biti u istom gradu u isto vreme dok je Aleks stotine kilometara daleko.

Ne smem o tome razmišljati. Kad i ako se desi, onda ću. Kako znam i umem.

Arena Kastelao ima pedeset osam hiljada sedišta i svako je tog dana bilo zauzeto. Čileanski navijači bili su za nijansu brojniji jer im je, naravno, bilo lakše da dođu. To, međutim, nije negativno uticalo na atmosferu. Navijači u belom neumorno su vikali, pevali i mahali zastavama i šalovima. Tata je gajio snažno uverenje da će se utakmica završiti dobro po nas te je uglavnom ćaskao s prijateljima, a mama s njihovim suprugama. Pridružila sam im se na par minuta.

Situaciji na terenu posvetila sam ponovo pažnju u pravo vreme – u četrdesetom minutu otvorena je goleada. Vezni igrač Čilea uspeo je sam da probije našu odbranu i dođe do Harolda. Jedan na jedan. Lopta je poletela lučno od njegovog desnog stopala nezaustavljivo do mreže. Harold nije mogao ništa da uradi.

„Tek će da se igra", rekla sam samouvereno. Džošua Hadli i Kiton Flanagan neće tek tako odustati. Čileanska ekipa je dobra, ali ne bolja od naše. Jasno je bilo iz napada i okršaja koji su prethodili ovom pogotku. Verovala sam da ćemo uspeti da ih nadjačamo.

U poslednjem minutu produžetka Dankan Flečer uspeo je da se probije na čelo napada, prihvati loptu od Džošue i uspešno je pošalje među stative golmanu iza leđa. Mogli smo da odahnemo na poluvremenu.

Drugi deo igre ispostavio se dosta uzbudljivijim. Igrači su izašli na travu puni energije kao da su čitavu pauzu proveli spavajući. Oba tima izvršila su po izmenu i krenula u nastavak okršaja. Poveli smo u tim prvim minutima, ali Čile je izjednačio ni deset minuta kasnije. Uspeli smo ponovo osvojiti prednost kad je Flanagan neočekivano pogodio mrežu sa udaljenosti od čak trideset metara. Osam minuta kasnije Čile je ponovo izjednačio, ali gol je poništen zbog ofsajda od svega deset centimetara.

Ozbiljno se zakuvalo, kako na travi tako i tribinama. Kao da to nije bilo dovoljno, u osamdeset osmom minutu Sajmon Vejd, naš odbrambeni igrač, preterao je u sukobu sa neprijateljskim napadačem i dobio žuti karton. U devedesetom minutu, međutim, iskupio se i prišao na opasnu blizinu golmanu Čilea. Uz pomoć Kitona uspeo je da loptu glavom smesti u gol za rezultat od 4:2 i definitivan kraj.

Vratili smo se u hotel pevajući i ispijajući šampanjac – u polufinalu smo! Za jedan nivo smo dalje nego prošli put kad je upravo Ukrajina izbacila ovaj tim u jednoj za mene posebno teškoj utakmici. Ovaj put suparnik će im biti Nemci i znala sam kristalno jasno za koga navijam. Neću da se Aleks nađe naspram Matijasa ponovo. Neću još jednu katastrofu u organizaciji Gotfrida, još jedno razočaranje za Aleksa. Uprkos činjenici da je opaki trener prilično tih, pritajen, naizgled bezopasan i nezainteresovan sve ovo vreme, sigurna sam bila da će se usuditi na nešto gadno ako zatreba. Nadala sam se da je Aleks do sad postao sasvim imun na bilo kakve otrovne provokacije koje mu mogu biti upućene. Uz malo sreće možda će i tim Metjua Vansa nastupiti protiv Nemaca isto kao danas i spasti me brige i neprijatnosti.

Iskupili smo se u restoranu kako bismo brzo večerali i dok sam ispijala drugu čašu crnog vina, na svakom TV-u u prostoriji bljesnula je crno-crveno-zlatna zastava obznanivši početak pregleda druge utakmice četvrtfinala toga dana.

Slatko sam se radovala besu Rolfa Gotfrida od samog starta utakmice. Ispostavilo se da su Italijani opasan protivnik, verovatno najteži kog su Nemci susreli od početka turnira. Nisu mogli ni na koji način da se izbore sa čvrstom odbranom u plavim dresovima i priđu dovoljno blizu stativama. Marko Moreti, svojeglavi igrač s kojim sam imala poprilično prisan susret na prošlom takmičenju, ove godine nije deo reprezentacije. Pre par sezona ozbiljno se povredio i sad igra na Bliskom Istoku, drugačiji tip fudbala. Njegov tim, međutim, nije mnogo patio za njim i odlično se nosio sa još jednim favoritom. Razasuti su bili svuda po travi, u svakom trenutku na pravom mestu, i to ne jedan igrač, nego najmanje dva. Nemcima je bilo teško da se pomere.

Srkutala sam vino sa zadovoljstvom prateći kako su problemi po Matijasov tim krenuli kad Evald Fuks nije uspeo da odbrani izuzetno silovit udarac jednog italijanskog napadača. Ispravno je procenio gde će lopta završiti, ali toliko je brzo i snažno letela da je nije mogao uhvatiti. Prošla mu je kroz ruke i divlje zatresla mrežu. Aktuelnom svetskom šampionu ne piše se dobro.

Nakon proslave gola kamere su prikazale kadrove sa kapitenom Mihaelom Krimom kako smireno daje uputstva saigračima i raspoređuje ih po terenu, potom je Matijas crven u licu nešto doviknuo Lensu, Leonu Šnajderu i Fridrihu Larsonu. Deset minuta kasnije postalo nam je jasno da njih četvorica zajedno planiraju nemilosrdno da napadnu. Kretali su se brzinom svetlosti, a ceo italijanski tim se prebacio u odbranu. Matijas je uspeo da se provuče i bude jedini beli dres u moru plavih. Lens mu je prosledio loptu, on skočio i uputio je ka golu izjednačujući. Pogodak je bio toliko sjajan i hvaljen od strane komentatora da su ga bezbroj puta ponovili na velikom ekranu i proučavali iz svakog ugla.

Ta akcija pak izvukla je svu energiju iz nemačkih igrača te kad je sudija označio kraj poluvremena, svaki je bio crven u licu i željan predaha. Ni nastavak okršaja, međutim, nije doneo Nemcima ono što su očajnički željeli. Iako su izašli na teren odmorni i spremni, italijanskom napadaču bila je dovoljna samo jedna greška nemačkog veznog igrača da sa loptom ode daleko ispred i ne čekajući saigrače da mu se pridruže. Neko bi rekao da je sebičan, bezobrazan i preambiciozan. Možda i jeste, ali nije pogrešio. Lopta je od njegove noge poletela pravo u gol, ka Evaldu koji nije uspeo da je zaustavi.

Iako sam znala konačan rezultat, zabolelo me je da vidim Matijasovo zabrinuto lice na ekranu. Srećom nisam gledala uživo. Ovako nešto njegovoj ekipi ne dešava se često. Godinama su neprikosnoveni favoriti, omiljeni tim, na čelu grupe u svakim kvalifikacijama, svakom završnom delu Prvenstva. Da napuste ovo prestižno takmičenje u četvrtfinalu nezamislivo im je, a sad im stoji pred nosem.

U osamdeset trećem minutu, međutim, priredili su nekoliko izuzetno kvalitetnih i ozbiljnih napada kojima su opravdali titulu trenutnog šampiona. Artur Fogt, dvadesetdvogodišnji igrač odbrane iz Dortmunda, stvorio se u pravo vreme na pravom mestu i svojim golom doneo olakšanje i nadu čitavoj naciji. Dlanovi su mi se znojili i primetila sam da ceo restoran u tišini pažljivo prati program.

Utakmica je produžena samo za dva minuta. Odlučujući pogodak desiće se svakog trenutka. Ono što ni u snu nisam očekivala je da će ga postići golman. Nemci su dobili korner u poslednjih nekoliko sekundi. Evald Fuks se priključio saigračima u neprijateljskom šesnaestercu, rizikujući da najjednostavniji kontranapad izazove fudbalsku tragediju kako njegovoj zemlji, tako sigurno i njemu. Kamera je uhvatila Gotfrida kako se očajnički drži za glavu ne odobravajući šta mu mladi golman radi i bespomoćno negodujući. Ne želim da znam kakvu kaznu je kasnije podneo za ovaj postupak. Mihael Krim je poslao loptu iz ugla, Leon Šnajder pokušao da je glavom preusmeri ka golu, ali nije uspeo. Evald, međutim, jeste. Italijanska mreža se tresla.

Mladi golman se okrenuo i potrčao ka treneru smejući se nevino kao dete koje čeka znak odobravanja, da je uradio pravu stvar i naravno da ga je dobio. Rolf ga je prvi zagrlio, a onda su ga ostali zaigrači oborili na zemlju medveđim zagrljajima. Bitka je gotova. Borili su se do kraja i nisu razočarali svoje navijače. Kao i uvek, Nemačka je pružila svakom ljubitelju sporta utakmicu nabijenu adrenalinom u kojoj moraš emotivno da se daš, o kojoj će se danima pričati.

Dosula sam vino razmišljajući kako možda i nisu toliko jaki kakvima ih svi smatraju, a možda im i nije bio dan. Videćemo kroz četiri dana. Kad ćemo se Matijas i ja ponovo naći preblizu.

Kad smo se devojke i ja kasnije te večeri rastale, začulo mi se kucanje na vratima. Iako premorena, obledila sam se. Za života mi je dovoljno kasnih posetilaca po hotelskim sobama, a ovo je mogao biti bilo ko, samo sam se molila da nije Matijas. Sa svakim drugim ću se već nekako izboriti, samo s njim ne mogu.

Pre nego što sam otvorila, začuo se glas: „Draga, mogu li da uđem?"

„Mama… naravno", pustila sam je uz čuđenje i olakšanje. „Otkud ti ovako kasno?"

„Htela sam da vidim kako si dok je Bred na bezbednoj udaljenosti."

Skinula je šminku i nosila trenerku i majicu na kratke rukave. *Želim da starim kao ona*, pomislila sam.

„Razumem. Hvala što si našla vremena."

„Nemoj za to da mi zahvaljuješ, draga." Sele smo na krevet, a ja sam se zavukla ispod pokrivača. „Kako je Aleks?" pitala je.

„Odlično. Spreman je za sutra, a i za svaku narednu utakmicu do kraja turnira. Srećni smo. Ovaj put smo baš, u potpunosti srećni i ispunjeni jedno drugim."

„Drago mi je da čujem." Pronašla mi je šaku i stegla. „A kako je Matijas?"

Srce mi je poskočilo, ali nisam pobegla iz stiska njenih toplih prstiju. „Zadaje mi probleme", odgovorila sam uz uzdah.

„Tako sam i mislila."

„Kako si znala?"

„Sećaš li se kad sam ti rekla da izgledaš izmučeno? Pa, nema ko ili šta drugo da bude uzrok tome. Jesam li u pravu?"

„Jesi." Nisam bila sigurna koliko smem da joj kažem pa sam sporo pričala. „On… insistira da se vidimo, da izađemo na večeru i tako to. Što ne mogu."

„Naravno da ne možeš."

Istog trenutka probola me je krivica. Šta bi rekla kad bi znala da sam već izašla s njim? „Ne znam na koji način da mu kažem da me se okane pa da to uradi već jednom."

„Moraš stvarno tako da misliš kad budeš pričala s njim."

Presekla sam je pogledom. Otkud joj pravo da ovako priča sa mnom?

„Ima neke čudne romantike među vama dvoma", reče. „Ne može se nazvati ljubavlju jer nikada zapravo i niste bili zajedno. Nama posmatračima taj vaš odnos izgleda čisto, nevino, ogromno, sa velikim šansama da bude savršen. Verovatno ti je sve to na neki način privlačno jer je zabranjeno pa si o tom osećaju postala zavisna."

„Kako misliš?"

„Možda deo tebe uživa u njegovoj neprestanoj pažnji i toj medijskoj pompi koja je prati pa oklevaš da sve prekineš."

„Mama, kako možeš reći…?" htela sam da budem ljuta, ali tako je smireno govorila da me bilo sramota.

„Džejn, i ja sam žena i bila sam u tvojim godinama. Nemaš pojma koliko se kajem za svoje greške koje su dovele do toga da odrasteš daleko od mene. Toliko toga sam mogla da te naučim."

Tačno sam znala na šta misli, bolje nego što je sama svesna. Previše puta sam zastranila sa raznoraznim muškarcima. Da li bi bilo drugačije da je bila uz mene tokom mojih osetljivih razvojnih godina? Koji god da je odgovor, sad je kasno. Nije bila, svojom krivicom. Možda sad može da ispravi deo te greške, možda čak i nesvesno. Oduvek je lepa i brojni su joj se udvarali, a nikad nije prevarila tatu.

„Misliš da u životu nisam naišla na hrabre muškarce koji se ne plaše Breda i pozovu me na piće?" rekla je kao da može da mi pročita misli. „Svako malo pojavi se neki, ali ja sam svaki put nepogrešivo, kristalno jasna da ništa ne želim jer volim i poštujem svog muža, i svaki od njih poštovao je moju reč jer bih ih ja naterala."

„Misliš da nisam dovoljno oštra s Matijasom?"

„Nisi bila pre četiri godine. Išla si na njegove utakmice, žurke, smejala se njegovim šalama, postala njegova prijateljica. Dala si mu nadu, a zapravo je trebalo da se skloniš čim si shvatila da ima ozbiljne namere."

„Ali tata je prvi krenuo na te utakmice i vodio me na sobom."

„A ti nakon toga išla sama, i na utakmice bez Breda i na sobne žurke. Nisi smela to da radiš."

Uzdahnula sam negodujući, ali i ne znajući šta da kažem u svoju odbranu.

„Ljubavi, u redu je, bila si mlada, neiživljena i neiskusna. Prijala ti je sva ta pažnja. Sva sreća pa si uspela zadržati Aleksa. Ne smeš sad da ga izgubiš, a da do toga stvarno ne bi došlo, moraš jednom za svagda zaustaviti Matijasa."

Zamišljala sam kako tim ugljeno crnim očima strogim, bezosećajnim, bezobzirnim glasom govorim da me ostave na miru, i oči su mi se nadule od suza. Ne, neću sad pred njom da plačem. „Mama, tako mi ga je žao", zamucala sam. „Zar činjenica da me i dalje juri ne govori o tome koliko su njegova osećanja prava i ozbiljna? Ne znam gde da nađem hrabrost i toliko ga povredim, da mu kažem da mi nikada neće dovoljno stati da ga odaberem naspram Aleksa."

„Moraš, Džejn, inače neće odustati od tebe još ko zna koliko godina. Protraćiće mladost. Možda ceo život."

Da, ali od pomisli na njega s nekom drugom gotovo istog trenutka sam se razbesnela. Kako sam samo sebična.

„Znam da si se na jedan način sigurno navikla na život s Aleksom. Poznajete se gotovo pet godina, znate sve jedno o drugom – kako razmišljate, kojim ritmom dišete, kako vam srce lupa u određenim situacijama. Ponekad će vam možda biti dosadno, ali uz malo truda, zauvek ćete održati uzbuđenje, ljubav i poštovanje. Ne treba ti zabava sa strane. Aleks je ne traži jer ima oči i srce samo za tebe. Ti treba isto da osećaš. Moraš se izboriti i odneti pobedu nad tim unutrašnjim nagonima da avanturu tražiš s nekim ko nije tvoj partner."

Ponovo sam udahnula potiskujući suze. „Kako tebi polazi za rukom sve ove godine?"

„Uvek sam znala da uz sebe imam savršenog, kompletnog, ostvarenog muškarca koji će zbog mene na leđima da ponese planine ako treba i nikada ga nisam uzela zdravo za gotovo jer znam koje su mu granice. Zbog toga ga istovremeno poštujem i na neki privlačan način mu se divim. Oduvek znam da on nije samo i bezuslovno moj pa da mogu da radim šta želim ne snoseći posledice. I ja znam koje su moje granice."

*Eto ti odgovora*, pomislila sam. *Ti nikada nisi znala svoje limite. Ni sad ne znaš, već se samo poigravaš i imaš sreće. A ni to neće trajati doveka. Moraš prestati.*

„Razmisli o ovome što sam ti rekla", nastavila je, „ali mrtva sam ozbiljna kad ti kažem da moraš već jednom osloboditi Matijasa. Čini se kao dobar momak. Zaslužuje da bude srećan, ne da ceo život posveti jurnjavi za snom, iluzijom. Isto tako Aleks zaslužuje ženu koja će voleti i brinuti samo za njega, koja će od celog sveta videti samo njega kao svog muškarca."

Pružila sam ruke da je zagrlim i prihvatila me u naručje. Udahnula sam mek miris njene čiste kose. U pravu je za sve i moram postupiti kako mi nalaže, što pre. Završiću ovu farsu već jednom kako bih ponovo mogla da budem devojka kakvu Aleks zaslužuje.

„Hvala ti za sve, mama", rekla sam na vratima ispraćajući je.

„Nema na čemu, ljubavi. Reći ću ti samo još nešto – ako ti išta znači: ni u jednom vremenu, dobu, ni pod kojim uslovima Bred ti ne bi dozvolio da izlaziš sa Belerom." Srce mi je ponovo preskočilo. „Sećam se da šta je rekao pre nego što ti je Aleks dao dres na Vembliju. Jedina dva fudbalera koja dolaze u obzir bili su Hadli i Krim. Aleksu se samo posrećilo što Bred ranije nije obratio pažnju na njega i dokazuje se svaki dan od tada."

Moj smeh prolomio se hodnikom. „Mihael Krim? Nema šanse."

„Oduvek je najzreliji igrač u svojoj reprezentaciji i izuzetno uspešan. Mada, sad je kasno."

Nasmejala sam se. „Naravno. Aleks je moj izbor. Zauvek."

*****

Značilo mi je što sam rano legla noć pre te mi buđenje u zoru nije teško palo. Ipak najveći deo leta za Salvador kunjala sam oslonjena na prozor. Devojke i ja nismo mnogo razgovarale jer su moji roditelji bili s nama, a kad smo stigli u hotel, nije bilo vremena da im prepričam susret s mamom. Igrači su već bili na stadionu, a mi smo seli u hotelski bar da ispratimo do kraja utakmicu između Holandije i Škotske kako bismo znali ko i kakav će nam protivnik biti u polufinalu, ako, tj. kad i mi prođemo. Prvo poluvreme završeno je 1:1, ali na početku drugog Holanđani su postigli još jedan gol i zadržali vođstvo do kraja. Odmah po sudijinom poslednjem zvižduku zaputili smo se na Arenu Fonte Nova.

Za ovu priliku nisam htela da priređujem išta spektakularno pa sam nosila ponovo teksas šorts i Aleksov dres. Jedno nesvakidašnje iznenađenje je dovoljno za ovaj turnir. Ne treba mi da iko kaže da sam zavisna o pažnji.

Sedišta su bila ista kao od pre par dana kad smo igrali protiv Belgije s tim što su nam se pridružili tatini prijatelji i poslovni partneri iz Irske. U šali sam obećala da ću paziti kako se ponašam i pristojno navijati, a oni meni da neće psovati kakav god bude ishod utakmice.

Međutim, nisam mogla da mirujem u tišini kad su ukrajinski fanovi stali pevati sve navijačke pesme koje znam. Nakon toliko godina sa Aleksom i prisustvovanju njegovim igrama, uglavnom sam znala šta se može čuti na tribinama. Večeras njihova država igra četvrtfinale, drugi put ikada, u dalekoj zemlji fudbala Brazilu, ponovo pišu istoriju, a oni kao podrška pijani su od sreće i ponosa.

Luka Fereira takođe je došao. Brazil je pre nekoliko dana izgubio od Holandije, na veliku žalost čitave nacije. Loša sreća spojila je dve velike sile u tako ranoj fazi takmičenja, a ekipa iz Evrope imala je za tu godinu izuzetno kvalitetan tim čijim napadačima Brazil nije uspeo da odoli. Stoga Luka sad dolazi na Aleksove utakmice kao veran navijač. Njih dvojica ostali su najbolji prijatelji iako su igrali za različite timove otkako je Aleks napustio ukrajinsku ligu. Luka je još godinu dana bio u Kijevu odakle je prešao prvo u Englesku, a potom Italiju. Sad je jedna od najvećih zvezda u Rimu i zadovoljan životom tamo. Ima i devojku koja zbog posla nije mogla da dođe u Brazil. Predaje u školi stranih jezika i nije htela da joj šef bude primoran dati mesec dana godišnjeg odmora samo zato što joj je dečko fudbaler. Videle smo se par puta i uvek je odavala utisak skromne devojke koja čvrsto stoji na zemlji. Lukin novac i slava nisu je omamili i naveli da se promeni.

Uprkos svemu, kad god bih ga pogledala, a da ne zna da su mi oči na njemu, setila bih se našeg prvog susreta – o kom nema pojma – kad sam ga u njegovom i Aleksovom stanu u Kijevu zatekla polunagog. Prvi je muškarac koji je u meni probudio ono što nisam smela da osećam kao devojka odana i verna svom dečku. Sve je počelo još sa njim. Nema ni najmanju predstavu. I dalje je zgodan i san mnogih devojaka, ali kod mene nije budio ni mrvicu interesovanja. Na neki način svi muškarci s kojima sam bila tokom onih mesec dana, nekako su se potrudili da mi nikada ne padne na pamet da bilo šta pokušam s Aleksovim najboljim drugom koliko god bio privlačan. Valjda sam duboko u sebi znala da mu je do Aleksa stalo dovoljno da bi mu odmah sve priznao ako bih ček i nehajno nešto pokušala. Stoga sve ove godine Luka je samo prijatelj. Prijatelj koji pojma nema šta se sve odigralo u Nemačkoj. Znao je da između njegovog druga i mene nešto nije bilo u redu tokom boravka u Francuskoj, ali Aleks mu nikada ništa nije rekao, zbog čega ga bezgranično volim. Još na samom početku Luka je negodovao na moje druženje sa Nemcima, ali šta je mogao da uradi? Kad smo se Aleks i ja pomirili i ponovo počeli da živimo zajedno, samo je prihvatio da je sve u redu.

Po otpevanim himnama utakmica je počela, dinamično od prvog zvižduka. Nosili smo žute dresove, a Irci zelene. Mislila sam da će tim Milana Andrejeviča ući u igru laganim tempom, zagrejati se te onda krenuti s pokušajima da daju gol, ali momci u zelenom planirali su nešto drugo. Znali su da su slabiji i namera im je bila da nam što više puta pokušaju zatresti mrežu i to što pre, dok su sveži i odmorni, na početku igre.

Nije im išlo po planu, ali ni nama. Nakon četrdeset pet minuta neprestanih napada i agresivnog fudbala, tri žuta kartona i bezbroj lopti ka oba gola, rezultat je i dalje bio 0:0. Grlo me je bolelo od urlanja i navijanja te sam morala da popijem nešto kako bih mu olakšala.

„Hoćeš ginis?" jedan tatin kolega mi je pružio konzervu.

„Inače ga volim, ali danas ne, hvala", odbila sam na šta se stao smejati sa svojim prijateljima ostalim Ircima.

Oleksij Janov je potom izvukao dvolitarsku flašu i horilka je krenula od ruke do ruke. Suze su mi pošle na oči od jačine, a pivo kojim nas je Luka malo potom častio imalo je ukus soka. Zahvalna sam im svima bila na pruženom alkoholu jer me znatno opustio i pripremio za drugo poluvreme. Morala sam smetnuti s uma dosadnu, zastrašujuću misao da Aleks možda provodi poslednje trenutke na ovom takmičenju.

Irski deo stadiona pokazao se najboljim navijačima koje jedan tim može imati. Skoro svi su nosili dresove i kreativne, originalne šešire. Svaki put kad bi se kamera spustila na nekog, lica su im bila ozarena između zelene, bele i narandžaste šminke dok su neumorno mahali zastavama i šalovima pevajući bez pauze i od početka igre savršeno sinhronizovano plesali i pokretali savršene meksičke talase. Isprva smo bili ljubomorni, ali njihova energija samo je motivisala da i mi glasnije i srčanije navijamo.

Akcija koja je odlučila igru krenula je iz kornera kod Aleksovog gola. Naš igrač odbrane je uspešno oteo loptu i poslao je daleko od opasnog prostora. Preletela je pola terena na sasvim suprotnu stranu gde su čekali Nikolaj Pavlov i vezni igrač Anatolij Hončar. Nisu časili časa već jurnuli napred ne okrećući se. Podrška im nije trebala. Hončar je poslao loptu Nikolaju kad su ga napala dva suparnička igrača, a on ubrzao još više zadivivši sve posmatrače. Hončar je učinio isto kako bi ga ispratio. Nikolaju je bilo jasno da nema šanse protiv irskog golmana te se nadao da će mu saigrač biti dovoljno brz da stigne loptu koju mu pošalje i da valjano iskoriste ovaj momenat iznenađenja koji su konačno uspeli kreirati.

Uz očiglednu veštinu i dosta sreće, Anatolij je prihvatio loptu, pružio se još par koraka, a potom je u milisekundi svom snagom usmerio ka mreži. Svi, dvadeset četiri hiljade ukrajinskih duša, u tom razvučenom, usporenom trenutku mogli smo samo da posmatramo, otvorenih usta. Irski golman se protegao na pravu stranu. Lopta ga je okrznula po prstima, ali nisu je zaustavili. Udarac je bio poput metka. Mreža se tresla.

Ogluvela sam od siline povika sa tribina. Konačno, 1:0. Vodimo.

„Odličan gol", priznao je tatin prijatelj koji mi je malopre nudio ginis. „Jedna tura na mene."

„Važi. Ako vi postignete naredni, mi častimo ukrajinskom votkom", rekla sam.

„Dogovoreno."

Svaka osoba u plavom ili žutom na stadionu sad je bila na nogama skačući i pevajući iz sve snage. Ostalo je dvadeset minuta, ali jedan gol je dovoljan. Već smo proslavljali polufinale. Ako sve bude po planu, sutra idemo u Sao Paulo gde nas čekaju Holanđani.

Nikolaj Pavlov je na tom turniru imao dvadeset devet godina. To mu je bilo treće Svetsko prvenstvo i nameravao je da postigne što više golova kako bi se u istoriju ukrajinskog fudbala upisao kao najbolji strelac. Naravno, moći će da se pojavi na još jednom takmičenju za četiri godine, ali Andrij Barnik je imao iste ambicije i bio na identičnoj misiji samo pet godina mlađi te je Nikolaj zacrtao da postavi rekord koji će *Dečko* kasnije morati da obori. Za sad je zatresao mrežu pet puta, na svakoj utakmici osim prve. Iako su se mnogi fudbaleri u njegovim godinama spremali za penzionisanje, on je energijom i žarom pokazivao da je daleko od toga. Kad ga posmatrate kako leti po terenu, ne možete sa oteti zaključku da je pred njim još sigurno pet godina visokokvalitetnog fudbala.

Stoga nas nije iznenadilo kad su Igor Krasinski i Lev Zahara uspeli da spreme loptu za njega koju su poslali iz linije odbrane. Nikolaj se ponovo brzinom svetlosti zaleteo ka suparničkom golmanu, a Barnik za njim. Razmenili su loptu nekoliko puta, brzo, lako i elegantno, ali bilo nam je jasno da je sve rezultat višemesečnog vežbanja, treniranja i konačne uigranosti i savršenstvu kojima teži trener Andrejevič. Poslednji koji je dotakao loptu bio je Nikolaj. Poslao ju je u gornji levi ugao koji golman nije uspeo da sačuva.

Stadion se zatresao. Kao da je stampedo protrčao tribinama. Navijači Ukrajine urlali su od radosti toliko da su se čuli u poslednjem sloju atmosfere. Njihov tim vodi 2:0, a utakmica je skoro gotova.

Irci su hrabro, svim snagama pokušavali da se vrate u igru i preokrenu rezultat, ili bar izjednače, ali odbrana koju su Ukrajinci napravili sad je bila poput neprobojnog zida, a njihov gol kao neosvojiva tvrđava. Sad su se primirili i sve snage usmerili na novi cilj – da po svaku cenu zaštite Aleksa. Zašto njihova reprezentacija ne bi zapisala još jedan rekord – Aleks je jedini golman na turniru koji još uvek nije savladan. Zašto tako ne bi i ostalo?

Dvadeset minuta proteglo se u večnost, ali srećom, svaki pokušaj igrača u zelenom završio se bezuspešno. Kad su i poslednja dva minuta nadoknade istekla, Arena Fonte Nova se ponovo tresla uz opasnost da se pod našim nogama i radošću uruši. U rukama nam se našla još jedna tura ginisa, potom smo iskapili svu horilku koju je gospodin Oleksij uspeo da unese na stadion i ka hotelu smo se zaputili opijeni kako alkoholom, tako i pobedom i ponosom.

# 11.

„I dalje ne mogu da verujem."

„Zašto, Aleks?"

„Već polufinale. Ovo je prepreka na kojoj smo prošli put pali, a čini mi se kao da smo pre svega par dana doleteli u Brazil."

Promeškoljila sam mu se ispod ruke i ispreplela nam prste. „Poprilično uzbudljiv mesec je za nama. Nije ni čudo što se čini da je brzo protekao."

„Neverovatno je koliko toga smo ovde videli i iskusili, naučili", stegao mi je ruku i pogledao kroz prozor aviona. „Drago mi je da sam dobio priliku da pobliže upoznam zemlju u kojoj je Luka odrastao, premda mi je prebacio što nisam našao vremena da posetim njegove. Uprkos tome, zahvaljujući svemu što smo ovde uradili, leteli iz grada u grad zarad utakmica, upoznali onu decu iz škola, male, a buduće velike zvezde... Osećam se bogatijim za čitavo jedno iskustvo koje da nije fudbala, nikada ne bih imao priliku da steknem."

„Slažem se. Možeš li zamisliti koliko sam ja uzbuđena što me je jedna utakmica odvela u Amazoniju?"

„Neću se praviti da ti na tome ne zavidim, ali nadam se da ćemo naći vremena da tamo jednom odemo na odmor."

„Naravno da hoćemo", poljubila sam mu ruku, a on mene u kosu.

„Ne bih da nešto izbaksuziram, ali imam veoma dobar osećaj po pitanju svega ovoga", reče tiho.

„Po pitanju turnira?"

„Da. Znam da tek treba da se suočimo s Holandijom, ali nekako slika nas u Riju tako mi je jasna pred očima. I to kako pobeđujemo."

„I meni, identična scena", podigla sam glavu da ga poljubim, a potom je spustila na njegovo rame gde sam zaspala ne mičući se dok nismo sleteli u Sao Paulo.

*****

Nakon dremke u hotelu Aleks i ja smo se spremali za večeru sa njegovim trenerom i saigračima. Ispred ogledala sam isprobavala različite minđuše pokušavajući da odlučim koje mi se bolje slažu kad me je zagrlio s leđa i poljubio u vrat. „Razgovarao sam s Levom o Lani", reče.

Kad nije nastavio, okrenula sam se i uputila mu upitan pogled.

„Bojim se da nisam saznao ništa u šta vi devojke već niste upućene", slegao je ramenima. „Zapravo mi se činilo da je samo čekao priliku da sa mnom priča o njoj. Jedno pitanje sam mu postavio i on nije mogao da se zaustavi. Kaže da je sad sve drugačije, da je ona jedinstvena, posebna, da ga očarava i kad samo priča, bilo šta, da je pametna, inteligentna, bistra, elokventna, odiše elegancijom i znanjem na svaku temu."

Tužno sam odahnula. „Jesi li siguran da mu to nije neki trik? Možda je pretpostavio da ćeš mi sve reći, a ja njoj?"

„Garantujem da nije. Ozbiljno sam mu zapretio da se ne igra prijateljicama moje devojke kao što to radi inače ili će imati problema sa mnom, ali nije se pokolebao. Samo je nastavio da priča kao papagaj da Lana za njega nije bila avantura za jednu noć."

„E, pa, bojim se da to nisu tako dobre vesti, za njega. Nadam se da će odustati kad ga pošalje dođavola. Nema šanse da ta veza uspe. Razlika u godinama je prevelika. On i dalje juri suknjice, dok Lana komotno može da vodi multimilionsku kompaniju."

„Sve znam, ali nadalje će morati njih dvoje da se razračunaju. Mi smo učinili što je do nas." Privukao me je u zagrljaj i oterao tegobu. „Hajde, ljubavi, da ne zakasnimo."

*****

*Kad dolaziš u Belo Horizonte?*

*Dolaziš, je l' da?*

*Džejn, ne možeš propustiti utakmicu Engleske samo zato što hoćeš mene da izbegneš.*

*Ako ne dođeš na utakmicu, doleteću u Sao Paulo i pronaći te. Izvući ću te iz sobe ako treba.*

*Ne možeš me doveka ignorisati.*

*Moramo se videti, Džejn, i sama si svesna toga.*

Nisam ga ignorisala jer sam htela da ga izbegnem. Nisam znala šta da odgovorim. Naravno da ću prisustvovati utakmici Engleske i Nemačke, ali sam se skoro razbolela od brige na pomisao mene i Matijasa u istom gradu. Aleks će biti šeststo kilometara daleko, neće moći da me zaštiti od neuračunljivog Nemca – ili neuračunljive mene. Plašila sam se da bilo šta napišem kao odgovor. Šta uopšte da mu kažem? Ne mogu se naći s njim jer mu ne smem veče pred polufinale reći da je među nama gotovo. To bi ga previše povredilo i nije ispravno. S druge strane, ako se ne vidim s njim sad, nećemo više imati priliku za razgovor dok je Aleks na bezbednoj udaljenosti. U trenutku kad se utakmica završi, moraću da odjurim na avion i vratim se u Sao Paulo jer je Aleksovo polufinale već naredni dan. Poslednje što mi treba je da Matijas pođe za mnom, slučajno sretne Aleksa i možda mu čak nešto kaže što bi potencijalno izazvalo isti ishod kao Gotfridovo urlanje tokom prethodne polufinalne utakmice.

Kad se sve uzme u razmatranje, zaključila sam da mi nema druge do da pristanem da se sastanem sa ludim Nemcem. Reći ću mu sve što je trebalo pre četiri godine pa ako mu to utiče na igru, sam je tražio i karma će samo odraditi svoje osvetivši Aleksa.

*- Ne izbegavam te, već nemam vremena da budem na telefonu. Aleks je stalno sa mnom.*

*Onda reci Plavušanu da te pusti da dišeš i umesto što te davi, trenira više pošto nema pojma.*

*U redu, u redu, izvinjavam se. Ima pojma. Dakle, dolaziš. Kad?*

*- Utorak ujutru, pred utakmicu.* Slagala sam. Stići ćemo veče pre jer Bea želi da bude sa Haroldom, a Endži sa Deklanom, samo što Matijas to ne mora da zna.

*Kad se vraćaš?*

*- Utorak uveče, nakon utakmice.*

*Hm, to mi ne ostavlja mnogo vremena.*

*- Bojim se da su mi ruke vezane.*

*Znaš i sama da nisu.*

*- Ne mogu ništa da preduzmem, Matijase. Devojke žele da dođemo na dan utakmice. Ne smem da rizikujem da Aleks nešto posumnja.*

*Neka bude po tvome, ali ako se nešto desi, tvoja je krivica.*

*- Da li mi to opet pretiš?*

*Ne, već ti samo kažem da neću dozvoliti da se ovaj turnir završi, a ja ne dobijem neke odgovore od tebe. Srešćemo se, to ti garantujem. Pratiću te sve dok ne sednemo i ne porazgovaramo kako dolikuje. Mrzim ovo tvoje pretvaranje da si ledena kraljica kad zapravo znam kako se osećaš, kako ti srce zalupa kad smo zajedno, kako drhtiš kad te poljubim. Kad se vidimo, ubediću te da je ovo što mi imamo vredno raskida sa tim ljubomornim klincem. Nikada te neće voleti kao ja. Nikad!*

Gurnula sam telefon u torbu ne odgovorivši. Aleks će svakog trenutka ući u sobu i neću ni slučajno da me vidi ovako nervoznu, uplašenu, uzbuđenu, tužnu i zabrinutu, sve istovremeno.

Svukla sam haljinu i otišla da se istuširam. Toliko skrivanja i tajni… Iscrpljujuće je. Jedva čekam da sve bude gotovo, iza mene, da se takmičenje završi, vratimo kući – nadam se proslavljajući – Bea sa Haroldom, Endži sa Deklanom, Aleks i ja. Svi ćemo otići na i te kako zaslužen odmor, a onda se ponovo okupiti na venčanju godine kad će Bea postati gospođa Der. Utom će krenuti i nova fudbalska sezona, ukrajinski reprezentativci se rasuti svuda po Evropi, ja se prihvatiti projekata i raditi do Božića, nakon čega sledi još jedan odmor, pa još posla… Preda mnom je divna, produktivna godina, a za njom još jedna, i još jedna. Sve to sa Aleksom pored mene. Ne Matijasom.

Izašla sam iz tuša, a Aleks se već vratio. Zavukla sam se ispod pokrivača i čekala da mi se pridruži. Kad sam mu spustila glavu na grudi, scene života koji sam malopre zamislila bile su još jasnije.

„Tako bih volela da sutra ne moram rano da ustanem", promrmljala sam.

„I ja", poljubio me u kosu. Od njegove teške, brižne ruke sve brige su nestale. „Čuvaj se tamo."

„Misliš zbog Belera?"

„Da. Oboje znamo da će probati dopreti do tebe. Samo se drži na bezbednoj udaljenosti i uvek budi s roditeljima ili devojkama."

Uspravila sam se da ga pogledam. „Aleks, molim te, nemoj da brineš o meni sad, pred važnu utakmicu."

„Ne mogu da ne brinem. Neću biti spokojan dok se ne vratiš, što je i dalje pred moju važnu utakmicu tako da ću se smiriti na vreme."

„Biću na oprezu, a ti mi obećaj da ćeš se u potpunosti posvetiti treninzima toliko da nećeš imati vremena previše razmišljati o bilo čemu što se tamo može desiti."

„Nije baš mačji kašalj."

Poljubila sam ga. „Molim te."

Uzvratio mi je. „Potrudiću se."

*****

„Nećeš čak ni da razmisliš da mu pružiš šansu bar zbog sjajnog seksa?" Endži je pitala u avionu preko velike šolje kafe.

„Ne", Lana je odsečno odgovorila posegnuvši za drugim kroasanom sa stola.

„Ni nakon onoga što je Aleks ispričao za njega?" upita Bea.

„Ne. Devojke, kako ne razumete?" pričala je punih usta. „Taj… dečko je samo uzbuđen i zbunjen zbog ove nesvakidašnje hemije među nama, ništa više. Par nedelja po završetku turnira kad ode na odmor i negde na Karibima ga spopadne gomila zgodnih klinkica njegovo godište, shvatiće o čemu sam pričala. Zaboraviće kako izgledam."

Endži je kratko oćutala. „Ne bih baš bila tako sigurna. Zašto si tvrdoglava? Što mu ne pružiš šansu? Je l' moraš da glumiš hladnu, nezainteresovanu kučku koja samo hoće da uživa u seksu kad znamo da nisi takva?"

Bea i ja smo razmenile poglede. Endži je možda gruba, ali ništa nije slagala, već samo rekla ono o čemu sve tri razmišljamo otkako je započeta ova afera.

Lana je progutala. „Zato što neću da budem samo još jedna od devojaka kojima je slomio srce", odgovorila je mirno iako smo joj po glasu osećale da samo što se ne brecne. „Neću uopšte da mu pružim priliku da me navuče da se zaljubim, a potom me šutne, ili još gore – ostane sa mnom iz sažaljenja i straha jer sam Džejnina prijateljica." Vilica mi je pala do poda, ali pre nego što sam išta stigla da kažem, nastavila je: „Ne, Džejn, nemam problem s tim što me ceo svet zna kao tvoju drugaricu, niti se brinem da sam u tvojoj senci ili išta tog tipa. Nijedna od nas. Da nam smeta, ne bismo se družile sve ove godine. Samo sam realna. Lev nije muškarac za mene, a ako i nekom ludom igrom sudbine jeste, moraće podosta da se potrudi da mi to dokaže jer ne dajem svoje srce nekome samo zbog dobrog seksa."

„*Drugačijeg, nesvakidašnjeg, više nego fenomenalnog seksa*", morala sam da dodam kako bih prekinula napetu tišinu i sve smo se zakikotale.

Kad smo stigle u hotel, Bea je otišla da se nađe sa Haroldom, Endži da iznenadi Deklana koji je kao i Matijas mislio da stižemo sutra, a Lana i ja se zaputile u svoje sobe da se presvučemo i spremimo za ručak s mojim roditeljima. Htela sam da, kao što me Aleks savetovao, neprestano budem u društvu najviše jer od trenutka kad smo sleteli, nisam mogla da se oslobodim nervoze i rastrojenosti zbog saznanja da smo nas dvoje ponovo spletom okolnosti u istom gradu. Ovaj put čak i da se sretnemo i da nas neko vidi, neće moći ništa loše da kažu – on igra utakmicu, a ja bodrim svoju zemlju. Naš susret nije ništa čudno.

Htela sam samu sebe da ošamarim za te misli. Ne treba uopšte da razmatram mogućnost da se vidim s njim i zašto bi to bilo sasvim očekivano i u redu. Težina tih osećanja koja me pritiskaju samo je potvrdila ono čega sam svesna – da je sve ovo izuzetno opasno, ali da ga jednom za svagda moram prekinuti.

Dogovorila sam se s tatom i mamom da se nađemo na bazenu kasnije tokom podneva, nakon čega ćemo verovatno zajedno produžiti na piće s njihovim prijateljima.

„Ako hoćeš to da izbegneš, možemo proći kroz neke mejlove koji su stigli", reče Lana poznajući me dovoljno.

„Možda im to kažem. Njihovi poznanici su zanimljivi dok pričaju o fudbalu, međutim, kad se prebace na berzu…"

„… što se desi gotovo svaki put…"

„… osećam se kao još jedan komad nameštaja koji samo stoji i blene."

„Ne brini onda, rešiću to s tvojim tatom. Reći ću da moramo završiti nešto što ne može da čeka."

Smejale smo se kao dve male sestre koje su napravile plan kako da ukradu kolačiće iz ostave.

„Jesi li stvarno mislila da neću proveriti svaki mogući hotel u gradu da vidim jesi li stigla ranije?" začuo se glas iza nas.

Poskočila sam prestravljeno, a Lana vrisnula.

Naravno da sam ga prepoznala istog trenutka, ali mi je trebalo par sekundi da shvatim odakle dopire. Vrata za izlaz u slučaju opasnosti bila su odškrinuta i Matijas se tek tako pojavio iza njih. Čim je zakoračio u hodnik, uneo je onaj svoj tipičan miris. Provrilo mi je u stomaku.

Ipak bes je nadjačao zbunjenost, a bila sam i ljuta što je uplašio Lanu, toliko da sam se stvorila pored njega u tren oka i ošamarila ga svom snagom. „Kako se samo usuđuješ da nas ovako uznemiravaš?" prosiktala sam znajući da ne smem da vičem.

Nije očekivao udarac i bio kako zatečen tako i povređen. „Šta drugo da radim kad nećeš da me vidiš?" odgovorio je tiho i snužđeno.

Mislila sam da će biti bar upola besan kao ja, ali ne, gledao me je tim očima tužnijim nego ikad.

Začulo se komešanje, verovatno su neki gosti zbog Laninog vriska izašli da vide šta se dešava i znala sam da po svaku cenu moram sprečiti da nas neko vidi.

„U moju sobu", rekla sam glavom pokazavši par vrata niže. Oboje su me pratili. Kad smo bili bezbedno skriveni od radoznalih očiju, Lanino lice je i dalje odražavalo šok, dok me Matijas gledao na onaj svoj način od kog se preispitam koji je dan i godina.

„Možeš da izađeš ako hoćeš", rekla sam Lani.

„Ne pada mi na pamet da te ostavim sa njim."

„Ma, daj, Lana, nema govora da ću joj ikako nauditi", reče Matijas.

„Fizički ne, ali mentalno i emotivno ćeš je osakatiti", prorežala je.

„Kad već misliš da sam ja tako opasan, zašto je onda nisi spasila onog idiota koji ju je i fizički i psihički dve godine mučio?" povisio je ton.

„Matijase!" umešala sam se. „Prestani da kriviš moje prijateljice za moje odluke." Ali bilo je kasno. Već sam videla senku krivice kako preleće Laninim licem. „Kažeš li još nešto bezobrazno bilo kome ko mi je blizak…"

„Šta ćeš učiniti?" skoro je viknuo očiju užeglih od besa. „Šta, Džejn? Reci mi, molim te. Šta je to gore od ovoga što mi već radiš? Proveli smo savršen dan zajedno, upoznala si mi porodicu, uživala si, bilo ti je lepo sa mnom, bila si *ti*, a onda tek tako odlepršaš i praviš se da se ništa nije dogodilo, dok ja u međuvremenu ne mogu da izbacim sliku nas dvoje koji srećno i ispunjeno živimo zajedno. Sve me već boli kao nikad ništa ranije u životu. Samo prokleto pričaj sa mnom da znam na čemu sam."

Ohladila sam se i zaklecale su mi noge. Osetila sam kao da mi se tresu kolena i da više nemam kontrolu nad telom. Kakva sam samo užasna osoba. Još više boli kad to čujem iz njegovih usta. Za trenutak sam bila zabezeknuta, nesposobna da išta kažem u svoju odbranu. Nije ništa slagao.

Lana je šmrknula zbog čega sam se osetila još gore. „Ja sad idem jer vas dvoje morate razgovarati", rekla je tiho. „Džejn, ne zaboravi da se nalaziš s roditeljima za par minuta i da kasnije moramo da radimo. Zatreba li ti išta, samo… samo me zovni." Ne sačekavši odgovor izjurila je napolje ostavivši me s Matijasom i napetom, teškom tišinom.

Nismo se makli. Nijedno. Samo smo se proždirali očima. Jasno mi je istog trenutka postalo zašto sam toliko strepila i izbegavala ovaj susret –

sve je ponovo uzburkao u meni, sve što sam prethodnih par dana tako uspešno potiskivala i gušila. Dok sad tako stoji preda mnom, na tako maloj razdaljini, koža kao me pekla željna njegovog dodira. Gotovo sam mogla da vidim varnice između nas. Ne treba da budem nasamo s njim. Nisam smela da ga uvedem u sobu. Ovo je greška, ogromna greška sa nesagledivim posledicama.

„Matijase, tako ti svega", konačno sam uspela da progovorim, „nemoj više onako da pričaš s mojim prijateljima i članovima porodice. Nisu ni za šta krivi. Nisu mogli da me spreče da ostanem s Aleksom."

Udahnuo je i prišao mi. Ustuknula sam u strahu, ali je ipak nastavio, sve dok mu dlanovi nisu bili na mojim obrazima. Preuplašena da ga pogledam u oči, oklevala sam, dok mi je bivao blizu. I sve bliže.

„Izvini, ali jednostavno ne mogu da oprostim sebi ono što si prošla, i ne znam kako one mogu", rekao je glasom obojenim tugom.

„Zato što me poznaju. Nisu ništa preduzele jer su već uradile sve što je tad bilo u njihovoj moći. Trudile su se. Ja sam ta koja ih je gurala od sebe."

„Kao što mene guraš sada?"

Uzdahnula sam pokušavši da se izmaknem tim rukama čiji dodir mi tako prija. Od njih sam se prijatno ježila toliko da sam se uplašila da će primetiti.

„Ne možeš odbaciti tek tako ono što se desilo u Braziliji", nastavio je.

„Znam da ne mogu", odgovorila sam slabašno. „Razgovaraćemo i sve ću ti objasniti, ali ono što se tamo desilo nismo smeli da uradimo." Skupila sam snagu i sklonila njegove ruke sa sebe. „Nemoj me pogrešno shvatiti. Uživala sam. Uživala sam u svakom trenutku taj dan, ali ništa nije trebalo da se dogodi." Gutala sam suze i bol. Što pre završim s ovim, to bolje. Lepo ću mu izrecitovati šta treba, tonom koji treba, nateraću ga da ode, i to je to, zauvek ćemo biti tačka, gotovi, prošlost. Onda ću se naći s roditeljima, raditi s Lanom i kad shvatim da smo zauvek završili i da treba da patim, već ću biti s Aleksom u Sao Paulu.

„Zašto? Činjenica da se sve tog dana dogodilo samo potvrđuje da nisi srećna s njim", nastavio je, „da traćiš svoje vreme i život dok zapravo treba da budeš sa mnom."

„Nije istina. Volim ga. Volim Aleksa. Obožavam ga. Ne tebe. Nas dvoje smo samo prolazno zadovoljstvo. Što pre to shvatiš i kreneš dalje, bolje."

„Ne misliš to." Ponovo me uhvatio za ruke. „Hajde, pogledaj me u oči i reci mi da me mrziš, da ti nije stalo i da hoćeš da ti se maknem s očiju. Hajde."

Kako, dođavola, to da uradim?

„Gledajući me u oči, Džejn."

Njegov miris me okupao. Potegla sam snagu iz svake ćelije tela kako bih se suočila s tim očima koje me žele i naređuju.

„Ja... Mrzim te", glas mi je zatreperio. „Nije mi stalo i hoću da odeš iz moje sobe."

Zvučala sam smešno. Jadno.

Nasmejao se ne puštajući me iz ruku. „Ovo je samo neko mrmljanje. Nisam ništa razumeo. Hajde opet."

Udahnula sam i rekla glasnije i malo razgovetnije: „Mrzim te, nije mi stalo do tebe i želim da ovog trenutka nestaneš."

„Za nijansu bolje, ali i dalje užasno. Hajde, Džejn, pa, ti voliš samo Plavušana, oprostila si mu sve što ti je napravio, a ja sam samo jedan seronja koji te proganja…"

„Mrzim te!" vrisnula sam očiju zalepljenih za pod. „Mrzim te, Matijase Beleru!" Otrgla sam se iz njegovog zagrljaja. „Nije mi ni malo stalo do tebe! Nikada nije! Gubi mi se s očiju i nikada više nemoj da me tražiš!"

Usudila sam se da ga pogledam tek kad sam završila.

Izgledao je nepokoleban. Ugao usana mu je i dalje bio izvijen u onaj podsmešljiv luk, ramena opuštena i ležerno zabačena, kao da ga upravo nisam zasula teškim rečima i odbijanjem. Samo me je gledao, celu, oči su mu besramno šetale po meni. Izgarala sam od ubitačne želje istovremeno da mu se bacim u zagrljaj i ošamarim ga svom snagom, bezbroj puta sve dok ne ode.

„Dođavola, kako si lepa", rekao je iznenada i u tren oka izbrisao udaljenost među nama. Zagrlio me tako da nisam imala kud. Podigla sam glavu i lica su nam bila milimetre jedno od drugog. Na tren me opčinilo obožavanje oslikano na njegovom. „I odlična si glumica. Umalo sam ti poverovao. Međutim, ono što mi imamo ne može se sakriti. Snažno je toliko da ga ceo svet vidi uprkos tome što si devojka drugog." Prstima mi je prolazio kroz kosu šaljući mi prijatne žmarce niz kičmu. Glas mu je smekšao kad je primakao usne mom uhu: „Hajde da se nađemo večeras kad završiš s roditeljima."

„Matijase, ne mogu…" od same pomisli na još jedan sastanak moje ledeno, prestrašeno telo se unezverilo.

„Zašto? Zato što te Lana neće pustiti? Džejn, znaš i sama da možeš raditi šta hoćeš. Nađimo se večeras da konačno odlučimo našu budućnost."

„Već sam ti rekla…"

„Ne računa se jer nije istina."

„Zašto misliš da ću ti kasnije reći išta drugo?"

„Nateraću te da govoriš samo istinu." Iznenadio me kratkim poljupcem od kog mi se zapalio svaki nerv. Htela sam da se pobunim, da negodujući odreagujem, ali poljubio me ponovo, ovaj put duže, pohlepnije, sa željom i strasti kojoj sam mogla samo da odgovorim. Toliko je bilo jako da nisam mogla da se oduprem, već se u potpunosti predam. Kad nas je razdvojio, telom mi je prošao trzaj i kao da me razočarano, fizički zabolelo što njegove usne više nisu na mojima. „Dakle, večeras, soba 1000, poslednji sprat."

Promrmljala sam neodređeno. Ili su možda samo moja usta govorila, jer je um vrištao da ni po koju cenu ne idem, ali kao da su mi mozak i telo bili dva zasebna entiteta koja ne zavise i nemaju nikakve veze jedan s drugim. Poljubio me ponovo, istovetno, i nije bilo govora da se na bilo koji način oduprem.

Sve dok se nije začulo kucanje na vratima od čega sam izkočila iz sopstvene kože od straha. „Džejn, idemo dole. Hajde, jesi li gotova?"

Zaledila sam se kao nikad do tad.

„Ko je taj muškarac?" Matijas je zarežao.

„Moj otac", prošaputala sam gurajući ga ka kupatilu i zatvorivši iza vrata. „Tata, nisam spremna još uvek." Na brzinu sam popravila kosu i prišla da otvorim kako ništa ne bi posumnjali. „Žao mi je, zapričala sam se s Lanom u vezi s nekim ugovorima. Srediću se i sići za par minuta."

Ništa nisu posumnjali. „Važi, vidimo se", rekao je pre nego što su otišli.

Kad sam zatvorila vrata, s nesamerljivim olakšanjem sam se naslonila na njih duboko dišući i brojeći sekunde i njihove udaljujuće korake. Nisu se vratili. Matijas je provirio iz kupatila i prstom na usnama sam mu dala znak da ne progovara. Kad je već bilo sigurno, prišao mi je i spustio ruke na struk. „Večeras, Džejn?"

Samopouzdanje koje je isijavao bilo je prejako, previše za bilo koga, bilo koju ženu da mu odoli. Samopouzdanje koje mu je sigurno donelo sve što je uspeo u životu.

Ono koje mu je i od mene tog dana donelo željeni odgovor.

„Da, večeras."

Osmehnuo se i poljubio me, nežno, pažljivo, dugo, jednu pa drugu usnu i onda obe, kao da hoće da mi pokaže da nije samo on taj koji gaji osećanja i da mi se naruga što ja pokušavam da ih ignorišem. Oblili su me žmarci.

Čim je izašao, znala sam da je sve greška. Još jedna u nizu. Osetila sam se kao prokleti zavisnik o drogi. Kao da nemam izbora, da se ništa u ovoj ludoj priči ne pitam. Jesam li mogla nešto drugačije da uradim? Šta god, večeras imam priliku, poslednju priliku da već jednom završim sa nama. Večeras moram da se suprotstavim bilo čemu što osećam prema njemu, trenutnom ili trajnom, ozbiljnom ili prolaznom. Jeste, snažno je i divlje, strastveno, ali isto tako opasno zapaljivo i destruktivno, po oboje.

Dok je Aleks čista ljubav.

Suvišno je reći da sam bila apsolutno rastrojena sedeći s roditeljima kraj bazena. Poželela sam da je Lana sa mnom i spasi me kad god mislima otplovim negde drugde i zateknu me upitni izrazi lica mame i tate koji čekaju odgovor na pitanje koje nisam čula. „Sve je u redu, samo sam jako umorna", ponavljala sam. Ne sumnjajući ništa i čak me razumeći i saosećajući, sami su predložili da preskočim izlazak s njihovim prijateljima što sam jedva dočekala obećavši da ću ranije otići na spavanje čim Lana i ja završimo sve što je planirala.

„Dogovoreno, budi spremna za sutra. U tri ćemo krenuti na stadion."

„Naravno, tata, do tad ću već sigurno završiti u teretani i salonu."

„Ako ne prespavaš celo jutro", našalio se.

Dobro je, veruje da sam umorna, a ne pod stresom zbog sastanka sa neuračunljivim Nemcem na poslednjem spratu ovog istog hotela.

Vratila sam se u sobu i rekla Lani šta moram to veče da uradim. Naravno da je bila ljuta i nije se slagala – ne što sam otkazala sastanak s njom zarad muškarca – već što je garantovala životom da to ništa dobro neće izroditi. „Ne slažem se, ali ako mi sutra dođeš i kažeš da je među vama zaista gotovo, povući ću sve što sam rekla i izviniti se."

„Biće tako."

„Koliko puta sam to da sad čula?" Nisam odgovorila. „I zašto se sređuješ kao da ideš na dejt?"

„Hoću da puna samopouzdanja istupim pred njega i budem postojana i sigurna u sebe i svoje reči dok mu budem govorila da smo završili."

„Ili da nastavi iznova i iznova da se zaljubljuje u tebe? Da ga ponovo zaslepi tvoj izgled toliko da ne čuje šta mu pričaš? Je l' to hoćeš?"

Udahnula sam podrhtavajući. Poznaje me bolje nego što se samu sebe plašim da pogledam. „Ne", promucala sam, „samo želim da pristojno izgledam kad išetam iz te sobe. Ne smem da hodam kao spadalo."

„Nije važno kako ćeš da izgledaš, već šta ćeš mu reći, a ta haljina samo otežava."

„Ovo je samo obična crna haljina", pobunila sam se.

Zakolutala je očima. „S tobom se ne vredi raspravljati. Hajde, idi. Što pre odeš, pre ćeš se vratiti. Zatrebam li ti, zovi me. Bea i Endži su takođe u stanju pripravnosti. Postane li nasilan, javi nam i doći ćemo s momcima…"

„Lana, nije takav."

„Otkud ti uopšte ideja da išta znaš o njemu?"

Videvši da bitku s njom ne mogu osvojiti, još jedno pitanje ostavila sam bez odgovora. Uzela sam samo torbicu, ključ od sobe i telefon i izašla. U liftu poslala sam Aleksu poruku da ga volim. *I ja tebe*, stiglo je ubrzo potom i steglo mi srce. Progutala sam tugu, bol, našu ljubav, sliku njega samog u krevetu kako me čeka dok mi u potpunosti veruje. Pre nego što su se vrata lifta otvorila da me puste na poslednji sprat, sve to sam sklopila, sakrila, i potisnula.

Dugačak hodnik nije imao mnogo vrata, zapravo, samo troja: sobe 1000, 1001 i 1002. Traka svetlosti pružala se od onih kroz koja treba da prođem. Namerno ih je ostavio odškrinuta. Kad sam ušla, zaslepio me je glomazni luster koji je svojom grandioznošću podsećao na novogodišnji vatromet. Očima mi je trebalo par sekundi da se od mraka hodnika naviknu na ovaj sjaj. Primetila sam istog trenutka da je soba daleko luksuznija od onih na nižim spratovima. Plafon je viši, prozori zauzimaju veći deo zidova, neki se čak pružaju celom dužinom od poda uvis. Sve je kao naslikano belom, zlatnom i kraljevski crvenom. Apartman je bio toliko prostran te kad sam se okrenula da sve sagledam, isprva nisam videla Matijasa pa sam se uplašila da sam na pogrešnom mestu. Međutim, smirio me je pojavivši se iz susedne prostorije odvojene samo visokim, elegantnim lukom.

Osmehnuo se pre nego što će reći: „Ti si neporecivo, neopozivo najharizmatičnija žena na svetu."

Nisam odgovorila, već mu prišla trudeći se da budem hladna i nezainteresovana. Iza njega videla sam veliki široki sto za daleko više ljudi od dvoje, načičkan hranom pod mesinganim zvonima, čašama za vino i šampanjac i raskošnim svećnjacima.

„Šta je ovo?" bes i uzbuđenje su mi se uskovitlali u stomaku kao tornado.

„Sto sa večerom."

„Ne zavitlavaj me. Mi ćemo samo da razgovaramo."

„Jesi li se zato sredila kao da si pošla na večeru?" odmerio me je uz onaj prokleti osmeh.

Besno sam ga pogledala. „Ja sam uvek sređena ako nisi primetio."

„Naravno da jesam, ali večeras je nešto drugačije."

Nisam imala priliku da ga pitam šta to jer me uhvatio za ruke i privukao u poljubac. Isrpva se nisam branila jer je osećaj bio sveobuzimajuć, presnažan i izuzetno prijatan, ali na kraju sam ipak smogla snage i odgurnula ga. „Prestani već jednom", prosiktala sam.

„Sedi. Treba ti piće", pokazao je ka stolu.

„Matijase, nemoj ovo da radiš. Nije smešno. Treba da razgovaramo, skratimo ovaj sastanak što je više moguće pa da idem. Već sam ti sve rekla danas. Šta još hoćeš da čuješ? Zbog čega si me primorao da dođem? Šta hoćeš od mene?"

Lice mu je očvrsnulo od mog izliva grubosti. Nema više šale, bilo mi je jasno. „Prvenstvo se završava za manje od nedelju dana", rekao je mrtav ozbiljan i strog, „mi ćemo ga osvojiti ponovo, bez sumnje. Ne želim neprijatna iznenađenja kao prošli put. Hoću da pođeš sa mnom u Nemačku jer tamo i treba da budeš. Srećna si pored mene i sa mnom i neću dozvoliti da prođe još nekoliko godina ili čak čitavu večnost budeš u zatvoru s onim muškarcem kog zoveš dečkom. Možda jeste dobar čovek, brižan, posvećen i princ na belom konju, ali nije ono što ti treba. Ti i ja, Džejn, mi smo savršen spoj, mi smo ona veza kojoj težiš, u kojoj ćeš jedino biti srećna i u potpunosti ispunjena. Želim da budemo zajedno kad ceo ovaj Brazil bude iza nas."

Skrenula sam pogled skupljajući snagu i pripremajući rečenice i argumente kojima ću uspešno sve što je rekao pobiti.

„Sedi, molim te. Ovakve teme ne treba da se raspravljaju stojeći", rekao je.

Spustila sam se u jednu od stolica. Pružio je ruku ka kofi sa ledom i izvadio bocu belog vina. Pogledao me upitno i nakon što sam klimnula, sipao.

U redu, pod jedan – ne smem se napiti. Time ću sama sebi pomrsiti planove. Pod dva – fizičko otimanje i urlanje takođe mi neće doneti željeni ishod. Vikanjem nikad nisam doprela do njega, tako da moram ostati smirena i staložena, čistog uma.

Otpila sam zlatne tečnosti i spustila čašu nazad na stolnjak duboko udahnuvši i pripremajući se za ono što sledi. On me samo posmatrao, radoznalo i strpljivo, čekajući da ja prekinem tišinu.

„Hvala za vino, lepo je", počela sam, „ali ne mogu da jedem. Malopre sam s roditeljima."

„Nema problema, imamo dovoljno pića."

„Hajde sad, molim te, Matijase, reci mi, bez oklevanja, uvijanja, dramatizovanja i laži – zašto si toliko zapeo i kako uopšte možeš da bilo šta lepo osećaš prema meni nakon svega što sam uradila?"

Prstima se igrao nožicom prazne čaše. „Zato što od prvog trenutka kad sam te ugledao, znam da je nešto u vezi sa tobom drugačije. Zato što svaki put kad se sretnemo, moja osećanja i zaljubljenost su sve snažniji. Zato što kad smo zajedno, kad pričamo i samo se dodirujemo, celo moje telo svakim nervom oseća da je ovo ispravno, da sam na pravom mestu, pored prave osobe, da ovako treba da bude. Ako misliš na sve što si radila s onim idiotima dok si se krišom viđala i sa mnom, naravno da sam bio lud od besa. I dalje sam kad se setim. Besan i ljubomoran. Ali znam da ni tebi ni njima ništa nije značilo i nisam morao da te godinama mučim i maltretiram da bih to shvatio…"

„Aleks nije…"

„Pusti me da završim." Utihnula sam i otpila još vina. Nastavio je: „Znam kako zvuči. Nemoguće, iracionalno. Milion puta sam se borio s tim mislima u glavi. Treba da te mrzim jer si i mene varala, i meni si lagala isto kao Janovu. Čim si njemu smišljala priče kako bi bila sa mnom, trebalo je to da shvatim kao upozorenje na tvoj karakter i udaljim se. Međutim, Džejn, nisi ti bila ničija žena tad, tih mesec dana." Začkiljila sam upitno. „Jeste, stalo ti je do Janova, ali vas dvoje se niste znali ni godinu dana. Više te zanimalo sve i svako drugi oko tebe. Skupljala si trofeje, a tako možemo nazvati i one morone. I ti si bila trofej za njih. Ubio sam boga u Lensu kad mi je tim rečima objasnio kako je mogao spavati s tobom kad je znao da sam se prvi put u životu ozbiljno zaljubio. Samo je hteo još jedan trofej. Isto kao i Fridrih i Rolf."

Gadovi! Naravno da sam im to bila, recka. Samo se nadam da će o svemu ubuduće ćutati. Gotfrid je već jednom pustio jezik. Nadam se da nikome od njih više neće pasti na pamet.

„Mnogo sam razmišljao o svemu što se desilo, nedeljama nakon turnira. Otkud sam znao da mogu da ti verujem nakon svega, samo par trenutaka nakon što sam sve saznao pitaš se? Kad sam video kako si se sjurila niz tribine da mi čestitaš na osvojenoj medalji, zaključio sam da već sve znaš i da si se odlučila za mene. Taj prizor, ti kako se u beloj haljini spuštaš kroz gomilu zastava, taj osećaj samo par minuta nakon poslednjeg zvižduka, nešto je najlepše što sam ikad osetio. Znao sam tog trenutka da sam ti sve oprostio." Teško je udahnuo. „Nisam pojma imao da mi slede najgore godine života."

I što mi je bilo teško slušati ga, ali i iz pristojnosti, ruka mi je posegla ka njegovoj. Ne bi bilo ispravno da nije. „Žao mi je, Mati. Stvarno mi je žao."

„Znam da jeste, ali ono što me razbešnjava svaku noć otkako si me ostavila na stadionu je da ti je uvek više žao njega, i da je taj osećaj dužnosti svaki put odneo pobedu nada mnom. Ne možeš ga ostaviti jer ti je žao, zbog svega sa čim će morati da se nosi nakon raskida, zbog načina na koji će čitav svet odreagovati kad krene da sabira dva i dva, zbog toga što će mu se mnogi rugati i ismejavati ga. Ta želja da ga zaštitiš oduvek je jača od naše ljubavi. To me razbešnjuje do ludila."

„A zar ti ne govori nešto?" prošaputala sam. Oči su mu bile pune tuge, ali nisam mogla da ga lažem, ne sad, ne večeras. „Nije mi samo žao Aleksa. Volim ga. On je jedan divan, kompletan, posvećen muškarac koji mi pruža bezgranične ljubav i brigu. Zaista me čini srećnom i ispunjenom. Toliko toga smo prošli zajedno jako mladi. Sazreli smo zajedno, preživeli pakao, zbog mene, pakao koji mi je oprostio. Naše sudbine zauvek su upletene." Bolelo me je što gledam Matijasa ovakvog, ali nije trenutak da išta ublažavam ili umanjujem. Mora da čuje i zna kompletnu istinu kako bi me već jednom pustio i krenuo da preboljeva. Koliko god me u grudima presecalo na pomisao njega da nastavi bez mene, vreme sebičnosti je prošlo. „Ti si meni nešto izuzetno posebno, znaš to", nastavila sam. „Kad god sam rekla da te volim, to sam i mislila, i to znaš. Ali ova ljubav je drugačija. Veruj mi, više puta sam maštala o našem zajedničkom životu, ali na duže staze, što bih se više upuštala u sanjarenja, shvatila bih na kraju da nikada ne bismo uspeli."

„Zašto?" stegao mi je ruku. „Zar ti ništa nisam dokazao sve ove godine? Zar ne vidiš da bih sve uradio za tebe, bilo šta što kažeš samo da budeš srećna? Preselio bih se u London zbog tebe, čak i u Ameriku ako bi poželela da budeš bliže roditeljima. Svađao bih se s trenerom dok se konačno ne izborim da nikada ništa loše ne kaže o tebi već te poštuje kao sve ostale devojke. U tebi je sve ono što sam ikada zamišljao kod žene, što sam mislio da nijedna na svetu ne poseduje. Ti imaš sve. Pametna si, oštroumna, duhovita, puna razumevanja, uvek spremna za avanturu, pozitivna i u svemu tome lepa. Volim sve u vezi sa tobom, Džejn."

Izvukla sam šaku jer su me te reči bolele kao bodeži, pogotovu dok mi je topla koža njegovog dlana grejala prste. „Ništa ne razumeš", prihvatila sam se vina, ali ruke su mi se tresle. „Apsolutno ništa ne shvataš."

„Šta to više prokleto ne razumem?" razdrao se toliko da se posuđe na stolu zatreslo, a ja poskočila. „U pravu si! Ne razumem šta je to što nas sprečava da zvanično, pred svetom i narodom budemo zajedno kad smo već stvoreni jedno za drugo. I nemoj mi ponavljati da je tvoja ljubav prema Janovu jer ne verujem. Kad voliš nekoga, ne spavaš s drugima, ne stavljaš ga u zatvor i mučiš psihički i fizički kako bi se osvetio. Kad voliš nekoga, preletiš Amazoniju krijući se od trenera, iskradaš se kad ti preti suspenzija i veliki rizik od sramote stoji nad glavom. A šta nas dvoje radimo prethodnih mesec dana? Reci mi? Zašto ti je toliko teško da već jednom priznaš da si pogrešila u vezi sa njim, da prekineš s tom lošom navikom i kreneš dalje?"

Njegova eksplozija osećanja i frustracije u meni je samo probudila zver. Skočila sam sa stolice i razjareno mahnula rukom oborivši svećnjak, flašu vina i nešto hrane na pod.

„Da ti nije palo na pamet da izvrćeš moja osećanja i reči koje sam ti kristalno jasno još na početku nacrtala!" zauralala sam sad ja na njega. „I ne zovi Aleksa lošom navikom jer je sve samo ne to! Nesamerljivo je više od toga! On je savršen muškarac koji bi život dao za mene, koji se već previše žrtvovao za mene, za nas! A što se *nas dvoje* tiče, od prvog dana ovde govorim ti da me se kaneš i ostaviš me na miru! Svaki put smo se sastali zato što si me *ti* primorao, zato što si pretio da ćeš nekome reći za nas! I nemoj mi govoriti da ne bi jer sad vidim da si jedna bezobzirna budala spremna na sve! Eto, u tome se razlikujete Aleks i ti! Zato sam njega odabrala, a ne tebe! On nikome nikad nije rekao šta sam mu uradila! Sve ove godine krije to, od mojih, od svojih roditelja, od svih! Sve samo da nas zaštiti! A ti! Ti bi mi ceo život uništio samo da me se dokopaš!"

„Primorao te?" uzvratio je vikanjem. „Ja te primorao da se nalaziš sa mnom?"

„Da! Jesi! Inače nikad nigde ne bih pošla s tobom. Nikad ne bih u prostoriji ostala nasamo s tobom niti ti prišla blizu."

„Ipak ti je onaj dan bilo lepo sa mnom, i evo te opet. Jesi li rekla svom savršenom dečku gde si, da ćeš me videti večeras?"

Za trenutak sam oklevala boreći se za dah. „Nisam, ali samo da ne bi brinuo."

„Kako da ne", podigao je stolicu i bacio je o zid gde se razbila u komade. „Dođavola, Džejn, i dalje odbijaš da priznaš." Uhvatio me za ruke, snažnije nego ikad pre. „Pojavila si se večeras ovde zato što me voliš i želiš. Pogledaj se samo. Drhtiš otkako si prešla prag. Zašto lažeš sebe?"

Krvni pritisak mi je porastao. „To se zove strast, Matijase. Jesi li čuo nekad za to?" spustila sam ton. „Ono što mi osećamo, ove varnice koje vidiš da vrcaju, to je strast. Nije trajna, ni postojana. Kao vatromet je – neko kratko vreme će je biti, a onda će u trenutku ugasti, što je u našem slučaju svega par nedelja." Sklonila sam njegove ruke sa sebe. „Šta bi ti sad? Da raskinem s Aleksom i svima kažem da sam s tobom? Da se vratimo u Nemačku ili London i ignorišem sve i svakoga? Nisi valjda toliko glup? Ja sam ono što sam zahvaljujući medijima i onima koji me vole. Ja sam model, glumica, ja sam na naslovnicama magazina i bilbordima, u izlozima i muzičkim spotovima zato što me ljudi vole. To volim da radim i ne umem ništa drugo, a računica je jednostavna – ako me mase ne vole, ja ne postojim. Šta misliš da bi se desilo nakon što ostavim Aleksa da bih bila s tobom? Da ti kažem – ceo svet bi se okrenuo protiv mene. Na moje roditelje možemo zaboraviti. Ukratko, mama bi možda, ali samo možda nekad progovorila sa mnom, ali gotovo sam sigurna da joj tata ne bi dozvolio. A on, hah! Samo me ne bi fizički ubio. Učinio bi sve ostalo. Potrudio bi se da svi zaborave da je ikada imao ćerku, da me iko igde spomene, da nikada ni u jednoj državi ne dobijem nijedan posao, kao i da ostanem bez bilo kakve mogućnosti da stupim u kontakt s njim. Ali nisam bitna ja. Aleksov život bi bio apsolutno uništen jer bi onda svi znali da ga tad u Nemačkoj *jesam* varala s tobom, samim tim sigurno zaključili i sve ove godine, što oboje znamo nije istina. Ali hajde i njega da izuzmemo, pošto te sigurno briga, samo na sebe misliš. Šta bi bilo s tobom? Da ti kažem – ne bi ti bilo toliko teško, najlakše od nas troje. Igrao bi fudbal, potpisivao nove ugovore jer tebi ne treba da te mase vole. Na tebi je samo da postižeš golove i treneri te zapaze i žele u svom timu. I šta onda, Matijase? Šta ćemo ti i ja? Osim Bee, Lane i Endži neću imati nijednu drugaricu, kao što neću imati ni posao jer niko neće hteti i moći da sarađuje sa mnom. Ako se negde i pojavim, to bi bilo predstavljeno u lošem svetlu i propraćeno prekornim pogledima. Da kažemo da potom kupimo neku veliku kuću daleko od svih radoznalih i neodobravajućih očiju, poludela bih tumarajući sama po njoj jer moje prijateljice imaju svoj život, a ti posao. Jedina osoba koja bi me volela i brinula bio bi ti. Otišli bismo na neke večere, možda događaje tvog kluba i reprezentacije, ali onda bi me novinari zamolili da se sklonim jer im trebaju slike samo tebe, jer mene neće u svojim listovima. I tako bih ja stajala po strani, sama, jer se niko ne bi ni usudio da priča sa mnom, a i ako bi, uglavnom bi bilo iz sažaljenja ili poštovanja prema tebi. Šta onda, Matijase? Onda bih ja postala naporna i u potpunosti zavisna o tvojoj pažnji i ljubavi. Kad se ne vratiš kući na vreme, pitala bih se gde si, s kim i šta radiš. Ljubomora bi mi pojela zdrav razum u roku od par nedelja, a ti? Na sve to tebi bi se stala glavom motati pitanja i sećanja na sve što sam uradila. Možda bi ti čak i tvoj prokleti trener bacio pokoju bubu sumnje – znaš da je sposoban za tako nešto – i malo po malo ti bi me prezreo. Dozlogrdila bih ti svojom posesivnošću, jadom i bedom u koje sam se pretvorila, a onda bi me ostavio i potražio devojku koju već sad treba da tražiš, neku iskrenu, čistu i neiskvarenu. Nema šanse da naša stvarnost ikada bude nalik fantaziji koju si zamislio i koju hraniš prethodne četiri godine. U toj tvojoj iluziji čak bi me i zamrzeo i krivio što sam ti oduzela, otela najlepše godine mladosti, a već sad vidiš da mogu na poseban način da vas volim obojicu. I šta onda? Moj život bi bio uništen, život mojih roditelja, Aleksov! Ja zaslužujem, ali ne oni. Je l' to hoćeš da nam se desi? Je l' za to hoćeš da se boriš? Zarad čega? *Strasti!*"

"Nije samo strast u pitanju, ti nedokazna ženo!" vikanje se nastavilo. "Deklamuješ mi sve ove scenarije sudnjeg dana, a toliko toga ne uzimaš u obzir. Šta ako se desi baš suprotno, u šta sam prilično siguran? Šta ako smo stvoreni jedno za drugo? Šta ako treba da budemo zajedno, ako smo idealna polovina ovog drugog? Šta ako je naša ljubav – ne strast, *ljubav* – šta ako je dovoljno jaka da urazumi tvoje roditelje i zaštiti nas od svih zlih i pokvarenih komentara? Šta ako ti se pored mene desi suprotno od onoga s njim u Francuskoj – ako procvetaš i još više razviješ svoje talenat i karijeru zato što poseduješ eneriju koja se ne može tek tako ugušiti? Šta ako nas dvoje budemo novi savršen par zato što se bolje uklapamo nego vas dvoje ikada? Šta ako me tvoji roditelji zavole kad vide koliko mi je stalo i da bih sve dao za tebe? Šta ako Janova čeka neka druga žena koja će mu pružiti šta zaslužuje, neka za njega savršena, a ti im stojiš na putu da budu istinski srećni, ne zato što tebi nešto fali, već njemu treba nešto drugačije? Je l' hoćeš da budeš kriva za njegovu nikad upotpunjenu sreću? Šta ako se sve kockice slože i sve bude u redu kad postaneš moja pred svima?"

Snažno me uhvatio u zagrljaj i nisam se mogla izmaći.

Suze i bol pekle su mi oči i svim silama sam se trudila da ih zadržim. Nije mu trebalo da pomene Aleksa sa drugom ženom. Još više sam se razbesnela. Isto kao na pomisao njega sa nekom drugom. Zašto mi je to toliko mučno?

"Moraš da me pustiš, Matijase", tiho sam rekla hrapavim glasom od vikanja. "Taj scenario nikada se neće desiti. Nije realan. Nemoguć je."

Uhvatio mi je lice u šake i naterao da ga pogledam u olujne, burne oči: "Nikada ni od čega u životu nisam odustao, neću ni od tebe sad, pogotovu ne zbog toga što previše brineš."

"Šta treba da uradim da me oslobodiš? Šta da kažem, kojim rečima da ti objasnim da ne možemo biti zajedno?" glas mi se tresao.

„Želim te, Džejn", šapnuo mi je na usnama. „Da se čitav svet raspe u paramparčad i pepeo, trebaš mi samo ti."

Snaga tih reči u tojoj boji glasa bila je previše. Osetila sam toplinu u grudima i stomaku i neodoljivu želju da mu budem blizu. Oči su mu bile mračne, istovremeno besne zbog svega što smo rekli jedno drugom, ali srećne što smo sad toliko bliski. Propela sam se na prste, nisam mogla da se zaustavim, a on je blago sagao glavu kako bi me poljubio, polako i nežno, površno, a onda duboko, posvećeno i ispunjujuće.

Prsti su mi poleteli do njegovih leđa, crtajući preko košulje, uvlačeći me dublje u poljubac. Ruke su mu bile na mojim ramenima i kukovima, držeći me tako da ne bih mogla da se odmaknem sve i da sam želela. Sklopila sam oči kako bih se izborila sa vatrom koja mi se razjarila u telu. Ova potreba koju nam tela predugo osećaju previše je gušena. Sve je sad isplivalo na površinu i pretilo da nas udavi.

Najednom ruke su mi se smirile dovoljno da mu otkopčaju košulju, polako, dugme po dugme. Kad se tkanina našla negde na podu sa slomljenim tanjirima, zavukla sam prste u kosu mu i opustila se na njegovom čvrstom torzu, dok mi je koža bila zapaljena na svakom delu kojim je dodirivala njegovu. Pronašao je skriveni mali rajsferšlus koji mi se spuštao niz kičmu i tom putanjom kretao prste. Nisam znala da njegov dodir može proizvesti takav elektricitet. Predala sam mu se želeći još. Otkopčala sam mu kaiš i pantalone su mu se našle pored košulje. Disanje nam se ubrzalo.

Konačno, posle svih ovih godina, usuđujemo se na poslednji korak, dodajemo poslednji deo slagalice koji nedostaje. Upotpunićemo našu posebnu, nesvakidašnju vezu. Posle ovoga znaćemo, imaćemo odgovore.

Protresli su me uzbuđenje i strah. Usne nam se nisu razdvojile ispunjene strašću. Njegovi dlanovi šetali su mi po ramenima i lagano sklonili bretele haljine koja se pridružila njeogovoj odeći na podu. Pritisnuo je telo na moje od čijeg zajedničkog zapaljenja zmo zastenjali. Razumela sam šta oseća. Znala sam. Gotovo je bolelo koliko je bilo lepo.

Iskoračila sam iz sandala i sad bila još niža od njega. Uhvatio me oko struka i podigao. Obuhvatila sam ga nogama i rukama prihvatajući konačno ovu zabranjenu igru u koju moram da uđem i završim je, u ludilo naspram kog zdrav, ali zaljubljen um nema mnogo šansi.

Odneo me do velikog kreveta neprestano me ljubeći. Ako mi ovo radi samo poljupcima, šta će sve onda u narednih nekoliko sati.

Seo je na savršeno zategnut pokrivač i smestio me u krilo. Grudi su mi bile u nivou očiju mu. Kad sam ga pogledala, videla sam da u njima nema više bure, već su ponoćno nebo puno zveda. „Savršena si."

Znala sam na šta misli. I ranije smo polunagi ležali u krevetu zajedno i grlili se, ali ovaj put saznanje o onome što sledi unelo je melodiju magije. Nizao mi je poljupce niz vrat, sporo i strpljivo, ne žureći nigde, pažljivo da ne ostavi tragove, spuštajući se ka grudima. Pustio me da se izvijem na njegovim toplim rukama i nežno davao sve što sam neizgovorenim naredbama tražila, vodeći se samo mojim uzdasima i jecajima. Kako sam ga samo mogla odbijati sve ovo vreme?

Prsti su mu konačno pronašli i kopču mog grudnjaka i otvorili ga. Tračak stida protrčao je kroz mene, kao da sam prvi put sasvim naga pred muškarcem. U narednom trenutku osetila sam samo uzbuđenje i besramno iščekivanje. Njegove ruke nisu dale da se predaleko izmaknem dok mi je pohlepno usnama i jezikom prelazio preko bradavica kao da imamo sve vreme ovoga sveta. Nokti su mi jurili od njegove kose, do ramena, leđa i nazad, vrištala sam ne suzdržavajući se više. U stomaku mi je igrala lava preteći da izbije na površinu i sve sravni sa zemljom. Po disanju mu znala sam da je jednako uzbuđen.

Bez reči sam se privukla njegovim usnama. Znao je šta treba da radi. Podigao me je i prebacio na leđa, ne razdvajajući nam poljupce. Prstima je pronašao poslednji komad donjeg veša koji sam nosila i svukao ga. Sva sam bila u trncima, prepuna želje i iščekivanja. Uživala sam u njegovom jeziku koji me izluđivao šetajući se svuda, od vrata, preko grudi i sve niže, do kukova i dna stomaka. Kad mi je razdvojio kolena, zajecala sam glasnije nego do tad i celo telo mi se treslo toliko da sam izgubila svaku kontrolu nad njim.

Svega je bio svestan, ali nije više imao onaj samopouzdan stav. Po licu sam mu videla da i on proživljava isto, da je obuzet osećanjima, strašću, gotovo da ne veruje do čega smo konačno došli. Krenuo je šetati usnama niz unutrašnjost moje butine, a potom druge, dodirnuvši na kraju grubo najtopliju tačku mog tela. Ispustila sam očajnički vrisak rastapajući se u skoro životinjskom nagonu koji je tražio još. Znala sam šta hoće da mi uradi, ali sam se plašila raspadanja na komadiće ako se usudi, a nisam htela to za naš prvi put. Htela sam da budemo celim putem zajedno.

Nežno sam ga povukla za kosu i privukla licu nateravši da prestane. Oči su mu bile zbunjene, ali čim su srele moje, razumele su. Uspravio se i sad stajao pored kreveta. Ne sklanjajući oči iz njegovih, podigla sam se kako bih mu svukla bokserice istovremeno usnama šetajući po kamen čvrstim trbušnjacima. Nadneo se i gurnuo me nazad na krevet, opkruživši me velikim i snažnim rukama. Razmakla sam noge i prišao mi je. Mislila sam da ću izgoreti od vreline koja je isijavala iz nas.

Pomazio mi je kosu i sklonio pramen sa oznojenog čela. „Volim te, Džejn, zauvek.”

Pogodilo me i gotovo izbilo vazduh iz pluća jer sam znala da je istina. Ništa drugo nije se videlo iz tih ugljeno crnih očiju usađenih na lice koja oslikava samo ljubav i obožavanje. Privukla sam ga kako bi nam se kože spojile, zabila nokte u ramena, trudeći se da ga zagrlim svom snagom i nikada ne pustim.

Pomerio je kukove i smestio ih između mojih, ušao je polako, strpljivo, ispunjavajući me blagošću u tom prvom trenutku. Osećaj je bio divan, savršen, potpun. Izvila sam se tražeći još, i on se sasvim opustio.

Zajecala sam glasno nespremna na zadovoljstvo koje me proželo i razlilo se svakim nervom u koži mi. Kao reka plutali su mi celim telom, bol, ljubav, pohlepa, želja, strast, upotpunjenost, ostvarenost. Nisam bila spremna na nešto ovako. Nisam znala da će biti toliko jako. Celo biće mi je otupelo osećajući i želeći samo njega.

Hteo je da se pomeri, ali sam ga zaustavila. „Ne, Mati, nemoj”, dahtala sam. „Želim te u sebi, samo još malo.”

Kad me ponovo u celosti ispunio, zajecala sam uživajući u svim najblažim nadražajima koje njegovo telo daje mom.

Osmotrio mi je lice uz blag osmeh: „Beskonačan je broj noći koji sam sanjao ovo.”

Uzvratila sam mu osmeh. „Volim te, Mati.”

Poljubio me u čelo, a potom nos i spustio se do usta. Ponovo, dok smo i usnama bili spojeni, disali smo i kretali se kao jedno. Pomerao se u meni šaljući talas za talasom najlepših osećaja i uživanja svuda preko nas. Obgrlila sam ga nogama upijajući sve, dahćući njegovo ime, kao da je ono što mi daje od životne važnosti, kao da ću bez toga svisnuti. Svršila sam glasno, a potom drugi put, i treći, još snažnije, plašeći se da li ću izdržati dok mu ne pružim šta želi.

Krik koji nisam nikada ranije začula obio se o zidove i poveo me ponovo sa njim. Osetila sam nepogrešivu toplinu u stomaku što je produžilo nanovo i moje uživanje.

Sakrio mi je lice u kosu dok smo se oboje i dalje trzali u ostacima lavine koju smo pokrenuli.

Prekrio me celim telom i kad je hteo da se pomeri, nisam mu dala. „Nemoj. Ostani još malo u meni.”

„Nisam ti težak?”

„Ne, prijaš mi."

Nasmejao se i podigao na laktove kako bi mogao da mi sagleda lice. „Možemo li ponovo onako da se posvađamo?"

Udarila sam ga u šali, a potom zadržala dlanove na obrazima sa izlazećom bradom. „Mi se uvek posvađamo kad se sretnemo."

„Što samo znači da imamo pravo svaki put ovako da završimo, sve dok ne naučimo kako da dođemo do istih rezultata bez vike i lomljave."

Prasnula sam u smeh. „Šta ako se jednog dana pobijemo?"

„Ne brini, neću to dozvoliti. Ovo je previše dobro."

Ponovo sam se nasmejala i privukla ga u poljubac. „Divno je bilo, Mati, neočekivano divno i… sasvim drugačije… od svega."

„Rekao sam ti", uzvratio je kroz poljubac. „Potrebni smo jedno drugom, Džejn. Boli koliko smo jedno za drugo."

Promeškoljila sam se za trenutak, a onda osetila kako se i on pomera u meni. „Nisi valjda već…?" šapnula sam.

„Upravo to", odgovorio je osmehom i poljubio me. Šake su mu se vratile do mojih grudi i izazivale ih dok nam uzbuđenje nije bilo na istom nivou.

Otkud sve ovo? Šta se dešava? Da li je možda potaknuto godinama suzdržavanja i izbegavanja? Godinama koje smo proveli razdvojeni, a zapravo je trebalo da budemo zajedno. Da li je moguće da sam napravila užasnu grešku pre četiri godine? Da li je stvarno trebalo da odaberem njega, a ne Aleksa savršenog kakav je? Ovo nije samo seks. Ovo je nepogrešivo vođenje ljubavi dva tela i duše koje se obožavaju i dišu jedna za drugu. Da li je ispravno što sve ovo odbacujem štiteći divnog muškarca koji ne zaslužuje da pati.

Matijas je već narastao u meni. Kretao se željno, gladno, strastveno i htela sam da mu se pridružim u ovoj zabranjenoj ili možda i te kako opravdanoj i dozvoljenoj vožnji. Gurnula sam ga sa sebe tako da je on sad ležao na leđima. Uspravio se kako bi me zagrlio i povukao za kosu, a potom uronio u moje grudi. Sedela sam mu u krilu i kretala se ritmom koji sam ja određivala, uzimajući što mi se pruža, želeći da mu dam sve što ikad može poželeti od žene, jer kao što sam ja malopre doživela nešto jedinstveno i nesvakidašnje, htela sam da i ja njemu pružim nešto što nijedna nije i nikada neće.

Ljubio mi je vrat i grudi, nežno i grubo naizmenično, čime me dovodio do ludila i granica kad sam mislila da gubim kontrolu, ali nisam popustila, već tražila još, dajući još više. Osetila sam kako se trznuo u meni, a potom je ponovo glasno zavapio. Nastavila sam vodeći nas, a onda ponovo prepustila strasti i telima da se čistom željom propnu do vrha.

Glasno je viknuo moje ime i ponovo me ispunio vrelinom, nakon čega smo pali u posteljinu boreći se za vazduh čvrsto isprepletanih prstiju.

*****

Kad sam se probudila, strah me istog trenutka oblio misleći da sam spavala satima i protraćila vreme. Ležali smo pod pokrivačem, a lice mi počivalo na njegovim grudima. Budan, nasmejao se poljubivši me u kosu: „Prošlo je samo dvadesetak minuta", odgovorio je na moje nepostavljeno pitanje. „Od mene trenutno nema srećnijeg muškarca. Ne znam kako i da li ću ikad više ponovo spavati."

„Nemoj tako da se šališ. Imaš utakmicu sutra." Prstima sam mu šarala po čvrstim grudima.

„Znam, i baš zbog ovoga ću pobediti. Nemaš pojma kakav ukus ima olakšanje."

„Nemam", udahnula sam, „meni i dalje ostaje najteži deo posla", rekla sam ne promislivši dovoljno, iznenadivši sebe. Zapravo, i jeste i nije iznenađenje. Ne mogu se vratiti Aleksu nakon onoga što sam uradila s ovim čovekom.

Prstom mi je dotakao bradu i podigao lice da se sretne s njegovim: „Ne brini. Sve će biti u redu. Ako treba, ići ću s tobom."

„Videćemo", teško sam progutala i razmera bola koji se u trenutku obrušio na mene od pomisli da treba da istupim pred Aleksa i kažem mu da posle svega ipak nećemo nastaviti zajednički život gotovo mi je izbila vazduh iz pluća. Ne smem o tome razmišljati. „Obaviću taj razgovor nakon finala. Nikako pre."

„Zvuči fer."

Činilo mi se kao san, mutan, maglovit, neodređen, nedovršen san. Ja, u krevetu s Matijasom, pričam o raskidu s Aleksom... i to se čini tako ispravnim, prirodnim. Sva ljubav prema Aleksu uzgajana toliko godina i dalje je bila prisutna, ali ušetalo je još nešto – osećanje da on ne zaslužuje devojku kao što sam ja. Savršenom, divnom i posvećenom muškarcu kao što je on treba žena koja će biti samo njegova, koja se neće davati drugom, koja ga neće ovako lagati. Volim ga celim bićem, a opet sam s drugim. Nije zaslužio.

„Mati, zanima me nešto", setila sam se, a i poželela da bolne misli o Aleksu odložim za kasnije. „Zašto si tako idiotski zadrt i naporan?"

Prasnuo je u smeh. „Što pitaš? Uvek mi je samo donelo dobro. I tebe, na kraju krajeva."

Otpuhnula sam negodujući u šali. „Dok je meni donelo samo stres i neprilike, ali o tome ćemo neki drugi put. Hajde, reci mi, zašto si tvrdoglav kao mazga? Takav si i kad igraš, kad razgovaraš sa saigračima i prijateljima, a pogotovu kad se radi o meni."

Uspravio se i započeo. „Iskreno, ne znam, ali čini mi se da je sve krenulo kad sam imao devet godina i u klub stigao novi trener. Nekako, ne sećam se mnogo perioda svog života do tog trenutka. Zato mislim da je njegov dolazak označio veliku prekretnicu. Znam samo da sam bio poprilično povučeno i stidljivo dete."

„Hah, nema šanse", nisam mogla da suzbijem smeh.

„Ne lažem. Pitaj moje roditelje."

„Dobro, hoću. Nastavi."

„Uprkos tome što nisam mnogo pričao i bio gotovo nečujan, dobro sam igrao, međutim, činilo mi se da me taj novi trener mrzi. Tako je meni tad izgledalo. Naravno da odrastao čovek nema ništa protiv deteta koje je došao da nauči nečemu. Svi su primetili da je sa mnom stroži nego s ostalima. Kad bi moji drugovi pogrešili, mirno ih je ispravljao, dok je na mene vikao i urlao. Nije imao strpljenja."

„Jesi li rekao roditeljima?"

„Nisam. Svi bi mi se smejali i zvali me slabićem i mekušcem. Odlučan sam bio da izguram do kraja sam. Premda je bilo samo gore što me je bunilo jer sam napredovao i bio sve bolji fudbaler, a on uvek nalazio razloga da me za nešto prekori. To je trajalo dve godine. Postao sam najbolji u školskom timu, takođe i u njegovom timu, a on je samo ukazivao na moje greške. Sve dok jednog dana nisam izgubio kontrolu i razdrao se na njega."

„Šta si mu rekao?"

„Pitao sam ga šta hoće od mene."

„Šta ti je odgovorio?"

„Da hoće da budem vođa, pokretač tima, onaj koji vuče napred kad svi klonu, koji motiviše kad svi izgube nadu i snagu, a za to moram da budem od čelika, snažan, tvrdoglav, uporan i da ne odustajem, i da za sve to imam potencijala. Nikada nisam zaboravio ni reč tog govora."

„Hm, ako ti ne smeta da kažem – ti niti si kapiten svog kluba, a ni reprezentacije", nije mi bilo najjasnije.

„Nisam, ali ko je najveći galamdžija, ko se najviše svađa i raspravlja sa sudijama, trči za loptama koje su naizgled izgubljene i motiviše ostale da ne odustaju?"

Odogovorila sam osmehom shvatajući posebnu taktiku starog trenera. „Je li i dalje bio grozan prema tebi nakon tog razgovora?"

„Jeste, ali nije me više doticalo. Samo me motivisao da postanem ono što jesam. Upravo od njega sam naučio da u životu mogu da postignem sve što zacrtam. Već sam bio najbolji u generaciji. Hteo sam da se probijem u prvu postavu, uspeo sam. Hteo sam da igram za reprezentaciju, uspeo sam. Hteo sam velike, ozbiljne sponzore, dobio sam. Koja god devojka da mi je zapala za oko, na kraju sam je i osvojio. Tako da kad sam tebe spazio onaj dan pred liftom, nije moglo drugačije nego ovako da bude." Uhvatio mi je ruke i prevukao me da legnem preko njegovih grudi. „Ne možeš ni zamisliti koliko sam srećan."

Poljubila sam ga umesto odgovora, a ruke su me već mazile po leđima.

„Ožednela sam. Šta misliš da otvorimo onaj šampanjac?"

„Odlična ideja. Doneću ga", krenuo je da ustaje.

„Neka, ja ću", gurnula sam ga nazad na jastuk. Htela sam da mu pružim priliku da me gleda dok se gola šetam po sobi. Htela sam da vidi kakva žena je sad njegova, uz njega. „Hoćeš li večeras zaboraviti na vaše strogo pravilo?" uzela sam flašu i jednu čašu i kad sam se okrenula, jasno mi je bilo da sam postigla željeni efekat – proždirao me očima.

„Ovo veče je posebno. Hoću", odgovorio je omađijano prateći svaki moj pokret kojim sam mu bila bliže.

Seo je na ivicu kreveta i sad je na mene bio red da upijem ceo taj prizor savršenog, u potpunosti nagog tela, te grčke skulpture. Teško je progutao boreći se s emocijama i nagonima. Pružila sam mu flašu da otvori dok sam držala čašu. Svež šampanjac je zaigrao u njoj celom dužinom. Otpila sam malo i pružila mu, smestivši mu se između nogu. Uzeo je čašu jednom rukom, a drugu pružio na moju butinu prstima prelazeći gore dole. Videla sam vatru kad mu je zaigrala u očima. Otpio je penušavu tečnost i vratio je meni. U trenutku kad sam je prihvatila, privukao mi je grudi na svoje usne i pohlepno i grubo ih ljubio. Ispustila sam iznenađen krik pod naletom prijatnih osećaja, a on se nije odvajao dok mu je ruka slobodno prelazila duž čitave moje pozadine. Ponovo sam bila uzbuđena i željna ga, ali pustila sam da mi pruža što više može, uživajući istovremeno u njemu i šampanjcu.

Kad sam ispila do kraja, bacila sam čašu koja je iz tresak negde iza pala i zagrlila ga oko vrata navodeći ga kuda da šeta usnama. Pogled mi je pao na njegove prepone i kad sam shvatila koliko se uzbudio samo dajući mi, terajući mene da uživam, odlučila sam da i ja njemu mogu nešto sad da pružim. Sela sam mu u krilo prihvatajući ga u celosti.

Glasno je viknuo i zagrlio me svom snagom. Kretala sam se brzo i grubo, sve više ga izazivajući i nagrađujući, želeći da samo mene zauvek pamti i da nikad nijednu drugu ne poželi.

„Prokletstvo, Džejn, ti si nešto nesvakidašnje", dahtao je gledajući me u oči. „Mislio sam da te već volim više nego ijedan muškarac ijednu ženu, ali shvatam da je to bio samo tračak ljubavi koju osećam sad."

Nasmejala sam se glasom veštice. „Je l' to govori tvoje srce ili...?" pogledala sam dole.

Iznenadio me kad je ustao ne razdvajajući nas. Čvrsto sam ga držala, kao i on mene. „Ceo ja, Džejn."

Okrenuo me na leđa i prodro još dublje, zarivao se grublje, posesivno, zahtevno, ne zapostavivši ni za trenutak moje usne, grudi ili vrat. Celo telo mi je treperilo pod njim, zbog njega. Cela sam se istopila.

# 12.

Čudan je osećaj bio probuditi se pored muškarca koji nije Aleks.
Čudan i pogrešan.

Nisam imala vremena da mnogo o tome razmišljam jer smo i Matijas i ja morali da jurimo, ja da se nađem s devojkama, a on na doručak s ostatkom tima. Uspavali smo se, zbog... očigledno je.

„Voleo bih da možemo zajedno doručkovati, bez žurbe, kao prošli put", rekao je.

„Ne brini, biće vremena. Sad je najvažnije da se vratiš u svoj hotel na vreme", odgovorila sam glumeći radost.

Previše je žurio te, hvala nebesima, nije primetio da se sa mnom nešto čudno dešava. Htela sam da ostane takav pun entuzijazma i poleta kakav se probudio za predstojeću utakmicu koja iziskuje sve moguće koncentraciju i spremnost. Gledala sam ga dok se oblači – i dalje je ona savršena grčka statua u kojoj sam celu noć uživala, i dalje je onaj muškarac koji mi je pružio najsavršenije, najgrešnije zadovoljstvo.

Ali krivica se probudila, narastala brzo kao mleko kad prokuva i krene da kipi, ispunila mi grudi i razjurila se telom kao zmijski otrov. Kako sam mogla ovo da uradim Aleksu?

I ja sam se obukla dok smo razmenjivali strasne poljupce, svaki od njih podsećajući me zašto sam se u sve ovo upustila, zašto raskid sa Aleksom i dalje ima smisla.

Izašao je prvi, a ja za njim deset minuta kasnije. U sobi sam se na brzinu istuširala i spremila za naporan dan. Čim se završi utakmica, vraćam se za Sao Paulo. Noge i ruke bolele su me od sati nezaboravnog seksa. Čak mi se i stomak oglasio podsetivši me da sam davno prethodni put jela. To me nekako uspelo nasmejati. Nazvala sam Lanu i javila da ću sići u restoran kroz par minuta, ali nije mi dala mogućnost izbora: „Ne, draga, mi dolazimo kod tebe", strogo je rekla i znala sam da nema svrhe pokušavati izbeći da im odmah sve kažem.

Naručila sam doručak, ali su sve tri stigle pre njega. Sudeći po lupanju štikli kojim su ušetale u sobu, bile su besne.

„Pričaj. Da čujemo sve", Lana je zahtevala bez uvijanja.

„Ne mora ništa da kaže. Očigledo je šta se desilo", Endži reče gledajući me neodobravajuće, hladnoćom koja bi i sunce zamrzla.

„Nešto… nešto se juče dogodilo", zaustila sam, „nešto veoma posebno. I napravila sam neke izbore." Gde su nestale sigurnost i odlučnost od sinoć, moje samopouzdanje, rešenost i uverenost da radim pravu stvar? Gde je uzbuđenje zbog svega što sledi s Matijasom? Gde je ona žena koja mu se cela pre par sati dala?

Ispričala sam im šta se dogodilo, od trenutka kad sam ušla u sobu 1000, preko vina, vike, poljubaca, još galame, do vođenja ljubavi i racionalnih, jedinih ispravnih odluka koje smo doneli. Ne mogu ostati s Aleksom nakon svega. Dužnost mi je da ga ostavim.

„Ne mogu… Ne mogu više biti s njim", mucala sam. „Nema smisla. Ono što se desilo sa Matijasom nisam ni sa kim osetila. Divlje je i eksplozivno, nadasve divno. Osim toga, on se sve ovo vreme bori za mene, sve ove godine nije odustao, a mogao je imati bilo koju. Šta bi značilo da se nakon ove noći vratim Aleksu? Prevarila sam ga gnusno pre četiri godine. Prevarila sam ga i sinoć. Zaslužuje bolje." Ponovo me je strelica ljubomore pogodila u grudi na pomisao njega sa drugom, kako je grli, ljubi, pruža sve što je meni. Čudan osećaj, čudan bol. Sve to je pogrešno. I ta slika je pogrešna. „Ne mogu nastaviti život s njim. Matijas je pravi izbor za mene", završila sam svoj traljavi govor ni sama ne verujući gotovo ni u jednu izgovorenu reč, očekujući od tri žene koje me najbolje poznaju da poveruju.

Grobna tišina ispunila je prostoriju. Zurile su u mene, zabezeknute, zbunjene, lica koja odražavaju neodobravanje, tugu i bes. Predugo ništa nisu rekle. Toliko dugo da sam se vratila par sati unazad u ovo maglovito jutro s Matijasom kad sam znala da nešto nije u redu čim sam otvorila oči, da ništa ne valja. Da li sam stvarno na pravom putu?

Endži je jedina stajala dok su Bea i Lana nepomično sedele za netaknutim stolom sa doručkom. Prišla mi je i jasno sam videla munje besa koje joj pršte iz očiju. Uplašila sam se kao životinja uhvaćena u zamku.

Ošamarila me je. Svom snagom. Valjda tako boli kad te neko udari najjače što može. Ne znam jer me niko nikada ranije nije. Glava mi se okrenula toliko da me vrat zaboleo, a zvuk pljeska presekao je tišinu u sobi. Nisam se oduzela zbog udarca od kog mi je već goreo obraz, već od zaprepašćenja da je tako nešto uradila.

„*Jesi li sasvim izgubila tu ludu glavu?*" Endži je vrištala. Prozori su se tresli. Pogledom sam potražila pomoć od Bee i Lane, ali nisu ni trepnule i znala sam da su na strani moje prijateljice koju nikad nisam videla ovako besnu. „Taj prokletnik, taj tvrdoglavi imbecil ti je dao đoku i ti sad hoćeš da odbaciš sve što si ikada sagradila sa onim divnim čovekom koji te voli do poslednjeg daha i više? To hoćeš da uradiš?" Zgrabila me za ramena i protresla. „*Je l' to hoćeš da uradiš?* Zaboravila si Pariz i šta se sve tamo desilo? Da te podsetim – htela si da umreš od anoreksije samo da Aleksa ne ostaviš. Još tad si mogla ovog morona da potražiš, ali nisi. Zar ti ne govori to koji od njih je pravi izbor? Sećaš li se onih užasnih meseci provedenih u Dalasu? Ne? E, pa, ja se sećam. Svaki dan si plakala za Aleksom. Za *Aleksom*, a ne ovim maloumnim krelcem. Da te stvarno voli kao što tvrdi, pustio bi da sama odabereš, a onda tu odluku poštovao. Gledao bi te srećnu sa čovekom koji bi život dao za tebe koliko god bolelo što taj izbor nije pao na njega. Da te stvarno voli, poštovao bi te, a ne pokušavao da uništi svaki pokušaj da normalno živiš. Je l' Aleks loš prema tebi? Da jeste, ja bih prva podržala tog mlakonju da dođe i spasi te, ali to nije slučaj. Da ti kažem još nešto što je neko davno trebalo.” Obuzeo me je novi nalet straha. Šta se još krije iza tog belog, besnog lica koje je sad izgubilo svaku kontrolu. Glas joj se primirio i bio tiši, ali nekako surov: „*Matijasa je briga za tebe.* Želi te samo jer drugi kažu da si najlepša žena na svetu i ne može da preboli da si ga šutnula i odbila pred milionima očiju zarad Aleksa koji je po njemu bezvredan. Hoće da zaleči svoj ranjeni ponos time što će te oteti Aleksu. Samo želi njega da povredi, a sebi se dokaže. Tvrdoglav je, naporan i iritantan, voljen samo zato što postiže golove. Izuzev toga ne vredi ni koliko Aleksovo crno ispod nokta. A ako si zbunjena otkud to da vam je seks tako dobar, draga moja, nije to neka filozofija – izgradili ste suludu, obostranu čežnju, a on se za svojih dvadeset osam godina uvukao u dovoljno gaćica da zna šta radi. To što se noćas desilo ne znači apsolutno ništa i šutnuće te za godinu-dve. Naravno, ne radi on sve ovo namerno. Ni sam verovatno nije svestan. Ubeđen je da je bespovratno zaljubljen, a zapravo samo leči ko zna kakve traume iz detinjstva kad nije dobio šta je hteo. Ponoviću ti još jednom, Džejn: izabereš li Matijasa, srljaš u provaliju iz koje te niko neće moći izvući, ženska glavo. Znaš li zašto? Zato što tvoje ponašanje, to što osećaš ima dijagnozu. Nisi jedina sa istim problemom. Iste smo. Šta misliš zašto skačem ko nezasita iz kreveta u krevet najrazličitijih muškaraca, znatno starijih, mlađih, kakvih bilo? Zašto mi svaka veza počinje seksom? Zato što je moj otac identičan tvom. Retko bi mi prišao, takao me, zagrlio, pohvalio. Celo detinjstvo sam ga se plašila, brinula da ne razočaram, da ga zbog mene ne bude sramota. Celo detinjstvo mi je nedostajao. Gotfrid je bio u pravu kad je ono rekao, samo nismo shvatile na pravi način. Nije to ništa čega se treba stideti, već se može lečiti. Možeš imati normalan život, a ne da se predaš tim strastima koje ne znače ništa. Odluči, Džejn, ili ćeš da budeš singl i spavaš s kim poželiš, ili ćeš biti verna i posvećena devojka. Ne možeš tako da ideš okolo i uništavaš živote.”

U pravu je. Za sve. Znala sam istog trenutka. Upravo to radim – tumaram kroz život, praveći se da imam posao i neku svrhu, dok zapravo živim od svega onoga što je tata stvorio i nadasve uništavam ljude koje sretnem.

U tom trenutku takođe sam bila sigurna u još jedno – volim Aleksa. On je moja druga polovina, on je muškarac za mene. Skoro sam se smrtno razbolela jer nismo bili zajedno. Tako nešto nikada ne bih uradila za Matijasa. Možda smo se sreli premladi, ali ne smem da ga zbog toga izgubim. Endži me upravo podsetila zašto.

Međutim, pomisao na Matijasa i sve divno što smo ostvarili prethodne večeri, koliko smo se voleli – ili bar mislili da se volimo – izraz njegovog lica kad sam rekla da ću raskinuti s Aleksom, pomisao na te tamne oči koje će se nanovo ispuniti bolom kad im kažem da sam – ponovo – promenila mišljenje, bol svega toga nemilosrdno mi je seo na grudi i pritiskao dok nisam prasnula u nekontrolisani plač.

Endži me prva zagrlila, a potom i Bea i Lana. Nisu me prekidale dok sam jecala, vikala, šmrcala, kašljala, mrmljala, gušila se, dok me svaki mišić boleo. Moram prekinuti ovo. I nikada se više ne smem dovesti u sličnu situaciju. Dosta je bilo. Kraj.

Kad su mi suze presušile, očistila sam lice maramicama.

I donela konačnu odluku.

To veče ponovo ću videti Aleksa i znaću kako se osećam po pitanju njega. Prema tome ću rasuditi, da li ostajem s njim ili započinjem novo poglavlje s Matijasom. Šta god, moram sačekati kraj Prvenstva. Sinoć mi je srce treperilo i svom snagom kucalo za Matijasa. Ako je ta ljubav prava, nadjačaće sve što smo Aleks i ja stvorili prethodnih godina. Ako i malo budem oklevala, neću ostati s njim. Ne zaslužuje da ga nekad u budućnosti ponovo prevarim. Okrenuću se Matijasu, makar protiv svojih roditelja i čitavog sveta. Aleks zaslužuje nekog ko će biti samo njegov.

Nisam to rekla devojkama, ali sam ih uverila da će sve biti u redu. Nisu me više zapitkivale. Vremena je bilo malo i morale smo se spremiti i mene našminkati tako da se pokrije sve što se desilo u prethodnih nekoliko sati, sve suze, bol i grcanje. Bea i Lana su otišle da se presvuku u svojim sobama, a Endži ostala sa mnom. Istuširala sam se vrelom vodom da sperem sve loše sa sebe, a ona je predložila da mi utrlja u lice kremu koja će otkloniti otok od plakanja. Skoro sam zaspala pod njenim mekim prstima kad je šapnula: „Izvini ako sam bila pregruba, ali najbolja si mi prijateljica. Volim te.”

Uspravila sam se da je zagrlim. „Ti si moja starija sestra i ne moraš ni za šta da se izvinjavaš. Bez vas tri ja sam izgubljen slučaj."

*****

Kad sam se pred roditeljima pojavila u tamnocrvenoj haljini bez bretela i na belim sandalama, izgledala sam daleko bolje nego što sam planirala. Endžina pomoć pri šminkanju i nameštanju kose i te kako je doprinela da sakrijem šta mi se potencijalno moglo oslikati na licu. Kad god sam prošla pored nekog ogledala, zadivila sam se koliko dobro smo sve prikrile.

U sebi, naravno, tresla sam se od nerveze zbog utakmice. Podržavala sam Englesku i srcem i glavom i želela da se Nemačka zajedno s Matijasom sklone i od mene i od Ukrajine što pre. Sa druge strane, nisam htela ni da se moja zemlja u finalu prvenstva suoči baš s Aleksovom. Jeste da sam se ponašala kao da je tim Milana Andrejeviča već izborio prolazak do samog kraja, ali iskreno sam verovala da imaju velike šanse protiv Holanđana sutradan.

Na tribinama prihvatala sam sva pića koja su pristizala. Dosta mi je pomoglo, posebno tokom izvođenja himni. Ponosno sam pevala našu i potrudila svim silama da ignorišem veselu polovinu Stadiona Mineirao tokom *Das Lied der Deutschen*.

Odmah po početku igra je postala žestoka i agresivna. Izbegavala sam da gledam u Matijasovom pravcu, ali toliko je bio pun elana, napadan, i u svakom trenutku svuda da je bilo nemoguće ne videti ga. Jedino su Džošua i Sajmon Vejd više od njega bili na velikom ekranu zbog odličnih akcija u napadu i odbrani.

Međutim, ništa nije moglo zaustaviti Mihaela Krima da prihvati dugu loptu i probije se između dva naša odbrambena igrača. Uspeo je da ih nadigra, namestio se kao da će da šutira desnom nogom, a zapravo se u poslednjem trenutku cimnuo i poslao loptu levom. Pravo u mrežu. Pravo Haroldu iza leđa.

Nismo hteli da prerano očajavamo, bio je tek devetnaesti minut i naš tim je igrao jako dobro. To su potvrdili svega pet minuta kasnije kad su Džošua i Kiton pojurili napred čvrsto rešeni da savladaju nemačkog golmana koji je ostao sam i nezaštićen, bez igrača svoje odbrane. Prvo poluvreme završilo se 1:1.

Razgovarala sam s roditeljima Bee i Harolda, uveravajući ih da će sve biti u redu premda ni sama nisam više bila toliko sigurna. Tata nije bio zadovoljan i to je uglavnom značilo da ima validne razloge predosećati da neće biti lako. Nakon odgledanog ni on ni ja nismo više znali kako ova igra može da se završi.

Dok smo uživali u drugoj turi piva, igrači su ponovo izašli na teren. Gotfrid je izvršio dve izmene pojačavši napad. Par minuta kasnije trener Vans učinio je isto. Spremili smo se na interesantan okršaj dve velike sile.

Žestoka borba, međutim, nije krenula istog trenutka, već začuđujuće sporo. Gotovo čitavih petnaest minuta ništa značajno se nije odigralo ni na čijoj strani. Pretpostavili smo da se oba tima brinu da krenu u napad čime bi se otvorili i pustili suparnika da jurne na slabe tačke sredine i odbrane.

Engleska je odlučila, pak da nešto promeni. Akcija koju su osmislili bila je sjajna, ali im je donela samo korner. Kratka pauza koja je usledila kako bi se pripremili na izvođenje udarca ispostavila se kao dovoljan predah. Lopta je poletela iz ugla i zahvaljujući neporecivoj veštini Džošue završila ponovo iza Evalda Fuksa.

Gotfrid je bio sumnjivo miran i tih. Sa druge strane Matijas je urlao na saigrače zajedno za Mihaelom Krimom dajući im instrukcije. Kad se igra nastavila, nije se činilo da je iko od nemačkih igrača ljut ili zabrinut, što je verovatno i bio ispravan stav. Moraju ostati smireni žele li da pobede.

Niko drugi do Matijas postigao je novi gol dvanaest minuta kasnije. Sa Lensom i Benom za leđima krenuo je na tri igrača Engleske i Harolda, a Krim im se ubrzo pridružio. U narednom trenutku legendarna Nemačka četvorka našla se u suparničkom šesnaestercu. Nije postojala mogućnost da gola ne bude.

Harold je u licu bio crven od besa kao jastog. „U potpunosti je izgubio fokus", Bei je drhtao glas.

„Nemoj tako. Nije mogao ništa da uradi protiv njih četvorice", odgovorila sam.

„Znam, i upravo to ga sad ljuti. Istu situaciju mogu da ponove još deset puta do kraja utakmice."

U pravu je. Nisam ništa rekla. Samo sam se molila da rezultat na kraju bude fer. Ova Nemačka pred nama nije tim koji se pre par dana krvnički namučio sa Italijom. Izašli su na teren daleko jači, spretniji, spremniji i gotovo nepobedivi. Trener Vans je bio miran, kao i Gotfrid i na licima obojice očigledno je bilo da ne žele produžetke od trideset minuta. Jedina razlika je što ako dođe do penala, Gotfridov tim ne bi imao više nijednu brigu na pameti jer ih izvode besprekorno. Otkako je Rolf Gotfrid postao trener reprezentacije, nije izgubio nijednu utakmicu koja je stigla do jedanaesteraca. Stoga nismo želeli da dođe ni ova već da bude gotova pre isteka regularnog vremena.

Sedam minuta od Matijasovog gola Kiton Flanagan ponovo nam je dao nadu. Provukao se između dva vezna nemačka igrača, a pridružila su mu se još dva naša napadača. Prebrzo su se dodavali da ih neprijateljsta odbrana nije mogla uspešno ispratiti. Nakon par hitrih razmena, lopta je pala Kitonu na desno stopalo odakle ju je snagom mašine katapultirao u donji levi ugao gola.

Zajedno sa devojkama i roditeljima vrištala sam i izvikivala reči divljenja, odobravanja i radosti, a potom se smirila vrlo brzo, pre njih, jer Matijas i dalje misli da sam s njim te ako me vidi, naljutiće se. U sebi sam zahvalila i Bogu i Kitonu što nam je doneo ovo olakšanje i nastavila smernije da navijam.

Kako se ispostavilo, prerano smo se obradovali. Ni šest minuta do kraja Nemci se nisu predavali. Naprotiv, kretali su se po terenu kao da su tek malopre ustali iz kvalitetnog, osmočasovnog sna. Nisu se činili umornima nakon više od osamdeset istrčanih minuta. Igrali su onako kako su i čuveni – ne odustaju do samog kraja i neprijatelju ne daju mira.

Mihael Krim, inteligentni, proračunati kapiten, započeo je novu akciju sa svojim veznim igračima i Matijasom kao podrškom. Puni energije i besne odlučnosti da što pre ovo završe zaleteli su se ka Haroldu. Naši igrači su bili gde treba i pokušavali im oteti loptu, ali bezuspešno, a i kad im je pošlo za rukom, Nemci bi je brzo uzeli nazad. Pasovi su bili izuzetno kratki i hitri, i Krim se u pravom trenutku stvorio na nezaštićenoj poziciji odakle je skočio i glavom poslao loptu među stative u deo gde Harold nikako nije mogao da stigne. Ponovo izjednačeno.

„Nije fer!" Endži je viknula, dok se Bea nije ni oglasila, tužna i uznemirena.

„Nije, ali šta da se radi kad su bolji", reče tata. „Prelako ih puštamo da nam priđu golu i otuda ovi pogoci."

„Brede!" mama ga je prekorno pogledala glavom mu pokazujući na Haroldove roditelje koji mogu da ga čuju.

„Nisam rekao da nam golman ne valja, već da ne može sam izaći na kraj s njima."

„Momci daju sve od sebe", reče mama.

„Ne daju dovoljno. Ovi gadovi su prejaki."

Puni uzbuđenja i poleta Nemci su nastavili da napadaju našu stranu ispunjenu igračima koji su do pre par sekundi verovali da će im se san o finalu ostvariti, a sad izgubili svaku nadu. Trener Vans davao im je uputstva i sugestije, ali kao da je bilo uzalud. Kao da su zaboravili da igra još nije gotova, da je i dalje nerešeno, da imaju jednake šanse proći dalje.

Leon Šnajder nije imao tih problema. Trebao mu je samo jedan pas od Fridriha Larsona. Prihvatio je loptu i smireno je poslao volejem, ponovo u deo među stativama do kog Harold nije stigao. Konačan rezultat 4:3.

Bea je neutešivo plakala. Pokušala sam da je smirim, ali nisam uspela pre nego što sam morala da krenem. Na brzinu smo odlučile da Endži ostane, a Lana i ja ćemo se s mojim roditeljima vratiti u Sao Paulo. Bolelo me je da vidim sva ta tužna lica engleskih navijača u suzama dok se deo obojen u crno-crveno-zlatno veseli i ponosno peva iz sve snage. Na brzinu sam uzela sve što mi treba i krenula za mamom i tatom jedva čekajući da zauvek odem iz ovog grada koji ću pamtiti kao mesto na kom sam uradila nešto izuzetno lepo, ali neoprostivo.

Pre nego što ćemo poleteti, kako ne bih izazvala sumnju, čestitala sam Matijasu na pobedi i poželela sreću u Riju. Kad sam poslala poruku, shvatila sam da će se verovano tamo suočiti sa Aleksom. Pripala mi je muka toliko snažna da sam najveći deo tog kratkog leta provela u kupatilu. Obistinio se moj najveći strah s početka takmičenja.

„Šta ti je? Da nisi trudna?" tata je pitao kad sam sela i zavezala pojas za sletanje.

Zagrcnula sam se, a mama i Lana prasnule u smeh.

„Naravno da nisam", odgovorila sam, a hladan znoj me već ponovo oblio.

„Bred, ljudi povraćaju i kad pojedu nešto pokvareno, u avionu ili kad su iscrpljeni", mama mu je objasnila.

„Znam, ali Džejn od malih nogu može tepih da pojede i ne bude joj ništa, uvek je puna energije i nikad joj nije muka u putu", procenjivački me je gledao.

„Ne, tata, ne brini. Nisam trudna", razuverila sam ga.

„Jesi li sto posto sigurna?"

„Vodim računa da ne budem, veruj mi", teško sam progutala posramljena.

„Zaboga, Bred, prestani. Vidiš li kako je pobelela", reče mama. „Nemoj da joj postavljaš ta pitanja samo zato što se tebi nunaju unuci. Ima vremena."

„Hvala, mama", osmehnula sam joj se zahvalno.

Hm, bolje da misli da sam trudna, nego da zna gde sam i s kim provela noć.

Kad smo stigli u hotel, kulturno sam objasnila da ne mogu da večeram, već samo želim da vidim Aleksa. Znala sam da me čeka iako je skoro ponoć. Odjurila sam ka sobi vukući kofer za sobom dok mi srce samo što nije iskočilo iz grudi. Ovo je trenutak odluke. Za par minuta znaću. Znaću da li zauvek volim Aleksa, ili ne.

Za samo par sekundi. Svega par koraka.

Otvorila sam vrata. Ležao je na krevetu u trenerci sa laptopom u krilu. Prepoznala sam zvuke stadiona i komentare na ukrajinskom – priprema se za sutrašnju utakmicu. Kad me video, ustao je i ponovo me ošamutilo koliko je lep, zgodan, savršen, kompletan. Način na koji me gleda sve je rekao – koliko me voli, stalo mu je, koliko je brinuo za mene i jedva čekao da se vratim. Iz topline kojom su mu se oči ispunile kad me video, zbog salta koji je moje srce napravilo kad je videlo njega, znala sam da je ovaj muškarac jedini dom koji će mi ikad trebati.

Prethodna noć mi je u celosti bljesnula pred očima. Osećala sam se užasno prljavom što sam u tako nečemu učestvovala, ali, na neki čudan način, bila sam mirna, sad sigurna – da nisam to uradila, nikada ne bih znala koliko muškarac preda mnom znači. Savršen je, pun ljubavi, upotpunjuje me, uvek će biti tu za mene. Znala sam i sve to osećala kako isijava iz njega dok me gleda, razumejući da sam u prethodna dvadeset četiri sata morala doneti važnu odluku, kako sam mu beskrajno ova dva dana nedostajala. Moj Aleks.

Ispustila sam kofer i oborio se na pod, tresnula sam vrata za sobom i poletela mu u zagrljaj. Prihvatio me na grudi i obavio snažnim rukama ne želeći nikada da me pusti.

„Priželjkivao sam da se vratiš u toj haljini. Odlično ti stoji."

„Hvala ti, premda bih volela da sam imala vremena da se istuširam pre nego što ti dođem, ali morali smo da žurimo odande."

„Najvažnije je da si stigla."

Zagrlila sam ga snažnije, s mukom se suzdržavajući da ne brizem u plač od pomisli na Matijasa i na njegov bol kad mu kažem da sam uprkos svemu, nakon svega ipak odabrala Aleksa, ovaj put zauvek. Istovremeno, srce mi je poskočilo u grudima od radosti i olakšanja što sam konačno saznala, shvatila da ni u jednom trenutku nisam pogrešila, posebno ne pre četiri godine.

„Hej, šta nije u redu?" pitao je kad sam pogrešila i šmrknula. „Šta se dogodilo?" spustio je ruku na moj obraz kako bi mi podigao lice da ga bolje osmotri jer nisam znala šta da odgovorim.

Obožavam njegove morsko plave oči, i beskraj u njima. Zauvek ću ih više od svega voleti.

„Gotovo je. Matijas i cela ta priča s njim gotova je", uspela sam reći pre nego što sam glasno zaridala. Nisam mu mogla sve priznati, naravno.

Nikada neću, ali morala sam mu bar deo reći kako bih mogla s razlogom koji me neće uvaliti probleme da se tu noć isplačem. Toliko bola mi je narastalo iz stomaka, sve do grudi i gušilo srce. Morala sam mu ispričati nešto da ne bi posumnjao šta se desilo. Trebalo mi je da bude uz mene, da mi ponovo pokaže da razume zašto mi je teško, kako bih poslednji put zatvorila ovo poglavlje sa momkom ugljen crnih očiju, koji me voli i kog ja volim, ali ne dovoljno da pređem mora i okeane da bih bila s njim.

Ono što sam rekla Aleksu bilo je kratko i sažeto, ponovo polu-laž, nisam htela da idem u detalje. Ispričala sam mu da sam se našla sa Matijasom na njegovo insistiranje, da se sve odigralo sinoć, da je spremio romantičnu večeru i u celosti mi se otvorio, naveo sve razloge zbog kojih treba da pođem s njim po završetku turnira, ali da sam kad je završio, bila jasna, glasna i kratka, da sam mu objasnila jednom za svagda da ga ne volim, ni sad, niti ću ikad dovoljno da svoj život podelim s njim, da sam nekoliko puta morala da to ponovim, da sam slušala njegove jecaje, molbe i plač pre nego što se konačno urazumio i prihvatio moju odluku – i pustio me.

Glasno sam jecala govoreći to Aleksu uz objašnjenje da se užasno osećam što jedna tako dobra i draga osoba zbog mene sad pati, da je od samog početka trebalo drugačije da se postavim prema njemu jer bih sad imala izuzetno kvalitetnu osobu za prijatelja, a ja sam ga bespovratno zauvek izgubila i upropastila. On me je slušao, saosećao i snažno, zaštitnički grlio.

*****

Probudila sam se na Aleksovim grudima. Njegov losion za posle brijanja podsetio me gde sam. Suprotno osećaju od jučerašnjeg jutra, sad ništa nije bilo pogrešno. Na pravom sam mestu. Sve što se odigralo pre dva dana činilo se tako dalekim, kao da sam sanjala ili umislila. Sve je iza mene, srećom, i to saznanje me ispunilo mirom iako mi je srce ranjeno i trebaće mu vremena da zaceli.

Promeškoljila sam se i izdigla da ga bolje pogledam. Ponovo sam pomislila kako je lep tako usnuo. Prebacila sam nogu preko stomaka mu kako bih se protegla i osetila da je u predelu prepona napet. „Perverznjaku jedan, bila sam sigurna da spavaš", šaljivo sam ga udarila u rame.

Nasmejao se otvorivši oči. „I jesam dok nisi krenula da se vrpoljiš." Uhvatio me za nogu i prevukao tako da sam sedela na njemu.

„Zar želiš? Na dan utakmice?" upitah.

„Da. Smiriće me."

„Dobro, ne moraš dvaput da kažeš", prešla sam prstom po liniji njegovih mišića od stomaka do ramena, a potom se namestila i prihvatila ga u sebe. Istog trenutka obuzeo me užitak, prijatan osećaj pripadanja, voljenosti, ljubavi. Ovo je ono što mi treba, ovo je muškarac kog zauvek želim.

Stezao mi je grudi i pustio da nas navodim do vrha, kraja koji nisam htela prebrzo da dođe. Kretala sam se naizmenično sporo, ubrzavajući, i ponovo usporavajući, na kraju ga ljubeći i pustivši da se trza u meni. Uskoro je izgubio strpljenje kako sam i očekivala, privukao me na sebe, ljubio mi grudi, a onda prebacio na leđa i stao se zarivati pohlepno i nezadrživo dok nas nije oboje rasplinuo.

„Dan može da počne", prodahtao je grleći me.

„Slažem se", glasno sam se nasmejala.

Volim ga. Zbog njega zaboravim sve što me čini tužnom. Ispunjava me. Daje mi šta mi je potrebno i više od toga. I upravo tako treba da bude kad je prava osoba kraj tebe.

*****

Po četvrti put na Prvenstvu zaputila sam se na Arenu Korintijans s roditeljima, Lanom i Janovima. Atmosfera je obećavala – pola stadiona kapaciteta od preko šezdeset hiljada nosilo je plave i žute dresove uspešno parirajući masi u narandžastom pesmama i skandiranjem.

Robin Bram nije bio deo holandske reprezentacije zbog povrede od pre par meseci, mada je i bez njega tim bio odličan, jedan od najjačih na takmičenju. Imao je zvezde koje inače haraju evropskim fudbalom i igraju u najboljim ligama poput engleske i italijanske. Posedovali su mladost, iskustvo, istrajnost i upornost. Međutim, dosadašnje statistike su im gore nego Ukrajini, a mahom iz jednog razloga – ukrajinske neprobojne odbrane i savršenog golmana.

Zbog toga su čim je utakmica počela, silovito krenuli ka našoj mreži kako bi što pre postigli gol. Ukrajinci su isprva bili iznenađeni, ali brzo se sabrali i povratili samopouzdanje i kontrolu. Nije lako braniti se od protivnika koji je kroz istoriju čuven po surovim napadačima, ali davali su sve od sebe, više od svog proseka. Godinama su se pripremali za ovaj trenutak, da vode igru na nivou svetskih fudbalskih sila pred sam kraj takmičenja. Nije im bilo premca još ni u Nemačkoj i pošto nisu osvojili medalju koju su zaslužili, svaki dan od tad naporno i posvećeno su trenirali kako bi dostigli kvalitet na kom su sad. Izgledali su daleko više staloženo, čvrsto, postojano i snažno nego nemački tim sinoć.

Prvo poluvreme primicalo se kraju. Osvežavajuća dvadeset tri stepena prijala su igračima. Bistrih umova su donosili odluke i upuštali se u akcije. Pružili su pravu sportsku predstavu kako prisutnima tako i onima koji su iz svih krajeva sveta pratili na malim ekranima. Oba tima činila su se jednakima, bilo ko je mogao svakog trenutka postići gol. Gol koji se osećao u vazduhu.

Jedan igrač ukrajinske odbrane osvojio je loptu na središtu terena i poslao je napred. Dmitro Kostiskin, koji se ove godine pridružio reprezentaciji, dočekao ju je i mahnuo Anatoliju Hončaru i Andriju Barniku da pođu za njim. Svima je bilo jasno šta planiraju, ali isto tako i neprijatelju, i izgledalo je neizvodljivo. Približili su se protivničkom šesnaestercu i dodavali se loptom mehanički brzo.

Iznenada je na scenu stupio niotkuda Nikolaj Pavlov, opasno se približivši golmanu, ali i dalje onsajd. Barnik je šutnuo ka njemu, on se okrenuo, dočekao loptu na grudi, a onda je desnom nogom poslao ka golmanu. Odbranio je, ali nije uspeo da je uhvati. Nikolaj je bio spreman i na to. Ovaj put mreža se tresla.

Više od trideset hiljada duša stalo je vikati i aplaudirati obožavajući ovog odvažnog čoveka i veličajući ga kao božanstvo jer im je doneo vođstvo protiv moćnih Narandžastih[18]. Prvo poluvreme ubrzo je završeno i prihvatila sam horilku koju mi je pružio Aleksov tata. Skakala sam i slavila sa fanovima koji su bili van sebe od sreće, dosta njih i ne verujući šta ih je snašlo, da im tim uistinu vodi u polufinalu Svetskog prvenstva. Već smo na pola puta. Samo jedno poluvreme deli nas od utakmice za koju je trebalo da dobijemo priliku još prethodni put. Samo četrdeset pet minuta od istorijskog uspeha.

„Još bolje je što nas u finalu čekaju Nemci!" iznenada je povikao jedan čovek tatinih godina. „Isprašićemo ih samo tako i osvetiti se za prošli put!"

Upravo tako – ono od čega sam strahovala čitavih mesec dana dogodiće se kroz četiri dana. Bolje bi mi bilo da se već sad krenem pripremati za svaki mogući ishod.

Igrači su se vratili na teren kad smo bili na trećoj turi pića. Kamere su me snimile kako se fotografišem sa nekoliko devojaka odevenih u ukrajinsku tradicionalnu nošnju od koje je moja haljina boje žutih ljiljana prošarana velikim plavim cvetovima upadljivo odskakala. Lepo sam izgledala premda sam želela da sam se i ja setila da nešto slično za tu

---

[18] Narandžasti, Oranje, nadimak fudbalske reprezentacije Holandije.

priliku obučem. Neka od tih crveno-belih haljina bi mi sigurno pristajala, a Aleksu bi svakako bilo drago.

Vratila sam pažnju ponovo na teren. Holanđani su izvršili sve tri izmene, a trener Andrejevič zadržao svoju startnu postavu. „Neće da brza, već prvo da vidi kako će momci izaći na kraj s ovim svežim igračima", tata je objasnio.

„Pravi si sportski ekspert. Pričaš kao iskusan trener", mama ga je zadirkivala.

„Draga, samo sam Englez. Prvo sam naučio sve o fudbalu pa onda prohodao."

Svi smo se glasno nasmejali, a uskoro se ispostavilo da je bio u pravu. Kad je trener Andrejevič uvideo da je njegova sredina propustila neprijateljske igrače da dopru do Aleksa nekoliko puta, uveo je novog veznog umesto jednog odbrambenog i igra je povratila uzbudljiv tempo prvog poluvremena. Uspešno smo parirali timu u narandžastom i u narednom periodu nijednom nisu dobili priliku da pucaju na Aleksov gol.

Do kraja je ostalo svega trinaest minuta i Holanđani su se uzvrpoljili i poprilično uznemirili. Gube bez i naznake da će izjednačiti iako su sve probali – taktički da priđu Aleksu, agresivno, da kreiraju iznenađenja, duge lopte sa sredine terena – ništa im nije pošlo za rukom, a u onih malo prilika kad su uspeli, Aleks je sve hvatao. Pali su u očaj.

Očaj koji je nama dao prostor da budemo kreativni. Milan Andrejevič je nešto pokazivao igračima i zaključila sam da im govori da ne žure i ne upuštaju se ni u šta preopasno već zadrže stabilnost i hladnu glavu.

Međutim, poznajem dovoljno dugo Nikolaja Pavlova da znam da rezultat od 1:0 ne zadovoljava njegov ego. Ne želi ikome da da priliku kasnije da kaže kako se njegov tim provukao do finala. Hteo je da se postara da ova pobeda bude stoprocentna i da rezultat zacementira. Zato je iz sekunda u sekund neprestano napadao jadnog holandskog golmana. Nizali su se čak i jedan za drugim udarci iz uglova što je samo pojačalo pritisak na momke u narandžastom. Minuti su odmicali, a svaki je nosio bar dva šuta na gol od strane momaka sa žutim dresovima. Nepokolebljivi su bili.

Deset minuta pre kraja. Tri napada,

Devet minuta. Jedino su Nikolaj, Ivan Rostov i Anatolij Hončar u ofanzivi. Nikolaj hoće sam da se probije, ali zna da ne bi ništa mogao da uradi jedan na jedan s holandskim golmanom. Zato nije bio sebičan i poslao loptu Anatoliju. Nije oklevao ni časa i sevnuo je među stative.

Nesrećni golman se bacio, ali ne dovoljno daleko. Lopta ga je zamalo okrznula po prstima i završila mu iza leđa. Definitivno kraj.

Ukrajina je u finalu Svetskog prvenstva.

Skakala sam i vrištala koliko su mi glas i noge podnosili. Grlila sam Aleksove roditelje, sestru, svoje roditelje, a potom svakog navijača koji nam se našao u blizini. Pevali smo, skandirali, naručili još piva. Nemoguće se dešava. Moj muškarac je korak dalje nego prethodni put. Ponosna sam bila na njega i ono što je postao, nivo koji je dostigao u prethodne četiri godine, na sve što je uradio za svoj tim i omogućio mu da dovde dođe.

Ostatak utakmice i dalje je bio zanimljiv, ali jasno je svima bilo da do značajne promene neće doći. Holanđani su bili iscrpljeni, ali više od toga u apsolutnoj magli šta ih je snašlo. Kad god ih je kamera bliže snimila, odmahivali su glavama ne želeći da veruju rezultatu na tabeli i kao da se bore da se probude iz ružnog sna. Nisu ovako nešto očekivali. Previše su bili samouvereni. Zaboravili su na temperament i mentalitet ovih momaka koji mogu da učine i nemoguće, neizvodljivo. I koji na kraju krajeva na mreži imaju najboljeg, nepobedivog golmana.

Po povratku u hotel, bend nas je sačekao u restoranu na otvorenom pored bazena. Oleksij Janov je sve organizovao sa ostalim članovima porodica reprezentativaca. Spremili smo se da slavimo čitavu noć, ako treba, i do leta za Rio.

Rio u kom je Matijas već. Verovatno je pratio utakmicu i video kako zdušno proslavljam svaki gol i Aleksovu odbranu. Poslao mi je poruku, ali nisam otvorila. Niko i ništa neće pokvariti ovo divno, magično veče koje je moj muškarac zaslužio.

Na brzinu sam se istуširala i preobukla u plavu lepršavu haljinu do kolena. Iako je napolju bilo hladnjikavo, svi smo bili zagrejani osećajem euforije i pobede. Slivala sam jedno pivo za drugim i već sasvim tečno pričala ukrajinski, nekad čak i sa Lanom. Nije bila pijana kao ja, najviše jer je htela da bude trezna kad igrači dođu kako bi izbegla dodatne komplikacije sa Levom.

Recepcioner je najavio da se autobus sa igračima parkirao i svi smo prešli u ulaznu salu zajedno za bendom koji je izvodio *Samba de Janeiro* dok smo skakali i igrali. Reprezentativci su se čuli kako pevaju još u autobusu i ulazeći u hotel. Čim je prešao prag, Nikolaj je stao igrati u ritmu muzike, a pridružili su mu se svi ostali saigrači, čak i trener Andrejevič što je bio i te kako smešan prizor.

Aleks se probio iz gomile i u narednom trenutku bila sam mu u naručju. „Uspeo si, ljubavi. Stigao si do kraja. Skoro je gotovo. Još samo jedna utakmica vas deli od šampionata."

Zavrteo me ukrug. „Verovao sam da je to moguće pre utakmice, ali kad se zapravo desilo, mislio sam da sanjam."

„Ne sanjaš. Sve je istina. Odveo si svoju zemlju do samog završetka najprestižnijeg takmičenja u fudbalu!"

„Uf, kad tako kažeš, baš zvuči impresivno."

„I jeste", poljubila sam ga. „Treba da budeš izuzetno ponosan na sebe, svoj tim i sve što ste zajedno postigli."

„Jesam. Kad vas vidim sve ovako vesele, zaista mi je neizmerno drago što imam udela u tolikom slavlju."

Snažno sam ga zagrlila. „Oduvek si bio, jesi i bićeš doveka najbolji golman u istoriji fudbala."

„Erm... Lev Jašin[19] je bio poprilično dobar. Ne bih baš..."

„Sad je na tebe došao red." Nisam dala da se pobuni spustivši mu poljubac na usne.

Noć je trajala kao večnost. Niko nije bio umoran. U jednom trenutku užasno su me zabolele noge od sandala pa sam ih izula. Potom su me listovi zaboleli od neprestanog skakanja i igranja. Primetila sam da se Lana dugo trudi ostati trezna kako bi uspešno odbijala svaki pokušaj Leva da priča sa njom, zagrli je i na svaki način joj ugodi. Čitavu žurku nijednu drugu nije pogledao, a mogao je, imao je izbora. Par sati kasnije, kad je shvatila da je jedina trezna devojka u radijusu od nekoliko metara, batalila je uštogljenost i uzela čašu šampanjca.

„Nemoj previše da razmišljaš večeras. Prepusti se", rekla sam joj. Uzvratila mi je namignuvši iz čega sam shvatila da će me poslušati.

Ostali smo budni do sitnih jutarnjih sati. Da je momcima bilo dozvoljeno da piju, sigurno bismo proslavljali do izlaska sunca, ali iako je trener Andrejevič potpao pod atmoferu žurke i zabave, nije odustao od svog strogog zahteva da momci ostanu čisti do nedelje. „Ako osvojimo trofej, ne morate se trezniti do početka sezone", rekao je.

„I nećemo", garantovao je Nikolaj.

Jedva sam čekala da se istuširam koliko sam bila prekrivena znojem, a kosa mi zamršena od vode iz bazena, igranja i raznih pića koja su slučajno tu završila. Vrela voda prijala mi je mišićima delujući gotovo kao anestetik. Iznenada obuzeta krajnjim premorom, sklopila sam oči i uživala u tušu. Toliko sam bila iscrpljena da nisam mogla odreagovati čak ni kad sam osetila Aleksove ruke na struku. Poljubio mi je ramena pre

---

[19] Lev Ivanovič Jašin (1929-1990) profesionalni fudbaler SSSR-a i po mnogima najbolji golman u istoriji sporta.

nego što se provukao da sa mnom stane ispod vode. Dođavola, koliko je zgodan.

Mislila sam da je premor učinio svoje, ali od pogleda na njega pronašla sam skriveni izvor energije. Nije hteo ništa tu noć, tj. jutro, bila sam sigurna, toliko ga poznajem, oboje smo jedva stajali na nogama. Verovatno mu ništa i nije padalo na pamet do sutra pred let, ali ja sam bila ta koja ne može da odoli. Preda mnom je muškarac mojih snova, savršen u svakom pogledu, sa telom koje i u ovim satima krajnjeg napora može da mi probudi nepristojne misli.

Ovlaš sam ga poljubila. Osmehnuo se zatvorenih očiju i uzvratio misleći da sam se samo pozdravila pre nego što odem u krevet. Međutim, nastavila sam da ga ljubim, preko vrata, grudi, ramena, bradavica, trbušnjaka čvrstih kao stena, i niže, sve niže, grebući ga pažljivo niz leđa. Istog trenutka odreagovao je na moj dodir što me samo dodatno ohrabrilo. Igrala sam se njime i izazivala pre nego što sam ga celog prihvatila u usta.

„Džejn, idemo u sobu", zadahtao je.

„Ne."

„Želim te."

„Prvo ja želim tebe."

Prsti u mojoj kosi su mu se stegli i pustio me da završim što sam počela. Uživao je. Dopalo mu se. Čula sam koliko i to me ispunilo novim samopouzdanjem što sam baš ja i samo ja žena koja mu pruža to zadovoljstvo.

*****

„Bea i Endži će se naći s nama u Braziliji, ako nemaš ništa protiv?" Lana mi je rekla dok smo letele sa reprezentativcima za Rio. „Harold teško podnosi poraz, a Endži neće da ostavi Beu samu kad već ima Deklana da joj pravi društvo."

„Naravno, nema problema. Mi idemo tamo sutra, zar ne?"

„Gde ćete to vas dve opet?" Lev se stvorio pored nas iz vedra neba.

„Na utakmicu za treće mesto, između Engleske i Holandije", objasnila sam.

„Ti ne ideš nigde", čučnuo je pored Lane i u šali je tapnuo po nosu pokušavši da je poljubi, ali se izmakla.

„Ko će da mi zabrani?" prkosno je pitala.

„Tvoj dečko."

„Ko je sad pa to?"

„Pokazaću ti večeras."

Klepila ga je po ramenu i otišao je. Aleks i ja smo grizli obraze kako se ne bismo zasmejali pogotovu kad se okrenula ka nama crvena kao bulka. „Izvinite, jako je naporan." Spustila je pogled ka šolji kafe prebacujući je iz ruke u ruku.

„Ne šali se, Lana", reče Aleks. „Ne bih ti rekao da nisam siguran. Poznajem ga nekoliko godina i odgovorno tvrdim da je sad mrtav ozbiljan. Ostalo je na tebi."

Nije htela da se raspravlja s Aleksom ili mu protivreči, ali znala sam da je duboko u sebi krajnje zbunjena. Lev će morati i te kako da se trudi ako želi da je osvoji. Takođe će morati dobrano i na sebi da radi, i to ne samo u teretani ili na terenu. Videćemo da li je dorastao zadatku.

Htela sam da ostanem s Aleksom što duže te sam odlučila da u Braziliju odemo sutra uveče. Prisustvovaćemo utakmici naredni dan, a onda se isto veče vratiti u Rio. Jeza me podilazila od ponovne posete tom gradu koji me podseća na tako sveže događaje s Matijasom, na tako lepe događaje od onog dana. Takođe sam se i malo brinula na šta ću biti spremna kad ostanem sama. Matijas sad ne može da me prati, preriznično je, dva dana pred poslednju utakmicu, i to finale. Sa druge strane, Brazilija je samo dva sata od Rija. Koliko je lud, lako bi mogao da skokne na let kako bi me video dok je Aleks ponovo na bezbednoj udaljenosti.

Užasno mi je bilo teško da mu tih par dana odgovaram na poruke, a da ništa ne posumnja. Trudila sam se da budem hladna jer mi je od same pomisli na nove laži samo bilo nezamislivo muka. U par poruka objasnila sam mu da nemam vremena za ćaskanje jer sam uvek s nekim i činilo se da razume jer se ton njegovih poruka nije promenio. Što mi je došlo kao još jedna potvrda da on nije muškarac za mene – nije primetio nikakvu promenu u mojim osećanjima, a tako je velika. Dok sam bila s Aleksom i posvećena samo njemu, nisam imala nijednu muku na svetu. Brinula sam samo kad moram Matijasu da pišem. Držaću se podalje od njega, sve dok se turnir ne završi, a onda i zauvek.

*****

Nije bilo svrhe da Lana i ja duže ostanemo s Ukrajincima jer su tih poslednjih par dana planirali trening za treningom između kojih im je bio neophodan odmor. Zato se samo Lev bunio što idemo, ali je na kraju prihvatio našu odluku i čak nas sa Aleksom ispratio do kola.

„Je l' ti to novi dečko, Lana?"

„Tata!" prekorno sam rekla.

„Šta nije u redu?" podigao je ruke u odbrambenom stavu dok smo se mama i ja smejale, a Lana ponovo pocrvenela.

„Ne, gospodine Anderson", odgovorila je. „Nije mi dečko. Samo misli da jeste."

„Zašto tebe to zanima, tata?"

„Samo pitam. Očigledno je totalno poblentavio za našom Lanom."

Iako smo se svi zasmejali, videla sam još jednu senku nesigurnosti kako prelazi Laninim licem.

Našle smo se s Beom, Endži i još nekim fudbalerima na večeri. Tu su bili, naravno, Harold, Deklan sa bratom Dankanom i Kiton Flanagan. Čestitala sam Kitonu na dvama odličnim golovima u utakmici protiv Nemaca i nahvalila ostale prisutne igrače.

„Ne moraš da se suzdržavaš, Džejn. Ja sam bio užasan", reče Harold.

„Nemoj više da kukaš, Der, oni su jednostavno dosta jaki. Nisi mogao ništa da uradiš ni za jedan od onih golova."

„Svi mi to ponavljaju. Kako god, pomno ću pratiti finale. Doći ću u Rio sa Bi. Ako Aleks ne primi ni jedan gol od njih, kunem se, tražiću mu privatne časove."

Svi za stolom prasnuli su u smeh.

„Dogovoreno", rekoh. „Srediću ti popust."

„Ali najpre ćeš sutra osvojiti bronzanu medalju", reče Bea stegavši mu šaku od čega mu se istog trenutka za tračak popravilo raspoloženje.


*Jedva čekam da te vidim.*

*- I ja tebe.*

*Misliš li da je moguće sutra uveče? Kad se vratiš?*

*- Možda, Potrudiću se.*

*Džejn?*

*- ?*

*Odbrojavam minute dok mi se ne vratiš.*

*- I ja, Mati. Nedostaješ mi.*

Sama sebi sam se gadila, ali šta sam drugo mogla da uradim? Morala sam da ga lažem za njegovo dobro. Oba ta muškarca, oba „moja" muškarca moraju se kroz dva dana pojaviti na Marakani u svakom pogledu spremni, koncentrisani i puni samopouzdanja. Nijedan od njih ne sme ni najmanju grešku da napravi zbog mene. Ne opet.

*****

Poseta Braziliji ispunila me strahom. Znala sam da je ravno nemogućem, ali sam konstantno brinula da gde god odem, mogu me sačekati članovi Matijasove porodice koje sam upoznala, da me kritikuju i prebace šta mu sve radim. Naravno da se ništa slično nije dogodilo. Znala sam vrlo dobro da se to savest igra mojim zdravim razumom, ali sve u svemu, jedva sam čekala da odem odatle.

Utakmica je počela u pet popodne te smo imale dovoljno vremena da se naspavamo i konačno odmorimo od jurnjave na sve strane. Nacionalni stadion Mane Garinča tresao se od navijača. Shvatila sam da je za moju zemlju i osvajanje bronzane medalje ogroman uspeh. Drago mi je bilo da i fanovi osećaju isto. Pevanje i bodrenje čulo se neprestano od prvog do poslednjeg sudijinog zvižduka. Osim toga utakmica je držala pažnju sve vreme. Nismo mogli oči da odvojimo od terena. Deo stadiona prekriven narandžastom navijao je svim srcem parirajući nam.

Prva polovina završena je bez golova, ali obećavajuće. Tih petnaest minuta pauze proveli smo opijajući se i unapred slaveći, a piva su stizala jedno za drugim, međutim kad je započelo drugo poluvreme, igralo se tako eksplozivno i hitro da smo uskoro zaboravili na pića i samo hipnotisano posmatrali dešavanja na travi.

Harold je prvi posustao zbog čega su Holanđani poveli u pedesetom minutu. Nije ništa mogao da uradi, bio je sam naspram napadača i iako se bacio u pravom smeru, nije stigao do lopte.

Zabrinula sam se da će zbog svog temperamenta izgubiti glavu i pokloniti neprijatelju još gol ili dva, ali zadivljujuće brzo se sabrao i nastavio kao da se ništa nije desilo. Tea Votkins-Hadli vrištala je iz sve snage toliko da ju je muž sigurno čuo. Tata je takođe dobacivao instrukcije sa kolegama i poslovnim partnerima koji bili s nama. Čak su i Lana i Endži gubile glas. Ja sam se činila najsmirenijom.

Izjednačenje je stiglo u šezdeset devetom minutu, a vođstvo u sedamdeset petom. Zavesa je pala u osamdeset prvom. Svaki od tri gola postigle su mlade nade koje su se reprezentaciji priključile tokom prethodnih godinu dana – Ostin Hejli, Džejson Pek i Kajl Mičel. Zapečatili su sudbinu Narandžastih koji nisu uspeli da se izbore s njihovom energijom i poletnošću.

Dodela medalja bila je emotivna. Treneru Vansu to je bila prva nagrada sa reprezentacijom. Još nismo znali da li će ostati na poziciji glavnog selektora. Tati je rekao da mu ne bi smetalo, ali sve zavisi od Fudbalskog saveza. Drago mi je bilo zbog Džošue koji je zaslužio ovakav ukras svoje karijere, kao i zbog večito šepurećeg Kitona Flanagana kome će ova bronza povisiti cenu na tržištu što mu je bio cilj. Naravno, posebno sam se radovala zbog Harolda – osvojio je medalju na najvažnijem takmičnju u poslu kojim se bavi svega par nedelja pre venčanja.

I tata je bio emotivan. „Hvala ti, Bože, pa sam doživeo da Engleska osvoji nešto na Svetskim prvenstvima. Te 1966. sam bio dete pa se ne sećam dobro. Moglo je ovo i bolje, ali biće kad Nemci prestanu da proizvode odlične igrače i tvoj dečko se penzioniše", pogledao je u mene i svi smo se nasmejali.

„Hajde, sigurno ćeš videti i kako osvajaju zlato", reče mama. „Živećeš bar još trideset godina." Složio se i zagrlio je. Izgledali su bar dvadeset mlađe. Tako želim da ostarimo. Aleks i ja.

Ostajalo mi se na proslavi, ali htela sam se što pre vratiti Aleksu. Da sam se pošla nazad naredni dan, ne bih stigla da ga vidim pre nego što ode na utakmicu, a to nije dolazilo u obzir. Lana i Endži pošle su to veče sa mnom.

„Zašto ne ostaneš sa Deklanom i dođeš ujutru?" pitala sam je.

„Nema veze. Pola njih će nam se ionako pridružiti sutra i, iskreno, radije ću da se vozim tvojim privatnim avionom, nego da zaglavim s onom gomilom klinaca koji će sigurno biti mortus pijani kad ustanu."

Prasnula sam u smeh. „Razumem."

Tako je i to poglavlje završeno. Bez pompe ili neprijatnih slučajnosti. Zauvek sam otišla iz Brazilije. Kad smo poleteli, odsutno sam zurila kroz prozor upijajći prizor pod sobom, čitav grad i sve uspomene koje za mene nosi, sve dok i poslednje svetlo nije nestalo u mraku. Znala sam da ne treba to da radim, ali bilo je jače od mene, to prisećanje za kraj.

Setila sam se Matijasovih detaljnih uputstava kako da izađem iz hotela, plavog BMV-a i kako se njegov parfem uvukao u svaki milimetar tog auta – sigurna sam da još uvek na njega miriše. Setila sam se kako je bio detaljan i posvećen vodič dok me je sprovodio ulicama grada, kao da ne radimo ništa loše, zbijajući šale, hvatajući me za ruku. Kako me je odveo u tajanstvenu zgradu i upoznao sa svojom posebnom porodicom. I njihova lica su mi iskrsla pred očima. Koliko su se samo trudili da razgovaraju sa mnom, kako me nisu osuđivali, niti bili bezobrazni ili nekulturni kad su imali svako pravo, kako su sve od sebe dali da se osetim komotno i prijatno. Kako smo plesali... oh, kako smo samo plesali i igrali svi zajedno. Volela sam ga. Celim bićem volela sam ga taj dan. Zbog načina na koji me gledao, upijao, privlačio. Kako sam se samo izgubila u tim očima koje su uprkos svoj tami bile sve samo ne po mene opasne. Kako sad da nastavim život bez njih? Kako kad je uistinu uradio sve u svojoj moći da me usreći? Jesam li ja toliko užasna kad njegovo sve meni nije dovoljno? I one slike koje je Anabela izradila. Gde su sada? Verovatno s njim. Hoću li ih ikada ponovo videti? Kad bih ih možda još jednom, poslednji put... da li bih možda promenila mišljenje?

„Džejn."

Ne, to nema smisla. Čak i da ih uzmem u ruke, sad je već sve odlučeno. Samo se nadam, svom snagom da kad mu budem rekla, da će to biti poslednji put da vodimo taj bolni razgovor, da će nastaviti dalje sa životom, bez mene, da će prestati da me idealizuje. Boleće me njegova mržnja, ali bolje to nego da gaji ljubav kojoj ne mogu da se prepustim.

„Džejn?"

Endži me prenula iz bolnog razmišljanja. Kad sam progutala, shvatila sam koliko me bole grlo i grudi i da samo što se ne rasplačem.

„Šta je bilo?" pitala je.

„Ništa. Samo sam... mislila o nečemu."

„O *njemu*?"

Nisam morala da odgovorim. Videla je kako su mi se oči nadule pritisnute tugom i bolom.

Zagrlila me. „U redu je, draga, normalno je da ti bude teško, ali donela si pravu odluku. Možeš mirno da spavaš. A on... prestaće da boli u jednom trenutku."

„Nadam se, Enži. Svom snagom se nadam da hoće, ali ne mogu da prestanem misliti o onome što je rekao – da nikada ni od koga i ni od čega nije odustao. Na neki lud način mi laska, ali takođe zastrašuje. Nemam pojma na šta će biti spreman kad ga ponovo odbijem."

„Ako mu jasno i glasno objasniš da više nema za šta da se bori i ni na čemu da insistira, prestaće. Videćeš. Pravi borac neće to videti kao izgubljenu bitku, već kao rat koji više ne treba voditi. Nemoj me pogrešno shvatiti. Ne mislim da nisi vredna", stegla mi je hladne šake, „ali tvoje srce pripada drugom čoveku i on nema više šta sa tobom da traži. Kad shvati, oslobodiće te. I tebe i sebe."

„Videćemo. Sutra je dan odluke. Sutra će sve biti gotovo."

# 13.

„Kako se osećaš?" češljala sam kosu pred velikim ogledalom.

„Kao najuzbuđeniji muškarac na svetu, sa još dvadeset četvoricom", Aleks je odgovorio ležerno.

Nasmejala sam se. „Zvučiš smireno."

„Nisam."

Ostavila sam češalj po strani i vratila se u krevet. „Ljubavi, neće biti kao prošli put", stavila sam mu ruku na obraz sa dva dana starom bradom.

„Znam", poljubio mi je dlan. „Ne postoji ništa što mogu da kažu ili urade da me izbaci iz takta. Ono što me brine je da su možda stvarno bolji."

„Vi ste bili kvalitetniji prethodni put pa ste izgubili. Ako su oni danas bolji, a vi osvojite turnir, samo će se računi poravnati."

Ovlaš se nasmejao. „Ne želim tako da pobedim. Nijedan od momaka neće. Hoćemo da uzmemo to zlato nakon što svetu pokažemo da smo stvarno najbolji."

„Zašto onda sumnjaš u vas?"

„Videla si kako igraju. Precizni su do savršenstva, imaju veštinu, odlučni su, ne prezaju ni od čega, čak ni nasilja. Mi smo sve to, ali dobrim delom imamo sreće."

„Misliš da vas je sreća dovela do finala na Marakani?"

Pronicljivo me je pogledao. „Ne samo sreća. Dosta rada je iza svega, znoja, treniranja, planiranja, razrađivanja taktika, gledanja i promatranja drugih timova."

„Upravo to, a ja ću te samo još podsetiti – i dalje nisi primio nijedan gol. Evald Fuks se zabrojao još u četvrtfinalu."

„Ni prošli put nisam dok se s njima nismo suočili."

„Ovaj put je drugačije. Video si kako su se mučili s Italijom i Engleskom. Nisu toliko jaki kao što se svima čini. Polomili su se da pobede."

„U pravu si."

„Dakle, nema razloga za brigu. Snovi se ostvaruju. Dokazao si to kad ste nadigrali Holanđane. Dokazaćete svojoj državi i čitavom svetu večeras. Samo i jedino ti tražim da u svakom trenutku ostaneš koncentrisan. Ne dozvoli im da dopru do tebe na koji god način se usude da probaju. Samo budi ti, onaj savršeni, perfektni, besprekorni Aleks, gluv za provokacije i očiju i misli usmerenih samo i jedino na loptu, ne na igrača koji je prati. Ovaj put nosimo zlato kući." Poljubila sam ga, prvo u nos, a onda preko usana.

Snažno me zagrlio. „Volim te. Najbolje si zagrevanje pred utakmicu."

Kad je otišao, iz kutije sam izvukla novu belu A haljinu posebno za ovu priliku naručenu. Ličila je na onu koju sam nosila na prethodnoj završnici Prvenstva, ali nije bila ista. Palo mi je na pamet da se odlučim za neku drugu boju, ali nijedna sem bele nekako nije bila prikladna. Ovaj put, međutim, namerno sam nosila dve različite cipele – jednu plavu jednu žutu, kao jasan znak koga podržavam ako bilo ko i na trenutak posumnja. Matijas svakako do kraja neće videti.

*- Srećno danas. Budi najbolji kao i do sad.*

*Hvala ti, dušo. Jedva čekam da se dokopam onog trofeja i oboje vas odvedem kući.*

Ništa nisam odgovorila. Dovoljno sam se gadila sebi.

Našla sam se s ostalima kraj recepcije. Činilo se da svako koga poznajem navija za Ukrajinu. Bea i Harold, Endži i Deklan, Dankan Flečer, moji, Beini i Haroldovi roditelji, naravno Janovi, trener Metju Vans i Luka Fereira. Tu je bilo još bezbroj lica koja sam viđala tokom prethodnih mesec dana, ali nisam mogla svima da se setim imena. Toplina mi je ispunila grudi i ugrejala srce. Dobro sam odabrala.

Zaputili smo se na stadion. Ulice su bile okupane konfetima, zastavama, šalovima i, naravno, hiljadama i hiljadama veselih navijača na putu do epicentra najvažnijeg dešavanja tog dana usporavajući kretanje vozila u velikom broju ulica zbog čega smo krenuli dosta ranije kako slučajno ne bismo zakasnili. Mada, da smo kojim slučajem i zaglavili u saobraćaju, ništa me ne bi sprečilo da prisustvujem toj utakmici od prvog do poslednjeg minuta. Peške bih išla da je zatrebalo.

Devojke su bile sa mnom u kolima i otvorile smo šampanjac iz mini bara. Lepo je klizio niz grlo i popila sam dovoljno da budem spremna za svaku situaciju na tribinama jer nisam bila sigurna da li ću od uzbuđenja i nervoze moći išta sem vode da prinesem ustima. Stomak mi je već bio toliko uznemiren i jedva sam se suzdržavala da ne izbacim doručak dok je Aleks tu, a i kad je otišao jer sam znala da će mi trebati energija za ceo dan.

Stigli smo i smestili se petnaest minuta pred izvođenje himni. Dopalo mi se kako su nas kamere sve zajedno snimale i zadovoljna bila svojim nastupom – toliko sam vežbala i pripremala se kako da danas kontrolišem emocije. Niko na osnovu smerno nasmejanog lica nikada ne bi naslutio šta se ispod maske krilo.

„Molim vas, ne odvajajte se od mene", šapnula sam devojkama na šta su ohrabrujuće klimnule.

Igrači su stali izlaziti na teren i stadion je zaurlao. Već mi se prva kap znoja slila niz leđa iako nije bilo toliko vruće tog četrnaestog jula. Stezala sam Beu i Endži za ruke ne znajući da li mogu sama ovih prvih par minuta izdržati na klecajućim nogama.

Sve sam ih prepoznala čak s te daljine, svakog, još dok su nam leđima bili okrenuti. Nemački tim igrao je u belom, a ukrajinski žutom. Ponovo. Kao prošli put. Poredali su se jedan do drugog, a ispred njih se nanizala deca sijajući od sreće što su dobila ovakvu nezaboravnu priliku da u finalu takmičenja stoje ispred legendi.

Prvo je svirana *Pesma Nemaca* i mogla sam se zakleti da niko od prisutnih nije mogao odoleti žmarcima divljenja i strahopoštovanja prema ponosnoj masi koja je sinhronizovano pevala zajedno sa igračima. Kamera je prešla preko svakog od njih, a ja sam se morala ugristi za usnu kako ne bih ničim pokazala ijednu emociju. Matijasove oči bile su ispunjene žarom i poletom. Isijavao je samopouzdanje, kako u sebe, tako i u svoj tim. Što se njega tiče, utakmica je već odlučena.

Niko od sedamdeset osam hiljada prisutnih međutim nije bio spreman za ono što je potom usledilo. Započeli su prvi tonovi naše himne i glas svakog Ukrajinca zaorio se ujednačeno, snažno, postojano, iz sveg grla, terajući temelje stadiona da se tresu. Strahopoštovanje se smenjivalo sa čistom lepotom jedinstvenog trenutka prožetog melodijom koja je povezala sve prisutne obožavatelje sa igračima na terenu. Bolje sam oslušnula i shvatila – ima smisla. Tekst himne je toliko prikladan situaciji, u kojoj se dva tima suočavaju ponovo, kad je jedino što stoji između trofeja i posvećenih, marljivih momaka iz istočne Evrope isti onaj neprijatelj koji ga je prethodni put na pokvaren način uzeo. Kako bi se osvetio, tim u žutom vratio se, četiri godine kasnije, bolji, jači, uigraniji, sigurniji u sebe, željan da uzme ono što mu pripada. Što je još tad trebalo da mu pripadne.

Prevela sam devojkama.

*Još nije umrla ni slava, ni sloboda Ukrajine,*
*Još će nam se, braćo mlada, osmehnuti sudba.*
*Izginut će naši neprijatelji, kao rosa na suncu,*

*Vladat ćemo i mi, braćo, u svojoj domovini.*[20]

Ova utakmica mora da se završi u našu korist. Jer je tako jedino ispravno.

Kapiteni Mihael Krim i Vlad Starovski rukovali su se. Najbolji sudija takmičenja bacio je novčić i strane su odlučene. Aleks i Evald Fuks zaputili su se svojim golovima, ostali igrači se rasprostrli po svežoj travi. Pištaljka nam je zaparala uši označivši početak.

Nisam mogla mirno da sedim. Niko nije. Bele i žute majice mešale su se i sudarale na terenu. Nijedan igrač nije oklevao ni za jedan napad, ni za jednu priliku. Nikoga nije bilo strah. Ni jedan ni drugi tim nisu imali šta da izgube, samo da dobiju. Pred njima je bio izbor, dve potencijalne budućnosti: da ostanu večno upisani kao pobednici turnira ili zaboravljeni s vremenom jer ga nisu osvojili.

Rolf Gotfrid je svoje najveće zvezde izbacio u startnu postavu. Trener Andrejevič učinio je isto. Identičnih formacija besprekorno su parirali jedni drugima. Najveći deo igre odvijao se na sredini terena, ne preblizu golmanima, što je obema ekipama bilo kvalitetno zagrevanje, kao i navijačima. Svako prisutan želeo je da vidi vrhunski fudbal. Samo sam ja htela da se što pre završi.

Činilo se da su Matijas i Lens glavni pokretači u svojoj reprezentaciji. Vikali su na saigrače, slali ih na pozicije, nemilosrdno napadali zaustavivši igru nekoliko puta zbog preoštrih sukoba sa ukrajinskom odbranom već u prvih dvadeset minuta. U par navrata bilo je teško za gledati šta rade i kako uleću jedni drugima pod noge, pogotovu kad bi snimak bio usporen na velikom ekranu. Nemci su pazili da u svakom okršaju budu nedovoljno agresivni za karton, ali osim toga nije ih bilo briga kako će se izboriti za pogotke. Izgledali su željni borbe i slave.

Sa druge strane, Nikolaj Pavlov i Andrij Barnik pribegli su sličnoj taktici. Inače nisu prljavi i bezobrazni igrači, ali kad su videli koliko su Nemci zapeli i da imaju realne šanse vrlo brzo postići gol dok im je odbrana zacementirano neprobojna, odlučili su da napadaju jednakom žestinom. Šta, na kraju krajeva, mogu da izgube? Igrali su dovoljno oprezno da ne budu isključeni iz igre.

---

[20] Ще не вмерла України і слава, і воля,
Ще нам, браття молодії, усміхнеться доля.
Згинуть наші вороженьки, як роса на сонці.
Запануєм і ми, браття, у своїй сторонці.
(prim. prev)

Trener Andrejevič veći deo vremena bio je smiren. Posmatrao je, promućurno, pronicljivo, uputio bi reč-dve igraču koji bi mu se našao u blizini. Ništa posebno. Ono što me je brinulo je Gotfrid koji je takođe bio miran. Kad je utakmica počela, vratio se na klupu, tek malo kasnije se približio terenu i ćutke motrio. U početku sam ga ignorisala, ali kad je otkucao trideseti minut, a rezultat i dalje bio 0:0, njegov pogled kao da je poprimio nešto zlokobno i stomak mi se uzvrteo od nanovo probuđene mučnine. Nešto smera.

Ponavljala sam sebi da je ovaj put nemoguće. Ne zna ništa o meni i Matijasu. Tako sam bar mislila. Mada, i pre četiri godine bila sam sigurna da niko ne zna šta sam radila pa se ispostavilo da je on u sve od početka bio upućen. Međutim, ovaj put Aleks i svi njegovi saigrači spremni su za bilo kakvu otrovnu strelu koju možda ispali. Ipak, uprkos tom saznanju, njegov opaki pogled ulivao je samo jezu.

Nekih deset minuta pred pauzu odbrana oba tima kao da je popustila. Nije u pitanju bio umor – teško da će ga uskoro osetiti od količine adrenalina u krvi – više se radilo o tome da su napadači navikli na pokrete neprijatelja i sad znali kako da ga zaobiđu.

Prvi opasan napad koji se mogao pretočiti u lep gol potekao je od nas. Volomin i Krasinski dodavali su se loptom pre nego što će je poslati Rostovu na sredini terena. Napadači su već bili spremni umešani u nemačku odbranu, i dalje onsajd. Ivan Rostov je poslao loptu Nikolaju koji se zaleteo brzinom svetlosti. Anatolij Hončar i Andrij Barnik su ga pratili i na vreme se stvorili na mestu gde ju je poslao. Odskočila je od glave Anatolija, prešla kod Andrija koji ju je smirio na grudi, a potom šutnuo svom snagom levog stopala ka golu.

Da je otišla bilo gde sem u Evalda Fuksa, zatresla bi mrežu. Ovako je samo izazvala uzdahe razočarenja, a potom aplauz oduševljenja. Konačno je došlo vreme za golove.

Andrij je brzo ustao sa trave i povratio samopouzdanje. Uprkos tome što je ovaj put pogrešno procenio, sad zna, kao i svaki Ukrajinac, da nije nemoguće dopreti do nemačkog gola. Gladni su ovakvih trenutaka uzbuđenja. Kao uostalom i svi gledaoci koji su hiljade kilometara prešli da vide pravo finale baš ovde na spomeniku fudbalu.

Nakon tri minuta Ben Švimer se provukao pored Leva Zahare i opasno približio Aleksu. Njegov šut nije bio precizan kao Andrijev i Aleks ga je bez većeg napora zaustavio, ali bio je to prvi udarac na gol za Nemce. Sad znaju da i oni mogu probiti našu odbranu.

Stoga nisu časili časa. Minut kasnije Mihael Krim se zaputio ka Aleksu i sa skoro trideset tri metra katapultirao loptu koja mu je – videli smo na usporenom snimku – izbila vazduh iz pluća.

Još tri minuta i Ivan Rostov uspeo je progurati loptu do Andrija koji se sam zaleteo na nemačkog golmana nadajući se da ga neko prati. I jesu, kapiten Vlad Starovski i Nikolaj, koji se spremio da šutira. Andrij mu je poslao loptu, a on se u poslednjem trenutku predomislio i prosledio je Vladu koji je bio svega šest metara od stativa. Zadržali smo dah. Mora biti gol. Sa te udaljenosti nema govora da iko promaši. Lopta je već Evaldu iza leđa, nije je uhvatio.

Kevin Jeger se, međutim, pojavio niotkuda i glavom je izbacio van igre pre nego što je uspela da pređe gol liniju celim prečnikom. Tribine su ponovo uzdahnle s olakšanjem i zadivljeno.

Dva minuta kasnije došlo je do nove pometnje pred nemačkim golom. Poslednje sekunde poluvremena su isticale. Aleks je bio jedini Ukrajinac na svojoj strani terena. Svi drugi su se iz petnih žila trudili da postignu taj gol i bar malo rastrerećeni odu na pauzu. Evald je izboksovao jednu loptu i Fridrih Larson je poslao na bezbednu udaljenost. Međutim Sergej Lomin ju je prihvatio i vratio u opasan prostor. Ben Švimer se trudio da je se dokopa, ali nije mu pošlo za rukom. Lev Zahara je pucao na gol. Mihael Krim je postavio leđa na putanju. Andrij Barnik je ponovo probao, ali ga je zaustavio Evald Fuks. Želeći da sam ovo završi, Nikolaj je preuzeo loptu i bez gledanja jer nije imao vremena, šutnuo je neprecizno ka golu, ali Mihael Krim se i ispred ove postavio, nakon čega je došao Lens i poslao je nebu pod oblake kako bi se ova opasna akcija konačno završila.

Nemci su mogli da predahnu, ali samo trenutno. Svakom njihovom navijaču bilo je jasno jedno – neprijatelj im je daleko bolji nego što su očekivali. Jedini razlog što Ukrajina nije još uvek postigla gol je loša sreća, ali ne izgledaju demotivisani zbog toga, već naprotiv, kad je sudija označio kraj prvog dela utakmice, lica Ukrajinaca oslikavala su samo sigurnost i samopouzdanje, čak i više nego na početku. Sad znaju, svaki od njih – ceo svet – da mogu, da su sposobni i imaju kvalitet da pobede nepobedive Nemce.

Drago mi je bilo što mi se na haljini nisu videli tragovi ledenog znoja koji me od prvog minuta oblivao.

„Smiri se. Uprkos šminki vidi se koliko si bleda", Endži mi je šapnula.

Naravno da sam bila. Pogotovu kad se setim šta se dogodilo na prethodnoj pauzi između dva poluvremena kad su ova dva tima igrala.

Pridržavajući se za ogradu pogledom sam prelazila preko Aleksa, Matijasa i Gotfrida naizmence prateći svaki njihov pokret. Opaki selektor je sedeo na klupi ne mičući se. Aleks će na putu do tunela sigurno proći pored njega. Zurila sam svih nerava napetih. Gotfrid je ustao i sad nešto pričao sa Benom i Leonom Šnajderom. Aleks je bio svega par metara udaljen sa Ivanom Rostovim i Igorom Krasinskim. Smeju se i nešto raspravljaju, ne vide da je trener ispred njih. Matijas je stao do Gotfrida i videla sam kako mu pogled šeta od trenera do Aleksa i nazad. Kad su ih prošli, Aleks je podigao glavu ka meni i nasmejao se. Uzvratila sam mu i onda je nestao u tunelu.

Ništa se nije desilo. Strahovala sam bez razloga. Odahnula sam i osetila stenu kako mi se skotrljava s grudi. Gotfrid je i dalje pričao s Matijasom i još nekim igračima, a onda su se zajedno uputili u svlačionice. Matijas me takođe pogledao i osmehnuo se. Uzvratila sam, uz grč doduše, ali to nije mogao da vidi.

„Ovo će biti jedno od najboljih finala u istoriji Svetskih prvenstava", reče tata. „Izuzetno mi je drago što ga pratim uživo, a tek sam ponosan što mi je zet deo ove istorijske večeri."

Svi su se nasmejali njegovom žaru kojim je Aleksa već smatrao i nazivao delom porodice, a ja sam bila ponosna što ga je moj izbor toliko usrećio, mada mi je u tom trenutku najviše bilo drago što je celom svetu jasno ono što je tata upravo rekao – da je ovo finale okršaj dve velike fudbalske sile. Ne samo dva muškarca kako sam se plašila.

Kulturno sam odbijala svako piće koje nam je pristizalo sem vode. Nisam znala šta sledi, kao ni ostali, ali nisam htela da se u slučaju nepredviđenih situacija još s mučninom moram nositi. Nisam bila pričljiva, niti sam mogla da mislim i o čemu drugom osim o dva meni posebno važna muškarca koji će kroz par minuta da se upuste u završni okršaj.

Običnoj osobi zvučaće smešno, ali svima koji smo to veče bili prisutni na stadionu i svedočili istorijskom finalu – hiljadama fanova koji su ne samo navijali, nego disali kao jedan zajedno s igračima i celoj njihovoj ekipi trenera, menadžera, sponzora i lekarskog osoblja – za sve nas fudbal je značio život. I ta poslednja igra, taj zlatni trofej značili su sve. Ko pobedi večeras važniji je od onoga ko je izgubio juče ili ko će u narednom okršaju biti bolji. Moja srce znalo je da želim da Aleks odnese pobedu. Njegov tim je zaslužio i svima su pokazali da imaju kvalitet, veštinu i veličinu, da su dostojni zlata, da im se nije samo posrećilo da dođu dovde. Znala sam i da je Matijas odličan, kao i čitava njegova ekipa ispunjena samim talentima, dečacima koji su umeli čuda s loptom još sa šesnaest, igračima koji fudbal igraju kao umetnost. Saberu li se i oporave od silovitih napada koje su pretrpeli, sigurno mogu da se vrate nakon petnaest minuta odmora i poprave utisak koji su ostavili.

Ponovo su izašli na travu, jedan po jedan, beli i žuti dresovi. Puls mi se ubrzao. Kroz četrdeset pet minuta sve će biti gotovo.

Ukrajinci su bili na terenu, ali ne i svi Nemci. Bar pola ih je nedostajalo, zapravo, čitava Nemačka četvorka. Nagnula sam se preko ograde kako bih bolje mogla da vidim šta se dešava i par sekundi kasnije Gotfrid je iskrsnuo sa sve četvoricom i Leonom Šnajderom.

Nešto nije kako treba. Ben i Lens su odšetali na teren ostavivši Leona, Mihaela i Matijasa sa selektorom. Leon se smejao, što je bilo jako čudno jer je Mihael vikao i na Matijasa i na trenera. Očigledno se po pitanju nečega ne slažu. Matijas je pokušao da objasni Mihaelu molećivog pogleda, ali ovaj nije prihvatio. I Leon je pokušao, ali ga je kapiten brzo prekinuo. Dok je Gotfrid pričao, Mihael je slušao, samo iz poštovanja, a kad je završio, nešto mu odgovorio i stao skidati kapitensku traku. Matijas ga je zaustavio, vikali su jedan na drugog, ljuće nego malopre. Potom je Mihael odmahnuo glavom u besu i odmarširao na teren pogleda zakovanog za travu kao da će je zapaliti od besa.

*Šta je to bilo?* Da li pucaju po šavovima zbog pritiska ili je nešto drugo u pitanju? Nisam imala vremena da predugo razmišljam. Utakmica samo što ne počne. Gotfrid je dao poslednje savete Matijasu i Leonu i oni su se pridružili ostalima na travi. U narednom trenutku počelo je i poslednje poluvreme Svetskog prvenstva u Brazilu.

Pauza je dobrodošla Ukrajincima koji su se sad činili napunjenih baterija i odmorni za poslednji okršaj. Nastupili su brzo, hitro i pokrivali svaki inč terena, ne poklećući, ne ostavljajući ijednog nemačkog igrača na miru ni na sekund. U prvih par minuta uspeli su čak da iznenade i priđu im golu na skoro jedanaest metara. Nemci su, međutim, bili spremni i uvek se neko postavio između Evalda i napadača i loptu poslao van opasnosti. Fridrih Larson je gubio živce zbog Andrija Barnika koji se zahvaljujući svojoj sitnoj građi i brzini kretao poput metka okretno izbegavajući Nemca. Tokom kratkih prekida često smo videli Fridriha kako isfrustriran čuči držeći se za glavu. Nije bez razloga na prethodnom turiru Barnik nagrađen za najboljeg mladog igrača. Još tad zadao im je dosta poteškoća.

Sa druge strane Nemačka četvorka uspela je da stvori par izuzetno lepih i za oko prijatnih akcija (ako niste fan Ukrajine). Tako prodorno su napadali vezni red da su igrači brzo uvideli da moraju znatno više i brže da reaguju nego u prvom poluvremenu. Svaki od trojice napadača – Matijas, Mihael i Lens – dobio je bar dve prilike da šutira ka Aleksu. Sve je odbranio, neke je samo izboksovao, a neke uhvatio. Znala sam da mu je fokus na vrhuncu.

Svaki put kad bih ga videla na velikom ekranu, osetila bih olakšanje. Nije bio crven u licu ili uznemiren uprkos broju intervencija koje je preduzeo. Nasuprot – izgledao je smiren i koncentrisan, kao da se ceo život spremao baš za ovu utakmciu, učio kako da ne napravi ijedan pogrešan potez, kako da mu svaki pokret bude smislen, sa ciljem i efektan.

To je Nemce samo još više razbesnelo. Koliko god su davali sve od sebe, nisu mogli postići gol, a na sve to morali su se nositi s napornim i izuzetno opasnim kontranapadima momaka u žutom koji su od naizgled izgubljenih lopti pravili prilike.

Stoga nije bilo iznenađujuće kad su nakon nekih petnaest minuta krenuli sa prekršajima – ozbiljnim, surovim, bolnim prekršajima koji ne priliče pravim sportistima. To je vrlo brzo svima postalo jasno. Nije trebalo Harold da poviče kako je jedan napad posebno brutalan da bismo svi znali da se tempo igre značajno promenio.

Prvo su krenuli njihovi odbrambeni igrači koji su nemilice naskakali i uletali u stopala svakog našeg napadača koji bi prišao Evaldu. Nikolaj je bio prva žrtva, a potom Andrij, pa Ivan Rostov i ponovo Andrij. Zavapio je u agoniji toliko glasno da smo ga čuli čak i mi na tribinama. Krivac je bio Artur Fogt koji je dobio žuti karton. Mislili smo da će se nakon ove kazne smiriti, ali nisu. Nepun minut kasnije Anatolij Hončar je bio na zemlji, međutim brzo je odskočio jer se nalazio jako blizu Evaldovog gola. Šutirao je, ali je ovaj odbranio.

U narednom okršaju našla su se ni manje ni više nego dva najeksplozivnija igrača na terenu – Nikolaj i Lens. Veći deo ukrajinskog tima bio je u napadu. Nikolaj se spremao da šutira, jedna noga mu je već bila u vazduhu kad je Lens shvatio da nema ko drugi da ga zaustavi i krvnički ga udario u cevanicu opruživši obojicu na zemlju. Izgledalo je užasno bolno. Nikolaj mora da prolazi kroz agoniju. Hiljade posmatrača je zavapilo u šoku. Mislili smo da je završio sa igrom za to veče.

U narednom trenutku svima nam je pokazao da grešimo. Skočio je na noge, brže od Lensa i crven u licu bio spreman da se potuče. Nemac nije očekivao da će ga ovoliko razbesneti te kad se Nikolaj razdrao, trebalo mu je par sekundi da zauzme onaj svoj nipodaštavajući stav i nešto mu vikne u lice. Dok su razmenjivali sigurno ne komplimente, Nikolaj je držao ruke čvrsto pripijene uz telo kako bi odoleo porivu da Lensa zgrabi, odigne i tresne o pod. Videla sam ga ranije kako to radi da bi sam sebe sprečio da napravi ozbiljan problem. Lens mu se smejao u lice, zna kako da isprovocira. Obledila sam se. Nikolaj je pritisnuo čelo o njegovo. Ne, ne, ne, ne treba nam sad obračun posle kog ćemo ostati bez igrača.

Zahvaljujući višoj sili – ili možda samo njegovoj hladnoj glavi – Mihael je prišao i razdvojio ih, a pomogli su mu Andrij, Vlad Starovski i Evald. Žuti karton je već bio u vazduhu. Nikolaj je kipteo od besa, a Lens mu se smejao preko sudije nastojeći da ga nanovo izazove premda je bez pobune prihvatio kaznu. Nastavio je da dovikuje dok ga arbitar još jednom nije opomenuo nakon čega je prestao.

Svi su bili zaprepašćeni videvši Nikolaja da nastavlja igru kao da se ništa nije dogodilo. Nije čak ni šepao, mada je sigurno bio u bolovima posle onakvog susreta.

Finale se nastavilo. Ukrajinci su ponovo ostvarili lepu priliku, ali Fridrih Larson je raspršio nade za golom poslavši loptu daleko od stativa.

Svega dva minuta kasnije Matijas se zaleteo prihvativši pas od Bena. Lens i Mihael pošli su za njim, a pratili su ih ostali. Nadbrojali su Ukrajince i hteli da najbolje moguće iskoriste ovu priliku. Jurnuli su direktno na Aleksa koji je imao samo dva saigrača da mu pomogmu. Jeza me je podišla koliko opasno je izgledalo. Gotovo sam prekrila oči da ne bih gledala. Beli dresovi dodavali su se loptom, prebrzo se primičući. Mihael – Matijas – Ben – Lens – ponovo Mihael, pa Leon, Matijas i na kraju opet Leon. Zavrtelo mi se u glavi i nisam bila jedina. Jurio je nezadrživo, ravno na Aleksa kome je sad samo Igor Krasinski bio podrška. Ovo ne može biti promašaj.

Sergej Lomin je uleteo među njih trojicu, presreo Leona i sklonio mu loptu sa noge oborivši ga na zemlju sa sobom. Spasio nas je. Spasio je sigurnu gol šansu za Nemce. Spasio je Aleksa.

Ali po koju cenu?

Leon je ležao na travi u bolovima. Na velikom ekranu nije se činilo da glumi. Sergej ga je nemilosrdno pokosio iako mu je cilj bila lopta. Srce mi je silovito tuklo preteći da izleti iz grudi. Stegla sam Beu i Endži za ruke. Ceo stadion nije disao. Trener Vans niti bilo ko od prisutnih stručnjaka nije morao da objasni.

Nemci su dobili penal.

Vreme kao da je stalo, a potom se razvuklo. U nedogled. Otupela sam. Nisam osećala noge, a da sednem nije bilo govora. Ne sad kad cela Marakana stoji i svedoči istorijskom trenutku.

Ne. Neće se valjda provući ovim, jedino je o čemu sam mogla da mislim. Ako Nemci sad povedu nakon odlične, nesvakidašnje, viteške borbe Ukrajine, neće se zaustaviti. Uništiće im moral i polet koje neće povratiti do kraja utakmice. Možda će i pokušati, ali sigurno bezuspešno.

Ovim jedanaestercem sve njihove nade biće ubijene. Nemci... svi znaju kako Nemci daju penale. Skoro pa je međunarodna fudbalska poslovica – uvek pogađaju.

Htela sam da zaurlam od besa. Nije fer! Ponovo!

Niko u mojoj blizini reč nije izustio, samo Bea jedva čujno: „I dalje ima nade. Fudbaleri nekad promaše, golmani odbrane."

„Nemci ne promašuju s bele tačke", odgovori Lana mrtva ozbiljna. „Svaki njihov napadač u ovoj reprezentaciji nije promašio nijedan penal u prethodne dve sezone. Proverila sam."

Teško sam progutala. Aleksa su snimale sve kamere. Lice mu je bilo na velikom ekranu. Iznenađujuće, nije izgledao ljut ili uznemiren, već i dalje smiren i koncentrisan. Pitala sam se šta mu prolazi glavom. I njegove statistike su pilično dobre kad se radi o penalima, ali opet, nije nikada branio nekom Nemcu.

Usledila je pometnja na terenu. Sergej Lomin je dobio žuti karton. Vlad Starovski je pokušao da promeni sudijinu odluku, ali bezuspešno. Penal je čist. Igrači u belom su se okupili i razgovarali. Aleks je i dalje stajao sam, polako šetajući od jedne do druge stative kao zver u kavezu. O čemu li razmišlja?

Oh... pa, naravno – ko će izvesti penal. O tome razmišlja. I meni je prošlo glavom kad mi se odgovor sam dao. Znala sam pre nego što se desilo.

Nekontrolisano sam drhtala. Endži i Bea su me čvrsto držale. Zurila sam u grupu Nemaca na terenu i znala. Molila sam se da grešim, ali sam znala. Ko drugi? Nadala sam se da će me Lens iznenaditi i spasiti, ali ne...

*Ne, ne, ne, ne, ne...*

Matijas.

Naravno. Ko bi drugi? Nikada ne bi propustio ovu priliku. Išetao je između saigrača lica sijajući od ponosa i sigurnosti, ubeđen da je Aleks već jednu bitku protiv njega izgubio, bitku za mene. Toliko gneva prema ovom nedužnom čoveku godinama mu se nakupljalo u grudima. Zašto ne bi iskoristio šansu da ga ponizi pred svima, pred celim svetom? Mogućnost da baš on povede Nemačku u vođstvo i na kraju do pobede. Svi će imati samo reči hvale za njega. Poraziće na terenu ovog čoveka kog mrzi iz dna duše. Drugi put zaredom.

Ko god je pratio utakmicu, znao je sa sigurnošću – kad Nemci povedu, učiniće sve što im je u moći da to vođstvo zadrže.

Aleks je ovakav ishod očekivao. Znala sam iako njegov izraz lica ništa nije odavao. Sigurna sam jer ga toliko poznajem. Primirio se između stativa i čekao da Matijas priđe beloj tački.

U glavi su mi tutnjali sve glasniji gromovi, a onda sam shvatila da se ceo stadion trese od navijanja i izvikivanja imena – jedna strana *Beler*, druga *Janov*.

„Džejn, pripremi se, bićeš u svim novinama kako god da odreaguješ", Endži je rekla ne šaleći se.

Jače sam joj stegla šaku i pogledala u ekran na kom je za trenutak bljesnulo moje lice iznenadivši me koliko izgleda smireno. Dobro je. Samo da tako ostane. Zarad njih obojice.

Na terenu su sad postojali samo Aleks i Matijas, i lopta među njima. Ostali igrači su se povukli. Nemci su bili samouvereni, smireni, već unapred se radujući. Ukrajinci svi do jednog prebledeli mogli su samo da čekaju, da odreaguju ako zatreba, mada su brinuli da neće do toga doći.

Matijas je isijavao samopouzdanje. Crne oči blještale su od elana. Nasmejao se, pun nadmoći, znajući da je sve već gotovo.

Aleksovo lice nije se pomerilo ni za milimetar. Stao je na liniju tačno između stativa.

Publika je urlala. Čitava Marakana je navijala. Milioni su gledali od kuće, toliko njih je zapravo trebalo da spava, ili se sprema za školu, posao, ali svi su gledali, i niko se nikada neće pokajati što su žrtvovali san za ovaj trenutak.

Udahnula sam poput davljenika. Sudija je zazviždao.

Matijas je za trenutak odmerio razdaljinu, ponovo se nasmejao, poskočio – sledi silovit udarac – zaleteo se ka beloj tački, stigao u tri koraka, zamahnuo desnom, jačom nogom i savršenom preciznošću poslao loptu u krajnji gornji desni ugao gola.

Aleks nije oklevao. Putanja je bila duga. Može li toliko daleko skočiti? Ko god je posmatrao nije disao. Matijas je pogledom pratio svoj udarac i čekao. Aleks je odskočio jednom, pa drugi put, očiju fiksiranih na lopti, ne na igraču koji ju je poslao. Protegao se. Hoće li biti dovoljno? Skoro sam slomila Beine i Endžine prste. Lopta se primakla stativama. Išla je pravo u mrežu. Samo joj još nekoliko centimetara treba.

Ali par rukavica bio je tu da je zaustavi.

Aleks je ležao na zemlji, nakratko. U sledećoj sekundi ustao je i pogleda fiksiranog za travu pobedonosno digao ruke u vazduh držeći loptu. Potom se okrenuo ka masi žutih i plavih navijača koji su se raspomamili od oduševljenja.

Odbranio je. Moj Aleks je odbranio siloviti nemački penal, i to ni manje ni više nego Matijasu Beleru. Nije se smejao. Nije čak ni divlje proslavljao. Još više sam ga volela zbog toga. Čak i u ovoj situaciji bio je džentlmen.

Nisam vrištala ili vikala, najviše jer sam bila prezatečena da na bilo koji način odreagujem. Kako se uopšte ponašati kad se nešto ovako nesvakidašnje desi? I u narednih nekoliko dana većina sveta će premotavati snimak penala ne verujući očima. Sasvim otupela grlila sam devojke i Aleksove roditelje i sestru koji su sve troje plakali od radosti i ponosa.

A Matijas... bio je na ivici suza. Znala sam kako izgleda njegovo lice kad pati, a ovoga puta bol je bio prodoran, sveprožimajuć i neizdrživ. Ego mu je razbijen u paramparčad baš tu na terenu, a smrskala ga je Aleksova rukavica. Nije pogodio penal koji nije smeo da promaši. Upropastio je kako svoje, tako i statistike svoje reprezentacije i Aleksa samo još više učinio slavnim. Bolelo je gledati ga. Ne samo meni.

„Taj jadni momak se nikad od ovoga neće oporaviti", mamin glas je bio pun sažaljenja.

„E, pa, kad se šepurio okolo i pravio pametan, dobio je šta je zaslužio."

„Brede, kako možeš biti tako bezosećajan?"

„Samo govorim istinu. Nadam se da će mu Janov sad postati najgora noćna mora da nas već jednom ostavi na miru."

Ima pravo – Matijasovo preterano samopouzdanje mu je ovo učinilo i Aleks je sad uistinu njegov najveći košmar. Što će tek da se učvrsti kad mu par sati kasnije kažem da nigde ne idem s njim.

Na terenu Aleks je pokušavao da ustane ispod gomile saigrača koji su ga oborili zagrljajima. I dalje je držao loptu u rukama i na kraju je pružio sudiji, i dalje smiren, i dalje koncentrisan, pokazujući svima da je najbolji živi golman sveta.

Milan Andrejevič je sve posmatrao s ponosom oca dok je Rolf Gotfrid pobeleo od besa. Kad god je kamera pala na njega, naizmence je urlao i zlokobno, nepomično stajao manijakalnog pogleda. Njegov tim izgubio je kontrolu nad igrom.

Nikolaja je ponela energija događaja od pre par minuta, a činilo se i Sergeja Lomina koji je bio odgovoran za penal, pa i Leva, kapitena Vlada, Andrija i redom ceo ukrajinski tim. Čim se lopta pokrenula sa centra terena, svi su je stali juriti kao plen. Nemci su i dalje bili zaprepašćeni i zbunjeni time što se desilo te ih je ovakvo ponašanje suparnika uhvatilo nespremne. Tim u žutim dresovima zasipao ih je napadima.

U šezdeset osmom minutu Andrij i Nikolaj su se iskrali, umakli svim nemačkim igračima i našli naspram Evalda Fuksa. Andrij je sam mogao da šutira, ali nije hteo da rizikuje. Iz njegovog ugla mogućnost za pogodak bila je osamdeset posto. Iz Nikolajevog sto. Evald nije imao šanse.

Ukrajina je povela.

Čudo se spustilo na Rio. Ono za koje se svaki fudbalski fan ove divne zemlje molio od prethodnog Prvenstva. Pridružila sam se proslavi glasnijoj nego prilikom ijednog gola do sada na takmičenju. Svi smo urlali u oduševljenju, kao da naredni uzdah nije bitan, sve dok sami sebe nismo zagluveli i uši nam zvonile. Skakala sam na štiklama iz sve snage.

I Aleks je odreagovao na ovu sjajnu akciju svojih saigrača pokazavši da se ispod savršenog golmana i dalje krije čovek od krvi i mesa. Pridružio se slavljeničkoj povorci koja je jurila Nikolaja dok se šepuri celom dužinom i širinom terena pršteći od ponosa. Osetio je ukus osvete. Dopala mu se.

Gotfrid je izgubio svaku kontrolu. Njegovi igrači nepomično su stajali i u krajnjoj zatupljenosti razmišljali šta se dešava i zašto ih niko iz ovog ružnog sna ne budi.

San i jeste bio, ali lep san miliona, veliki san dvadeset tri momka i jednog trenera za čije je ostvarenje konačno došlo vreme.

Ukrajinci nisu hteli da se opuste i povuku. Sami su doneli loptu do središta terena i zahtevali da se igra što pre nastavi. Svojom odbranom Aleks im je ulio nadu, pokazao da se mogu suprotstaviti ovom nezajažljivom neprijatelju. Svojim pogotkom Nikolaj im je dokazao da je sve moguće ako ne odustanu, da Nemci koji su kroz istoriju snažni i dominantni večeras nisu bolji od Ukrajine.

Jedini igrač koji nije sasvim izgubio glavu u suparničkom timu bio je Mihael Krim koji je strpljivo govorio saigračima gde da idu i šta da rade. Činilo se da je predvideo da će Ukrajina nastaviti s napadima i želeo da tragediju svoje ekipe očuva što manjom. „Prebacuje čitav tim u odbranu dok se ne saberu", objasnio je trener Vans.

„Kao da će im to nešto značiti", otelo mi se na šta su se svi nasmejali.

Sad je jedanaest igrača svim silama branilo gol. U narednih pet minuta lopta nije prešla na našu polovinu terena. Aleks je stajao sam posmatrajući metež na suprotnoj strani svestan da je upravo on glavni odgovorni krivac za svu pometnju u zvanično do tad najjačoj reprezentaciji na svetu.

Zalutala lopta doletela je do njega. Vratio ju je nazad na nemačku polovinu gde ju je sečakao Igor Krasinski. Matijas je pokušao da mu je otme, ali bezuspešno suočen sa još dva igrača. Ukrajina je započela novi napad. Ništa od adrenalina koji je ubrizgao Aleks nije izgubljeno ni u sedamdeset sedmom minutu, i ponovo je dvadeset jedan igrač bio samo na jednoj strani terena i to u nemačkom šesnaestercu. Jedan udarac. Drugi. Treći. Evald je sve odbio. Lopta je umalo izašla iz igre, ali Barnik ju je zaustavio i vratio nazad u mravinjak. Fridrih Larson ju je očajnički šutnuo iza gola nadajući se da će time ovaj napad zaustaviti makar po cenu kornera za neprijatelja, ali Anatoliji Hončar ju je stigao i poslao nazad u prostor gde je bar pet njegovih saigrača čekalo.

Vlad Starovski je video svoju priliku i ostali su brzo zaključili da se nalazi na idealnoj poziciji. Namestili su se tako da ga pokriju. Skočio je visoko i egzibicionistički, makazicama dočekao loptu i poslao je u mrežu.

Vođstvo Ukrajine povećano je na 2:0.

Sluh me na trenutak izdao koliko je čitav stadion urlao. Bea me grlila, a za njom i Endži, pa Aleksova mama i više se ne sećam. Pre nego što smo nastavili s proslavom, još jednom smo ispratili usporen snimak da vidimo da li je sve u redu jer je pometnja koja mu je prethodila bila velika. U redu je, bez ofsajda, bez prekršaja. Iz svakog mogućeg ugla gol je bio savršen.

Verovala sam da je to ono što je Ukrajincima dalo najviše poleta te večeri, zahvaljujući kom su ostvarili pobedničku energiju i optimizam. Sve je bilo fer. Čak i penal i kako ga je Aleks odbranio. Prethodni put Nemci su pobedili zahvaljujući prljavim trikovima. Ove godine je drugačije. Došlo je vreme za naplatu, a osećaj je samim tim bio još bolji jer momci nisu radili ništa loše, već jednostavno bili bolji.

Gotfrid je tvrdoglavo odbijao da na teren ubaci nove igrače. Prepustio je svojoj startnoj postavi da završi. Možda zbog ponosa, a možda jer je i dalje verovao da se nešto može uraditi, da se rezultat može preokrenuti. U nastavku igre nekoliko igrača na čelu sa Nemačkom četvorkom uistinu su povratili staloženost i koncentraciju i napravili Aleksu i ostatku odbrane dosta posla. Svima je bilo upadljivo iskustvo koje su njih četvorica stekla godinama igrajući za isti tim u Minhenu. Kad se oni dodaju loptom, to izgleda kao ples. Tako su je i sad elegantno i precizno prebacivali jedan drugom. Ben je bio kičma u sredini, Matijas i Lens dve zapete puške spremne u svakom trenutku da reaguju, a Mihael smiren i proračunat, uvek dobra podrška sa strane.

Ništa, međutim, nije im polazilo za rukom. Aleks i odbrana osujetili su im svaki plan.

Na drugoj strani i Evald Fuks je takođe bio smiren i fokusiran, iznenađujuće za dvadesetjednogodišnjaka koji će snositi veći deo krivice za gubitak svog tima. Žao mi ga je bilo. Istih je bio godina kao Aleks na prethodnom turniru. U periodu nakon drugog gola zaista se trudio iz petnih žila i sačuvao par izuzetno teških lopti i surovih udaraca. Njegova sreća u par navrata i upornost Nemačke četvorke povratile su nadu prisutnim fanovima koji su se ponovo oglasili. Odlučili su da se kao i uvek bore do samog kraja, mada je kompletan preokret rezultata izgledao krajnje nemoguć. Prošlo mi je mislima da će Gotfrid ili neki drugi igrač, Leon ili čak Matijas, ponovo probati da isprovocira naše igrače kako bi okušali sreću, ali do toga nije dolazilo. Gotfrida njegovi prvotimci gotovo da nisu čuli od skandiranja ukrajinskih navijača koji su već slavili osvajanje trofeja.

A pobeda je bila udaljena jednocifren broj minuta.

Dok su Panceri[21] očajnički pokušavali Aleksu dati gol, istovremeno su se borili sa još oštrijim napadima. Prednja linija na čelu sa Nikolajem nije imala nameru da stane. Neki igrači u belim dresovima ne znajući šta će više obarali su naše i zaradili još dva žuta kartona. I dalje se nijedna strana nije predavala.

Četiri Ukrajinca našla su se na nemačkom terenu. Ivan Rostov je vodio loptu kad mu je Nikolaj mašući dao znak da je može primiti. Ivan ju je udario, ali ne dovoljno snažno. Dmitro Kostiskin se provukao i uspeo da skoči iznad tri suparnička igrača poslavši loptu tamo gde se nadao da je neko od njegovih saigrača. Iako je letela daleko i prenisko, Andrij Barnik nije oklevao. Znao je koji je jedini način da je stigne ako želi da postigne pogodak. Bacio se napred celim telom, nesvestan Leona Šnajdera koji je ciljao da nogom izbaci loptu daleko od opasnosti, takođe nesvestan Andrijevog plana. U narednom grozomornom trenutku, Leonova kopačka našla se na igračevom licu pocepavši mu obraz.

Ali ne pre nego što ju je Andrij snažno udario i preusmerio.

Mreža se ponovo tresla.

Tri minuta pre poslednjeg zvižduka Ukrajina vodi 3:0.

Gotovo je.

Ukrajina osvaja Svetsko prvenstvo.

Zato je Andrij skočio iz trave i stao trčati po terenu da proslavi, od adrenalina i ludila sreće nesvestan krvi koja mu šiklja s lica po dresu, ostavivši Leona da sedi na mestu gde ga je oborio, ruku i belog dresa

---

[21] Panceri, nadimak nemačke fudbalske reprezentacije, koji se ustalio kod nas. Inače su poznati i po nazivima Die Mannschaft (The Team) tj. Tim, ili Nationalelf (The National Eleven) tj. „Nacionalnih/Narodnih/Reprezentativnih Jedanaest".

takođe umrljanih njegovom krvlju. Kad se kamera spustila na Nemca, plakao je u očajanju.

Ostali Ukrajinci skočili su na strelca, čestitali mu i proslavljali. Uspravio se ispod njih i mahao navijačima nesvestan koliko zapravo zastrašujuće izgleda tako krvav i euforičan, sa mahnitim izrazom lica. Sergej Lomin prvi je bio dovoljno razuman da ga izvuče iz mase i odgura do lekarskog tima koji su mu na licu mesta ušili obraz i obrvu.

Kamera je prešla na Aleksa koji je mirno sve posmatrao sa svog gola, a potom podigao ruku u vazduh i i dalje noseći rukavicu pokazao tri prsta. Prijatelji su ga osvetili. Ovo je za Nemce izuzetno surova i bolna, a za Ukrajince jedva dočekana naplata za ona tri gola koja su prethodni put Aleksu dali.

Gotfrid više nije bio besan. Shvatio je da nema svrhe. Poraz im je neminovan. Ništa se više ne može uraditi.

Leon Šnajder je dobio crveni karton, ali to nikome nije bilo bitno.

Lopta je krenula sa centra terena, ali ni to više nije bilo važno.

Bolelo me je da ih vidim takve. Matijasa i njegove prijatelje. Poražene, kako se jedva sastavljaju da dostojanstveno završe tih poslednjih nekoliko minuta. Neki od igrača su već plakali. Nekima su lica ocrtavala samo očaj, kao da nikada više neće biti srećni. Nijedan od njih nije ovo očekivao. Zapravo, malo ko jeste. Čak i tim Milana Andrejeviča sumnjao je u sebe dok Aleks nije odbranio onaj penal. Ovo je bila noć za čuda i snove, za ove posvećene muškarce koji su se godinama spremali i sad im pobedu niko ne može uzeti i opovrgnuti.

Kad je sudija odsvirao poslednji put, svi navijači Ukrajine već su stajali i skakali, a i ja sa njima. Kad se sa zvučnika prosula *Samba de Janeiro*, tek onda nije bilo govora o sedenju, već smo još više poludeli od ukusa uspeha. Na travi svaki Nemac je poraženo pao na zemlju, užasnut, zgranut, za života prestravljen od ove večeri. Nije mi bilo drago da ih gledam te sam jedva čekala da se kamere prebace na pobednike. Najednom, svi ekrani ispunili su se masom raspomamljenih, ekstatičnih momaka van sebe od sreće. Konačno im je laknulo. Setila sam se zašto od početka za njih navijam. Setila sam se ponovo onog bolnog poraza od pre četiri godine i čitavim telom osećala da je ovo pobeda koju su duplo zaslužili. Pevali su grleći jedan drugog, cepali dresove, dizali i bacali Milana Andrejeviča u vazduh, prskali se vodom i šampanjcem koji im je neko sa tribina dodao. Anatolij Hončar je odjednom u rukama imao flašu horilke i pružao je svakom od kolega.

Kad je prvobitan adrenalin popustio, ali samo za nijansu, setili su se suparnika koji je pružio odličan otpor i pošli da se rukuju. S velikom mukom Gotfrid je prišao i čestitao svakom našem igraču ponaosob. Mihael Krim, kao pravi kapiten, poveo je svoj tim da učini isto. Leon Šnajder se neprestano izvinjavao Andriju zbog udarca koji mu je naneo, sve dok ovaj nije u prolazu oteo Levu flašu horilke i pružio je Nemcu da proba uveravajući i tapšući ga po ramenima da je sve u redu. Lens je takođe prišao da pozdravi svakog ukrajinskog igrača. Ponosna sam bila na ove momke i njihovo sportsko ponašanje. Istovremeno mi je takođe bilo urnebesno smešno što minut od osvajanja najznačajnijeg takmičenja u karijeri oni potežu svoje tradicionalno žestoko piće.

U trenutku kad su Aleks i Matijas stali jedan naspram drugog, ukočila sam se i činilo se da je svet za trenutak prestao da se okreće. Aleks za nijansu viši. Obojica izuzetno snažna i postojana, vanserijski, odlični fudbaleri, nesamerljivi talenti, veliki ljudi. Kamera ih je primetila i snimala iz svakog ugla. Ceo svet je gledao dok je sipala kiša biceva. Njihova lica… Matijasovo belo kao kreč, oči pune bola i mržnje prema čoveku pred njim. Aleksovo smireno, pobedničko, ali ipak skromno. Prvi je pružio ruku. Jedan produžen, zastrašujuć trenutak svi smo gledali kako Matijas okleva da je prihvati. Međutim, Aleks je nešto kratko rekao, nisam mogla da dokučim šta, ali je primoralo Matijasa da se ponaša sportski i rukuje. Potom su okrenuli leđa jedan drugom i vratili se svojim timovima, jedan da očajava nesvakidašnji poraz, drugi da slavi istorijsku pobedu.

Pre devedeset minuta činilo se gotovo nemogućim da se ukrajinska reprezentacija bez i jednog zlatnog trofeja na ovim takmičenjima i prosečne starosti od dvadeset sedam i po godina može izboriti sa svemoćnim, čuvenim Pancerima starih u proseku ni dvadeset tri, ali, eto, odigralo nam se pred očima. Prisustvovali smo pisanju istorije.

Prihvatala sam sve pohvale i čestitke kojima sam zasipana, ali znala sam da ovaj trenutak treba da podelim s Aleksom. Osetila sam još jaču potrebu za njim videvši kako pozdravlja sve navijače iza golova, i svoje i suparničke, u znak zahvalnosti što su ga poštovali tokom cele utakmice. Srce je htelo da mi pukne od dragosti – on je uistinu najskladniji, najkompletniji sportista ikada i sigurna sam ne samo u mojim očima. Uspešan je, toliko ostvaren, ispunjen, iskusan, najiskreniji i najčestitiji muškarac kog sam ikad srela. Želela sam da ga snažno zbog svega toga zagrlim, da budem prva sa tribina koja će mu čestitati, sve to reći, pre roditelja mu, sestre, bilo koga.

Provukla sam se između Endži i Deklana i odgurala svakoga ko mi se našao na putu. Navijača je bilo toliko da se stepenice nisu videle. Lana je shvatila šta mi je na pameti i pošla sa mnom uhvativši me za ruku. Čvrsto sam je stezala dok sam nam probijala put. I meni je adrenalin tumarao venama pa sam samo razmicala i gurala sve pred sobom iako bi možda bilo lakše da sam samo pitala da se sklone. Ko god me vidi, sigurno bi se pomerio. Ali nisam razmišljala i nije mi smetalo da se izborim za ovaj poseban trenutak. Nakon ozbiljnih napora i znajući da će mi se na određenim mestima kasnije pojaviti modrice, dosegle smo prvi red. Srećom ta poslednja ograda nije bila previsoka. Lana je pozvala radnika obezbeđenja da mi pomogne i kroz par sekundi štikle su mi se zabadale u travu dok sam bezglavo trčala.

Niko me još uvek nije zapazio. Dobro je. Htela sam da iznenadim Aleksa. U uglu oka videla sam par Nemaca – Ben i Leon – ali nisam se zadržala dovoljno da mi išta kažu. Niti me je zanimalo ako imaju šta. Jedini razlog zbog kog sam ovde je na drugoj strani terena, kod stativa. Neko je pokušao da me zaustavi uhvatiši me za ruku. Pretpostavila sam da je još jedan član obezbeđenja. Drugi glas se začuo, valjda da ovoj osobi kaže da me pusti, ali ja sam se već grubo izvukla i nastavila da trčim, kroz konfete, prazne flašice vode i peškire, vodeći računa da se najvećim delom oslanjam na prste kako ne bih ostala bez cipela.

Izdvojila sam se iz mase i osetila pljusak bliceva kako i mene zasipa. Primetili su me. Što sam se više približavala Aleksu, blještalo je gušće i činilo se da je stadion glasniji nego trenutak pre ako je to moguće.

Aleks se okrenuo i video me. Na licu mu se ocrtala čista, nevina sreća zbog koje mi je još više bilo drago što sam se na ovu malu ludost odlučila. Gotovo sam ostala bez daha skraćujući razdaljinu među nama. Kad sam stigla do njega, nezadrživo sam mu se bacila u naručje.

Spreman je bio na moj zagrljaj i prihvatio me. Podigao me uvis snažnim rukama i zavrteo nekoliko puta na kraju sakrivši lice u kosu mi.

„Uspeli smo, Džejn! Pobedili smo!" vikao je kako bih ga čula i naslonio čelo na moje.

„Uspeo si, ljubavi. Ti si sve započeo, a onda su ostali krenuli za tobom." Spustila sam mu ruke na obraze. „Poveo si svoju zemlju do pobede."

Poljubio me, dugo i s ljubavlju, nežno. „Hvala ti. Hvala ti za svu motivaciju od jutros. Ono što si mi rekla – da mislima budem fokusiran samo na loptu, ne na igrača za njom – to je bio ključ."

Nasmejala sam se, premda mi je bilo teško da se ponovo setim Matijasa i njegovog promašaja.

„Drago mi je da sam pomogla", prošla sam mu prstima kroz mokru kosu. „Uz mene ćeš stvarno da budeš bolji od Leva Jašina."

Razdragano se nasmejao i ponovo me poljubio. „Kad smo već kod toga…"

Na trenutak me pustio i posegnuo ka šortsu. Čudno. Znala sam da gotovo nikad nemaju džepove. Šta to radi? Zbunjena sam bila.

Dok nije izvadio plavu somotnu kutijicu.

I kleknuo.

„Aleksandre Janove, da li ti to…?" vrisnula sam osetivši na leđima težinu milijardu očiju nemoćna da završim rečenicu.

„Upravo tako." Osmeh mu je odražavao iskrenu, potpunu sreću, radost, olakšanje, obožavanje, jedva čekanje. Drago mu je bilo što me iznenadio. I meni. Nikada mi ni u najluđim snovima ovo ne bi palo na pamet. Nikada nisam razmišljala o našem braku. Nismo o tome ni pričali. Već živimo zajedno. Ne može biti mnogo drugačije. Zaleđena sam ga posmatrala u potpunosti opčinjena ovim savršenim čovekom koji kleči preda mnom, očiju pobednički, kraljevske plavih, punih svetala stadiona. „Džejn Anderson, želiš li da nastaviš život sa mnom, zauvek, kao moja supruga i jedina žena koju ću ikada voleti?"

Vid mi se pomutio, a noge klecnule. Zaljuljala sam se blago kao da mi se vrti u glavi.

Ovo je to. Moj kraj sa Matijasom. Moj iskorak u poglavlje iz kog ne mogu nazad. Moja konačna posvećenost i predaja Aleksu. Da li sam spremna? Mogu li to da uradim?

Naravno.

Mada… pred očima sam na milioniti deo trenutka ponovo mogla da vidim sve ono što sam s Matijasom radila, stvorila, razvila tokom prethodnih par nedelja. Taj film nikad nije bio jasniji. Gde je on uopšte? Je li nas video? Sigurno jeste. Ceo svet je. Da nije možda…? Ona ruka koja je pokušala da me zadrži…? Nemoguće. Sigurno nije. Primetila bih ga valjda. O čemu li razmišlja sad? Poslednji put kad smo se videli, rekla sam mu da ću ostaviti Aleksa zarad njega, a sad… sad me Aleks gleda sa svom mogućom ljubavlju i obožavanjem skupljenim u jednom čoveku, celim bićem siguran u mene. Da li uopšte zaslužuje ženu kao što sam ja? Da li je moj pristanak uopšte dobar za njega? Je li moje *da* stvarno zauvek?

Šta god bio ispravan odgovor, znala sam sa sigurnošću da *ne* na punoj Marakani nakon što je osvojio zlato i kleči preda mnom dok ceo svet gleda… nije opcija.

Volim ga. Zaista ga volim.

Moje prve javne suze. Radosnice, valjda. Rasule su mi se licem i šaputale da sam donela pravu odluku.

A Matijas… pa, moraće večeras da pretrpi još jedan nemilosrdan poraz. I preživi. Bez mene.

Jer ja idem s ovim čovekom.

Šta sam pa drugo mogla da uradim?

# O AUTORKI

Jovana Iv rođena je 1992. godine. Studirala je engleski jezik, književnost i kulturu na Univerzitetu u Beogradu. Do sad je objavila dve kratke priče i pisala blog o svojim putovanjima. *Možda nerešeno* je nastavak njenog debitantskog romana *Za pobedu postoje i drugi načini* koji je prodat u više od 1500 primeraka na engleskom i srpskom jeziku. Dostupan je i pod nazivom *Potentially Settled Scores*.

Više o autorki i njenom stvaralaštvu možete potražiti na Fejsbuk stranici *There Are Other Ways to Score* ili njenom Instagram profilu *jovana.iv_*.